HÉLIOS
CONCENTRÉ D'IMAGINAIRE

ISBN : 978-2-36183-778-5

WWW.MOUTONS-ELECTRIQUES.FR

JEANNE MARIEM
CORRÈZE

LE CHANT DES CAVALIÈRES

CHAPITRE 1 :
LE DÉPART DE LA MATRIARCHE

« Je donnerais tellement pour, ne serait-ce qu'un
instant, te connaître telle que tu fus, avant la série
d'événements qui bousculèrent et notre siècle, et ta vie.
J'abandonnerais les épées, les combats, tout ce qui me
fait soldate ; je renoncerais à mon verbe, à ma voie. Je
tournerais le dos à ma citadelle bien aimée, au dragon
qui partage mes pensées ; j'irais par les chemins à travers
la forêt, au cœur du Ravin sans jamais m'arrêter, si pour
un instant seulement, une petite seconde, un moment
volé, j'apercevais, derrière la nuit et les nuées, ce qui se
cache sous ton âme caparaçonnée.
T'en souviens-tu, Sophie Pendragon, de celle que tu étais
avant Lunde et Baldré, avant cette guerre insensée ? Gardes-
tu la mémoire de l'enfant que tu fus ?
Je donnerais tellement pour, ne serait-ce qu'un instant,
découvrir l'écuyère de tes premières années.
T'en souviens-tu Sophie, que nous nous sommes aimées ? »

Les Jours de Sophie Pendragon
par Rosaline Ulysienne Mandée Ayrelle

Tout au long de sa vie mouvementée de cavalière, Acquilon de Nordeau s'était demandé ce qu'il resterait de son empreinte dans le monde une fois la poussière des combats retombée. Arpenterait-on, comme elle-même à l'instant, ses quartiers de Matriarche ? Ses héritières feraient-elles le tour du propriétaire, cataloguant ses possessions, effleurant les boiseries fatiguées des meubles, caressant les tapisseries poussiéreuses ? S'arrêteraient-elles devant la fenêtre de sa chambre, celle qui surplombait la cour et permettait, en se tordant le cou, d'apercevoir le quartier des novices, le verger séculaire, la demeure de l'herboriste ? Lui préféreraient-elles celle qui s'ouvrait sur la vallée en contrebas, les villages égrainés sur le dos des collines, le cours sinueux de la Vouivre à travers la plaine ? Lors de sa prise de fonction, elle avait fait renouveler les tomettes écarlates du sol, mais l'usure de toutes ses allées et venues avait patiné leur lustre. Il en allait de même pour le matelas du grand lit de sa chambre : chaque nuit passée entre ses draps avait creusé dans le mitan un profond sillon. Ces traces-là seraient les premières à s'effacer sous le passage d'autres vies que la sienne. On changerait à nouveau le carrelage et les tentures, les meubles seraient déplacés, les fenêtres occupées par d'autres générations de Matriarches. Non, il ne fallait compter sur aucune trace matérielle de son existence sur terre. La mémoire des objets était si courte. À moins, peut-être, de posséder l'épée Lunde ou Baldré que gardait l'Ermite à la charge des cavalières, seuls les actes avaient de la valeur. Aujourd'hui, elle agissait pour le souvenir de son existence autant que pour la survie du Royaume.

Avant l'office du matin, les couloirs de Nordeau ne voyaient guère passer de monde. Acquilon descendit les cinq étages de la citadelle sans croiser la moindre de ses sœurs, bien qu'elle aperçût, de loin, en passant devant la bibliothèque, la lueur de la lampe de la cavalière-archiviste. La grande cour de Nordeau disparaissait sous une lourde chape de brume, exhalée, en gargouillis paisibles, par la Vouivre dans son canal de roche. Les silhouettes solitaires des gardes sur les remparts allaient et venaient sans un bruit. À l'Est, les dernières heures de la nuit livraient bataille contre les premières lumières de l'aube ; un affrontement maintes fois répété à travers la voûte céleste et qui revêtait, au-dessus des montagnes, de sublimes nuances de rose et de violet. Le jour de son ordination, c'était un ciel comme celui-ci qui lui avait inspiré son manteau-tissé de cavalière. Elle resserra les pans de laine mauve et bleue autour de ses épaules et prit le chemin des terrasses. D'abord le verger sacré, dont les branches les plus hautes bruissaient sous une brise légère, puis le quartier des novices, dormant à poings fermés, et enfin l'immense jardin de simples au bout duquel se blottissait la demeure de Frêne.

Seule une lampe à huile brûlait derrière les fenêtres de l'herboriste. À la lumière de celle-ci, une cavalière voûtée actionnait minutieusement une petite balance de cuivre. Elle ne leva pas les yeux lorsqu'Acquilon frappa à sa porte, mais se contenta d'agiter une main agacée au-dessus de sa tête. L'unique pièce qu'habitait Frêne avait toujours parue surchauffée à la Matriarche et, dès l'huis refermé derrière elle, elle se débarrassa bien vite de son manteau sur le plus proche fauteuil.

« Décidément, il faut que tu aères ton antre plus souvent, herboriste. C'est une fournaise intenable ici. »

Frêne lui décocha un regard en biais.

« Et laisser entrer le froid et l'humidité ? Comment crois-tu, Matriarche, que j'entretiens toutes ces plantes rares que tu me demandes de cultiver ?

– Par quelque sortilège de ton cru, j'imagine. »

Acquilon s'assit le plus loin possible de la cheminée.

« Comme si l'on pouvait faire pousser quoi que ce soit à grands coups de charmes ! Je ne suis pas magicienne, je n'ai pas de formule magique pour transformer instantanément n'importe quelle graine en buisson magnifique ! Vraiment, cette insouciance… »

Elle continua ses reproches à mi-voix, toujours penchée sur son travail de pesée, grommelant des remontrances aux feuilles séchées étendues devant elle, grondant sa balance et ses poids. La Matriarche détourna la tête et chercha où reporter son attention tandis que l'herboriste poursuivait ses admonestations. Elle promena son regard à travers la pièce, observa les livres et les sacs de terreau, les plantes en pots et les boîtes de thé. Au coin de sa vision, le feu dans l'âtre s'agitait. Elle tenta de résister, de s'absorber dans la contemplation du plafond, de compter les entailles au couteau dans le bois du plan de travail, de nettoyer une tache invisible sur l'ourlet de sa veste. Comme toujours elle finit par succomber. Comme toujours, le feu criait danger. Les flammes se tordaient de méfiance, les braises rougeoyaient d'anticipation angoissée. Les cendres entassées au fond du foyer formaient de néfastes augures autour des bûches mises à sécher. Même depuis son siège éloigné, Acquilon sentait leur chaleur inquiète sur ses joues ridées. Les motifs insaisissables qui dansaient entre les flammes semblaient vouloir s'imprimer sur ses rétines, faire passer, de gré ou de force, leur message de malheurs à venir

« Acquilon ? »

Frêne avait cessé de maugréer et se tenait près d'elle, une tasse ternie à la main. Elle la dévisagea longuement, avec incertitude, puis avec compréhension et pitié. La Matriarche s'agita, mal à l'aise sous son regard ému.

« C'est aujourd'hui, murmura Frêne. »

Acquilon se leva brusquement, contourna l'herboriste et s'approcha à grands pas de la fenêtre pour tourner totalement le dos à l'âtre.

« Oui, souffla-t-elle. J'ai pris ma décision dans la nuit.

– Si vite…

– Cela fait trente-deux ans, mon amie. Nous n'étions pas pressées. »

Frêne la rejoignit et ensemble elles regardèrent le soleil gagner quelques mètres au-dessus des toits de la citadelle, chassant les lambeaux de brumes de la cour. De petits groupes de cavalières s'y pressaient, en chemin, sans doute, pour les bains avant l'office matinal.

« Ces jours-ci, pourtant, reprit Acquilon, je me sens de plus en plus agitée. Le sommeil me fuit. Je trouve difficile de me concentrer à ma tâche. C'est comme si mon corps ne pouvait plus supporter l'attente, comme si mes muscles, mes nerfs et mes os se préparaient en permanence à l'action. Je n'avais pas ressenti tout ceci depuis la guerre. »

Elle sourit douloureusement.

« Je me sens vieille, Frêne, vieille comme les pierres de ma forteresse, comme le torrent qui la traverse. Le passé m'alourdit, les années me sont un fardeau. Il fallait que je me décide, ou bientôt je n'aurais plus été capable de sortir par moi-même de mon lit.

– Après tout le mal que je me suis donné pour te concocter cette potion chaque matin et toutes ces années ? Je serais venue te chercher moi-même. »

Acquilon fut tout autant surprise par son éclat de rire que Frêne.

« Voilà que je peux encore te faire rire.

– Certaines choses sont immuables. »

La Matriarche joua un instant avec les petits poids de plomb avant de les ranger un à un dans leur logement respectif.

« J'aurais voulu revoir la mer, sais-tu ? Juste une dernière fois. »

Une deuxième tasse, similaire à celle que tenait Frêne, attendait près de la balance, dégageant le même parfum sucré de fraises et de thym. Acquilon la désigna de la main.

« Ne devrais-tu pas descendre ceci au quartier des novices ? Nous ne voulons pas que la gamine manque son médicament.

– Je devrais. Mais nous pouvons aussi prendre le temps d'une tasse de thé. Et puis une dose de plus, une dose de moins… »

La Matriarche secoua la tête.

« Non, je ne veux prendre aucun risque. Nous respecterons les instructions du mage, nous avons trop à perdre en cas d'erreur. Allons, j'ai fort à faire avant mon départ, tu pourras donner la part de la petite à Raëlle sur le chemin. »

D'une traite, elle engloutit sa tasse de potion, sans grimace ni regret, et elles quittèrent la demeure de l'herboriste pour la terrasse des novices.

Aucune des fillettes sous la garde de la citadelle n'était encore levée. Elles dormaient probablement encore, emmitouflées sous les édredons douillets de leur dortoir collectif, dans les mêmes lits superposés qu'avaient occupés Acquilon et Frêne autrefois et leurs Maîtresses avant elles, depuis le début des temps. Pourtant, bien qu'aucune voix d'enfant ne vînt troubler le calme du quartier des novices, une Aînée déjà se tenait sur le seuil. Son manteau-tissé étendu sur les genoux, une aiguille à la main et sa pipe au bec, Raëlle les regarda arriver.

« Tu es en retard, reprocha-t-elle. »

Frêne haussa ses épaules voûtées.

« Vraiment ? J'ai dû perdre la notion du temps…

– Il me faut la potion à l'aube.

– Puisqu'il n'y a pas de contrainte horaire, je ne vois pas pourquoi tu m'infliges toutes ces simagrées chaque matin. Et puis il n'appartient qu'à toi d'apprendre à la préparer, ce n'est vraiment pas sorcier. »

Acquilon les laissa à leur échange, le regard perdu au-dessus de leurs têtes, vers les étroites fenêtres du dortoir des novices. Parmi les gamines endormies, il y en avait une qu'elle connaissait de nom et de visage, une qu'elle entendait former. À quoi rêvait-elle entre ses draps d'enfant ? Quelle imagerie colorée défilait derrière ses paupières closes, une fois la nuit tombée ? De combien de confidences la lune avait-elle été le réceptacle ?

« Est-elle prête ? »

Frêne et Raëlle s'interrompirent pour la dévisager.

« L'enfant, reprit Acquilon, est-elle prête ? »

L'Aînée exhala un nuage de fumée.

« Autant que faire se peut.

– Sommes-nous sûres de notre choix ? Est-elle vraiment celle que nous cherchons ?

– Autant que faire se peut. »

La Matriarche acquiesça, les yeux toujours fixés sur les fenêtres des novices. Les ronds de fumée de Raëlle traversèrent son champ de vision et elle baissa la tête vers les deux autres femmes. Frêne semblait plus soucieuse qu'attristée désormais, mais l'Aînée la dévisageait sans concession, presque férocement. Elle y puisa l'équilibre nécessaire à poursuivre sa route.

« Alors c'est aujourd'hui. »

Des volutes de fumée colorée s'enroulaient autour de la capuche de Raëlle comme autant de serpents sifflant des vérités contraires.

« Ça n'aurait su tarder, répondit Frêne. Pas depuis que nous avons décidé de l'enfant.

– Tu as choisi le bon moment, Acquilon. Les tensions avec les Sabès sont aujourd'hui aussi fortes que lors de la signature de notre reddition. Le bruit court que le Prince souhaite voir échouer les plans d'alliance du Condottiere et même parmi les cavalières la rumeur gronde. Notre asservissement n'a que trop duré. La moindre étincelle peut nous servir de prétexte. »

La Matriarche s'autorisa un sourire conquérant qui vint illuminer son visage couturé de rides et de cicatrices, mais que seule lui rendit Raëlle. Frêne s'était détournée et ramassait un bouquet de feuilles mortes éparpillées sur la terrasse. La Matriarche se rembrunit. L'herboriste avait toujours été la trame fragile de leur plan, bien que tout reposât sur ses vieilles épaules et qu'elle ne pût se permettre d'échouer. Après tout, les premiers jours seraient décisifs et il n'y aurait qu'elle pour agir. Un vicieux vent d'hiver se leva depuis le verger, s'emmêla entre les replis de leurs manteaux, arracha quelques mèches récalcitrantes au chignon de Frêne. Acquilon s'approcha.

« Que t'arrive-t-il, vieille branche ?

– Lui diras-tu la vérité ? »

L'herboriste s'était retournée brusquement et avait parlé sans détour.

« À l'enfant, lorsque vous vous rencontrerez. Lui révéleras-tu l'entièreté de nos plans ? Ou la laisserons-nous dans l'ignorance, afin de mieux maîtriser son destin ? »

Acquilon détourna le regard et Frêne s'engaillardit.

« Mon amie, n'as-tu jamais de remords ? »

La Matriarche resta interdite. Elle jeta un bref coup d'œil à Raëlle.

« Des remords, Frêne ? demanda l'Aînée. Pour avoir fait quoi ?

– Pour avoir joué les entremetteuses de destinée, pour avoir décidé du sort d'une enfant à la place de la Dame. »

L'herboriste désigna avec déférence le surplomb de pierre au-dessus de leurs têtes, bien plus haut sur la montagne, prenant à témoin le baudrier sacré qui y était conservé entre les mains de l'Ermite solitaire.

« Allons, Frêne. »

La voix d'Acquilon avait pris des accents moqueurs.

« Ne me dis pas que tu te découvres soudain la fibre religieuse ? Après près de trente ans ?

– Nous avons créé cette enfant de toutes pièces. Ses doutes, sa colère, son courage. Tout cela nous l'avons construit chez elle comme une tisserande assemble les fils sur son métier.

– Ce n'est pas la métaphore que j'aurais choisie, mais je t'en prie, continue. »

Frêne leva les bras au ciel, comme pour inviter l'aube pâle, drapée d'or et de rose, à lui venir en aide. Le vent du Nord redoubla d'ardeur, lui arrachant son bouquet de feuilles. La Matriarche tourna elle aussi son regard vers le lointain promontoire dominant la citadelle, comme pour interroger l'antique relique.

« Il est trop tard pour reculer, intervint Raëlle. Nous devons croire que la Dame ne s'opposerait pas au sauvetage de son Royaume, celui qu'elle préfère entre tous. »

Acquilon posa son regard inquisiteur sur Frêne.

« D'où viennent ces doutes soudains ? Aujourd'hui entre tous les jours ?

– Tu doutais toi-même il y a un instant ! s'exclama l'herboriste. Après aujourd'hui il n'y aura pas de retour en arrière possible ! Pas de pirouette agile pour échapper à la catastrophe ! J'ai peur que le sacrifice ne soit trop grand pour Nordeau, pour la citadelle.

– Tout ira pour le mieux. Éliane est dure et intransigeante, mais elle a les intérêts de Nordeau, de tout le Royaume à cœur. Elle sera une excellente Matriarche, crois-moi.

– Tu sais que je ne partage pas ton enthousiasme pour ton ancienne écuyère, Acquilon. Elle est bien trop cruelle pour mener notre plan à terme. Et elle ne pourra jamais te remplacer. »

Acquilon grimaça et elle assena sèchement :

« Une chance que ta tépidité soit la première à intervenir dans ce cas. »

La Matriarche jaugea l'herboriste d'un regard peu amène. La question d'Éliane les avait toujours divisées, depuis les premières années de leur collaboration. Frêne ne voyait en la cavalière qu'une ambitieuse assoiffée de pouvoir et obnubilée par les mythes anciens, Acquilon, elle, percevait une femme noble et intègre, qui mettait un point d'honneur à préserver la grandeur de leur citadelle. Elles avaient pourtant su trouver un accord lorsque l'enfant était arrivée à Nordeau, Frêne regrettait-elle désormais de ne pas avoir fait pression pour écarter Éliane du plan ? Acquilon secoua la tête. Il était bien tard pour revenir là-dessus.

« Tu ne transformeras pas en héros cet être artificiel. »

Frêne s'était redressée autant que son dos scoliosé le lui permettait et fixait, de ses prunelles blanchies par la cataracte, la cavalière face à elle. Comme il devait lui tenir à cœur d'écarter Éliane de leurs machinations, si elle osait s'opposer ainsi à sa Matriarche.

« Non en effet. »

Acquilon sourit tristement.

« En revanche, j'en ferai un bon prophète. »

Pendant un instant la frêle silhouette de l'herboriste sembla tenir debout par la seule force de sa volonté, défiant l'imposante stature qui la surplombait. Puis l'étincelle de rébellion s'éteignit, comme soufflée par le vent du Nord, et elle se voûta à nouveau. Les houppiers dégarnis des arbres sacrés s'agitaient follement par-dessus le muret du verger. Au-dessus de leurs têtes, montagnes et sombres nuées s'affrontaient pour le contrôle des cieux matinaux ; plus bas, la cour fourmillait d'activité. Acquilon repoussa son manteau-tissé sur son épaule.

« On doit m'attendre pour l'office et toi, Raëlle, n'as-tu pas des novices à accompagner aux bains ? »

L'Aînée souffla un nuage mauve entre leurs visages crispés.

« Est-ce ainsi que tu me dis adieu, Acquilon de Nordeau ? Sans un signe, sans hommage ? Tu t'éclipses sur un ordre ? »

Acquilon ne put contenir le sourire embarrassé qui vint adoucir sa grimace contrariée. Elle s'inclina devant Raëlle.

« Adieu, Grand-Mère. Si la Dame le veut, nous nous reverrons. »

Avec un peu plus de raideur, l'Aînée salua à son tour et expulsa un rond de fumée verte qui vint flotter autour de la Matriarche tel un halo.

« Puisse la brise souffler sous les ailes de ton dragon, jeune pousse. »

Avec un dernier hochement de tête, Acquilon tourna les talons et, laissant l'herboriste et l'ancienne derrière elle, descendit à grands pas les escaliers menant à la cour.

Frêne regardait la patrouille de cavalières s'activer, réunissant leurs dragons, chargeant des rations de nourriture dans les sacoches de leurs selles. Au centre, tout en gardant un œil sur l'organisation de son excursion, la Matriarche discutait avec Éliane, qui la remplacerait en son absence. La conversation semblait houleuse. Sans entendre ce qu'elles se disaient, Frêne pouvait quand même lire le désaccord sur leurs visages. Avec une dernière remarque, probablement acide, Éliane tourna le dos à son ancienne Maîtresse et s'éloigna à grandes enjambées. Toujours au centre de la cour, Acquilon secoua la tête. Joran, son dragon, les plumes de sa gorge gonflées de ressentiment, cachait plus difficilement sa colère. Frêne glissa péniblement du muret où elle était perchée, emprunta le pont au-dessus du torrent de montagne qui traversait la cour et s'approcha de sa Matriarche.

« Nous y sommes. »

Acquilon sursauta.

« Frêne ! Je ne t'avais pas entendue. »

Il n'y avait aucun tremblement dans sa voix, aucun signe de détresse. À son côté, Joran faisait son possible pour paraître tout aussi impassible, mais un frémissement léger agitait son échine. Rien qui ne trahisse autre chose que l'excitation d'un départ en mission.

« Je viens dire au revoir. »

Frêne dévisagea Acquilon tandis que celle-ci sanglait silencieusement son épée à sa selle. Les rides creusaient sa figure autour des yeux, du nez et de la bouche. Une profonde cicatrice barrait sa joue gauche, une autre, plus fine, venait barrer son menton. Frêne savait que son propre visage présentait les mêmes marques, stigmates discrets des épreuves qu'elles avaient traversées par le passé.

« Il ne fallait pas te donner cette peine. Je sais que nos escaliers ne pardonnent rien à tes articulations fatiguées.

– Et manquer ton envol ? Tu me connais mieux que ça. »

Elle posa une main réconfortante sur le bras d'Acquilon.

« Je voulais être sûre que tu ne partes pas sans une figure familière pour te souhaiter bon vent.

– Et tu as pensé à ton visage de vieille pêche ridée ? Je suis touchée. »

Elles rirent de conserve, mais un frisson agita imperceptiblement les cheveux de la Matriarche. Une larme échappa à ses cils et glissa dans le col tissé de son manteau. Derrière elles, les membres de la patrouille d'Acquilon avaient fini de se préparer et attendaient ses ordres. La Matriarche hésita un instant.

« Veille sur ma citadelle, mon amie. Elle aura été toute ma vie. »

Frêne hocha la tête.

« C'est promis. »

Elle lui offrit un sourire aussi compatissant qu'elle le pouvait. Il n'y avait pas de retour possible sur les décisions qu'elles avaient prises trente ans plus tôt.

« Je dois y aller. Adieu, herboriste. »

Frêne lui prit la main et serra avec force ses doigts entre les siens.

« Adieu, Matriarche. »

Acquilon pressa sa main en retour. Elles se firent face. La grande et la petite cavalière, celle des combats et celle des jardins, la Matriarche et l'herboriste. Elles s'inclinèrent brièvement. Acquilon se hissa en selle. Joran ébouriffa les plumes de son poitrail. De son bec, il effleura le front de Frêne, lui assurant ainsi la bénédiction de sa Matriarche. Acquilon rejoignit le groupe de cavalières et la patrouille se mit en branle.

De leurs quatre membres puissants, les dragons prirent appui sur les épais bastaings de chêne encastrés dans la montagne, plantant leurs ergots de géants dans le bois centenaire. Le vent souleva leurs plumes, agita les lourdes rectrices de leurs queues. D'une impulsion de leurs cavalières, ils se laissèrent tomber. Le vrombissement décrut tandis qu'ils se précipitaient vers le sol puis retrouva toute sa puissance quand ils remontèrent soudain le long de la falaise. La poussière de la cour fouetta Frêne au visage. Acquilon et Joran prirent la tête du groupe et ils s'envolèrent vers l'ouest. Frêne voulut croire qu'elle distinguait encore les reflets colorés de leurs plumages et le scintillement des écailles de leurs dos tandis que l'escadrille disparaissait derrière les sommets.

« Puisse la brise souffler sous les ailes de ton dragon, Acquilon de Nordeau, Maîtresse annonciatrice, Héroïne de guerre, Matriarche. »

Elle contempla le ciel matinal encore quelques instants, pendant que la cour retombait dans le silence. Quand elle fut convaincue de ne plus pouvoir distinguer les silhouettes du groupe, elle se détourna. Quatre novices, sous la surveillance d'une Aînée au visage dissimulé sous une large capuche, ramassaient dans des brouettes plus hautes qu'elles les déjections que les dragons avaient laissées derrière eux.

CHAPITRE 2 :
DANS LE QUARTIER DES NOVICES

« Petites pousses à faire germer, jeunes herbes à rempoter. Tassons, tassons le terreau autour des jolis arbrisseaux. »
Anonyme

Dans son rêve, le monde qui est Nordeau et Nordeau qui est le monde sont un immense drap, tendu aux quatre coins, aux quatre directions, sur un métier de bois dans la pièce enfumée qui abrite les tisseuses. Elle n'a jamais mis les pieds dans la salle aux Métiers de la citadelle alors le rêve brode entre elles différentes pièces. La grande salle des novices, les hauts plafonds du temple, l'atmosphère empesée des quartiers des Aînées. La toile qui est le monde qui est Nordeau n'est pas tout à fait terminée, la navette court encore entre les fils de couleurs, dessus, dessous, elle tisse inlassablement la silhouette de Nordeau qui est le monde qui est le drap. Émergent alors la forteresse surplombant l'à-pic, les montagnes derrière qui gravissent le ciel et les nuages, les terrasses qui s'étagent sur leurs flancs, et la Vouivre torrent qui s'élance dans le vide. Le rêve dessine à sa façon les contours les plus lointains, ceux qu'elle n'a jamais visités : les fermes et les villages dans la vallée, les sommets encore enneigés, l'Ermite solitaire qui veille sur Baldré.

Dans son rêve, la tapisserie qui est Nordeau qui est le monde n'est jamais achevée. Les fils surgissent soudain de la toile, s'arrachent au métier à tisser. La navette éperdue s'abîme dans l'obscurité tandis que sur le cadre de bois les couleurs se hérissent, se défont, se déchirent.

Dans son rêve, les fils nouvellement libérés fusent sur elle avec rage. Ils s'enroulent autour de ses chevilles, de ses mollets, de ses cuisses. La pierre est froide et dure sous sa joue lorsqu'elle s'effondre au sol. Elle se cabre et se débat, mais aucune de ses ruades ne distend l'emprise de ses liens.

Dans son rêve, il n'y a plus de drap sur le métier, puisque chaque brin coloré s'attache à tordre ses membres autour de son corps, à ficeler son épiderme contre ses os. Les fils s'en prennent à sa trachée. Elle lutte pour aspirer une dernière goulée d'air puis sa bouche, son nez, ses yeux sont recouverts et la salle brodée par le rêve disparaît.

Sophie ouvrit brusquement les yeux sur une blancheur laiteuse qui lui sembla à la fois lointaine et proche, son souffle un pénible gargouillis au creux de sa gorge. Il lui fallut plusieurs essais de ses doigts mal assurés pour se débarrasser du drap qui, durant son sommeil, s'était enroulé autour de son visage et de son cou, qu'enfin elle puisse s'asseoir pour reprendre sa respiration. Une aube encore timide pointait le bout de ses doigts roses par la fenêtre. Aux creux de leurs petits lits de novices, ses camarades dormaient toutes profondément. Sophie inspira longuement la tiède atmosphère du dortoir jusqu'à ce que disparaissent les tremblements qui l'agitaient. Ils délaissèrent ses épaules, ses bras, ses mains, relâchèrent leur emprise, disparurent par à-coups, et avec eux les derniers vestiges d'une tapisserie inachevée que la novice oubliait déjà. Repoussant le drap assassin, elle jeta un coup d'œil à sa voisine du dessous, assoupie sous ses couvertures. Pènderyn ne lui pardonnerait pas un réveil aussi matinal, surtout pour parler du souvenir d'un rêve dont les tenants et aboutissants lui échappaient toujours davantage, à mesure que le soleil se hissait au-dessus de l'horizon. Mieux valait en parler à Raëlle lorsque l'Aînée serait disposée à l'écouter, si jamais une telle occasion se présentait dans la journée. Sophie se laissa retomber contre le matelas. Les farouches caresses de l'aurore sur les poutres du plafond dessinaient des fractales lumineuses qu'elle suivit du regard tandis que le matin se levait sur la citadelle des cavalières.

Lorsque toutes les novices furent éveillées, les Aînées menèrent la troupe de fillettes à travers Nordeau par une série de portes secondaires, de couloirs excentrés et d'escaliers cachés, jusqu'à la margelle carrelée des bassins. Sophie retrouva les thermes avec plaisir. De tout le vaste dédale mystérieux de la citadelle, seuls les bains étaient accessibles aux novices, mais malgré leurs visites quotidiennes, ils conservaient le charme chargé d'inconnu du grand fort des cavalières. Les novices les plus jeunes s'égaillèrent à travers la salle, remuant dans leur course des serpentins de buée. Sophie, Pèn et les enfants les plus âgées restèrent en arrière aux côtés des anciennes, afin de s'occuper des nourrissons dont elles avaient la charge. Sophie chérissait les visites aux bains. Elle était fière d'aider les Aînées dans le soin aux plus petites. Ces responsabilités semblaient, à peu de choses près, des devoirs d'écuyère et elle s'y appliquait autant que possible. Avec Pèn, elles baignèrent les petiotes et changèrent leurs langes, elles mesurèrent avec soin le lait pour les nourrir. Malgré le babillage incessant et incohérent des enfançons, elles ne rechignaient pas à s'en occuper, car c'était une autre voix qu'elles attendaient avec impatience. Une voix qu'elles n'auraient manquée pour rien au monde. Du coin de l'œil, toutes surveillaient Raëlle. L'ancienne était penchée sur l'enfant dont elle lavait la tête avec délicatesse, toute à sa tâche, et pourtant déjà ses lèvres remuaient inconsciemment. Doucement, elle se mit à chantonner pour elle-même. Ses voisines restèrent silencieuses, le regard rivé sur leurs charges agitées, mais l'oreille totalement acquise à la conteuse. La voix de Raëlle enfla, s'empara des vers, résonna sous la voûte du plafond. Elle murmura les premiers jours du Royaume réuni sous une seule couronne, une seule femme, un seul règne. Elle évoqua la passion que Myrddin vouait à Maude. Elle entonna les amours contrariées d'Oréna et du chevalier Griffon. Elle conta la victoire de la Reine sur le royaume voisin. Elle disait les années d'opulences qui s'ensuivirent quand Pènderyn l'interrompit.

« Mais tu nous l'as déjà raconté ça ! On veut la suite maintenant ! »

Sophie gloussa entre ses doigts et les Aînées soupirèrent.

« Patience, petite pousse, rétorqua Houle avec désapprobation, elle nous aurait déjà chanté la plus belle partie si tu ne l'avais pas interrompue, enfant pressée que tu es ! »

Pèn baissa un nez coupable et Raëlle reprit son fredonnement. Elle dit l'automne de Maude et ses cheveux devenus blancs. Elle dit la vieillesse qui colore tout de gris. Elle dit l'hiver d'une vie et la perte des mots, du corps, de l'esprit. Et, enfin, elle atteignit les nouveaux vers, composés dans la nuit :

Mais il vint un matin où la Reine s'éteignit
Notre deuil funèbre sur douze jours et douze nuits
S'étira en linceul à travers le pays.
Longues processions qui arpentent la terre,
Défilés mystiques qui égrainent leurs prières
Le peuple du Royaume pleure sa Reine bien-aimée

Dont il ne reste plus que Lunde et Baldré.
On porte au bûcher la dépouille royale
Et la fumée s'élève et rejoint les étoiles.
Quand s'essouffle pour de bon la dernière des braises,
On disperse ses restes au pied des grands mélèzes,
Sous les saules, sous les frênes et entre les racines,
Des rosiers, des sapins, des chênes et des glycines.
Maude retourne enfin à la Mère Forêt.
Restent de son passage baudrier et épée,
Myrddin reçoit la lame et au sein du Ravin
Disparaît pour mille ans, va noyer son chagrin.
Jamais ne reparaît de mémoire de dragon
Le magicien qui fut son plus proche compagnon.
Quant à Baldré de sang, de cuir et de douleur
C'est dans le Nord pluvieux qu'il patiente son heure.
Sous le regard éteint de l'Ermite de pierre,
Gardé par la montagne, le vent, les cavalières,
Il attend, silencieux, qu'on le brandisse enfin
Qu'on vienne dépoussiérer son glorieux destin.
Car quiconque se saisit de Baldré d'incarnat,
Est la Reine qui fut et celle qui sera.

Longtemps le timbre clair de l'Aînée emplit de sa force la salle des vapeurs et longtemps les novices en éprouvèrent les vers, dans l'intimité de leurs poitrines. Sans un mot, pour ne pas troubler les derniers échos de la chanson de Raëlle, Sophie et Pèn installèrent leurs charges sur un matelas près des Aînées et rejoignirent elles aussi les lavabos, les bains et les piscines.

Les thermes de Nordeau apportaient une autre grande satisfaction à la novice : la présence de miroirs. Couvertes de buée, abîmées par les ans, les vieilles plaques d'argent poli n'offraient plus, à qui voulait s'y voir, qu'un reflet dégrossi. Au moins épargnaient-elles au regard les petites impuretés qui s'acharnaient à fleurir sur la peau des jeunes filles et qu'elles ne pouvaient s'empêcher de gratter du bout des doigts, à longueur de journée. Sophie s'assit face à l'un d'eux et se rassasia de découvrir à nouveau sa figure. Tous ces jours passés main dans la main avec Pèn lui laissaient parfois oublier quel était son visage et quel était celui de son amie. Chaque matin après le soin aux benjamines, elle redécouvrait en détail son apparence. S'effaçait alors la représentation faussée d'elle-même, elle perdait la chevelure blonde et bouclée de Pèn, ses yeux noisette, sa face légèrement allongée à la peau pâle. Le faciès ami se dissolvait dans la buée des miroirs. Elle n'avait jamais demandé à Pènderyn si celle-ci se voyait sous ses traits à elle, si elle s'imaginait les cheveux sombres et raides, les yeux noirs en amande, les joues hâlées encore rondes et potelées. Il n'y avait rien chez l'une pour rappeler l'autre, détruisant ainsi leurs rêves de petites filles qui en faisaient des sœurs. Au moins partageaient-elles la même taille et portaient autour d'elles un regard de semblable hauteur. Dans les anticipations de leur vie d'écuyères, qu'elles se chuchotaient le soir venu, leurs cellules d'adultes ainsi que les stalles de leurs dragons se trouvaient côte à côte, elles appartenaient à la même escouade, leurs écuyères respectives étaient amies. Elles se couvraient de gloire ensemble et Raëlle leur accordait à toutes deux un sourire brillant de fierté. Elle ne parlait pas à Pèn des rêves qu'elle s'inventait ensuite, lorsque l'autre novice s'était endormie. Des rêves où elle s'emparait de Baldré et de Lunde, guidée par l'esprit même de Maude revenue de la Forêt des âmes pour en faire son héritière. Des rêves sans l'ombre de toutes les autres habitantes de

Nordeau se pressant autour d'elle. Des rêves de grandeur et d'éclat. Des rêves qu'elle ne s'autorisait que sous le couvert de la nuit, enveloppée de draps, avec la lune pour seul témoin. Le poids du regard de Raëlle l'extirpa à sa gangue songeuse. Du coin de l'œil, elle surprit l'Aînée à la dévisager, l'habituelle expression réprobatrice et sévère de son visage ridé remplacée par un air pensif que la novice ne lui connaissait pas. L'ancienne se détourna bien vite et Sophie, après un instant de pondération étonnée, rejoignit Pènderyn à l'écart des Aînées.

Les deux novices firent une brève toilette devant les lavabos avant de se glisser dans les eaux chaudes du premier bassin, où se poursuivait et s'éclaboussait une nuée de fillettes ayant abandonné leurs serviettes sur la margelle de pierre. Elles se mêlèrent à leurs camarades. Les novices jouaient à l'épervier à travers toute la salle des vapeurs, elles s'élançaient d'un bout à l'autre de la pièce passant d'un camp à un autre, se dissimulant sous les vasques ou derrière des paravents. À travers le rideau de buée qui flottait sur toute la salle, il devenait impossible de garder le fil de qui était rapace et qui était moineau. Ainsi, chaque approche par une compagne de jeu se transformait en une délicate négociation. On échangeait des regards suspicieux, on scrutait le visage adverse à la recherche de fourberie cachée. Selon ce que l'on croyait voir dans les yeux amis, on accordait ou non sa confiance, à tort ou à raison.

Le jeu se poursuivit jusqu'à ce que l'office matinal prenne fin et que quelques cavalières descendent aux bains. Les Aînées rassemblèrent alors les novices et elles se préparèrent à rejoindre leurs quartiers. Sophie lança un dernier regard aux miroirs du fond de la salle puis elle suivit Pèn, tandis que les cavalières prenaient possession des thermes. Elle buta contre le dos de son amie lorsque celle-ci s'immobilisa soudain : l'Intendante de Nordeau s'avançait face à elles. Elle salua les deux novices qui lui bloquaient le passage.

« Bonjour jeunes pousses »

Sophie observa, avec un sourire moqueur, Pèn s'empourprer et baisser le regard, incapable de croiser celui de la cavalière devant elle.

« Bonjour Intendante. »

Elle planta son coude sous les côtes de son amie et se réjouit de l'entendre glapir une vague salutation avant de s'enfuir à toutes jambes vers le groupe de novices qui quittait les bains. Bien qu'elle ne se trouvât que rarement en compagnie des novices, Berhane ne parut pas surprise.

« Tu passeras le bonjour à Pènderyn pour moi, Sophie. À bientôt. »

Sophie hocha la tête, tout sourire.

« Au revoir Intendante. »

Elle s'élança à la suite de ses camarades et, en quelques bonds juvéniles, sans plus se préoccuper de l'Intendante de la citadelle, disparut derrière les portes des bains. Sa course s'arrêta brusquement lorsqu'elle percuta Raëlle de plein fouet. L'Aînée avait perdu son attitude réflexive pour retrouver une grimace austère plus commune à ses traits et dardait sur Sophie un regard tout empli d'une rigueur de mauvais augure.

« Lorsque je guide mes novices d'un endroit à un autre, jeune pousse, je m'attends à ce que chacune d'entre elles suive mes directives et qu'aucune ne se disperse ainsi. Vous croyez-vous au-dessus de mes attentes ? »

Sophie se mordit les lèvres et baissa le nez, préférant se passionner pour les tomettes du sol plutôt qu'affronter les remontrances de la vieille femme.

« J'aimerais une réponse de votre part. »

La novice fronça les sourcils jusqu'à en troubler sa vision, mais ne releva pas la tête. Raëlle soupira comme elle le faisait toujours pour marquer clairement son mécontentement et Sophie plissa les narines pour retenir ses larmes.

« J'attends plus de vous, ajouta l'Aînée d'une voix neutre, vous souhaitiez me parler tantôt, cela devra attendre. »

Jamais un haussement de ton, jamais une altération de sa parole qui trahirait autre chose qu'une lassitude profonde. Elle semblait toujours inatteignable, jusqu'à ce que son humeur change et qu'un demi-sourire la rende accessible aux novices. Comme les autres enfants, Sophie avait appris à faire le dos rond face aux émotions les plus moroses de l'Aînée et à revenir quémander de l'attention lorsque ses dispositions s'amélioraient, ce qui lui arrivait principalement lorsqu'elle avait l'occasion de s'installer au coin du feu, avec sa pipe d'herbe divinatoire au bec. Raëlle finit par se désintéresser de l'enfant bornée dans son silence devant elle et, avec un énième soupir, se détourna pour rejoindre la terrasse des novices.

« Encore une fois ! »

Les novices se plièrent à nouveau à l'effort. Entre les arbres sacrés du verger, elles imposèrent à leurs corps la série de mouvements de l'échauffement traditionnel des cavalières.

L'esprit ailleurs, Sophie suivait du regard la cavalière-herboriste. Frêne clopinait jusqu'à la terrasse supérieure, un pan d'une de ses nombreuses écharpes remonté par-dessus la tête pour repousser les premières gouttes qui s'abattaient sur la citadelle. Sa silhouette voûtée était rare au-delà de son jardin de simples. Sophie pouvait compter sur les doigts d'une seule main le nombre de fois où Frêne s'était aventurée du côté du quartier des novices, et jamais l'herboriste n'avait adressé la parole à aucune des enfants qui y résidaient. Souvent, depuis la fenêtre du dortoir, debout dans son lit, Sophie avait tenté de l'apercevoir. Une fois mémorable, avec l'aide de Pènderyn et sous les regards ébahis des autres novices, elle avait escaladé le toit de tuiles glissantes de leur baraque et sauté par-dessus le fossé d'orties qui la séparait de l'autre terrasse. Elle s'était réceptionnée agilement dans l'herbe épaisse, où l'attendait Raëlle, les poings sur les hanches, son éternel air désapprobateur peint sur le visage – Sophie comptait sur les doigts de son autre main les rares fois où elle avait surpris l'Aînée à sourire. Raëlle l'avait raccompagnée fermement jusqu'au quartier des novices et elle s'était retrouvée de corvée de stalles pour le reste du mois. Rien qui ne soit trop pénible, car elle avait ainsi une excellente excuse pour côtoyer d'un peu plus près les dragons de plumes et d'écailles des cavalières, les formidables montures qui marquaient l'entrée d'une écuyère au sein de la communauté religieuse. Chaque jour elle scrutait son petit linge dans l'espoir qu'il se tache bientôt d'incarnat. Jusque-là, il l'avait toujours déçue.

« Encore une fois, jeunes pousses, puis nous irons nous mettre à l'abri de l'orage qui gronde. »

La voix claire de Houle la ramena au moment présent. L'herboriste avait disparu derrière le parapet de granit des escaliers et Raëlle avait rejoint le groupe de novices, attendant patiemment que les enfants reprennent la série d'échauffement. Les fillettes musiciennes entamèrent à nouveau leur morceau et les danseuses se plièrent à la cadence. Sophie se laissa porter par les gestes cent fois répétés. Neuf mouvements des pieds nus glissant sur l'herbe humide. Sept ondulations alanguies des bras et des épaules. Douze cambrures des phalanges, arcs forcés des doigts et de la main. Trois fois les novices effectuèrent l'enchaînement de l'ensemble, une fois la tête tournée de côté, une autre les yeux baissés vers le sol et une dernière le nez levé vers le ciel. Sophie s'oublia enfin dans l'effort. Elle se délecta de la souplesse de son corps, s'enivra de la pluie qui ruisselait sur ses joues et se mêlait à la sueur de son front. Quand flûtes et tambours se turent, les fillettes s'immobilisèrent dans le geste final, leurs respirations sifflantes noyées sous les vociférations du vent, le dos courbé, prostrées à terre après avoir cherché à tutoyer les nues. De derrière le rideau de ses cheveux, Sophie glissa un regard à Raëlle. L'Aînée opina sobrement du chef, octroya quelques sourires à certaines novices qui l'avaient satisfaite puis se détourna. Sophie serra les dents pour contenir la bouffée de frustration qui emprisonna soudain sa poitrine. Avare en mot d'encouragement, avare en mimiques approbatrices. Raëlle distribuait chichement les infimes indices de son contentement, le moindre frémissement positif. Rien ne semblait apporter autant de plaisir à la vénérable ancienne que de voir les fillettes trimer pour son acceptation. La pluie s'intensifia. Les Aînées rassemblèrent leurs pupilles et la troupe rejoignit l'abri du quartier des novices.

En cette fin d'après-midi, les dragons s'agitaient dans leurs stalles. Les fillettes allaient et venaient sans peur entre leurs jambes épaisses, les bras chargés de paille, poussant des brouettes emplies de quartiers de viande. Elles repoussaient sans crainte les gros becs inquisiteurs qui effleuraient leurs crânes. Sous les ventres des dragons flottait une fine poussière de litière et de plume soulevée par les allers-retours des novices et le piétinement impatient des montures, qui fit tousser Sophie. Elle frottait au balai-brosse la stalle vide de Joran. Raëlle profitait de l'absence de l'escouade de la Matriarche pour organiser un nettoyage en règle des boxes de leurs dragons et elle avait monté une petite armée de novices, équipées de balais, de fourches, de seaux. Sophie avait hérité de la stalle du dragon de la Matriarche et elle comptait bien obtenir pour son travail un compliment de la part de Raëlle, ou mieux, d'Acquilon elle-même. Elle renversa sur le sol le fond de son eau savonneuse et frotta d'autant plus vigoureusement.

Râpeux voyages du balai sur la pierre. Respirations assourdies de dragons assoupis. Chuchotis de fillettes. L'atmosphère tiède et humide de l'antre des dragons entourait tel un cocon les novices à la tâche. Même Pèn, lorsqu'elle passa la tête par-dessus le muret de séparation, était passée au murmure.

« Tu as bientôt fini ? »

Sophie lui désigna l'état de la stalle d'un large geste du balai.

« Attends, je viens t'aider. »

Avant qu'elle ait pu répondre, Pèn disparaissait de son côté, pour mieux réapparaître quelques secondes plus tard avec ses propres armes. Elles s'attelèrent côte à côte au nettoyage du sol et évacuèrent les déchets de litière, de fientes, de duvet. Les restes de mue s'effilochaient sous leurs brosses. La paille laissait lentement place à la pierre. À deux, elles eurent tôt fait de rendre la stalle, si ce n'est rutilante, du moins suffisamment propre pour que Sophie surprenne son reflet au détour d'une flaque. Il disparut sous la paille fraîche dont elles recouvrirent le sol, bien épaisse sur les côtés, enveloppante et douillette, comme l'aimerait un dragon. Avec la satisfaction du travail bien fait, bras dessus bras dessous, les deux novices rejoignaient le reste de leur groupe lorsque l'ombre inquiétante de Raëlle les surplomba soudain. Voûtée par l'âge, fripée comme un vieux coing par le temps, l'Aînée semblait comme toujours sur le point de leur reprocher une attitude trop frivole ou un manque de sérieux. Elle approcha son visage raviné de Pènderyn.

« Laissez-nous, jeune pousse. »

La novice ne se le fit pas dire deux fois. Elle osa une grimace de compassion pour son amie et détala ensuite sans demander son reste. Derrière l'Aînée et Sophie, le tumulte chahuteur des fillettes décrut progressivement, tandis qu'elles suivaient les anciennes vers leurs quartiers. Raëlle patienta sans un mot jusqu'à ce que la dernière des novices ait disparu dans la cour de la citadelle avant de se tourner vers l'enfant à ses côtés.

« Vous vouliez me parler, il me semble. »

Sophie hocha la tête, mais il lui fallut une poignée de secondes avant qu'elle ne trouve les mots pour répondre à l'Aînée.

« J'ai fait un rêve, cette nuit. Je ne m'en souviens plus très bien, mais c'est comme s'il avait continué de me suivre toute la journée.

– Qu'arrivait-il dans ce rêve ?

– Une tapisserie. Des tas et des tas de fils, qui voulaient m'étouffer. Vous dites dans nos leçons que c'est par les rêves que la Dame s'adresse à nous, est-ce que ça pourrait être elle ? »

Elle avait marmonné à contrecœur la fin de sa phrase, prête à se faire tancer pour ses velléités prophétiques, ou au moins pour sa diction inappropriée. Il n'en fut rien. Raëlle lui adressa le même regard énigmatique et intéressé que durant ce court instant aux bains. La novice s'agita, mal à l'aise, devant cette attention soudaine.

*

« Je me trompe probablement, marmotta-t-elle pour briser le silence inconfortable qui s'était installé, je ne devrais pas vous déranger pour si peu, je suis désolée.

– Au contraire, intervint Raëlle. Il est important d'être toujours attentive aux messages que la Dame nous adresse, quel que soit notre statut ou notre âge. La tapisserie est un motif qu'elle apprécie tout particulièrement, car il est un miroir du travail minutieux qu'elle effectue chaque jour sur la trame du Destin. Avez-vous déjà fait d'autres rêves vous ayant laissé cette impression de permanence ? »

Vivement, Sophie acquiesça. Sans qu'elle s'en souvienne parfaitement, mais plutôt par bribe et par fragment, d'autres rêves comme celui de ce matin lui revenaient à l'esprit. Elle ouvrait la bouche pour répondre lorsqu'une cavalière affolée les interrompit soudain.

« Maîtresse Raëlle ! »

Le sang qui maculait son visage aggravait d'autant plus le grisâtre de ses traits. Raëlle se précipita à son côté, offrit un soutien à son équilibre chancelant.

« Que s'est-il passé ? »

Malgré le calme que l'Aînée attachait à sa figure, une angoisse maladive suintait de chacune de ses paroles. La cavalière n'en devint que plus pâle.

« C'est notre Matriarche… »

CHAPITRE 3 :
LA MAÎTRESSE ET L'ÉCUYÈRE

« Deux écoles s'affrontent quant au premier des jours de Sophie Pendragon. Il est de ceux, dont je ne fais pas partie, qui donnent pour heure de sa révélation celle où, pour la première fois de sa courte existence, elle brandit Lunde, l'oubliée, épée des Reines. D'autres, en revanche, donnent à son épopée et à la guerre un autre début : au lendemain d'une simple escarmouche entre une patrouille de cavalières et des soldats sabès, lorsque la Matriarche de Nordeau succomba à ses blessures. »

Les Jours de Sophie Pendragon

par Rosaline Ulysienne Mandée Ayrelle

La veillée funèbre commença à la tombée de la nuit. Assise en silence près du lit, Éliane regardait la brume se lever par la fenêtre. Un brouillard épais s'élevait de la Vouivre et recouvrait la cour de la forteresse, noyant ainsi les lumières des deux premiers étages. On entendait à peine le jaillissement de l'eau sous les remparts. Le vent s'était couché, seul montait depuis le réfectoire le chant des cavalières :

La nuit m'appelle en son cercueil,
Ainsi je passe enfin son seuil.
Adieu ma fille, reprend ma flamme
Et sois la guide de nos âmes.
Quand le vent souffle contre les feuilles
Relève la tête avec orgueil :
Tu es ma fille et mon espoir
Celle qui entrera dans l'histoire.

La nuit m'appelle en son cercueil,

Ainsi s'achève enfin mon deuil.
Des cendres finalement je renais
À ton visage que je connais.
Devons-nous déjà repartir ?
Je me sens à nouveau faiblir.
Tiens-moi la main sur le chemin
Pour étreindre enfin le destin.

Éliane se retint de joindre sa voix aux leurs : elle avait fait vœu de silence pour cette nuit. Par la fenêtre, elle vit les dernières lueurs du soleil disparaître derrière l'horizon, puis la brume descendant des montagnes recouvrit Nordeau comme un linceul et il n'y eut plus rien à voir derrière la vitre qu'une blancheur terne et voilée. La cavalière détourna le regard pour finalement poser les yeux sur le corps de sa Maîtresse. Acquilon n'était plus aussi noble dans la mort que de son vivant. Sous le maquillage mortuaire, sa peau semblait parcheminée, ses lèvres tombaient en une grimace méprisante, sa grande taille et sa stature imposante avaient disparu dans les jours qui avaient suivi sa blessure, alors qu'elle luttait contre la fièvre. Il n'y avait que son nez qui se dressait encore au milieu de son visage détruit. Éliane s'éloigna. Elle ne pouvait échapper aux yeux peints sur les paupières closes qui paraissaient la regarder. C'était une mort stupide. La Matriarche avait conduit ses cavalières en patrouille le long de la frontière, un groupe de soldat des Sabès faisait de même, il y avait eu un affrontement. Éliane savait que ce n'était pas les cavalières qui avaient tiré l'épée les premières, pas avec Acquilon à leur tête : elle avait toujours scrupuleusement suivi les ordonnances du traité de reddition, même lorsque celles-ci contrariaient directement les intérêts de sa citadelle. Une mort stupide. Autant se jeter d'une poutre d'envol ou s'offrir en pâture à une meute de vorombes sauvages. Les Sabès devraient un jour payer pour leurs exactions, si l'on savait attendre. Éliane desserra les poings pour observer les marques en demi-lune imprimées par ses ongles sur sa peau. Juste sous son épiderme courait un frisson familier, écho de sa colère. Dans son nid de l'antre des dragons, Yuda s'agitait. Lui aussi participait à la veillée funèbre : il passait la nuit aux côtés de Joran. Au matin, quand on brûlerait le corps d'Acquilon, il aiderait le vieux dragon à muer, à se parer du manteau d'argent des anciens et l'escorterait jusqu'à la caverne des Aînées. Ainsi, Yuda, comme sa cavalière, aurait dit adieu à son Maître. Éliane battit des cils pour chasser les larmes de ses yeux. Dehors, le chant des cavalières s'était tu. La nuit recouvrait Nordeau de son manteau obscur, mais au loin dans la plaine brillaient encore les lumières de quelques villages. Adossée à la montagne, la forteresse se dressait au-dessus de forêts et de champs inconscients de son chagrin. La falaise tombait à pic sous les remparts, accompagnée dans sa chute par la Vouivre et ses eaux tumultueuses. Le soir enserrait de ses bras sombres la citadelle endeuillée, étouffait ses sanglots, offrait une oreille compatissante à ses larmes silencieuses.

On alluma le bûcher aux premières lueurs de l'aube. Les flammes se hissèrent vers le ciel pâle, concurrençant de leur éclat le soleil qui se levait au-dessus des forêts. Éliane se tenait bien droite face au brasier, même si sa chaleur lui rôtissait le visage. Dans son dos s'alignaient les cavalières, à sa gauche les écuyères et, derrière le bûcher, en un petit groupe serré, les novices. Elle ne chercha pas à lire, à travers les flammes, leurs visages encore froissés de sommeil. Elle ne s'était jamais souciée de les connaître, mais maintenant qu'Acquilon se consumait lentement sous ses yeux, il allait bien falloir leur porter davantage d'attention qu'à l'accoutumée. Elle en frémissait déjà d'ennui. Les habitantes de Nordeau restèrent debout autour des restes brûlants de leur Matriarche jusqu'à ce que le soleil les domine dans le ciel. Les volutes de fumée, d'abord une épaisse colonne noire, étaient désormais éparses et fragiles. Éliane entonna alors le chant des cavalières. Sa voix rauque et cassée par sa veille silencieuse peina à s'imposer, mais quand ses sœurs se joignirent à elle, leur chant résonna entre les montagnes, par-dessus le vent agitant les cimes, par-dessus le tumulte du torrent.

La nuit m'appelle en son cercueil,
Ainsi, commence ma veille, mon deuil.
Adieu, ma sœur, je pars devant,
Pour éclairer tes jours restants.
Je t'attendrai sur la colline
Celle qui surplombe tous les abîmes.
Main dans la main, cœurs contre cœurs
Nous reprendrons notre chemin.
La nuit m'appelle en son cercueil,
Ainsi j'échoue sur les écueils.
Adieu, ma mère, je te pardonne
Car déjà tu nous abandonnes.
Je m'acquitterai de ton destin
Je poursuivrai encore demain.
Sous la douleur et sous les flammes
Je brandirai nos oriflammes.

Quand elles se turent, les Aînées s'avancèrent entre les cendres et les dernières braises et, s'agenouillant dans la poussière des os, brûlèrent leurs encens sacrés et respirèrent leurs fumées divinatoires. Éliane surveillait Raëlle. Quel que soit le prénom que leur murmurerait la Dame, c'est par elle que viendrait la nouvelle. Un nuage s'éventra contre la montagne et la pluie se mit à tomber. Éliane resta immobile. Les Aînées étaient toujours prostrées au milieu des restes calcinés qui se transformaient en boue, attendant que leur soit chuchotée l'identité de l'héritière d'Acquilon, son écuyère de cendre. Raëlle se redressa sous la pluie battante et s'avança vers les novices. Depuis l'autre côté de la cour, Éliane ne put entendre le nom de celle qu'elle appela, mais elle put discerner l'une des fillettes les plus âgées, une petite silhouette aux cheveux noirs, serrer sa camarade la plus proche dans ses bras et s'extirper du groupe compact d'enfants. Elle rejoignit Raëlle et l'Aînée la guida jusqu'à sa Maîtresse.

« La Dame a parlé, clama Raëlle haut et fort. Du sang vient la cendre et de la cendre vient l'enfant. Ainsi sont nos coutumes. Acquilon a passé, voici venue Sophie ! »

Un long rugissement accompagna ses paroles. Depuis leurs quartiers des remparts, les dragons manifestaient leur approbation.

« Approche, jeune pousse. »

L'enfant qui serait son écuyère de cendre semblait plus fascinée qu'effrayée par son adoubement imminent. Son regard allait de l'Aînée à Éliane puis des restes du bûcher aux nuages noirâtres qui s'accumulaient au-dessus de Nordeau, sans jamais se fixer. Avec une touche de cendre, Raëlle traça sur son front la feuille trilobée de la Mère-Forêt, avant de faire de même sur celui d'Éliane.

« Du sang vient la cendre et de la cendre vient l'enfant. Comme l'Ancienne succède à la Mère qui succède à la Fille, l'Aînée succède à la Cavalière qui succède à l'Écuyère. »

Elle entailla légèrement leurs paumes et les appliqua l'une contre l'autre.

« Telle la Mère, la Cavalière guidera. Telle la Fille, l'Écuyère obéira. Ainsi sont liées toutes celles embrassées par le feu qui chevauchent les dragons. »

Raëlle se tourna vers Sophie.

« Ma fille, promets-tu d'obéir ? »

La novice acquiesça.

« J'obéirai.

– Éliane, promets-tu de guider ? »

Éliane serra la petite main de l'enfant dans la sienne.

« Je guiderai. »

Les marques sur le front de Sophie se délavaient tout comme les cendres du bûcher étaient emportées par la pluie. Les dragons rassemblés devant les poutres d'envol s'écartèrent et Joran s'avança. Il étendit ses ailes et s'éleva alors le bourdonnement familier des rémiges vibrant dans la brise. Le dragon rejoignit la grotte des Anciens et son gardien de pierre. Le silence retomba sur la cour.

Les cendres restantes furent poussées dans la Vouivre et les eaux claires du torrent se troublèrent. Avant cela, selon la tradition, de nombreuses cavalières étaient venues en puiser une pincée afin de colorer la pointe de leurs cheveux et de retourner méditer dans leurs cellules. Une Aînée avait rassemblé une poignée de cendre dans une aumônière de soie, qu'un dragon avait portée aux pieds de l'Ermite. Éliane regarda les cavalières se disperser. Bientôt, il n'y eut plus au milieu de la cour qu'elle-même, sa jeune écuyère à son côté et Raëlle, appuyée sur sa canne. Du coin de l'œil, elle vit Sophie se tourner vers elle.

« Maîtresse ?

– Silence. »

La pluie et les cendres maculaient ses bottes d'une boue grisâtre. Voilà tout ce qu'il restait d'Acquilon de Nordeau et pourtant, Éliane ne pouvait s'empêcher de penser que sa Maîtresse l'avait trahie. Car il n'y avait qu'une seule raison valable pour que Raëlle attende ainsi sous l'orage : elle voulait la voir devenir Matriarche à son tour. Aucune surprise ici, c'était ce à quoi sa Maîtresse l'avait préparée durant toutes ses années d'écuyère et même après qu'elle fut devenue cavalière. La Dame intervenait bien moins dans le choix de la nouvelle Matriarche que les bruits de couloirs et la popularité des prétendantes au titre. Pourtant, elle ressentait le décès d'Acquilon comme un abandon prématuré de son apprentissage. Elle n'était pas prête, il lui fallait plus de temps, beaucoup plus de temps.

« Éliane. »

Raëlle s'était avancée jusqu'à elle.

« Mère.

– Voudrais-tu me suivre ? »

L'eau dégoulinait en petits ruisseaux de la capuche de l'Aînée et cascadait ensuite le long de ses épaules et dans son dos.

« Où ça, Mère ? »

« Éliane, tu sais très bien ce que ma présence sous cette pluie battante signifie, cesse de jouer les ignorantes, épargne mes vieux os et viens avec moi. »

Les deux femmes se dévisagèrent. L'orage grondait au-dessus de leurs têtes, grand monstre accouché par la rencontre des montagnes et de la plaine qui s'étendait sous la citadelle. Le printemps se faisait attendre et l'air froid des sommets descendait par bourrasques le long des pentes, entraînant à sa suite de larges nuages gris hauts comme des forteresses qui déversaient sur Nordeau leurs eaux tumultueuses.

« Sophie. »

Éliane se tourna enfin vers l'enfant.

« Va à l'intendance et trouves-y Berhane. Elle te montrera ta cellule. »

Sophie s'agrippa à sa manche.

« Je ne peux pas venir avec vous ?

– Non. »

Elle détacha les doigts de la jeune fille de son manteau.

« Fais ce que je te dis. »

L'écuyère baissa la tête. Éliane sentit une pointe de culpabilité à la laisser seule en son premier jour d'écuyère, mais rapidement d'autres soucis s'imposèrent à son esprit. Il y aurait d'autres apprenties à former, il n'y aurait pas d'autres occasions de devenir Matriarche. Quand l'enfant eut disparu derrière les portes de la citadelle, elle tourna les talons et précéda Raëlle sur le chemin des terrasses. Elles traversèrent les quartiers des novices sans un regard pour les fillettes ébahies et poursuivirent leur avancée plus loin dans la montagne, dans le cœur même des habitations des anciennes. Éliane ne marqua le pas que devant les portes lourdement décorées où Raëlle reprit les devants et les introduisit dans la chapelle du conseil. Réunies autour de l'immense âtre central, qui léchait de reflets orangés les plis de leurs robes, se tenait l'ensemble des Aînées dirigeantes. Éliane en reconnut quelques-unes que leurs capuches ne dissimulaient pas entièrement, dont Houle, qui secondait Raëlle.

« Avance, cavalière, et présente-toi aux flammes. »

Leurs voix venaient frapper les hautes voûtes du plafond et se répercutaient en mille échos éclatés. Éliane s'approcha du feu à grands pas et étendit sa main au-dessus du brasier.

« Je suis Éliane de Nordeau, Maîtresse bâtisseuse, écuyère d'Acquilon, mon dragon se nomme Yuda. »

Elle abaissa sa main dans l'âtre.

« Je présente mon cœur aux flammes. »

Le feu s'empara de ses doigts et elle dut en appeler à toute sa volonté pour ne pas s'écarter du foyer. Les Aînées tout autour d'elle resserrèrent les rangs. Tous les visages se tournèrent vers sa main soumise aux flammes. Malgré la chaleur insupportable qui la martyrisait, aucune rougeur, aucune cloque, aucune brûlure ne venaient défigurer sa peau. Pourtant, la cavalière le sentait, quelque chose se dessinait sur sa paume. Tout comme au dernier jour de son noviciat lorsqu'elle avait présenté sa main aux flammes avant de s'avancer plus profondément dans le temple et la montagne pour la naissance de son dragon. Les Aînées se rapprochèrent. Éliane serra les dents pour oublier la douleur et concentra toute son attention sur le lien ténu qui pulsait entre elle et Yuda. Elle y puisa la force de tenir quelques secondes de plus, juste quelques instants. Sur sa droite, Raëlle entama la prière consacrée. Une à une, les autres femmes se joignirent à elle et leurs voix emplirent le temple des paroles rituelles. La morsure du feu se fit plus tendre autour de ses doigts et plus vive encore contre sa paume. Elle tituba. Reprit pied. Sa vision se troubla. Les colonnes, les ogives, les vitraux, tout tremblait, le temple se dissolvait dans les flammes. Seul restait le brasier qui entourait sa main et ne voulait plus la lâcher. Pendant un instant, elle crut voir la silhouette vacillante d'Acquilon de l'autre côté de l'âtre. Puis le feu reprit ses droits.

« Éliane ! »

La voix de Raëlle avait claqué sèchement, dissipant les illusions. Éliane leva les yeux. Elle avait retiré sa main des flammes et la tenait serrée contre sa poitrine.

« Éliane, reprit Raëlle avec plus de douceur, montre-nous ta paume. »

À contrecœur, la cavalière étendit le bras et présenta sa main au regard des Aînées. Les courbes délicates d'une feuille de chêne se dessinaient sur sa peau, autour de la petite coupure reçue lors de la cérémonie de l'écuyère de cendre. Les Aînées murmurèrent leur approbation.

« Éliane de Nordeau, la Dame accepte ton cœur. »

Elle fit son paquetage dans l'intimité de sa cellule, à l'abri du regard de la citadelle. Quelques chemises de rechange, ses armes soigneusement aiguisées et nettoyées et, aussi, la tenue de deuil blanche, celle qu'elle avait tissée de ses mains dans les derniers jours d'Acquilon, quand tout espoir de guérison s'était envolé. Elle y rajouta la paire de gants assortis, mais, lorsque sa main s'arrêta au-dessus des bottes de daim clair près de son lit, elle hésita. Les cendres d'Acquilon étaient tout juste froides dans la cour de Nordeau et déjà comptait-elle utiliser son décès comme un atout dans sa manche. Jouer avec les nerfs de Perle de Soufeu avait cependant son attrait, car nul doute que la Matriarche du Sud verrait d'un mauvais œil Éliane atteindre un grade égal au sien. Elle grimaça. Revoir la face amère et le crâne rasé de sa vieille ennemie, quatre mois seulement après leur dernière rencontre, lui laissait un arrière-goût rance dans la bouche. Acquilon riait de leur étrange inimitié, qu'elle qualifiait de passion enfantine. Pourtant, la Matriarche était toujours intervenue pour apaiser les choses entre sa consœur de Soufeu et son héritière désignée. D'une pointe d'humour, d'une remarque assassine. Elle avait su garder la relation amère des deux cavalières à son plus bas niveau de toxicité. Et maintenant ses restes traversaient le Royaume dans les flots de la Vouivre, avec les truites et les brochets pour seule compagnie. Elle se perdrait dans les replis des berges effondrées, s'échouerait contre des bancs de sable, s'emmêlerait au milieu des algues. Elle rejoindrait finalement le Darracq et son Ravin profond. Le fleuve tumultueux dans sa prison de pierre s'efforcerait de rejeter l'intruse, il la fracasserait contre les parois de ses gorges, chercherait à l'égarer dans le dédale souterrain dans lequel il s'enfonce près de la frontière et puis il accepterait sa présence, comme chacun finissait par aimer la Matriarche de Nordeau. Alors il la porterait gracieusement sur la fin du parcours et elle rejoindrait l'océan. Tout au long de son trajet, la forêt se sera nourrie de ses cendres, buvant avidement l'eau du torrent et du fleuve. Elle serait partout à travers le Royaume, susurrant avec le vent dans les feuilles des arbres, frémissant timidement au milieu des fleurs. Dans l'océan aussi elle tiendrait une vigile et lorsqu'Éliane affronterait la grotte des Premiers sur les plages de sable noir du Sud profond, elle serait là dans le clapotis des vagues, dans la brise marine, dans l'écume mousseuse qui s'alanguit au pied de Soufeu. Éliane dédaigna les bottes et noua les cordelettes de son sac. Entretemps, il lui faudrait affronter seule la rancœur de Perle. Elle parcourut une dernière fois du regard sa petite cellule de cavalière et son mobilier simple. À son retour, elle occuperait les appartements de la Matriarche, au dernier étage de la citadelle. Elle passa son sac en bandoulière, tourna les talons et ouvrit la porte. Sophie l'attendait de l'autre côté. Éliane se figea. Derrière la toute jeune écuyère, les mains sur ses épaules, se tenait Berhane.

« Intendante, siffla Éliane. »

Elle raffermit sa prise sur son sac.

« Je peux faire quelque chose pour toi ? »

Elle garda son regard fixé sur l'imposante Intendante, sans dévier en direction de Sophie. Berhane eut l'audace de sourire.

« J'ai pensé que vous voudriez voir Sophie, avant votre départ, après tout ce sera son premier voyage hors de nos murs et je sais comme cela peut être impressionnant... »

Éliane l'interrompit.

« Son premier voyage ? Intendante, je crains qu'il y ait une erreur. »

Du coin de l'œil, elle aperçut Sophie se tordre le cou pour dévisager à la fois Berhane et sa Maîtresse.

« Je ne comprends pas.

– Mon écuyère va rester à la citadelle durant mon voyage vers le Sud. Je ne l'emmènerai pas. »

Elle se raidit contre la plainte soudaine qui échappa à la fillette.

« Je ne peux pas m'encombrer d'une passagère alors que tant d'affaires d'importance m'attendent. Elle sera bien mieux ici à m'attendre, plutôt qu'à me suivre jusqu'à l'autre bout du Royaume. Maintenant, si tu veux bien m'excuser. »

Elle contourna au plus vite l'Intendante et s'arracha, sans un regard, à Sophie, qui avait tenté de la retenir par un bout de manteau. Seules les pierres de la citadelle furent témoin des crispations de son visage quand l'écuyère se mit à pleurer.

CHAPITRE 4 :
L'ANTRE DE L'HERBORISTE

« Durant vos années d'écuyère, vous apprendrez à vous servir d'une épée, d'un bouclier et d'une lance. Puis, vous choisirez quelle voie de cavalière vous souhaitez suivre parmi les trois pratiques ancestrales de notre ordre : bâtisseuse, intrigante ou annonciatrice. Chaque voie possède ses qualités et ses défauts, chaque voie vous ouvre des portes et vous en ferme d'autres. Choisissez bien. Connaissez-vous. Faites la fierté de votre citadelle. Et sachez que si la voie des intrigantes est la plus ardue, elle est aussi la plus puissante. »

Discours aux jeunes écuyères de Nantilde, Matriarche d'Ousterre, Maîtresse intrigante.

Dans son rêve le vent souffle une poussière de sable fin et même sa cape remontée contre son visage ne parvient pas à repousser les grains qui s'infiltrent entre ses vêtements et son corps, raclant sa peau. Elle erre entre les ruines d'une cité effondrée. Des remparts, des maisons, des temples, il ne reste que des pierres et des tessons de tuiles, éparpillés à travers les champs, perdus entre les hautes herbes. Elle suit un sentier qui macule ses bottes de poussière blanche et serpente entre les éboulements, autrefois de hauts murs, maintenant recouverts de lichen. Au détour d'un carrefour effacé, elle découvre une jeune femme accroupie au-dessus d'une fosse, un pinceau à la main, qui époussette avec application un éclat de poterie. Son pied heurte une pierre et la jeune femme se retourne. Elle veut s'excuser, dire qu'elle n'a aucune idée de comment elle a atterri là, mais sa langue trop lourde colle à son palais. La jeune femme se lève et s'avance à grands pas vers elle. Elle semble saluer l'écuyère, le vent recouvre ses paroles. Puis le sol l'engloutit.

Dans son rêve, elle est prisonnière d'une bibliothèque sans fin qui lui oppose, rayonnage après rayonnage, une quantité de livres comme elle n'en a jamais vu. Les étagères se suivent et se ressemblent. D'abord elle n'est pas inquiète, elle trouvera bien la sortie. Et puis les livres n'en finissent pas, l'ombre où se perd le fond de la bibliothèque semble ne jamais vouloir se rapprocher, les fenêtres s'enchaînent, donnent toujours sur le même paysage, projettent les mêmes rayons de lumière où tourbillonnent des flocons de poussière. Elle commence à courir. Les rayonnages défilent autour d'elle sans discontinuer. Et puis soudain apparaît une silhouette et l'écuyère ne peut pas freiner. Elle percute la jeune femme des ruines.

Sophie ouvrit brusquement les yeux. Un instant elle paniqua dans le demi-jour de sa chambre. Puis elle se souvint qu'elle dormait désormais au sein même de la citadelle et non plus au milieu des autres novices, dans leur dortoir creusé dans la montagne. Sa cellule était plongée dans l'obscurité, un unique rai de lumière se faufilant entre la pierre et le volet pour éclairer des formes étranges sur les poutres au-dessus du lit. Sophie resta immobile sous les draps. Quelques semaines plus tôt, elle se serait tournée vers Pènderyn, sommeillant encore dans le lit sous le sien. Elle l'aurait appelée à voix basse, puis de plus en plus fort jusqu'à ce que son amie émette une série de gargouillis pathétiques et ouvre enfin les yeux. Désormais, elle n'avait plus que les murs pour confidents. Des éclats de voix et des bruits de couverts lui parvenaient depuis le réfectoire, mais elle ne trouvait pas encore le courage de se lever. Éliane était partie quinze jours plus tôt et son écuyère était restée en arrière, guidée brièvement à travers la citadelle par Berhane avant que ses devoirs d'Intendante ne l'arrachent à sa tâche et que Sophie ne se retrouve à nouveau seule.

Elle roula hors du lit sans conviction et revêtit ses frusques grises d'écuyère de cendre avant de sortir de sa cellule. Deux semaines déjà qu'Éliane était partie et Sophie tournait en rond dans la citadelle. Berhane avait bien essayé de lui trouver des occupations. Elle lui avait présenté la bibliothèque, le gymnase, la salle d'armes et les bains, mais de toutes les salles de la citadelle seuls les bains lui étaient pour l'instant accessibles et il lui faudrait encore attendre ses premières règles avant de pouvoir pleinement profiter de ce qu'offrait Nordeau. La cavalière-archiviste lui avait poliment, mais fermement interdit l'accès aux livres, la Maîtresse d'arme lui avait décoché un regard consterné avant de l'ignorer tout simplement. Même les cuisinières refusaient de la laisser participer aux corvées quotidiennes. Berhane, rappelée par d'autres obligations, avait dû la laisser seule. Les autres cavalières avaient toutes des tâches très importantes à accomplir, leurs écuyères les suivant comme des ombres. Il ne lui était plus permis de se rendre chez les novices et si les Aînées la saluaient avec déférence, elles lui interdisaient de rester en compagnie de ses anciennes camarades. Rapidement, la fierté qu'elle avait ressentie quand Raëlle avait énoncé son nom, durant l'adieu à Acquilon, s'était évanouie. Peu importait d'être dépositaire d'un titre ronflant si aucun honneur n'en découlait.

Descendue au réfectoire, Sophie supporta en silence les murmures échangés sur son passage et prit immédiatement le chemin des terrasses. Cavalières et écuyères occupaient la cour de Nordeau, pratiquant des exercices d'escrime, aiguisant leurs épées. Une escouade sur le départ menait à bien ses derniers préparatifs. La vie reprenait son cours au sein de la citadelle. Seuls les mouchoirs blancs de deuil noués au-dessus des coudes trahissaient les bouleversements passés. Sophie traversa la Vouivre la tête baissée et aussi discrètement que possible vers les vergers. Aucune des cavalières affairées autour des arbres du jardin sacré ne lui accorda un regard. L'écuyère poursuivit son chemin. Un vent froid et perçant soulevait les feuilles mortes sur son passage, il emportait aussi avec lui de lourds nuages noirs qui annonçaient un énième jour de pluie pour les habitantes de Nordeau. Il n'y avait aucune chance que les Aînées fassent sortir les fillettes par un temps pareil. Sophie gravit rapidement l'escalier creusé dans la montagne, qui menait à la terrasse suivante et sourit devant les pelouses vides. Elle se faufila jusqu'à l'escalier, grimpa quatre à quatre les marches jusqu'à la troisième et dernière terrasse. La fenêtre au-dessus de son lit de novice était l'une des plus hautes, avec Pènderyn, elles s'étaient souvent blotties sous leurs édredons pour contempler le déchaînement des orages qui frappaient régulièrement la citadelle. C'était de cette fenêtre qu'elle avait escaladé le toit de leur quartier pour sauter jusqu'à l'endroit où elle se trouvait actuellement. Aujourd'hui, Sophie espérait pouvoir discuter avec Pèn depuis ces hauteurs. La lumière vive de plusieurs lampes brillait derrière les fenêtres de l'herboriste, mais l'écuyère ne vit aucun mouvement à l'intérieur. Après s'être bien assurée qu'aucune cavalière mystérieuse ne l'observait, elle se glissa jusqu'à l'extrémité ouest de la terrasse, celle qui faisait directement face à la demeure des novices, et appela Pènderyn à voix basse. N'obtenant aucune réponse, elle haussa légèrement le ton.

« Pèn ? Tu es là ?

– Tu ne trouveras personne dans le dortoir à cette heure-là, il me semble qu'elles sont en pleine leçon. »

Sophie poussa un cri de surprise et manqua de basculer par-dessus le mur. Après avoir retrouvé ses appuis, elle se tourna vers celle qui l'avait interpellée, une expression contrite sur le visage. La porte de l'herboriste était ouverte et son occupante la regardait d'un air moqueur. D'un geste du doigt, elle appela l'écuyère à elle et Sophie s'avança en traînant des pieds. Comme elle s'approchait, la cavalière leva un sourcil surpris.

« Tu es l'écuyère de cendre. »

Ce n'était pas une question, mais la jeune fille acquiesça.

« Qu'est-ce que tu peux bien faire ici ?

– J'attends qu'Éliane rentre. »

Frêne étouffa un ricanement.

« Tu vas attendre encore longtemps. Il faut près de deux semaines pour atteindre Soufeu et la cérémonie en elle-même risque de prendre plusieurs jours. Qu'est-ce que tu vas faire pendant tout ce temps ? Regarder les nuages ? »

Sophie se renfrogna.

« J'ai pas le choix, non ? Personne ne veut rien m'apprendre.

– Voyez-vous ça. »

L'herboriste l'examina par-dessus l'écharpe qui lui mangeait la moitié du visage. Elle dut être satisfaite de ce qu'elle voyait, car elle s'écarta légèrement sur le côté et Sophie put se faufiler à l'intérieur. L'antre de Frêne sentait le feu de bois et les épices. Dans l'âtre creusé à même la montagne brûlaient des bûches de sapin et sifflait une bouilloire. Des bouquets d'herbes séchées pendaient du plafond aux côtés d'une grappe de têtes d'ail et de différents ustensiles de cuisine. L'évier, lui aussi arraché à la falaise, était encombré d'arrosoirs et de pots en terre. Un bahut de chêne débordait de vaisselles dépareillées. Sous une fenêtre, le lit disparaissait sous les coussins et les édredons. Tous les espaces libres étaient occupés par des livres et des plantes.

« Assieds-toi. »

Sophie grimpa sur un banc près de l'immense table qui trônait au milieu de la pièce.

« Fais un peu de place, je vais préparer le thé. »

Sophie considéra la table. Elle était jonchée d'objets hétéroclites : plumes, parchemins, crânes d'oiseaux, bocaux abritant des crapauds, pots d'infusions et de champignons, assiettes sales, qui dissimulaient totalement le plan de travail. Chaque objet qu'elle repoussait en laissait apparaître un autre. Sous un carnet de croquis, elle découvrit un lézard mort que le temps avait momifié.

« C'est dégueu chez toi. »

Frêne lui jeta un regard mauvais.

« Je suis organisée dans mon désordre. N'importe quelle herboriste digne de ce nom te garantira que c'est une preuve de grande intelligence, alors épargne-moi tes commentaires. »

L'herboriste était perchée en équilibre précaire sur un escabeau devant une bibliothèque où ne sommeillait aucun livre. Les rayonnages de bois clairs abritaient des centaines de petites boîtes, toutes étiquetées avec attention selon un code que Sophie ne pouvait pas déchiffrer depuis sa place. Frêne sembla réfléchir longuement avant de se décider pour un des récipients les plus hauts. Après avoir déposé son choix devant l'écuyère, elle excava de son fourbi une théière qui avait connu des jours meilleurs, deux tasses ébréchées et un pot de miel aux trois quarts vide.

« L'art du thé s'est perdu au sein de l'ordre, comme nombre de savoirs et traditions des cavalières, mais je peux encore produire une boisson correcte. »

Elle plaça quelques feuilles séchées au sein de la théière et versa l'eau frémissante de sa bouilloire de cuivre.

« Voilà. Il n'y a plus qu'à attendre. »

Elle déposa une cuillère de miel au fond de chaque tasse puis lentement, difficilement, se glissa sur le banc à côté de Sophie. Elles patientèrent en silence tandis que le thé infusait. Au-dehors, la pluie reprenait, accompagnée de brusques rafales qui agitaient furieusement les plantes du potager de Frêne, faisaient grincer la toiture de sa bicoque, se précipitaient en sifflant vers la vallée en soulevant les feuilles mortes dans la cour de la citadelle. Depuis l'intérieur, les gémissements du vent étaient presque étouffés par le ronronnement de l'âtre. Seules les secousses qui parcouraient la bâtisse et la danse effrénée des branches dans les jardins leur indiquaient la violence de l'orage qui se déchaînait au-dessus de leurs têtes. Sous le regard scrutateur de Sophie, Frêne versa du thé dans les tasses, libérant des nuages de vapeur et un parfum de fruits rouges. Pour la première fois, l'écuyère pouvait observer la mystérieuse herboriste de près, sans qu'elle s'éloigne rapidement vers la sécurité de sa propre terrasse.

« Pourquoi on ne te voit jamais en bas ? »

L'herboriste enroula ses mains autour de sa tasse de thé.

« Je n'ai que faire des histoires des cavalières. »

Sophie la dévisagea, dubitative.

« Mais toi aussi tu es une cavalière.

– Je suis herboriste, répondit Frêne en buvant une gorgée de thé. Leurs papotages, leurs chamailleries, leurs querelles, tous ces petits bruits du quotidien… C'est d'un ordinaire. »

Elle renifla avec dédain.

« Je suis bien mieux ici, loin des murmures de la citadelle. »

Elles se turent, vidant leurs tasses à petites gorgées. Le goût âpre du thé se répandait sur la langue de Sophie, suivi par la douceur du miel contre son palais, diffusant une chaleur bienfaisante dans tout son corps. Dehors, l'orage était brusquement arrivé à son terme, il ne pleuvait plus et un jour grisâtre perçait à travers les nuages. Plus bas, dans la cour de la citadelle, les cavalières reprenaient probablement le fil de leurs activités. Pourtant, aucun bruit ne montait jusqu'à la maison de Frêne. Seul le vent, dans un dernier sursaut de colère, faisait encore trembler le toit. Toute sa vie, Sophie avait connu l'agitation de Nordeau, la foule qui martèle la terre battue de la cour, les conversations étouffées des novices le soir dans le dortoir, les ronflements des dragons et, plus récemment, les pas derrière la porte de sa cellule. Pour la première fois, elle entendait le silence de la montagne.

« Qu'as-tu fait depuis le départ d'Éliane ? »

Sophie soupira.

« J'ai fait le tour de la citadelle. J'ai observé l'entrée de la bibliothèque qui me reste évidemment fermée. J'ai observé les cavalières entraîner leurs écuyères au gymnase. Je les ai observées pénétrant dans la salle des Métiers. J'ai beaucoup observé le plafond depuis mon lit aussi. »

D'un air affecté, elle avait compté sur ses doigts ses différentes occupations. Elle contempla sa main.

« Voilà. »

Frêne rit. Et son rire était un raclement de gorge guttural semblable au grognement d'un dragon.

« Je comprends mieux comment tu t'es retrouvée ici. Ha ! Il est beau le tutorat de notre nouvelle Matriarche. »

L'herboriste leur resservit du thé.

« Ce que je ne comprends pas, c'est pourquoi elle ne t'a pas emmenée avec elle. »

Sophie grimaça et baissa les yeux.

« J'ai pas encore eu mes premières règles. »

Frêne hocha la tête.

« Je vois. Pas de sang, pas de dragon. »

Elle observa la mine déconfite de la jeune fille de l'autre côté de la table.

« Être écuyère de cendre est un grand honneur, tu sais. Seules celles appelées par un destin d'envergure sont ainsi choisies par la Dame.

– Mais je n'ai pas de dragon. Ni de Maîtresse d'ailleurs, quand on y pense. Comment suis-je censée accomplir quoi que ce soit de grand toute seule, sans dragon, sans Maîtresse ? »

Ses doigts se crispèrent sur son giron.

« Elles me regardent toutes de loin comme une étrangère alors que j'ai grandi ici ! Aucune d'entre elles ne veut m'apprendre quoi que ce soit, pas même comment tenir une épée. »

« Seule la Maîtresse d'une écuyère de cendre est autorisée à la former. Lorsque le bûcher d'Acquilon t'a désignée, tu es devenue l'héritière de notre Matriarche. Pour le moment, personne ne sait tout à fait ce que cela signifie, mais aucune cavalière saine d'esprit ne se risquerait à aller contre les désirs de la Dame. »

La bouche de Sophie se tordit en une grimace doucereuse.

« Quel intérêt alors ? M'interdire de voir mon amie ? Porter ces vêtements immondes ? Elles ont toutes droit à des couleurs de cavalières alors qu'on dirait que j'ai fait la poussière en me roulant par terre ! »

Elle serra les poings autour de sa tunique grise. Frêne soupira. D'une gorgée, elle avala son reste de thé refroidi et se leva de table.

« Viens avec moi. »

L'herboriste se dirigea vers la porte, près de laquelle elle récupéra une énième écharpe à enrouler autour de son corps voûté, par-dessus son manteau-tissé de cavalière. Puis elle sortit dans le froid. Sophie lui emboîta le pas. Elles contournèrent la bicoque et gagnèrent le grand potager qu'entretenait l'herboriste. Les rangées de légumes et de simples se suivaient, alignées symétriquement de chaque côté de petites allées pavées d'ardoise. De minuscules enseignes indiquaient le nom des différentes essences qui poussaient là et, à intervalles réguliers, des charmes colorés se balançaient dans le vent. Frêne et Sophie s'engagèrent entre les rangs de sauge, de basilic et d'oignons. De temps en temps, l'herboriste s'arrêtait, se penchait entre les plantes et, d'un souffle, ranimait un sortilège que l'orage avait abîmé. Elles progressèrent ainsi jusqu'au cabanon tout au fond du potager, adossé, lui aussi, à la montagne. La cavalière disparut à l'intérieur et Sophie l'entendit chercher parmi ses différents outils tandis qu'elle patientait dans le jardin. Frêne émergea brandissant une bêche rouillée.

« Ôte tes chaussures. »

Sophie la dévisagea sans comprendre.

« Es-tu sourde ou es-tu sotte ? J'ai dit : ôte tes chaussures. »

Avec empressement, l'écuyère s'assit sur la terre humide et se débarrassa de ses bottines. Elle se redressa tout aussi vite et, plantant ses pieds nus dans l'humus, fit face à l'herboriste.

« Bien. Puisque personne ne veut rien t'apprendre, je vais m'occuper de toi. Par contre, attends-toi à en baver, toutes ne supportent pas l'entraînement des intrigantes. »

Sophie écarquilla les yeux de surprise.

« Tu vas m'apprendre à me battre ? »

Frêne fit tournoyer sa bêche juste sous le nez de l'écuyère qui dut reculer d'un pas pour éviter que le fer corrodé ne morde sa chair.

« Certainement, oui ! s'exclama la cavalière, une énergie nouvelle brillant dans ses yeux. Mais rien qui ait à voir avec ces parades au bouclier et ces larges mouvements de lance dont se rengorgent les bâtisseuses et les annonciatrices. Si tu veux que je te transmette quoi que ce soit, il va falloir penser en intrigante. »

Cette fois-ci, Sophie dut s'écarter d'un bond pour esquiver l'attaque de l'outil de jardinage.

« Leçon numéro un. »

Frêne força l'écuyère à céder un peu plus de terrain.

« L'esquive. »

Elle frappa de nouveau, atteignant la jeune fille à l'épaule. Sophie s'élança au-dessus d'une rangée, mais la bêche vint la cueillir à la cheville et elle bascula tête la première au milieu des plantes aromatiques. À peine debout, déjà l'herboriste se dressait à son côté et la houspillait de petits coups sournois aux genoux qui la forcèrent, pour s'y soustraire, à danser d'un pied sur l'autre. Frêne lui assena un revers de manche au menton et elle se retrouva à nouveau le nez dans les simples.

« Plus vite. Si j'avais ma rapière, tu serais déjà morte. »

Sophie cracha un peu de terreau.

« C'est pas juste ! Je n'ai rien pour me défendre ! »

Elle roula sur elle-même et la bêche se planta dans le sol juste devant sa figure.

« Si. »

Le coup suivant lui effleura l'oreille. Elle dut ramper sous les buis pour échapper à sa poursuivante.

« Tes jambes. »

Elle détala entre les allées. Encore et encore, Frêne l'attaqua de sa bêche, encore et encore, l'écuyère mordit la poussière. Elles traversèrent ainsi le jardin, et quand enfin Sophie sentit sous la plante de ses pieds les feuilles mortes du verger, elle était hors d'haleine et couverte d'ecchymoses. Devant elle se dressait une Frêne rayonnante qui gloussait dans ses écharpes.

« Pas trop mal. »

Soudain elle s'affaissa lourdement sur sa bêche, comme si toute énergie l'avait brusquement quittée. Sophie se précipita à son côté.

« Qu'est-ce qui t'arrive ? »

Frêne s'appuya contre l'écuyère.

« Ce n'est rien. Juste un peu de fatigue. Viens, aide-moi à rentrer. »

Lentement, d'un pas mal assuré, elles regagnèrent la bicoque et sa chaleur bienfaisante. L'herboriste se laissa tomber dans un fauteuil, près de la cheminée où ne survivait plus qu'une poignée de braises. Un tremblement discret, mais continu agitait ses jambes. Dès qu'elle fut assise, elle sembla reprendre son souffle.

« Merci. Maintenant, laisse-moi. Je dois me reposer. »

– Mais…

– Fais ce que je te dis, Sophie ! »

L'écuyère recula vers la porte plus vite que si Frêne avait brandi sa bêche. La cavalière la menaça du regard jusqu'à ce que sa main trouve la poignée et qu'elle soit à demi dehors. Alors l'herboriste se détendit et, s'engonçant confortablement dans ses nombreuses couches d'écharpes, lui lança un petit sourire.

« Reviens demain. Il faut réparer toutes ces bêtises que tu as faites dans mon potager. »

Sophie acquiesça en silence. Ce ne fut qu'une fois dehors qu'elle réalisa que ses chaussures gisaient toujours, abandonnées, dans le jardin.

CHAPITRE 5 :
LE VOYAGE DE LA MATRIARCHE

« Considérons l'ordre comme un arbre ; si les feuilles dans leur multitude sont les écuyères, si les branches, solides et poussant toujours plus haut, sont les cavalières et si les racines, qui puisent savoir et nutrition dans la terre, sont les Aînées, alors le tronc ne peut être que la Matriarche. Sans son tronc, un arbre reste un buisson rachitique : il n'y a pas de citadelle sans Matriarche ; de même une Matriarche n'est rien sans sa citadelle. »

Notes pour écuyères attentives par Offaze l'Architecte.

On atteint Zinia après quatre jours de marche à l'ombre de la forêt des Reines, qui s'étend sur plusieurs lieues le long du plateau auquel la ville est adossée. La Voie Royale qui la traverse ouvre une large trouée entre les arbres. S'y bousculent des caravanes tirées par des nandous, des voyageurs à pied ou à vorombe, des marchands ambulants venus restaurer les marcheurs, quelques soldats du Prince et quelques cavalières, et toute cette foule d'hommes et de femmes qui chaque jour vont et viennent de la capitale. Depuis l'Est, un visiteur ayant arpenté le plateau de la Dame se retrouverait face à deux escaliers gigantesques arrachés à la face de la falaise, desservant chacun une porte différente de la ville, au Nord et au Sud.

Éliane déclina ces trois possibilités. Yuda survola le bourg et la ville basse, ses longues ailes brassant l'air empoissé de fumée, de suie et d'effluves d'arrière-cours. La cavalière ignora les ruelles sinueuses et les toits de tuiles colorées qui défilaient sous elle. Son regard se concentrait uniquement sur les grandes tours de la ville-haute, comme il le faisait depuis l'instant où leurs silhouettes monumentales s'étaient dévoilées pour la première fois à l'horizon. Au nord, la tour du Condottiere, abritant aussi une partie de ses armées ; au centre, la tour du Prince, adornée de fanions et de gonfalons frappés de ses armes ; au sud, la tour des cavalières, piquée de poutres d'envol d'où s'élançaient les dragons ; et enfin, appuyée contre la falaise comme pour mieux prendre son élan vers le ciel, la plus immense de toutes, écrasant les autres de son ombre, la tour des Reines, que seul le vent habitait encore. Éliane poussa Yuda vers la tour des cavalières. Il se posa délicatement sur l'une des poutres encastrées dans le mortier et elle se laissa glisser de sa selle. Sous les assauts affolés du vent, elle rejoignit les entrailles du bâtiment, tandis que Yuda s'envolait à nouveau vers l'antre des dragons, taillée dans la falaise au-dessus de la capitale. À l'intérieur de la tour l'attendait l'Intendante de la citadelle. Les deux cavalières se saluèrent brièvement d'une légère inclinaison du buste et se mirent immédiatement en route.

« Les autres Matriarches sont déjà arrivées et vous attendent, Maîtresse Éliane. Je peux vous mener directement à elles, ou bien vous montrer nos bains afin que vous vous rafraîchissiez d'abord. Cependant, la Matriarche Perle m'a demandé de vous informer qu'elle souhaite vous voir au plus vite. »

Éliane grimaça.

« Je vois. Si vous le permettez, je souhaiterais en premier passer par vos thermes. Le voyage fut long et éprouvant, et j'aimerais tout particulièrement me changer, afin d'honorer la mémoire de ma Maîtresse dans une tenue appropriée. »

L'Intendante sourit sans rien laisser transparaître de ce qu'elle pensait de ce contretemps.

« Bien entendu, Maîtresse Éliane. »

Elle emprunta un nouveau couloir.

« Par ici je vous prie. »

Elles traversèrent à grands pas le dédale de corridors de la citadelle, descendirent des volées de marches, arpentèrent d'étroits couloirs et débouchèrent dans un petit hall aux murs tapissés de lourdes étoffes.

« Vous trouverez nos bains derrière ces portes, Maîtresse. Je vais prévenir les Matriarches, une écuyère vous guidera jusqu'à nous lorsque vous serez prête. »

Éliane ne doutait pas que les Matriarches soient déjà au courant et de son arrivée et de sa décision de commencer par une petite toilette. Ou du moins le seraient-elles dès que leurs espionnes respectives les en auraient informées. L'Intendante s'inclina à nouveau et tourna les talons, disparaissant au détour d'une coursive et laissant la cavalière seule. Éliane poussa les portes des bains et la moiteur de la pièce l'assaillit immédiatement. La vapeur se déroulait au-dessus des bassins, plongeant les lieux dans une pénombre tiède. Les mosaïques des murs ruisselaient de gouttes, les flammes des lampes à huile vacillaient sous le poids de la buée, la fragrance des encens ondulait près du sol, tels de petits serpents de brume odorante. La cavalière était seule sous la haute voûte du plafond. Elle prit le temps de chasser la lassitude du voyage de son corps. Elle lava la poussière de sa peau, peigna longuement ses cheveux et en rinça la sueur. Puis elle laissa les eaux chaudes et parfumées des bains détendre les nœuds de ses muscles. Quand elle eut suffisamment fait attendre Perle, elle s'extirpa à regret du bassin, sécha son corps enfin reposé et tressa sa chevelure. Elle revêtit l'ensemble de deuil propre, tout de blanc rehaussé d'or, et quitta enfin les bains. Devant les portes l'attendait une écuyère d'une douzaine d'années, qui s'inclina.

« Maîtresse Éliane. »

La cavalière lui répondit d'un léger hochement de tête et lui signifia qu'elle était prête. Elles reprirent le chemin inverse de celui qu'avait parcouru Éliane à l'aller, mais au lieu de descendre vers les étages inférieurs, elles gravirent de nouveaux escaliers, montant toujours plus haut dans la citadelle, plus haut que les poutres d'envol.

Les Matriarches attendaient dans l'une des antichambres des appartements inoccupés au sommet de la citadelle. Rivkah et Iffan étaient assises devant la cheminée, drapées dans leurs manteaux, et devisaient à voix basse. Perle, en revanche, faisait les cent pas à travers la pièce, les bras croisés sur la poitrine, sa longue tunique battant ses mollets au rythme de ses allées et venues. Lorsqu'Éliane pénétra dans la salle, la Matriarche du Sud s'arrêta net et vint se planter devant elle, un sourire mauvais sur le visage.

« Grâces te soient rendues de nous bénir de ta présence, Éliane de Nordeau. Nous pensions ne jamais te voir arriver. »

Éliane lui adressa un bref hochement de menton et se tourna vers les deux autres Matriarches pour les saluer poliment.

« Maîtresses. »

Rivkah fronça les sourcils, mais Iffan sourit largement et se leva pour venir à la rencontre d'Éliane.

« Allons les filles, soyez sages ! Vous n'allez pas vous disputer dès le début tout de même ? »

Perle renifla dédaigneusement, mais Éliane ignora la boutade. Elle n'était pas venue pour se réconcilier avec Perle de Soufeu, pas après vingt ans d'inimitié. Laissant l'écuyère refermer la porte derrière elle, elle s'avança jusqu'à Iffan. La Matriarche d'Estari la tint à bout de bras un instant, une lueur attristée dans le regard puis elle attira la cavalière à elle et la pressa contre sa poitrine. Éliane s'abandonna à cette étreinte. Le souffle d'Iffan lui chatouillait la nuque et son odeur de cuir fatigué lui rappela, plus que jamais, Acquilon.

« Elle me manque à moi aussi, très chère. »

L'embrassade prit fin aussi vite qu'elle avait commencé et elles regagnèrent la cheminée, où elles prirent place aux côtés de Rivkah, sur des tabourets bas.

« Inutile d'y aller par quatre chemins, déclara cette dernière, les mains toujours emmitouflées sous son manteau-tissé. Nous savons toutes pourquoi nous sommes ici. Éliane, les Aînées de Nordeau ont lu ton nom dans la cendre du foyer de leur temple, tu es passée par l'épreuve de la flamme, montre-nous ta main. »

Tandis que Perle continuait d'arpenter le plancher nerveusement, Éliane prit le temps de dénouer le lacet doré de son gant, de mettre de côté le délicat ouvrage de cuir souple, de remonter la manche de sa veste brodée. Iffan sourit face à son manège, mais Rivkah lui lança un regard noir et elle n'osa pas les faire attendre plus encore. Elle entendit Perle soupirer impatiemment, et, enfin, offrit sa paume aux trois femmes.

« Le chêne.

– Intéressant. Très intéressant.

– Hum. »

– Nul doute que tu es vouée à de grandes choses, Éliane de Nordeau. Nul doute. »

Perle renifla de nouveau, mais les autres Matriarches l'ignorèrent. Rivkah et Iffan étaient penchées au-dessus du bras d'Éliane, l'air particulièrement satisfait.

« Voilà de bons présages pour l'avenir. Procédons à la cérémonie, ce devrait être rapide. »

Les Matriarches détachèrent de leurs ceintures de petites bourses de brocart rouge, d'où elles prélevèrent chacune une pincée de feuilles séchées. Iffan jeta en premier la sienne dans le feu et les flammes se tintèrent de reflets multicolores. Rivkah l'imita, suivie, à contrecœur, de Perle. Toutes les trois entonnèrent à voix basse une courte prière et Éliane fut invitée à présenter à nouveau sa peau au feu. Comme à Nordeau, nulle cloque, nul délitement de son derme ne vint défigurer sa main. Cette fois-ci, cependant, il n'y eut aucune douleur. La feuille de chêne dessinée dans sa paume se contenta de rougeoyer sous la caresse des flammes. Le trait délicat qui la délimitait se para d'une légère teinte dorée et elle sembla miroiter d'un orange brûlant, comme les frondaisons en automne. Éliane retira sa main du feu.

« D'or et de sang, telle que le requiert la Dame. »

Iffan opina du chef.

« Très bien. Procédons au vote. »

Perle vint s'asseoir elle aussi et les trois Matriarches se replièrent un instant en elles-mêmes. Éliane les observa tandis qu'elles récitaient quelques couplets de la Voix de la Forêt, leurs lèvres s'agitant en cadence, leurs paupières agitées de légers tremblements. Elle voulut fermer les yeux à son tour et trouver du réconfort dans une petite prière, mais déjà les Matriarches relevaient la tête et s'apprêtaient à parler. Iffan prit la parole la première.

« La citadelle d'Estari se prononce en faveur de la Matriarche Éliane.

– La citadelle d'Ousterre seconde cette opinion. »

Il y eut un bref silence alors que Perle se relevait pour tourner le dos aux autres cavalières. Puis :

« La citadelle de Soufeu seconde cette opinion. »

Un soulagement soudain traversa Éliane de part en part et la fatigue de ses dix jours de vol se rappela tout à coup à son bon souvenir. Elle n'avait pas cru que cette seconde initiation serait aussi pénible et pourtant, ce rapide conciliabule de Matriarches réunies en catastrophe ne marquait pas la fin de ses épreuves.

« Matriarche Éliane. » La voix d'Iffan la tira de ses pensées. « Il te reste encore une dernière épreuve à surmonter. Dans neuf jours, alors que la lune est entièrement cachée à nos regards et que seuls les milliers d'yeux de la Dame te contemplent, tu te présenteras devant la plage des débuts et affrontera la grotte d'où sortit la Première Cavalière. T'en sens-tu capable ? »

La question était purement protocolaire.

« Je me sens prête, Matriarche. »

Iffan sourit de nouveau.

« Alors nous nous reverrons à ton retour de Soufeu, ou nous ne nous reverrons plus. »

Éliane acquiesça en silence et se leva. Elle salua les Matriarches d'une belle inclinaison du buste, à laquelle seule Iffan répondit, d'un hochement de tête appréciateur. La cavalière quitta l'antichambre, non sans croiser les yeux glacés de Perle qui la suivait du regard. Un frisson lui courut en travers du dos dans ce qu'elle se refusa d'appeler un pressentiment.

Éliane passa l'entrée du palais à grandes enjambées, fendant la foule des courtisans, écartant les serviteurs de son chemin, ignorant les cavalières qui faisaient mine de vouloir lui parler. Les jardins d'hiver qui accueillaient la cour à cette période de l'année bruissaient tout autant des multiples conversations qu'entretenaient les dames et les seigneurs rassemblés autour du Prince, que de la caresse du vent entre les branches dénudées des arbres. Éliane remonta les allées bordées de jasmin, leurs feuilles vert tendre se balançant sous la brise, et atteignit la première porte du palais. À cette heure de la journée, les hauts battants de bois étaient grands ouverts. La foule allait et venait entre les cours intérieures et le jardin d'hiver, emportant avec elle un flot continu de missives urgentes, de rapports économiques, de messages personnels et aussi de ragots pernicieux, de rumeurs destructrices. Celles et ceux qui naviguaient les eaux troubles de la cour princière était émetteurs, expéditeurs et messagers à la fois, draguant dans leurs sillages toutes sortes d'informations qui se diffuseraient par la suite à travers le Palais, la capitale, le Royaume et parfois au-delà de ses frontières. Éliane se fraya un chemin entre les courtisans affairés et rejoignit la cour centrale. La foule y était encore plus dense et la cavalière dut jouer pareillement de sa haute taille et de ses coudes pour s'extirper de la marée humaine qui se pressait auprès du Prince Roland. Gardé de près par un contingent de soldat, le tabouret seigneurial était placé en hauteur, sur une estrade de bois, ainsi le regard d'Éliane, survolant la foule, croisa celui du Prince alors qu'elle se trouvait encore de l'autre côté de la salle. Roland ne marqua aucune hésitation avant de poursuivre son écoute des doléances du seigneur assis à ses côtés. Éliane reprit sa lente traversée de la cour intérieure et elle finit par s'arracher à la foule. Se glissant dans un corridor adjacent, elle soupira, soulagée, soudain, de ne plus être entourée de toutes parts par ces godelureaux en habits de soie. Une fois passés les jardins et les cours de réception, le reste du Palais paraissait plongé dans une quiétude ouatée. Le claquement des talons d'Éliane contre les dalles en marbre se propageait à travers le couloir comme une onde à la surface de l'eau, si bien qu'il lui semblait se précéder et se suivre tout à la fois. La lumière rasante du soir s'infiltrait dans le Palais par les longs et étroits vitraux qui ornaient sa façade et venait se répandre en flaques vert d'eau sur le sol. Il n'y avait pas âme qui vive. Éliane parcourut ainsi plusieurs corridors et passages figés par la lente tombée de la nuit, avant d'enfin atteindre les appartements du Prince. Deux cavalières qu'Éliane avait choisies parmi la garnison de la capitale gardaient les portes. Malée et Jaya. Une bâtisseuse et une intrigante, toutes deux dignes de confiance.

« Matriarche, salua l'une d'elles. »

Éliane sourit.

« Pas encore, Malée, pas encore. Laisse-moi d'abord revenir du Sud. »

La cavalière hocha la tête avec respect et ouvrit la porte. Les logements de Roland, qui avaient été occupés avant lui par la longue lignée princière dont il était l'héritier et en avaient subi l'usage et l'usure. Les dorures étaient fatiguées, les tapisseries des murs poussiéreuses, dans chaque coin s'entassaient des objets ayant appartenu aux Princes et Princesses d'antan. Éliane franchit l'antichambre, sans un regard pour le jeune garçon qui y faisait le ménage, puis traversa un boudoir, jusqu'aux quartiers de l'intendant. S'y trouvaient Amé, gardien actuel du titre, et Alhari, la cheffe de maisonnée, qui travaillait parfois aux côtés de son collègue quand ses devoirs ne la réclamaient pas à travers le Palais.

« Maîtresse Éliane, la salua Alhari, je ne vous savais pas déjà au Palais. »

Éliane lui sourit amicalement, croisant le regard d'Amé par-dessus son épaule. Le vieil homme semblait, lui, au fait de son arrivée.

« Bonsoir mes seigneurs. Je ne veux pas vous déranger, mais savez-vous quand Son Altesse en aura terminé avec les audiences de la journée ?

– Encore quelques heures, Maîtresse. Le Prince Roland attend beaucoup de doléances aujourd'hui. »

– Merci, Alhari. Je vais me mettre au travail dans son bureau. Bonne soirée, ma dame, monsieur. »

Amé marmonna une vague formule de politesse avant de se replonger dans ses papiers, mais Alhari tint à ouvrir la porte donnant sur la suite des appartements à Éliane avant de retrouver son pupitre. La cavalière referma elle-même les battants derrière elle.

Le bureau du Prince était autrement plus luxueux que celui de son intendant, et autrement plus encombré aussi. Les volets avaient été en partie tirés devant les fenêtres, mais un peu de lumière pénétrait malgré tout dans la pièce et venait faire scintiller le doré des meubles, les ambrés du papier peint, le cuivre des bougeoirs. Les secrétaires ouvragés débordaient de rouleaux de papier, de billets épars écrits dans l'urgence, des plumes brisées gisaient sur le tapis, les livres s'entassaient en dehors des étagères jusque sur les fauteuils destinés aux visiteurs. Éliane eut un regard navré pour le capharnaüm qui régnait sur le bureau de Roland et se tourna vers un cabinet en ronce de noyer appuyé contre la pierre de la cheminée. Il ne contenait qu'un coffret métallique dont la cavalière s'empara. Elle relança le feu endormi dans le foyer, lui fournissant du bois jusqu'à ce que les flammes montent, hautes et sauvages, et elle s'assit en tailleur devant l'âtre, le coffret posé à ses pieds. Il n'y avait aucune note sur son couvercle lorsqu'Éliane avait ouvert le cabinet, aucune prédiction en attente donc, et pourtant elle voulait s'adonner à un rituel de divination avant l'arrivée de Roland. Elle ouvrit le coffret, aligna son contenu sur le tapis. Les sachets de feuilles déshydratées s'amincissaient, il lui faudrait les approvisionner rapidement, mais sa pointe-sèche semblait toujours aussi aiguisée. Elle laissa de côté les esquilles d'os enveloppées dans un carré de soie et préleva d'une escarcelle à sa ceinture un éclat grisâtre large comme le pouce. Encore noirci et maculé de cendre, le morceau d'os avait cependant bien survécu au voyage. Éliane sentit son cœur se serrer à la vue du dernier reste de sa Maîtresse. Elle espérait que, depuis la Mère-Forêt, la Matriarche décédée ne lui tiendrait pas rigueur de ce qu'elle s'apprêtait à faire. Elle nettoya l'éclat d'os du mieux qu'elle put, puis le polit délicatement. Entonnant à mi-voix un air sacré, elle entreprit de graver la surface poreuse du fragment à l'aide de la pointe-sèche. Ses mouvements rythmés par la mélodie de la prière elle travailla sa demande à la Dame en cadence avec les paroles rituelles qui s'écoulaient de ses lèvres. Régulièrement, guidé par les fluctuations de la prière, l'outil creusait dans l'os son sillon interrogatif. Quand Éliane fut satisfaite du dessin qui recouvrait désormais l'éclat, elle s'approcha de la cheminée, le jeta dans le feu et s'assit en tailleur. Elle s'attacha à méditer et les flammes entourèrent l'esquille divinatoire de leur chaleur. Elles travaillèrent sa matière en profondeur, s'insinuèrent dans son réseau alvéolé, vinrent déchiffrer la demande gravée à sa surface. Elles tirèrent et poussèrent chacune de leur côté, tant et si bien que d'infimes fissures la parcoururent, traçant une réponse à la question de la cavalière. Longtemps Éliane resta immobile, jusqu'à ce que la nuit s'installe derrière les vitraux colorés du Palais. Seulement alors utilisa-t-elle son couteau pour prélever l'esquille du feu. La surface polie avait été noircie par la chaleur des flammes, mais on pouvait encore y lire la demande d'Éliane. Et la réponse proposée par le feu. Un grand poids tomba soudain sur la poitrine de la cavalière tandis que des frissons parcouraient ses membres, échos de celui qui l'avait traversée à la sortie de la réunion des Matriarches. L'esquille d'os lui échappa. Elle ne la ramassa pas. Elle resta immobile un instant, comme figée par l'oracle inquiétant que lui révélait le feu. Puis un tressaut l'agita et elle se mit à fouiller frénétiquement les petites bourses disposées au sol devant elle, avant de jeter des poignées de feuilles dans les flammes. La chaleur s'intensifia, le feu se colora de vert et de violet. Éliane le fixa des yeux jusqu'à ce que ses pupilles la brûlent et que des larmes viennent brouiller sa vision ; pourtant, la réponse qu'elle lisait dans les flammes restait la même. La sueur perla à ses tempes. Brusquement, elle retira le gant de sa main droite et, d'un geste vif du poignet, passa sa paume à plat au-dessus du foyer. Le feu s'éteignit dans un grésillement. La cavalière se pencha dans la cheminée et parcourut les cendres encore chaudes du regard. Le dessin des braises et des restes calcinés des bûches lui renvoya la même prédiction. Elle se laissa retomber en arrière.

« Comment... »

Une porte claqua plus avant dans les appartements et elle entendit Alhari et Amé saluer le nouvel arrivant. Elle rassembla immédiatement son matériel de divination ainsi que l'esquille d'os brûlée dans le coffret métallique, rangea celui-ci dans le secrétaire et donna un tour de clef. Elle essuyait la sueur et la suie de son visage quand le Prince pénétra dans le bureau.

« Bénie soit la Dame, la journée est terminée ! Une doléance de plus et je me jetais du haut des jardins.

– Et tu m'aurais laissée seule avec une Alhari en colère ? »

Roland sourit, dévoilant une rangée de dents très blanches.

« Allons, tu te sous-estimes, Al ne tiendrait pas une seconde face à toi. »

Il tourna le dos à la cavalière pour poser quelques liasses de papiers sur les tas qui s'effondraient déjà sur son bureau et Éliane en profita pour reprendre le contrôle de son rythme cardiaque. Tandis que Roland ajoutait du désordre au chaos jonchant sa table de travail, la cavalière relança le feu. Bientôt, les flammes s'élancèrent à nouveau dans l'âtre de pierre, remplaçant les rayons du soleil dans le miroitement des dorures.

« Quelles nouvelles de tes collègues ? demanda Roland en la rejoignant près de la cheminée. Dois-je commencer à vous vouvoyer, Ô Matriarche de Nordeau... »

Éliane leva les yeux au ciel.

« Au nom de tout ce qui est sacré sur cette terre, ne fais rien de tel. Et il me faut encore faire face à des épreuves dans le Sud, alors ne nous réjouissons pas trop vite. »

Le Prince gloussa.

« Doutez-vous vraiment de votre réussite ?

– Roland...

– Nous ne serions pas ici tous les deux si votre épée n'était aussi tranchante que votre esprit. »

Éliane soupira exagérément.

« Si Son Altesse princière en a bientôt fini avec ses simagrées, peut-être pourrons-nous passer à des choses plus importantes. »

Une lueur intéressée vint éclairer le regard de Roland.

« Non. Pas celles-là », ajouta Éliane.

Le Prince fit la moue, mais suivit la cavalière jusqu'au bureau sans rechigner. Ils prirent place après avoir posé au sol les livres qui encombraient les fauteuils et demandé qu'on leur apporte du thé.

« Les flammes t'ont-elles dit quoi que ce soit d'utile ? »

Éliane prit soin de masquer le tressaillement qui contracta sa mâchoire. Évidemment, Roland comprenait très bien pourquoi, lorsqu'il était entré, l'âtre était vide.

« Non, rien qui puisse nous servir. »

Mensonge acide sur sa langue. Le Prince ne sembla pas relever. Le jeune serviteur frappa à la porte à ce moment-là et vint disposer en équilibre précaire sur une pile de rapports deux tasses et une théière fumante. Roland le congédia d'un geste de la main.

« Ta nomination n'est en soi pas une surprise, reprit-il une fois seuls, mais concrètement, cela change-t-il quoi que ce soit à nos plans ? Tu devais en venir à régner sur Nordeau d'une façon ou d'une autre. »

Éliane servit le thé avant de répondre.

« Il est si tôt pour mettre en place nos projets. La mort d'Acquilon m'a prise par surprise, je pensais accéder à sa fonction après qu'elle eut pris sa retraite, pas au lendemain de sa mort. Nous voilà privés d'une redoutable alliée. »

Elle but une gorgée de thé et laissa la chaleur bienfaisante du breuvage envahir son corps.

« De plus, me voilà alourdie d'une écuyère dont je me serais bien passée.

– Toi qui adores les enfants pourtant... »

Éliane foudroya le Prince du regard et il se réfugia derrière sa tasse avec un sourire.

« Et ce n'est pas sous le commandement de Hadi que je pourrai venger sa mort.

– Crois-tu vraiment qu'il refusera de punir l'assassinat d'une Matriarche ? Le Condottiere est pusillanime jusqu'à la moelle, mais pas au point de fermer les yeux sur la mort d'une des têtes directrices du Temple. »

Éliane secoua la tête.

« Il se contentera de mots, comme toujours. C'est à nous de nous mettre au travail, maintenant.

– Nous mettre au travail ? Et comment appelles-tu tout ce que nous avons fait jusqu'à présent ? »

Éliane haussa un sourcil.

« Tout ce que nous avons fait jusqu'ici n'est que la prémisse de ce qu'il nous reste encore à mettre en place. Notre tâche ne fait que commencer, Roland, il y a encore tant de choses à planifier, de personnes à contacter. Rien n'est encore solide sous nos pieds, il faut... »

Le Prince posa une main sur son genou et Éliane se tut. Ses doigts s'étaient crispés autour de sa tasse, si fort que ses articulations en avaient blanchi.

« Elle te manque. »

Éliane détourna le visage.

« Tous les jours, murmura-t-elle. J'ai sans cesse quelque chose à lui demander. Et sans cesse sa mort se rappelle à moi. »

Roland entreprit de masser sa jambe avec son pouce et la cavalière s'abandonna à sa présence. La main du Prince était chaude contre sa cuisse et les ondes rassurantes qui s'en dégageaient de prime abord se transformaient lentement en des frémissements plus intenses. Éliane laissa échapper un rire étouffé.

« Tu n'as aucune intention de te concentrer sur nos plans ce soir, n'est-ce pas ? »

Roland s'était rapproché.

« Pas depuis le moment où je t'ai vue.

– Et l'avenir du royaume ? »

Il se pencha jusqu'à pouvoir sentir le parfum qu'avait laissé le bain sur sa peau.

« Quel royaume ? »

Il laissa une traînée de baisers brûlants contre le cou d'Éliane.

« Mais je peux écouter avec la tête entre tes cuisses, si c'est ça qui t'inquiète. »

La cavalière se leva brusquement, repoussant le Prince dans son fauteuil. Ils se dévisagèrent en silence, avec seulement le craquement des bûches dans la cheminée. Puis Éliane saisit Roland par le col de sa tunique brodée et attira sa bouche contre la sienne. Il se hissa sur la pointe des pieds pour épouser de son corps la haute silhouette de sa partenaire, passa un bras autour de sa taille, laissa glisser l'autre contre ses fesses. Les doigts d'Éliane enserraient son visage et elle se demanda s'il devrait en maquiller les traces au matin. Elle détacha ses lèvres des siennes.

« Nous allons devoir rassembler de nombreux seigneurs autour de notre cause. »

Roland grogna.

« Le vote des Frontaliers est absolument nécessaire, et...

– Éliane... Pourquoi... »

Elle se pencha pour déposer des baisers sur son visage renfrogné.

« N'est-ce pas toi qui prétendais à l'instant être capable de faire plusieurs choses à la fois ?

– J'y excelle, je t'assure.

– Alors, montre-moi. »

Roland lui offrit un sourire carnassier.

« Vos désirs sont des ordres, ô grande Maîtresse Matriarche »

Pressant à nouveau sa bouche contre la sienne, il entreprit de faire reculer la cavalière jusqu'à la porte de sa chambre, abandonnant leurs tasses encore fumantes derrière eux.

Le matelas et les multiples couches d'édredons qui le recouvraient s'enfoncèrent sous leurs poids combinés, les entourant d'une douillette étreinte. Éliane reprit sans attendre ses machinations.

« J'ai dîné avec la maréchale du Nord récemment et elle semble plus qu'ouverte à nos propositions.

– Très bien, acquiesça Roland tandis que ses mains délaçaient la longue tunique blanche de la cavalière.

– Le gardien des marches de l'Ouest, en revanche, je le crois beaucoup plus couard. Sa sœur est très populaire auprès de ses vassaux et elle est une fervente avocate de l'alliance avec les Sabès. Son influence sur le maréchal est sans conteste... »

Sa phrase se perdit dans un gémissement guttural alors que Roland, après avoir envoyé valser la tunique de deuil au loin, saisissait le bout de son sein gauche entre ses lèvres. Éliane tenta de retrouver le fil de son discours.

« Est sans conteste... »

Les doigts du Prince s'attaquaient eux aussi à sa poitrine quand il releva la tête.

« Je t'en prie, ne t'interromps pas pour moi, j'aime tellement t'entendre parler de guerre. »

Avec un grondement de frustration, la cavalière joua des hanches pour inverser leur position et s'asseoir à cheval sur son compagnon.

« Je disais donc, reprit-elle en s'attaquant au pantalon de taffetas pourpre du Prince, que si nous voulons que le Congrès vote en notre faveur, il va nous falloir rassembler les voix d'au moins deux maréchaux. Sans compter les Matriarches, mais je m'inquiète moins de ce côté-là. Si tu pouvais recevoir le Frontalier de l'Est, peut-être que – merde, combien as-tu de lacets ! »

Roland se redressa et appuya son front couvert de sueur contre celui d'Éliane.

« Ne t'inquiète pas pour mes lacets et explique-moi plutôt ce que tu attends de moi dans les mois à venir. »

Éliane se laissa allonger contre les couettes duveteuses du lit.

« Je voudrais que tu rencontres le maréchal de l'Est. Peut-être pour une partie de chasse. Suivie d'un dîner ? Cet homme adore la viande, c'est incroyable. »

Elle s'interrompit pour ôter ses vêtements.

« Quant à celui du Sud, reprit-elle pendant que Roland glissait enfin sa tête entre ses cuisses, il est vieux, presque mourant et c'est un fervent défenseur de la paix. Nous n'en tirerons rien. Autant attendre que la succession se fasse, et je ne crois pas qu'il ait choisi d'héritier, encore. »

Elle se renversa en arrière quand les lèvres du Prince rencontrèrent les siennes. Les talons plantés dans les épaisses couvertures, les mains chiffonnant le drap entre ses doigts crispés, elle abandonna toute idée de poursuivre sa dissertation sous les caresses humides de Roland. Leurs mains se trouvèrent, s'étreignirent. Son dos s'arqua contre les vagues lascives qui remontaient son corps puis retomba contre les coussins avant de se soulever de nouveau, comme accompagnant les remous délicieux qui la parcouraient. Ses cheveux défaits collaient à ses joues moites alors que ceux de Roland chatouillaient son aine. Elle se laissa entraîner par le roulis de ses bons soins et la houle l'emporta.

Lorsque Zinia s'éveilla, elle était déjà loin. L'aube l'avait surprise relaçant les attaches de sa tunique. Elle s'était chaussée en silence, avait repoussé tendrement une mèche du front de Roland endormi et s'était éclipsée par les couloirs de service qui la verraient sortir du Palais sans que quiconque s'en aperçoive. Elle avait récupéré son paquetage dans sa chambre inoccupée de la citadelle et avait rejoint Yuda qui l'attendait. Ils s'étaient envolés alors que les premiers marchands arrivaient à la capitale.

Bercée par le vol régulier de son dragon, Éliane s'emmitoufla dans son manteau-tissé, le col relevé au-dessus du nez. Il lui restait encore quatre jours de voyage avant d'atteindre la citadelle du Sud et elle aurait dû se sentir plus légère qu'elle ne l'avait été depuis plusieurs semaines, pourtant un nouveau poids avait élu domicile dans son cœur. Elle avait beau fixer l'horizon qui défilait sous le ventre de Yuda, les flammes menaçantes du bureau de Roland s'entêtaient à s'imprimer sur ses rétines.

CHAPITRE 6 :
LE FANTÔME SOUS LA MONTAGNE

« Rares sont ceux que je hais comme j'ai haï Acquilon de Nordeau. »

Les Jours de Sophie Pendragon
par Rosaline Ulysienne Mandée Ayrelle

Près d'un mois après le départ d'Éliane, ce fut Pènderyn qui devint écuyère. Elle raconta à Sophie comment au matin ses draps avaient fleuri de pétales de sang et comment les Aînées lui avaient donné des linges à plier dans ses culottes. On l'avait ensuite entraînée dans leurs appartements où Raëlle avait lu dans les flammes le nom de la cavalière qui deviendrait sa Maîtresse. La cérémonie s'était tenue dans la cour l'après-midi même. Pèn et Madé avaient plongé leurs mains jointes dans les eaux glacées du torrent tandis qu'une Aînée récitait la formule consacrée. Ses doigts étaient toujours froids, pressés entre ceux de Sophie, les deux enfants enfouies sous les couvertures, perdues entre les replis des draps. Pènderyn appuyait sa tête contre son épaule donnant un drôle d'arc à son corps, qu'elle s'efforçait d'asseoir bien droit contre le mur afin d'éviter que le sang ne tache le lit. C'était presque comme en leurs jours de novices. Quand elles se blottissaient dans le lit de l'une ou de l'autre et regardaient tomber l'orage sur Nordeau.

« Tu as vu la cérémonie ? »

Sophie secoua la tête.

« J'aurais bien aimé, mais ma fenêtre donne sur les montagnes.

– Ah. Dommage. »

Elles restèrent silencieuses tandis qu'à l'extérieur s'éteignaient progressivement les bruits de la vie quotidienne de la citadelle. La nuit tombait sur Nordeau par paliers : d'abord la lumière déclinante du jour voyait s'assécher la cour de celles qui l'occupaient, puis le réfectoire se remplissait et se vidait, modulant le volume des voix qui résonnaient sous les voûtes de bois comme une marée monte et descend, les cavalières se dispersaient ensuite à travers la citadelle, certaines rejoignant leur cellule, d'autre gagnant la bibliothèque ou les bains et, enfin, alors qu'au dehors la nuit était bien installée, le sommeil prenait ses droits sur Nordeau. Le rai de lumière qui se glissait sous la porte de Pèn diminua à mesure que l'on soufflait les lampes du couloir, puis les écuyères se retrouvèrent dans l'obscurité.

« Tu restes avec moi ce soir ? chuchota Pèn aux ombres de la petite chambre.

– Évidemment. »

Elles s'allongèrent côte à côte sur le matelas de paille, les couvertures remontées au-dessus de la tête comme une tente qui les protégerait de la nuit, et succombèrent l'une après l'autre au sommeil.

Le matin trouva Sophie frissonnante et Pènderyn disparaissant totalement sous les replis des draps. Tâtonnant à l'aveugle, l'écuyère récupéra une mince portion de couverture à sa voisine de lit et colla ses pieds froids contre ses jambes plus tièdes, dans le vain espoir de se rendormir. Elle ne tira de ses gigotements matinaux qu'un grommellement étouffé et un coup de coude dans les côtes. Elles se disputèrent l'édredon jusqu'à ce que le sommeil les ait totalement désertées et que seul reste le jeu dans leur affrontement. Les voix des cavalières attablées au réfectoire résonnaient sous les hautes voûtes du plafond lorsque finalement Pèn poussa sa compagne hors du lit. Un grognement agacé échappa à Sophie quand son corps entra en contact avec la pierre glacée de la cellule. Au-dessus de sa tête, on étouffa un rire.

« Nous voilà bien ! Qu'est-ce que la Dame peut bien trouver à une écuyère de cendre aussi empotée ? »

Sophie se redressa et, d'un grand geste, arracha les couvertures à Pèn, suscitant des cris d'effroi chez son amie.

« Debout, saleté ! T'as une citadelle à visiter ! »

Elle approcha son visage tout près de celui de Pèn et lui murmura en fausse confidence :

« Et puis qui sait, peut-être que tu pourras regarder une cavalière dans les yeux sans faire une attaque, maintenant que tu es écuyère. »

Pour toute réponse, son amie lui assena un coup d'oreiller dans la figure. Elles se levèrent et se vêtirent, puisèrent du courage dans la présence de l'autre pour affronter une nouvelle journée. Sophie poussa la porte ; derrière les attendait Madé, en tenue de cavalière.

« Écuyère de cendre. »

Les deux enfants restèrent interdites tandis qu'elle s'inclinait brièvement, puis se tournait vers Pènderyn.

« En route, ma fille, nous avons beaucoup de choses à faire avant la fin de la journée. »

Prise de court, Pèn serra maladroitement Sophie dans ses bras.

« Allons ! »

Madé déjà s'éloignait. Avec un dernier regard d'excuse, son écuyère lui emboîta le pas, laissant Sophie seule sur le pas de la porte.

Ainsi Pèn commença sa formation aux côtés de Madé. Elle la suivait à travers la citadelle, marchant à grands pas afin de se maintenir à sa hauteur, tandis que la cavalière tantôt vaquait à ses occupations, tantôt lui donnait des leçons particulières. Sophie les observait d'aussi près qu'elle le pouvait, et si parfois Madé élevait légèrement la voix afin que l'écuyère dissimulée à proximité puisse entendre son enseignement, jamais elle ne l'invita à se joindre à elles. Bien vite, la jeune fille abandonna ses velléités d'espionnage et s'en retourna auprès de Frêne. L'herboriste l'attendait toujours de pied ferme et l'entraînait à sa suite dans son jardin de simples où elle lui inculquait comment utiliser une houe, que ce soit pour bêcher la terre ou pour porter un coup. Elle lui faisait travailler sa souplesse encore et encore, reprenant des séries de mouvements, lui demandant d'escalader arbres, murets et pans de falaise toujours plus vite, toujours plus longuement. Les jours de pluie, elles restaient dans l'antre de Frêne, une tasse de thé à la main, et l'herboriste lui apprenait à reconnaître de nouvelles plantes dans de vieux herbiers poussiéreux. Sophie l'accompagna donc lorsqu'il fallut appliquer des onguents et des cataplasmes sur les maux des pèlerins. Ceux-ci venaient de tout le Royaume jusqu'à Nordeau afin de dédier des offrandes à l'Ermite dans la falaise. Il était dans les attributions de certaines cavalières de voler jusqu'à la corniche surplombant la citadelle et de déposer les libations dans le giron de la statue. Sophie ne l'avait encore jamais vu, car seules celles ayant donné naissance à leur dragon étaient autorisées à poser les yeux sur son visage de pierre. Pourtant, chaque jour, les pèlerins allaient et venaient le long des chemins de montagne et s'empressaient de réciter une prière au sein du temple de Nordeau, avant d'aller confier leur petit sachet d'encens et d'épices aux cavalières stationnées dans la cour.

« Ce sera quand mes premières règles ? » demanda un jour Sophie.

Elle assistait Frêne dans son rangement des graines et des feuilles qu'elles avaient fait sécher dans de délicates boîtes de bois, étiquetées patiemment par leurs soins. Toute à sa pesée, l'herboriste resta dans un premier temps silencieuse. Quand elle eut atteint le poids exact, elle fit glisser le pavot dans un sachet de lin et le tendit à l'écuyère, avant d'essuyer sa balance et d'y déposer une nouvelle essence. Sophie la dévisagea jusqu'à ce qu'elle se tourne vers elle avec un air agacé.

« Bientôt, je suppose.

– Bientôt quand ?

– Dans quelques semaines, tout au plus.

– Combien ? »

Frêne soupira.

« Je ne sais pas ! Bientôt, bientôt ! La Dame ne t'aurait pas choisie si tu n'étais pas prête à devenir l'une de ses cavalières. »

L'écuyère ne parut pas convaincue. L'herboriste haussa les yeux au ciel et s'assit sur l'un des grands tabourets qui s'alignaient devant sa table de travail.

« Les menstruations viennent quand ton corps est prêt à enfanter. Dans notre cas, c'est à un dragon que nous devons donner naissance, spirituellement si ce n'est physiquement, mais de même ton corps et ton esprit doivent être prêts. La cérémonie de la naissance demande beaucoup à l'écuyère qui s'y confronte. Trop, peut-être. Cependant, elle est la condition nécessaire à une entrée totale dans nos rangs. Tu seras digne de traverser la caverne des Anciens, de participer aux rites secrets, de prendre ta pleine place au sein des cavalières quand ton sang commencera à couler. Tu pourras contempler Baldré dans toute sa splendeur – ses yeux brillèrent d'un nouvel éclat – et cela seul vaut tous les dons du monde. C'est ainsi que parlent les textes : du sang vient l'enfant et la cavalière succède à l'enfant. »

Elle soutint le regard déterminé de Sophie.

« Et lorsque ton sang se sera tari, c'est auprès des Aînées que tu continueras de servir la Dame, chacune trouve sa place à ses yeux, même en dehors de ta période la plus sacrée. Peu de temps après, c'est la mort qui te saisira et ton âme retournera à la Forêt des âmes d'où naîtront les générations futures. Avec ou sans ses règles, une femme peut toujours suivre l'enseignement de la feuille et du vent. Dans tous les cas, tu retrouveras un jour la phase faste de ton existence. Tu vois, tout n'est qu'un cycle sans fin, tel le voyage du soleil dans le ciel.

– Tourne la roue des saisons, comme le disque solaire. »

Sophie avait lâché le verset du bout des lèvres, comme par réflexe. Frêne acquiesça et se retourna vers sa balance.

« Du moins c'est ce qu'en disent les Aînées et c'est ce qu'elles attendent pour toi. À ta place… je n'y accorderais pas trop d'importance. Quand la Dame l'aura décidé, ton apprentissage commencera, comme pour les méandres de chaque vie qu'elle tisse sur le canevas du destin. »

Elle se tut, comme si sa longue tirade l'avait fatiguée. Sophie ne l'avait jamais entendue parler aussi longtemps, elle qui se contentait habituellement de coups de bêche pour lui inculquer quoi que ce soit. Elles reprirent leur travail de classement, bercées par le ronronnement du feu dans l'âtre, le parfum des plantes séchées, le calme bienvenu de l'antre de Frêne.

Six jours après l'ordination de Pèn, la porte de Frêne resta close. Sophie s'acharna sur le battant fatigué, secoua la poignée de haut en bas, s'égosilla devant l'huis verrouillé au point de chasser les oiseaux des arbres environnants, mais l'herboriste ne parut pas. Les rideaux étaient tirés devant l'unique fenêtre et l'écuyère n'en obtint rien de plus. Elle pensa utiliser l'un des outils du cabanon pour forcer la serrure, mais se ravisa. Frêne ne lui pardonnerait pas une telle intrusion de son intimité. L'écuyère resta un instant immobile devant la cabane silencieuse. La soudaine défection de Frêne, quelles qu'en soient les raisons, la laissait désœuvrée pour la première fois depuis que l'herboriste avait entrepris de lui enseigner la voie des intrigantes, et par la même occasion son savoir des herbes et des arbres. Elle retourna à la citadelle en traînant des pieds. Ayant récupéré l'ouvrage sur les jardins dont l'herboriste lui avait confié la lecture, elle se réfugia dans son recoin préféré de Nordeau, celui d'où elle pouvait surveiller l'horizon, et ainsi le retour tant attendu de la Matriarche. Le ciel resta vide. Sophie tenta de se concentrer sur son livre, mais à chaque ligne son regard échappait aux pages et se perdait dans les formes anguleuses des montagnes descendant dans la plaine, dans le parcours sinueux de la Vouivre à travers la vallée, dans les volutes déliées des nuages.

Le paysage l'avait si bien absorbée qu'elle crut dans un premier temps que la voix n'était qu'un effet du vent autour des tourelles. Puis le murmure s'intensifia et elle reconnut son prénom sifflé à son oreille. Elle se retourna d'un bloc.

Deux cavalières de garde arpentaient les remparts quelques mètres plus loin et elle pouvait entendre des exclamations monter de la cour, mais l'origine de la voix lui restait inconnue. Une nouvelle fois son prénom fut murmuré. Elle était seule au bord de la muraille, juste au-dessus du gouffre, et pourtant l'appel ne cessait de s'adresser à elle, tentant de l'attirer à lui. Le livre coincé sous le coude, elle se laissa guider, suivant les syllabes égrainées une à une comme les perles d'un chapelet. Elle parcourut la citadelle, descendit plusieurs escaliers, traversa la bibliothèque, le gymnase, le réfectoire et les cuisines sans ralentir. Mais lorsque Berhane l'interpella depuis l'intendance, elle dut s'arrêter.

« Oh là, Sophie, où cours-tu donc ainsi ? »

L'Intendante de Nordeau la dévisageait avec curiosité depuis son bureau. La lumière du jour traversait les arbres sacrés des vitraux et venait déposer des reflets bleutés sur sa peau sombre et ses cheveux frisés. L'écuyère brûlait de lui parler de la mystérieuse voix, car la cavalière avait toujours fait preuve d'attention envers elle, alors même que le reste de Nordeau l'évitait soigneusement. Pourtant elle garda ce secret pour elle.

« Je cherche Pèn, je crois qu'elle est libre à cette heure. J'ai pensé qu'on pourrait s'entraîner ensemble. »

Berhane eut une moue désolée.

« Malheureusement pour toi, je l'ai vu accompagner Madé à la salle des Métiers il y a une demi-heure. Je ne pense pas qu'elles aient déjà terminé. »

Sophie baissa les yeux en s'efforçant de prendre un air contrit. Elle savait tout des plans de Madé : Pèn lui en avait fait part la veille au soir et elle avait eu toutes les peines du monde à ne pas quitter sa cellule aussi sec sous l'influence de la jalousie qui étreignait son cœur. Elle mourait d'envie de poser les yeux ne serait-ce qu'une seule fois sur les Métiers, blottis dans la pénombre de leur pièce consacrée, d'effleurer les cordes tendues entre les panneaux de bois, de caresser la laine épaisse en provenance d'Estari, de contempler le travail en cours et le rythme incessant des mains attelées au tissage. Rien de tout cela n'arriverait tant qu'Éliane ne serait pas rentrée. Berhane sourit avec compassion.

« Je suis désolée que tes plans tombent à l'eau, mais puisque tu es désœuvrée, pourquoi ne m'accompagnerais-tu pas au village ? Je dois vérifier les livraisons en provenance d'Ousterre, tu pourrais me donner un coup de main. »

L'écuyère grimaça intérieurement. La voix s'était faite plus insistante depuis que Berhane l'avait interpellée et elle n'avait qu'une envie : poursuivre sa course à travers la citadelle et découvrir enfin qui se cachait derrière ces mystérieux appels. Mais l'Intendante de Nordeau faisait à nouveau preuve de sollicitude à son égard et, exception faite de Frêne et Pènderyn, elle était la seule cavalière à lui parler ouvertement. Sophie lui offrit un sourire forcé et hocha la tête.

« Avec plaisir, Maîtresse Intendante. »

Elles se mirent en route immédiatement. À la grande déception de Sophie, Berhane ne la mena pas aux stalles abritant les dragons, mais par la porte principale, sur le chemin qui serpentait contre le flanc de la montagne et jusqu'à la vallée. Elles marchèrent d'un bon pas, le manteau-tissé de l'une, la cape de l'autre, agités par le vent du sud affrontant les contreforts de Nordeau.

« Nous n'en avons pas pour longtemps, il me faut juste vérifier que les quantités livrées correspondent aux quantités prévues et nous pourrons remonter.

– On n'aurait pas pu venir à dos de dragon ? » haleta Sophie.

Elle peinait à suivre le rythme de marche enthousiaste de Berhane.

La cavalière rit de bon cœur.

« Nous en aurions eu pour moins d'une heure, autant envoyer une autre cavalière s'acquitter de cette tâche. »

Elle promena son regard tout autour d'elles, sur les fleurs sauvages du bord du chemin, les maisons de la vallée qui se faisaient plus précises et, au loin, la courbe arrondie des collines descendant vers le Sud.

« Non, Sophie, je préfère marcher si je le peux. »

Elle jeta un regard amusé à l'écuyère qui trottinait à ses côtés.

« Et puis que dira notre Matriarche lorsqu'elle reviendra de Soufeu et que son élève se fatiguera aussi vite ? Tu manques d'endurance pour une future cavalière... »

La moue boudeuse de sa compagne ne lui échappa pas et elle partit d'un nouvel éclat de rire.

« Pas la peine de se moquer de moi », lâcha Sophie.

Berhane leva les yeux au ciel.

« Apprends à rire de toi-même, jeune pousse, tu gagneras en souffle. »

Sophie détourna la tête, amère.

« De toute façon tant que je n'aurai pas mes règles, elle ne s'intéressera pas à moi », murmura-t-elle.

L'expression de l'Intendante s'adoucit. Elle ralentit quelque peu son allure et posa une main chaleureuse sur l'épaule de l'écuyère.

« Les règles sont loin d'être ce qui fait une cavalière, sans parler de chercher à définir les femmes dans leur entièreté. Tu ne devrais pas t'inquiéter pour ça, après tout, tu es écuyère de cendres, un peu de sang dans tes linges ne devrait être que le cadet de tes soucis.

– Mais Frêne dit que c'est ce qui donne naissance à nos dragons ! »

Berhane lui fit un clin d'œil.

« Crois-en mon expérience, cela tient à beaucoup moins et beaucoup plus que ça. »

Elle refusa d'en dire plus et elles arrivèrent bientôt en vue du village. Tandis que la cavalière examinait le chargement en provenance d'Ousterre, Sophie déambula parmi les ruelles de terre battue et les champs entourant les maisons. Elle n'était que très rarement descendue de Nordeau et ses expéditions hors de la citadelle se résumaient à des promenades dans les montagnes alentour, sous la garde attentive des Aînées. Elle n'y pensait jamais, cette vie passée ne la concernait plus.

Contrairement aux cavalières, les villageois la saluaient avec déférence et s'approchaient parfois pour effleurer sa cape de leurs doigts, en une marque traditionnelle de respect. Elle se demanda s'ils reconnaissaient la couleur grise de ses vêtements et sa signification. Après tout, elle-même ne connaissait rien à la vie en dehors de Nordeau. Elle erra ainsi à travers le village, s'émerveillant de chaque découverte, cherchant à graver dans son esprit les teintes des murs, le parfum humide de la terre meuble, le reflet du ciel dans les flaques laissées par la pluie de la veille. Berhane finit par réclamer sa présence à ses côtés et elle la rejoignit à contrecœur auprès des larges caisses de bois. Elle assista l'Intendante aussi diligemment que possible, mais sans cesse son attention était attirée ailleurs. Les allées et venues des cavalières qui s'occupaient des fermes de la citadelle, l'escouade en provenance d'Ousterre, qui avait acheminé les denrées et, surtout, la vie quotidienne des villageois qui se déroulait sous ses yeux, à peine perturbée par leur présence. Quand Berhane eut terminé ses vérifications et décréta qu'il était temps de rentrer, Sophie soupira. Elle aurait voulu que leur visite dure toute la journée. La cavalière et l'écuyère remontèrent côte à côte le chemin de la citadelle.

À peine Sophie eut-elle passé les hautes voûtes du hall d'entrée que la voix retentit de plus belle à ses oreilles. Elle salua brièvement Berhane, lui promit de l'accompagner de nouveau au village dès que possible et s'élança à travers la citadelle. La voix l'entraîna à travers le réfectoire, les cuisines, les celliers, jusqu'au cœur des réserves de Nordeau. S'y entassaient légumes, épices et viandes de toutes sortes : salées, fumées ou conservées dans des cavités glacées creusées dans la montagne. On y trouvait aussi des caisses de savon, d'huile et de parfum en provenance d'Estari, des mètres de tissus protégés des insectes par des enchantements noués autour des rouleaux, et d'immenses piles de bois sec. Plus Sophie s'enfonçait entre les provisions et fournitures destinées au fonctionnement de la citadelle, plus les traces de passage se faisaient rares. Dans les dernières salles, le sol inégal était couvert de poussière et seuls quelques meubles branlants étaient appuyés contre les murs. Les corniches abritant ordinairement les lampes des couloirs de la citadelle étaient vides et l'écuyère se retrouva bien vite dans une pénombre inquiétante. Ainsi mal éclairés, les tas biscornus d'objets divers prenaient des formes monstrueuses que Sophie n'osait regarder que du coin de l'œil, de peur qu'elles se décident à l'attaquer. L'air était rance. Elle aurait voulu retourner sur ses pas et rejoindre Berhane ou même espionner de loin Pèn et sa Maîtresse, mais la voix s'était faite plus forte, plus impérieuse aussi et elle ne rebroussa chemin que pour se saisir d'une lampe et mieux poursuivre sa route. L'enfilade de caveaux arriva à son terme. Les murs n'en étaient plus que grossièrement taillés dans la montagne, et, imbriquée dans la paroi de roche brute, se trouvait une vieille porte. Sophie actionna la poignée usée et le battant s'entrouvrit à demi en grinçant sur ses gonds. Elle poussa la porte croulante et se glissa dans le cellier. La petite flamme de sa lampe chassa légèrement les ombres de la pièce et elle découvrit l'entassement hétéroclite de meubles le long des murs humides. L'odeur de bois moisi la prit à la gorge. Toussant, elle s'avança entre les chaises vermoulues, les bureaux effondrés, les armoires affaissées. Une tapisserie rongée par les mites attira son attention. Elle n'était suspendue à son cadre de bois que jusqu'à la moitié, dissimulant ainsi ses motifs. Sophie posa sa lampe sur une table, se saisit du coin replié et étendit la tapisserie sur toute sa longueur. Les années passées à pourrir dans l'obscurité et l'humidité avaient délavé l'éclat des couleurs. De nombreux fils grignotés par les vers s'étaient effilochés, mais l'écuyère pouvait toujours reconnaître la scène représentée. Agenouillée au milieu d'une forêt de pins bleus, Maude recevait Lunde des mains d'une silhouette masquée. Les plantes semblaient se courber vers elle, même les arbres inclinaient leurs cimes devant la Reine. Sur la bordure, dans des médaillons dorés, figuraient les douze compagnons de la reine et en premier lieu Oréna et le chevalier Griffon. Sophie laissa retomber la tapisserie poussiéreuse, se saisit à nouveau de sa lampe et poursuivit son chemin à travers le débarras. De nouveau, elle entendit la voix mystérieuse l'appeler au loin. Cependant, elle était cette fois-ci accompagnée d'un fort parfum de fleur tel que Sophie n'en avait jamais respiré et qui lui sembla bien incongru en ce début de printemps. Au fond du cellier se trouvait une nouvelle porte, ayant tellement souffert du temps que ses gonds, auxquels ne tenaient plus que quelques planches vermoulues, étaient figés par la rouille. L'écuyère se faufila sous le battant branlant. Elle déboucha dans un escalier en colimaçon taillé dans la pierre et qui, au contraire de ceux qu'elle avait parcourus auparavant, s'élevait vers le sommet de la citadelle. Elle entreprit de gravir les marches glissantes, accompagnée de son ombre démesurée que la flamme de sa lampe projetait contre la paroi. L'escalier se hissait à travers la montagne, sans s'ouvrir sur aucune fenêtre qui aurait permis à Sophie de se repérer et elle poursuivit son ascension sans savoir s'il menait véritablement dans quelques endroits oubliés de la citadelle ou si elle finirait par être digérée par la pierre, disparaissant à jamais dans les entrailles de la montagne. L'odeur florale devint de plus en plus forte. Elle imprégnait la roche autour de Sophie, mais aussi la pellicule d'eau qui tapissait les murs, les marches de l'escalier, ses vêtements même, comme si elle progressait soudain au milieu d'un champ de fleurs. Malgré un point de douleur sourde au-dessus de l'aine, l'écuyère avançait et l'air se chargeait de senteurs d'humus et de terreau ; elle avait frissonné tout au long de son escapade sous la citadelle et soudain une douce moiteur l'enveloppait. L'escalier parvint à son terme alors que le parfum des fleurs menaçait de la submerger. La dernière volée de marches débouchait sur une petite porte dont la peinture blanche vieillissante se craquelait par endroit, elle restait cependant en bien meilleur état que tous les battants vermoulus franchis jusqu'ici.

Plus proche que jamais, la voix mystérieuse s'adressa à Sophie :

« Entre, ma fille. »

Le sang battait follement à ses tempes et ses mains étaient moites sur la froide poignée de métal. Elle pénétra dans le jardin.

Certaines avaient souffert de l'absence de soins, mais, pour la plupart, les plantes s'élevaient encore majestueusement vers le plafond. Elles surplombaient Sophie de leurs larges feuilles, se gorgeaient de la lumière qui cascadait de la coupole de verre, s'étalaient avec opulence à travers la pièce. Malgré leur ombre généreuse, l'écuyère dut attendre que ses yeux acceptent de quitter la pénombre de l'escalier, puis elle s'avança entre les plants d'iris et de camélias. Les fleurs poussaient dans de grands bacs de granit qui lui arrivaient à la taille, alimentés par une série de canaux où gargouillait un mince filet d'eau. Sur sa droite, l'hibiscus déployait ses larges fleurs rouges aux côtés de tulipes et de buissons de roses ; sur sa gauche, fougères et bruyères s'abritaient à l'ombre d'un petit pin. Escaladant les murs, le jasmin et le chèvrefeuille répandaient leur parfum sucré dans l'air. Elle laissa courir ses doigts sur la pervenche et le millepertuis tandis que le jardin l'engloutissait. Au milieu des fleurs et des buissons, des longues tiges courbées et des bouquets de feuilles, des formes tordues d'arbres miniatures et des fruits fripés, elle oublia un instant qu'elle était au milieu des montagnes, à la frontière nord du pays, entre les murs d'une citadelle de cinq mille âmes. Les plantes écrasaient tout de leur présence, immense et infinie. Elles se poursuivaient sans cesse par leurs racines, leurs branches, leurs feuilles et leurs troncs, enlaçaient la pierre des murs, étreignaient la montagne. Il n'y avait plus que le jardin s'étendant autour d'elle. Le jardin et la voix.

« Bonjour, Sophie. »

L'écuyère leva brusquement la tête. Quelques pas devant elle, une silhouette fantomatique admirait un rosier. Elle portait une tunique brodée de sauge et de fraisier, plus adaptée pour l'apparat que pour la guerre, et un manteau-tissé de cavalière, repoussé sur l'épaule. Lorsqu'elle se tourna vers Sophie, l'écuyère vit son visage marqué de multiples cicatrices et l'arête brisée de son nez, souvenir d'une ancienne fracture.

« Je t'attendais. »

Elle s'approcha de Sophie d'une démarche saccadée. Son corps éthéré se mouvait avec difficulté, comme s'il ne devait son existence qu'à la seule force de sa volonté.

« Je t'attendais depuis longtemps.

– Vous êtes la Matriarche Acquilon. »

Sophie avait parlé difficilement, arrachant les mots à sa gorge asséchée. Le fantôme d'Acquilon acquiesça.

« Oui. Je suis, ou plutôt j'étais, Matriarche de Nordeau.

– Vous êtes morte. »

Une nouvelle fois, Acquilon hocha la tête.

« Mais comme tu le vois, mon âme a perduré. »

Elle vint se tenir aux côtés de l'écuyère et posa une main vaporeuse sur son bras.

« Vois-tu, reprit-elle, je me suis accrochée à la vie. Lorsque mon souffle s'est tari et que mes forces m'ont abandonnée, je n'ai pas cessé de lutter. Il fallait que je poursuive mon existence, que je reste accrochée à notre monde afin d'accomplir la tâche qui m'avait été confiée. J'attendais. Désespérément, j'attendais quelqu'un. »

Elle glissa une main autour de son visage.

« Toi. »

Sophie la regarda sans comprendre.

« C'est toi, ma fille, que j'attendais. En effet, malgré toute la volonté du monde je ne peux demeurer ainsi éternellement. Cette fragile apparence finira par se déliter sous l'appel de la Dame et les assauts du temps. Je cesserai alors d'exister. Mais voilà que tu m'as entendue ! Cela fait des jours que je m'égosille dans ce jardin et je désespérais d'être jamais retrouvée ; heureusement, te voici enfin. »

Elle sourit chaleureusement à l'écuyère.

« Ma propre écuyère de cendre. Tu es comme envoyée par le destin, chère Sophie. »

Elle lui fit signe de la suivre et l'écuyère lui emboîta le pas. Elles déambulèrent à travers le jardin, au rythme capricieux de la Matriarche décédée.

« J'ai un service à te demander. C'est une immense faveur et je veux que tu réfléchisses bien avant de me donner ta réponse, car il n'y aura pas de retour en arrière possible. Je n'ai d'autre choix que de te soumettre ce problème, alors écoute-moi attentivement. Il n'existe qu'une seule façon de fixer mon âme à ce monde, de l'y maintenir indéfiniment. Un rituel ancien de craie et de feu. Il n'est pas compliqué à réaliser, mais si tu acceptes de t'y soumettre, alors mon âme se fixera à la tienne comme une sœur, comme un soutien. »

Elles s'arrêtèrent sous la coupole de verre, éclairées de plein fouet par le soleil de midi. Sophie plissa les yeux. Ainsi mise en lumière, la silhouette d'Acquilon semblait plus fragile que jamais.

« Si j'accepte, qu'est-ce qui se passera ?

– Nous serons liées par un lien indéfectible. Je serai ta force et tu seras la mienne. Je t'enseignerai tout ce que je sais, tout ce que j'ai appris au long de mon existence. Tout cela, je te le transmettrai. Par ailleurs, je pourrai te suivre en dehors des murs de Nordeau, mais il me sera aussi possible de rester ici, si le besoin s'en fait sentir. Nous ne serons jamais vraiment séparées, même si je n'ai pas l'intention de te suivre jusque dans les bains de la citadelle. »

L'écuyère sourit. Elle n'avait pas connu Acquilon avant sa mort puisque la Matriarche ne visitait que rarement les quartiers des novices, mais Raëlle ne tarissait pas d'éloges à son sujet et elle se sentait curieusement rassurée par sa présence. Elle allait poser une nouvelle question quand la douleur dans son bas-ventre, qui la tracassait depuis les escaliers, revint soudain avec force. Un petit nœud de souffrance s'était formé juste au-dessus de son aine et déroulait lentement ses racines à travers tout son abdomen. Les bras pressés autour de la taille, elle s'accroupit entre les bacs de granit.

« Sophie ? »

Le fantôme se baissa à la hauteur de l'écuyère et écarta délicatement une mèche de cheveux noirs. Quelques gouttes de sueur s'étaient formées sur le front plissé de Sophie, tout son visage se renfrognait pour combattre la douleur soudaine qui jaillissait de son ventre et attaquait son dos, ses hanches. La Matriarche caressa ses joues.

« Ce n'est rien ma fille, ce n'est rien. Tu es prête à servir pleinement la Dame désormais. »

Sophie leva la tête vers Acquilon.

« C'est ça avoir... »

Une nouvelle crampe la fit grimacer de plus belle.

« Non merci... »

Acquilon éclata d'un rire tonitruant qui se répercuta contre les feuilles, rebondit sur les murs, éclata contre la coupole de verre du plafond.

« Je me suis dit la même chose lors de mes premières menstruations. On apprend à vivre avec et d'autant plus qu'elles sont la manifestation de notre lien avec la Dame. »

Elle fit glisser ses doigts éthérés sur le crâne de Sophie.

« Je vais te chercher des linges, tu les plieras et les glisseras entre tes cuisses. Allonge-toi. Concentre-toi sur ta respiration. »

Elle guida Sophie jusqu'à ce que l'écuyère soit étendue contre le sol du jardin puis s'éloigna en oscillant légèrement et disparut derrière un hortensia. Sophie resta immobile sous le dôme verdoyant des plantes, elles-mêmes surplombées par la fractale de verre du plafond et, encore au-dessus, les nuages filiformes qui parcouraient le ciel de printemps. La douleur reflua par vagues. Au rythme des inspirations et des expirations, elle allait et venait, de plus en plus diffuse, jusqu'à ce que Sophie puisse se redresser. Elle s'assit, le dos contre l'un des bacs de granit, les feuilles d'un arbuste chatouillant le sommet de sa tête. Acquilon revint de sa démarche claudicante.

« Il faut en changer régulièrement, plusieurs fois par jour, expliqua-t-elle en s'agenouillant à côté de l'écuyère. Et n'oublie pas de les laver dans le bassin approprié, ce sang est sacré. C'est parce que nous connaissons son prix que nous sommes autorisées à verser celui des autres et à suivre les voies guerrières de la Dame. »

La Matriarche détourna le regard pendant que Sophie abaissait ses culottes, afin de glisser le coussinet de tissu entre ses jambes.

« Ce sera toujours douloureux ?

– Cela dépend des femmes. Et des mois. »

L'écuyère se releva sur des jambes chancelantes et se tourna vers Acquilon.

« Comment prépare-t-on le rituel ?

– Oh, enfant. Ne te précipite pas. »

Les mains de la Matriarche épousèrent le contour du visage de Sophie. Il conservait une certaine rondeur, surtout dans les joues, mais de petites imperfections constellaient sa peau cuivrée, trahissant son âge. Acquilon la fixa intensément, comme si elle voulait lire en son cœur, déchiffrer les oscillations de son âme, s'insinuer entre les rouages de son esprit. Une nouvelle crampe s'agrippa aux entrailles de Sophie, plantant ses griffes dans la chair rose de son abdomen et elle sentit qu'Acquilon dissimulait quelque chose. Derrière son sourire avenant se cachait un secret, une aspérité dans l'onctuosité de sa voix, un accroc dans la surface lisse de son apparence. Puis lui revinrent les louanges des Aînées et l'admiration de Raëlle pour leur ancienne Matriarche. Même Frêne et son naturel taciturne semblaient enclins à célébrer la femme qui se tenait devant elle. Ne serait-ce pas comme gagner enfin la reconnaissance de ses Maîtresses que d'accéder à la demande de cette grande cavalière ? Elle hocha la tête avec fermeté.

« Je suis d'accord. »

Les lèvres translucides d'Acquilon s'étirèrent en un pâle sourire. Elle se pencha en avant et déposa un baiser léger sur le front de Sophie.

« Alors au travail. »

Elles préparèrent le rituel dans le secret du jardin oublié. Toutes les essences nécessaires au sortilège poussaient dans un coin, loin des autres plantes.

« La sauge préserve l'intégrité de l'âme, murmura Acquilon penchée par-dessus l'épaule de l'écuyère au travail. Le laurier est guide sur le chemin des morts et le rhizome de fraisier autorise l'âme à faire demi-tour. Trois plantes pour le sortilège de Marquage qui rattache l'esprit à la vie. »

Sophie s'efforça de reproduire au plus près les gestes méticuleux de Frêne lorsqu'elle préparait une potion médicinale et elles obtinrent un résultat qui sembla satisfaire Acquilon.

« C'est bien, c'est très bien. Tu as eu une excellente professeure. »

La lune les observa travailler. Guidée par la Matriarche, Sophie dessina au sol un cercle de craie blanche et déposa, par-dessus la trace poudreuse, la décoction de plantes. Elles s'installèrent l'une face à l'autre, leurs mains gauches jointes ensemble, la tasse de breuvage juste sous leurs paumes. D'un claquement de doigts, Acquilon enflamma le cercle qui les entourait.

« Sophie de Nordeau, écuyère de cendre, soumets-tu ton âme à l'épreuve de la Marque ? »

Sophie la dévisagea une dernière fois. Le feu envahissait les rides de la Matriarche, animant d'une vie qu'elle ne possédait plus leurs sillons irréguliers et la trace plus profonde de la cicatrice barrant sa joue.

« Je soumets mon âme. »

Elle but d'un trait le verre de mixture et retint une grimace familière. La potion d'Acquilon avait exactement le même goût que les préparations que Raëlle servait aux novices chaque matin. Elle n'eut pas le temps de s'attarder sur les saveurs amères qu'elle venait d'avaler.

Le brasier autour d'elles grandit jusqu'à les surpasser. La poigne de fer d'Acquilon maintint Sophie en place tandis qu'il les engloutissait. Elles étaient submergées par les flammes ; assises au milieu des nuances de rouge, d'orange et de bleu, mais les contemplant aussi de l'extérieur. Leurs cheveux mêlés au feu dansaient tout autour de leurs têtes. Pourtant, la chaleur les épargna. Le brasier déclina jusqu'à s'éteindre dans un sifflement et Sophie relâcha le souffle qu'avait retenu sa poitrine.

« Chère Sophie. »

Elle pouvait désormais sentir pleinement les doigts d'Acquilon lorsque celle-ci caressa son visage.

« Je savais bien que l'on pouvait te faire confiance. Merci. »

Le feu lui avait redonné des couleurs. Sa peau blanche, ses yeux gris, le chignon serré de ses cheveux châtains, tout son corps semblait de nouveau parcouru par la vie. Les aspects vaporeux et fragiles de sa silhouette avaient disparu. Doucement, elle s'empara du bras de Sophie et le fit pivoter, jusqu'à exposer le creux de son coude à la lumière et ainsi l'abeille qui y était dessinée. Fascinée, l'écuyère y promena la pulpe de ses doigts, caressant le relief délicat de l'empreinte, se familiarisant avec son tracé. Acquilon dévoila l'insecte sur son propre bras.

« Tu es désormais dépositaire de la marque de mon passage en ce monde.

– Vous pensez que je saurai en être digne ? »

La Matriarche sourit.

« Là-dessus, je n'ai aucun doute. »

CHAPITRE 7 :
LA CITADELLE DU SUD

« L'hégémonie cavalière est un mythe
durablement ancré dans les esprits simples. »
Notes pour écuyères attentives par Offaze l'Architecte

L'embuscade survint le troisième jour de son voyage, en fin d'après-midi.

Éliane et Yuda s'étaient arrêtés au cœur d'un bois au sud de la capitale, lorsque le premier assaillant passa à l'attaque. Éliane n'eut la vie sauve que grâce au grognement d'avertissement soudain de son dragon. La lance ne fit que lui effleurer le visage. Le sang jaillit sans attendre. Déjà l'arme dardait de nouveau sur elle sa pointe meurtrière et elle dut jouer de toute la souplesse de son corps pour éviter à ses entrailles une funeste rencontre avec l'air libre. Yuda se redressa. À travers le voile carmin recouvrant sa vision, Éliane distingua le combattant qui leur faisait face : tout vêtu de noir, le visage masqué, il ne portait aucun signe distinctif, aucun blason, aucun symbole familial. Elle dégaina son épée et fit glisser de son dos son bouclier rond. Elle découvrirait l'identité de son adversaire en examinant son cadavre.

Pris en tenaille entre le dragon et sa cavalière, l'inconnu serait très vite tombé si, surgissant de la pénombre du bois, deux autres assassins ne s'étaient mêlés au combat. Éliane et Yuda adaptèrent aussitôt leur tactique. Elle fit face à leur premier adversaire tandis que sa monture tenait en respect les nouveaux venus. Puisant dans l'incendie qui sommeillait dans sa poitrine, il cracha à leurs visages un feu digne des plus grands brasiers. Dans son dos, Éliane affrontait le premier combattant. Les amples mouvements de sa lance dessinaient dans l'air soudain chargé de fumée des motifs familiers. Le sang reflua du visage de la cavalière. Chaque passe d'armes qu'elle échangeait avec son opposant lui rappelait sans faillir les longues journées passées à l'entraînement, le sable de l'arène de Nordeau, la sueur qui affaiblissait sa prise sur son épée. Il lui semblait presque affronter un miroir. Son adversaire tenta un saut qu'Éliane ne chercha pas à contrer, elle roula au sol au milieu des feuilles mortes et du parfum d'humus. La bordure de son bouclier rencontra un crâne avec un craquement sonore, avant que sa lame ne traverse le combattant dans le dos, entre les côtes sternales, et ne répande son sang sur la terre noire de la forêt. Les assassins face à Yuda dansaient à la lisière des arbres, maintenant le dragon à distance sans jamais prendre le risque de le toucher et de briser le tabou le plus important de l'ordre. Éliane s'empara de la lance de son adversaire et, d'un geste vif du poignet, l'envoya empaler l'un d'eux. Une odeur d'urine s'éleva à travers la trouée du sous-bois, tandis que le dernier combattant observait son compagnon se débattre faiblement avec la lance qui lui embrochait la poitrine, son corps glissant par à-coups le long de la hampe. Quand Yuda fit sauter sa tête d'un claquement de bec, le soldat s'affaissa au sol sans un bruit.

Éliane s'approcha de l'assassin agonisant. La lance, qui le traversait de part en part au niveau du sternum, était allée se planter dans le sol derrière lui. Il ne résista pas lorsqu'elle lui arracha le masque de tissu qui couvrait sa figure ; déjà ses mouvements faiblissaient et seuls quelques réflexes nerveux permettaient encore à ses mains de se convulser autour de l'épieu. La cavalière n'eut aucune surprise face au visage gracile qui se cachait sous le tissu.

« Il n'y a rien à faire, dit-elle d'une voix dure. Sous peu, ton âme rejoindra la forêt. »

Elle examina les yeux verts vitreux, les grains de beauté sur la peau pâlissante, le sang qui gouttait de son menton. Bien jeune pour déjà porter le titre de cavalière.

« D'où venez-vous ? De quelle citadelle ? »

Éliane tenta de capter l'attention de la mourante.

« Quelle Matriarche vous a envoyées ? »

Elle la saisit par le col.

« Dis-moi ! Dis-moi qui t'a demandé de me tuer ! »

Le regard glissa sur elle pour se poser sur le corps occis à sa droite. Les yeux se brouillèrent de larmes puis se voilèrent et les bras tombèrent le long du torse.

*

Pour faire bonne mesure, Éliane démasqua les deux autres corps, même si elle connaissait désormais, si ce n'était leur identité, au moins leurs origines. Elle aligna les corps côte à côte sur le lit de terreau tapissant la forêt et traça sur leurs visages avec leur propre sang un maquillage mortuaire rudimentaire. Elle joignit leurs mains entre elles et Yuda enflamma leurs dépouilles tandis qu'elle murmurait une courte prière.

« Puisse la brise souffler sous les ailes de vos dragons et vos âmes trouver le chemin de la Mère-Forêt. »

Le dragon et sa cavalière veillèrent tous deux le bûcher funéraire de fortune jusqu'à ce que le vent vienne emporter les cendres et alors seulement reprirent-ils leur chemin.

Éliane se réveilla en sursaut et se redressa brusquement de sa couche sommaire, lovée contre le corps rassurant de Yuda. Sa main tâtonna dans le sable à la recherche de son épée. Elle ne rencontra que poussière et gravier et la panique la saisit à la gorge comme un chien à la curée, enfouissant son museau dans ses tripes, lacérant sa confiance, crevant sa panse de doute et d'épouvante. Elle finit par trouver son arme. Il ne restait que des braises du feu qu'elle avait allumé au début de la soirée, pour sa première halte dans le désert. Sur le dos de Yuda, elle survolait le noir désert du Sud depuis deux jours, après avoir quitté les frondaisons émeraude du Bois-aux-chevaux, qui couronnait l'étendue de sable et prévenait sa lente invasion. Ses journées étaient inquiètes, ses nuits agitées. Un éternel silence régnait sur le désert. Ses dunes infinies se succédaient, encore et encore, jusqu'au lointain océan. Éliane trouvait un certain réconfort dans l'immense solitude de ce paysage répétitif et il lui vint alors quelques vers oubliés :

L'océan frémit contre les côtes vides.
Le soleil éclaire tout de ses rayons avides.
Une lumière dorée perce entre les pins.
La bruyère est peignée de rosée du matin.
Les fougères s'enroulent sous le ciel d'automne.
Des dunes, des dunes, d'un noir monotone.

Rarement, dans un pays couvert de forêts, avait-on l'occasion de contempler le ciel dans toute sa splendide nudité. Le sable noir des montagnes aux sommets déchiquetés se mêlait au voile obscur de la nuit ; dessus comme dessous l'immense étendue opaque était piquetée de lumières scintillantes. Les étoiles brillaient dans le firmament. Les *cœurs-du-désert*, petites pierres discrètes durant la journée, impossibles à distinguer de leurs sœurs plus communes, luisaient désormais doucement, éclairant avec parcimonie le sol désertique. Éliane repoussa ses couvertures et s'extirpa de sa couche. Elle fit le tour de son campement, l'oreille aux aguets, scrutant l'obscurité du regard. Seule la plainte lancinante du vent contre les formes dentelées des montagnes peuplait les terres arides qui s'étendaient autour d'elle. Demain, elle atteindrait Soufeu et affronterait les épreuves, puis elle rentrerait à Nordeau. Enfin. Elle retourna se blottir contre Yuda. Le sommeil ne vint pas.

Lorsqu'elle atteignit Soufeu, Adé, le volcan qui dominait la citadelle de toute sa terrible splendeur, laissait échapper une colonne de fumée nauséabonde que les brises océaniques dispersaient dans l'atmosphère.

« Bienvenue, Maîtresse Éliane, l'accueillit une écuyère dont le visage disparaissait en partie sous un mouchoir de tissu, je suis Blaenne. On m'a chargée de vous faire visiter la citadelle et de vous montrer votre cellule. »

Éliane la salua, ses mots étouffés par son manteau-tissé qui cachait son nez et sa bouche. Blaenne lui fit signe de la suivre et elles se réfugièrent à l'intérieur de la forteresse. L'air n'en était pas moins chargé de cendres et de suie et toutes les cavalières qui se pressaient à travers ses couloirs dissimulaient leurs visages sous des voiles de coton humides. Éliane et sa guide parcoururent plusieurs corridors, mais au lieu de déboucher sur les quartiers de repos de la citadelle, elles parvinrent très vite non pas devant une cellule vide qui pourrait l'accueillir, mais devant les appartements de Perle. Blaenne frappa trois petits coups secs sur le battant de bois noir et, après un bref salut, s'éloigna. La voix maussade de la Matriarche de Soufeu s'éleva derrière la porte.

« Ne reste donc pas plantée là, entre. »

Éliane s'accorda une seconde pour chasser la surprise et retrouver son calme puis elle épousseta rapidement son manteau et pénétra dans la pièce.

Perle était assise devant sa cheminée sur un tabouret de bois. Les flammes, seules sources de lumière dans le bureau obscur, lançaient sur son visage abrupt des reflets cruels. Elle ne leva pas les yeux du parchemin qu'elle déchiffrait, mais Éliane surprit le discret sourire qui dansa un instant sur ses lèvres. Comme il devait être satisfaisant de la voir venir immédiatement à elle et non de lui faire visiter la citadelle comme annoncé. Elle ne devait contenir sa joie qu'avec difficulté.

« Bonjour, Matriarche. »

Éliane s'avança dans le bureau et s'assit sur le seul autre siège disponible. Une pile de courrier s'amoncelait aux pieds de Perle, où elle piochait régulièrement de ses mains massives une nouvelle missive. Elle semblait encore plus immense assise sur son tabouret trop petit.

« Je vois que tu es arrivée sans encombre, je m'en réjouis. »

Une violente contraction agita le cœur d'Éliane pendant un instant, avant qu'elle ne retrouve le contrôle d'elle-même. Ignorant son trouble, Perle poursuivit :

« Les routes ne sont pas sûres à travers le désert noir, il se montre vite hostile envers ceux qu'il ne connaît pas. Mais tu es là, c'est tout ce qui compte. »

Derrière les murs de sa citadelle, dans la sécurité familière de son bureau, la Matriarche de Soufeu trouvait soudain en elle de quoi dissimuler son habituelle animosité. Éliane scruta son visage dans l'espoir d'apercevoir quelques preuves qu'elle avait fomenté la tentative d'assassinat, mais ses soupçons passèrent bien vite, comme les nuages dans la vallée. À Soufeu, on respectait trop la *Voix de la Forêt* pour s'opposer à la nomination d'une Matriarche.

« Blaenne va te mener jusqu'à nos Aînées, reprit Perle. Elles procéderont à la cérémonie. Demain matin, on te guidera jusqu'à la plage de la Première cavalière. »

Elle replongea le nez dans sa lecture.

« C'est tout. »

Éliane se leva sans un mot. Dans la longue partie d'échecs de leur vieille rancune, Perle venait de marquer un point, comme elle-même en avait marqué lors de leur passage à la capitale. En d'autres occasions, elle aurait cherché une réplique caustique à lui assener, de quoi rendre leur échange un peu plus équitable. Mais ce soir-là, elle n'aspirait qu'à la paix et la tranquillité, et si pour cela il fallait accorder à sa vieille ennemie une victoire par le verbe...

Blaenne l'attendait derrière la porte des appartements. De nouveau, elle la guida à travers Soufeu, sous la poussière fuligineuse d'Adé. Comme lors de ses premières visites, Éliane fut frappée par l'ordre qui régnait sur la citadelle. Dans une stricte application des textes sacrés et des traditions séculaires des cavalières, chaque voie vivait aux côtés des autres sans pour autant se mélanger. Bâtisseuses, annonciatrices et intrigantes se croisaient, se saluaient puis suivaient leur propre chemin. Leurs vêtements étaient de simple facture, sobres et souvent ravaudés. Elles reflétaient parfaitement le désert qui les abritait : arides et exigeantes. Dans son habit blanc de deuil, fatigué, mais raffiné, Éliane se sentit, plus que jamais, bien loin de Nordeau.

« Pourquoi vous et Maîtresse Perle ne vous entendez-vous pas ? »

La question de Blaenne la prit au dépourvu, l'écuyère n'ayant pas ouvert la bouche lors de leur première promenade à travers Soufeu. Éliane pesa ses mots.

« Une simple mésentente comme il en existe mille autres. Nous nous connaissons depuis nos années d'écuyères, il est normal qu'une inimitié première se transforme en conflit plus ancré si l'on est amené à se côtoyer trop régulièrement, sans pour autant jamais trouver un terrain d'entente.

– Les cavalières ne sont-elles pas toutes des sœurs ?

– Je suppose que si. Du moins dans l'idée. On ne peut pas s'attendre à ce que chaque cavalière considère chacune de ses camarades comme une proche amie, mais il est vrai que l'on attend de nous une certaine forme d'attachement. S'il est déjà arrivé que des cavalières s'affrontent par les armes, jamais n'a-t-on vu de guerre ouverte entre nous. »

Le visage agonisant de la trop jeune cavalière qui avait tenté de la tuer s'imposa soudain à sa mémoire. Son sang gouttant le long de la lance, s'étendant en flaque sur le sol de la forêt. Elle serra les dents.

« Cependant, aucune de nous ne se risquerait à porter préjudice à l'Ordre, pour un simple antagonisme entre deux de ses membres. Si la situation l'exige, nous saurons mettre de côté cette petite rancœur. De même, je ne crois pas que nous en viendrons jamais ni aux mots ni aux mains. »

Elle se demanda pourquoi elle racontait tout ceci à une écuyère qu'elle ne connaissait pas. Cherchait-elle à se convaincre elle-même ? Tendait-elle inconsciemment la main à Perle ? Car nul doute que la jeune fille s'empresserait de répéter ses paroles à sa Matriarche lorsqu'elle se serait débarrassée d'Éliane. Non, la fébrile irritation qui parcourait sa peau à chaque fois qu'elle croisait la route de Perle était toujours présente.

Elles finirent par atteindre le dernier étage de l'aile sud de la citadelle. Les meurtrières du couloir laissaient entrer le parfum de l'océan. L'air, filtré par les embruns marins, était ici plus pur que dans le reste de Soufeu, et Éliane et Blaenne ôtèrent enfin les voiles qui couvraient leurs visages. Les quartiers des Aînées se cachaient derrière une lourde porte de bois rouge, délicatement sculptée de bas-reliefs représentant une antique bataille. À nouveau, après avoir annoncé leur présence, Blaenne s'éloigna rapidement.

Le battant s'entrouvrit et la frimousse amusée d'une petite novice à la peau sombre apparut. Elle dévisagea longuement la cavalière qui la dominait de toute sa taille, le cou dévissé afin de scruter ses traits, et sembla satisfaite de ce qu'elle y lut. Avec un geste vif de la main, elle lui intima de la suivre et retourna se cacher dans un recoin. Éliane pénétra à sa suite dans les quartiers des Aînées. Lorsque la porte claqua dans son dos, elle se retrouva plongée dans le noir. Le rire cristallin d'une novice se répercuta sous la voûte invisible du plafond. À mesure que ses yeux s'habituaient à l'obscurité, Éliane découvrit que le couloir devant elle était parsemé de *cœurs-du-désert*, pâles lumières scintillantes pour guider ses pas. Elle s'avança entre les pierres le long du sombre corridor qui se transforma par la suite en escalier abrupt, qu'elle supposa s'enfoncer dans les falaises de roches noires entourant Soufeu. Les ténèbres se firent plus douces et elle finit par déboucher sur une large pièce vide de toute décoration, au centre de laquelle flambait un haut brasier. Alignées derrière les flammes se tenaient les anciennes.

« Bienvenue, Éliane de Nordeau. »

Leurs visages ridés disparaissaient sous les ombres de leurs capuches. Leurs voix ne faisaient qu'une sous les ogives croisées de la pièce.

« Vénérables Mères. »

Éliane s'efforça de saluer bien bas, malgré les courbatures assaillant les muscles de ses cuisses et de son dos. Elle pouvait presque entendre l'appel des grands bassins des bains de Soufeu, quelque part au-dessus de sa tête.

« Approche, enfant, approche. »

Une nouvelle fois, Éliane dut présenter sa paume marquée au feu sacré des Aînées et les flammes y dessinèrent la marque reçue à Nordeau. Une nouvelle fois la feuille de chêne reçut l'approbation des juges qui la contemplaient. Puis, les anciennes lui ôtèrent ses vêtements fatigués, oignirent son corps des huiles sacrées, tracèrent à la cendre sur son visage la feuille trilobée de la Fille, la Mère et l'Aïeule. Elles marmonnèrent maintes prières de leurs voix éraillées et la vêtirent uniquement de son manteau-tissé. Puis, après avoir mêlé à ses cheveux trois asphodèles séchés, elles la laissèrent seule dans une cellule surplombant l'océan.

Tout comme la nuit précédant l'ordination d'une cavalière est consacrée à la méditation et au recueillement, Éliane aurait dû, ce soir-là et tous ceux qui suivirent, faire œuvre de prière et d'étude. Elle passa la nuit à dormir et au matin la feuille peinte sur sa joue droite s'était imprimée sur le sol. Elle resta ainsi solitaire pendant les trois jours qui la séparaient de la nouvelle lune. Elle jeûna sans souffrir, ne regrettant vraiment que son passage manqué aux bains et l'éloignement forcé de Yuda. Au crépuscule du quatrième soir, une Aînée vint la quérir. Éliane suivit sa nouvelle guide en silence. La citadelle bruissait déjà d'une activité débordante, mais à travers les chemins détournés qu'elles empruntèrent, la cavalière et l'ancienne ne croisèrent pas âme qui vive. Le discret couloir secret des Aînées descendait à flanc de falaise, suspendu au-dessus de l'océan qui s'ébrouait sans faiblir aux pieds de Soufeu. Ses traîtres embruns avaient rendu glissantes les marches grossièrement taillées dans le roc noir et les deux femmes devaient redoubler d'attention pour ne pas déraper tragiquement vers ses remous tapageurs. Éliane se demanda si, au creux de l'écume, l'âme d'Acquilon l'observait. Elles longèrent longtemps la côte accidentée tandis que le jour s'abîmait dans les vagues et que s'allumaient une à une les étoiles. Le chemin se fit moins escarpé, la roche volcanique plus fine, plus douce et elles atteignirent finalement une plage de sable sombre. Seul le scintillement des *cœurs* disposés en motifs de feuilles éclairait désormais leur route. L'Aînée entraîna Éliane entre les dessins de lumière. Elles traversèrent la plage sacrée jusqu'à la grande bouche avide qui s'ouvrait à son extrémité. Dans la nuit noire, la grotte des Premières semblait d'autant plus obscure et affamée. Yuda les attendait là. Éliane rejoignit avec soulagement son compagnon de vol et pressa son visage contre les plumes de son poitrail.

« C'est ici que nos chemins se séparent, Éliane de Nordeau. »

L'ancienne s'était arrêtée à bonne distance de la cavalière et son dragon.

« Ce que vous allez affronter dans le ventre de la grande engloutisseuse, ce que vous y découvrirez, ne peut être exprimé dans la langue commune, ne peut être évoqué dans le parler des flammes, ne peut être compris dans le verbe du vent. Seul le susurrement de la sève au cœur de l'arbre est à même de décrire ce que renferment les entrailles de la Terre et rares sont ceux qui savent l'entendre. Cependant, je puis vous guider de par l'expérience de celles qui vous ont précédés. Glissez-vous sous les racines du monde. Retournez à l'humus qui nous a donné vie. Il vous faudra vous laisser mâcher par les dents de la montagne, pétrir par son âge avancé, digérer par la force de son Chant. Et dans l'obscurité la plus sombre, là où tout être se corrompt et se meurt, vous serez une lueur de vie pour les pousses à venir. Fouissez à travers la terre, creusez votre chemin vers le ciel, émergez à nouveau à la surface du monde et épanouissez-vous sous la lumière du soleil. Voilà ce que je puis vous dire avant que vous n'affrontiez ce qui ne peut être conté. »

Elle effleura son front du bout de ses doigts avant d'offrir ses mains ouvertes à leurs regards.

« Puisse la brise souffler sous les ailes de ton dragon, Éliane de Nordeau. »

La cavalière imita son geste. Au côté de Yuda elle s'avança à l'intérieur de la grotte et ils disparurent dans l'obscurité.

Lorsque Nordeau se découpa à nouveau à l'horizon, Éliane sentit la tension s'échapper de son corps. Elle contempla la forteresse du Nord et les pensées enchevêtrées torturant son esprit s'apaisèrent. La citadelle se dressait au sommet d'un à-pic, adossée à la paroi du sommet suivant, surplombée des trois terrasses creusées dans la pierre. La Vouivre la traversait depuis sa source souterraine jusqu'à une ouverture pratiquée aux pieds des remparts, d'où elle jaillissait avec force. Les arbres sacrés du verger tutélaire se balançaient dans la brise du soir. À l'extrémité est des murs se tenait la tour solitaire qui abritait habituellement la flamme de Nordeau et, au-dessus de celle-ci, le surplomb de l'Ermite où était conservé le baudrier des Reines.

Éliane prit une grande inspiration et le poids alourdissant sa conscience depuis qu'elle avait quitté la capitale relâcha son emprise sur sa nuque, ses épaules, sa poitrine. Ses yeux s'embuèrent sous l'air piquant de la montagne. Yuda s'ébroua lui aussi et le vent glacial fit vibrer ses plumes. Le dragon et sa cavalière n'avaient qu'une hâte : retrouver la chaleur bienfaisante de la citadelle.

À l'exception des escouades détachées sur la frontière, l'ensemble des habitantes de Nordeau se trouvait rassemblé dans la cour pour l'accueillir. Dès qu'elle eut mis pied à terre, les cavalières et leurs écuyères suivies des Aînées et des novices s'agenouillèrent sur le sol et pressèrent leur front contre la pierre. Le sol de sable disparut sous leurs silhouettes prostrées, comme recouvert d'un gigantesque tapis de prière. Seule Raëlle se tenait encore debout face à elle.

« Puisse la brise souffler sous les ailes de ton dragon, salua-t-elle d'une voix forte. Bienvenue à toi, Éliane de Nordeau, Maîtresse bâtisseuse, Matriarche. »

Les femmes prosternées reprirent en cœur la formule consacrée et le nouveau titre d'Éliane ricocha entre les murs de la citadelle, les parois de la falaise et les flancs de la montagne avant d'aller se perdre entre les sommets. Elle resta immobile face à leur soudain respect. Bien que depuis ses premiers jours d'écuyère elle ait su se faire entendre et que par la suite sa Maîtresse l'ait incluse dans ses devoirs de Matriarche, c'est toujours Acquilon qui se détachait de la foule, qui avait réponse à tout, vers qui les autres cavalières se tournaient à la recherche de soutien et de force. Son absence la rattrapa et le calme qui avait envahi Éliane à la vue de Nordeau se fissura imperceptiblement.

« Yuda. »

La voix de Raëlle la ramena au moment présent. L'Aînée s'était avancée face au dragon et le saluait à son tour.

« Puisses-tu nous éclairer dans les ténèbres et nous guider vers la victoire. À toi de relancer la flamme de Nordeau. »

Le dragon se rengorgea des politesses qui lui étaient adressées. Lorsqu'il prit son envol, les plumes gonflées de son poitrail émirent un sourd vrombissement et il vint se placer face à l'échafaudage de bois neuf qu'abritait la tour Est. Derrière Éliane et Raëlle, les habitantes de Nordeau s'étaient redressées. Quand Yuda entrouvrit son bec et que le feu s'en échappa, la lumière du brasier lança des reflets d'or sur leurs visages. La flamme de Nordeau brûlait de nouveau.

« Matriarche, murmura Raëlle. »

L'espace d'un instant, Éliane chercha par réflexe Acquilon à son côté. Elle ne trouva que les cavalières qui s'amassaient autour d'elle pour lui adresser leurs félicitations. Plus loin, les Aînées raccompagnaient les novices à leurs quartiers.

« Voudrais-tu me suivre ? » reprit l'ancienne.

Un éclat de rire avorté s'écrasa contre les dents de la Matriarche.

« Ma vie ne sera-t-elle faite que de visites à votre sombre repaire, Mère ? »

Elle secoua la tête avec un rictus.

« Non, Raëlle de Nordeau. Je ne veux pas te suivre. »

Éliane salua rapidement l'Aînée et se mêla à la foule des cavalières se pressant contre elle, chacune cherchant un bref contact avec la nouvelle Matriarche. Elle traversa la cour sans un regard pour l'écuyère qui la dévorait des yeux.

Un silence miséricordieux régnait sur le dernier étage de la citadelle. Les murs de pierre semblaient absorber tout le bruit habituel de Nordeau et, bien que ce dernier lui fût familier, Éliane éprouva un grand soulagement. Elle appuya son front contre la porte et laissa son contrôle apparent se fissurer, se craqueler et finalement tomber en miettes autour de son cœur fatigué. Elle attendit longtemps, la joue pressée contre le battant. La fibre du bois imprima son dessin sur son visage, incorpora le réseau dense de sa pulpe au grain de sa peau. Elle aurait voulu se fondre dans la sylve jusqu'à être absorbée corps et âme, ne laisser derrière elle aucune trace de son passage sous les ombres de la forêt. Devenir humus et retourner à la terre. Lorsqu'elle se détacha enfin de la porte, le bois sous sa joue était tiède comme un être vivant.

Les appartements de la Matriarche de Nordeau occupaient tout le dernier étage, qu'ils découpaient en plusieurs chambres, antichambres, salons et bureaux. Toute une vie s'y entassait. Éliane fit le tour de chaque pièce lentement, avec déférence. Elle voulait graver dans son esprit la disposition de chaque meuble, chaque objet, chaque livre encore ouvert là où Acquilon s'était arrêtée, chaque plume encore plongée dans l'encre et chaque missive qui ne serait jamais terminée. Elle erra à travers les traces de l'existence de sa Matriarche. C'est comme si elle marchait de nouveau à ses côtés, de cette haute taille qu'elles partageaient, ses cheveux tressés à la façon des cavalières, son profil imposant se découpant contre une fenêtre.

« Vous m'avez abandonnée, chuchota Éliane aux ombres. Je n'ai plus que moi-même vers qui me tourner. »

Personne n'avait accédé aux appartements depuis qu'elle les avait quittés à la fin de sa veille funéraire et la poussière s'accumulait sur les meubles et les linteaux des fenêtres. Elle y dessina du bout du doigt les symboles du laurier et du trèfle qui accompagnent les morts dans la forêt des âmes puis s'avança le long du couloir jusqu'à la chambre à coucher. Sur le lit qui occupait le centre de la pièce, l'édredon portait encore la marque du corps de sa précédente propriétaire. Éliane s'en détourna. Par la fenêtre donnant sur la cour, elle observa les cavalières retournées à leurs tâches et au milieu d'elles, désœuvrée, la silhouette solitaire de la petite Sophie. Elle aurait dû descendre et s'occuper d'elle. Prendre le temps de la connaître, lui montrer la citadelle, lui donner une première leçon d'escrime. Mais le soir tombait déjà sur Nordeau et elle ne se sentait ni la force ni l'envie de se mêler à nouveau aux autres femmes. Elle tourna le dos à la vitre. Il n'y avait pas une pièce à travers tout l'étage qui ne lui rappelle vivement l'absence d'Acquilon alors elle se réfugia dans le corridor de l'entrée. Elle passa la nuit tassée sur le coussiège d'une des fenêtres donnant sur la vallée, enveloppée dans une couverture à l'odeur de grenier.

*

Dans son rêve, elle fait face à la mer et l'écume vient lécher ses pieds ancrés dans le sable. La plage est vide autour d'elle, dans son dos elle entend bruisser les pins sous la caresse du vent. Le soleil l'éblouit, il semble se refléter sur chaque grain de sable et elle voudrait fermer les yeux, mais elle ne peut pas, elle voudrait lever la main pour cacher son visage, mais elle ne peut pas. Figée devant la mer elle fait face à ses vagues qui se déchaînent soudain. Ses yeux sont douloureux de la brûlure mordante du soleil. Elle distingue mal ce qui se dresse au loin et quand enfin les nuages recouvrent le ciel, elle ne peut que contempler, immobile, la tempête qui boursoufle l'horizon.

Elle fut arrachée au sommeil par un tambourinement incessant. Derrière la vitre le jour s'était déjà levé au-dessus de Nordeau et la rumeur quotidienne de la citadelle résonnait à travers le bâtiment. Le martèlement redoubla d'intensité et acheva de soustraire Éliane aux dernières bribes de son rêve. Elle se débattit un instant avec la couverture enroulée autour de ses jambes, tomba lourdement sur les tomettes abîmées et comprit enfin que quelqu'un frappait à la porte. Le regard qu'elle réservait à l'intruse aurait fait fuir n'importe quelle cavalière, mais Berhane ne broncha pas.

« Matriarche. »

Éliane passa une main lasse sur son visage fatigué.

« Berhane. Que puis-je faire pour toi ?

– Je m'excuse de vous déranger Matriarche, mais j'ai pris la liberté de rassembler vos affaires et de vous les monter. »

Elle tendit à Éliane un ballot de vêtements.

« Par ailleurs, j'ai avec moi les chiffres du mois dernier ainsi que les prévisions des repas à venir. J'ai pensé que nous pourrions les regarder ensemble.

– Maintenant ? »

Berhane la regarda sans comprendre.

« Il est presque midi, Matriarche, vous avez manqué l'office du matin. »

Un soupir échappa à Éliane.

« Laisse-moi le temps de passer aux bains et je te rejoindrai à l'intendance. »

La cavalière s'inclina brièvement.

« Bien entendu. Matriarche. »

Éliane rejoignit les bains au pas de course, mettant à profit sa connaissance approfondie de la citadelle pour ne croiser personne. Elle n'avait pas prévu de dormir aussi longtemps, l'inconfort de son couchage aurait dû la réveiller aux aurores et non lui faire rater la matinée dans son entièreté. Elle s'immergea dans le bassin avec soulagement, laissa l'eau chaude la recouvrir totalement. Instantanément, elle se sentit apaisée, au-delà de sa fatigue physique, au-delà de sa lassitude. Le gargouillement de l'eau s'échappant des canalisations, la vapeur flottant entre sol et plafond, les discussions étouffées si discrètes qu'on ne pouvait en localiser la source. Comme le torrent de montagne qui entraîne dans sa course les rives de son lit, les eaux parfumées du bassin emportèrent ses doutes et ses regrets. Il n'était plus temps de se morfondre dans le noir. Éliane passa ses vêtements, les plus simples qu'elle possédait, et agrafa son manteau-tissé autour de ses épaules. Le poids de l'étoffe, les nuances de bleu familières, les motifs qu'elle avait elle-même tissés achevèrent de restaurer sa confiance.

L'intendance de Nordeau retentissait des discussions d'une vingtaine de cavalières qui allaient et venaient entre le bureau de Berhane et le reste de la citadelle. On y apportait des comptes rendus de services, des listes d'achats nécessaires, des livres de comptes épais comme des briques et autres sortes de paperasserie qui étaient ensuite rangées soigneusement dans les nombreux casiers tapissant les murs sur toute leur surface. Le brouhaha qui régnait dans la salle s'étouffa dès que la Matriarche s'avança. Les cavalières s'inclinèrent et demeurèrent silencieuses, en retrait. Seule Berhane, penchée au-dessus de son bureau, le nez dans les chiffres, ne parut pas se préoccuper de son arrivée. Éliane resta immobile un instant, ne sachant trop comment aborder l'Intendante qui gérait Nordeau à ses côtés depuis toutes ces années. Elles ne s'étaient jamais souciées d'étiquette auparavant, même alors que les autres cavalières la considéraient déjà comme un prolongement naturel du pouvoir d'Acquilon, mais elles n'avaient jamais été amies non plus. Que deviendrait leur relation de travail sous ce nouvel âge de la citadelle ? Berhane coupa court à ses délibérations :

« J'ai besoin de votre signature ici, Matriarche. »

Éliane se composa une expression sévère et vint prendre place au bureau, là où elle s'était installée depuis ce qui lui semblait être une éternité. Ses fesses avaient marqué l'assise du tabouret, ses genoux heurté à maintes reprises le plan de travail trop bas ; sa silhouette penchée au-dessus de cette table était d'une domesticité inébranlable. Les cavalières retournèrent à leurs tâches respectives d'abord sans un bruit puis dans un tintamarre croissant jusqu'à ce que la cacophonie habituelle de la citadelle reprenne ses droits tout autour d'Éliane.

Ainsi entra-t-elle pleinement dans ses fonctions de Matriarche. Comme si rien n'avait changé, comme si, depuis le début, Acquilon l'avait guidée dans cette direction en lui déléguant le rôle qu'elle viendrait finalement à occuper.

Après avoir passé en revue les comptes de la citadelle, elle organisa les patrouilles à venir, les tours de garde, les rotations entre la citadelle et les avant-postes qui en dépendaient. Elle planifia les visites prochaines des nobles qui viendraient lui présenter leurs hommages et l'arrivée des délégations des autres citadelles. Elle ordonna qu'on vide les appartements de la Matriarche et y fit monter les meubles de sa cellule. Seuls demeurèrent le bureau et la grande carte du royaume que possédait Acquilon. Elle dirigea les offices et rencontra les pèlerins. On ajouta le liseré d'or de commandement à son manteau-tissé. Nordeau retrouva son quotidien.

Les jours passèrent et Éliane sentait qu'il lui faudrait bientôt s'intéresser enfin à son écuyère. Elle avait d'abord remarqué sa présence discrète, toujours dissimulée à quelques pas d'elle, dans l'ombre d'un mur, puis elle avait cessé de la suivre et Éliane ne l'avait pas revue. Parmi ses cavalières, personne ne se permit de commenter son attitude, bien qu'elle sût qu'on lui reprochait probablement de ne pas prendre soin d'une écuyère choisie par la Dame. Elle avait appris que la cavalière-herboriste avait plus ou moins pris la fillette sous son aile et il lui sembla que les choses pouvaient en rester là, au moins encore quelque temps. Une seule cavalière paraissait ouvertement insatisfaite de ce statu quo : Berhane faisait de nombreuses remarques à Éliane durant leurs journées de travail, ramenant régulièrement à l'ordre du jour l'avenir de l'écuyère.

« Elle ne peut pas rester aussi longtemps sans dragon. Ses premières règles datent déjà de plusieurs jours, il est plus que temps pour sa cérémonie de naissance. »

Elles classaient ensemble les dernières listes de commande du jour, alors que la majorité des cavalières avaient déjà regagné leurs cellules.

« Il n'est pas correct de la laisser plus longtemps sans tutorat et...

– Pardonne-moi si je me trompe, Berhane, mais il me semble entendre comme un soupçon de reproche dans ta voix. »

La Matriarche n'avait pas levé les yeux de son travail de rangement, mais elle devina la raideur soudaine de l'Intendante.

« Je ne me permettrais pas, Matriarche, reprit Berhane d'une voix moins assurée, cependant il serait dommageable pour la citadelle de laisser en friche les dons de Sophie. Maîtresse Herboriste l'assure, elle n'est pas écuyère de cendre pour rien. »

« Oui, j'ai ouï dire que Frêne avait entrepris sa formation. »

Éliane glissa dans le casier qui lui faisait face la dernière des listes qu'elle avait entre les mains. Elle aurait voulu que l'Intendante la laisse enfin tranquille. Que toutes cessent d'espérer la voir s'occuper de cette enfant dont la seule présence lui rappelait chaque jour l'absence d'Acquilon.

« Je ne songe pas abandonner totalement son apprentissage, si c'est ce qui t'inquiète. Je n'ai simplement pas encore eu le temps de m'occuper d'elle. »

Berhane resta silencieuse tandis qu'elle triait les quelques papiers encore posés sur son bureau et Éliane songea avec amusement à celui de Roland qui lui était son contraire en tout point. Elles étaient sur le point de partir quand Berhane revint à la charge.

« Peut-être pourriez-vous emmener Sophie avec vous demain matin, pendant votre survol de la vallée. »

La Matriarche se figea.

« Écoute-moi bien, Berhane, siffla-t-elle entre ses dents, si j'entends encore une fois le nom de Sophie passer tes lèvres, je trouverai quelqu'un d'autre avec qui gérer ma citadelle. »

Berhane eut la bienséance de paraître contrite et Éliane espéra un temps qu'elle allait s'excuser et enfin abandonner le sujet.

« Je ne voulais pas vous manquer de respect, Matriarche, mais Sophie…

– Je n'ai pas de conseil à recevoir d'une simple cavalière ! »

Le sang lui était monté aux joues et elle avait hurlé. À ses mots, le visage avenant de l'Intendante s'assombrit brusquement. Elle se tourna vers Éliane, son gros corps tout entier respirant une détermination et une colère que la Matriarche n'avait jamais soupçonnée.

« Ne joue pas à ça avec moi, Éliane de Nordeau. Je te connais depuis ton premier jour de novice lorsqu'Acquilon te ramena en croupe de Joran d'un de ses voyages. Je t'ai vue à chaque étape de ta vie, à chaque étape de ton apprentissage. Je ne suis pas une *simple* cavalière dont tu peux disposer à ta guise, je suis le pilier qui soutient ta citadelle. »

Elle leva une main impérieuse devant le visage d'Éliane qui ouvrait la bouche, la réduisant au silence.

« Je n'ai pas fini. Nous ne sommes pas amies et jamais ne le serons, mais j'aime à penser que nous sommes égales, face à cette grande citadelle, et c'est en tant qu'Intendante que je te dis ceci : Sophie est une enfant volontaire au cœur bien en place et elle mérite toute ton attention, non pas en tant qu'écuyère de cendre de ta défunte Maîtresse, mais en tant qu'habitante de cette citadelle. Ton dédain ostensible pour cette jeune fille te dessert plus que tu ne le crois, Matriarche. »

L'Intendante avait craché ce dernier mot avec venin.

« Nous pouvons travailler en silence si c'est que tu souhaites, mais n'oublie jamais que c'est son écoute qui fit d'Acquilon une grande cavalière et si tu te destines réellement à marcher dans ses pas il serait bon que tu l'imites en ce point. »

Elle la salua avec autant d'outrage qu'elle le put.

« Bonne nuit, Éliane, puisses-tu méditer sur mes paroles. »

CHAPITRE 8 : L'ERMITE DANS LA FALAISE

« Beaucoup cherchèrent la Reine sous l'écuyère, lorsque Sophie de Nordeau s'empara de Baldré. Mais beaucoup, aussi, oublièrent qui la mena dans cette quête insensée, quelles circonstances poussèrent ces personnes à de telles extrémités et comment on en arriva à cette conjoncture. »
Mémoires d'un messager, Tome 34,
d'Adhémar Logos Fikri Altharin

Dans son rêve, elle est la forêt. Ses racines s'étendent à travers la terre, plongent loin sous les couches superposées d'humus et de feuilles tombées. Ses branches se tendent haut vers le ciel et se repaissent des rayons du soleil. Au-dessus et au-dessous de la ligne de terreau, de la frontière entre l'air et la boue, la vie et la mort, l'arbre est à l'identique. D'un côté les radicelles absorbent les nutriments du sol, de l'autre les brindilles respirent la brise et le vent. Lien entre les cieux et le monde souterrain, l'arbre dialogue avec les vers comme avec les oiseaux, en toute égalité. Autour grandit la forêt, additionnée de tous les êtres qui la composent. Chaque arbre est semblable à son voisin : même tronc, mêmes branches, mêmes racines, même sève dorée qui goutte depuis les feuilles. Les voilà qui l'encerclent, leurs cimes se referment au-dessus de sa tête. Elle voudrait fuir. Elle voudrait s'échapper, ramper s'il le faut à la force des bras, mais déjà la sève l'engloutit de sa poisseur étouffante. La forêt la recouvre, pénètre par ses yeux, sa bouche, ses oreilles. Envahit ses poumons. Le sol et la mousse finissent de l'avaler.

Sous la forêt, il y a d'abord l'obscurité. Puis de nouveau voilà le sous-bois, les arbres qui s'élancent dans le vide. Sous la forêt est le reflet de l'autre forêt. Elle se redresse la tête en bas, ses pieds enduits de sève la retenant au sol devenu firmament. Cette sève ambrée coule aussi sur les troncs, mais cette fois vers les branches pour tomber de la cime dans le ciel clair et alimenter un astre de lumière suspendu tout en bas. Ainsi la forêt abrite une forêt, puisque se cache en elle une autre, à la fois jumelle et poison.

*

C'est la sensation d'humidité grandissante entre ses cuisses qui tira Sophie du sommeil. Saisie encore par des fragments de rêve qui se dissolvaient entre ses doigts elle crut d'abord que l'odeur qui imprégnait ses draps était celle du terreau détrempé des sous-bois avant de reconnaître le parfum métallique du sang. Son lit en était tapissé. Un sommeil agité avait délogé les linges de ses culottes et rien n'avait empêché ses couvertures de se tacher. L'écuyère soupira avec lassitude. Ses règles ne dataient que de quelques jours et pourtant déjà elle les trouvait bien fastidieuses. Elle arracha ses draps souillés à son matelas et les jeta en boule dans un coin de la cellule où ils attendraient sa visite au lavoir plus tard dans la journée. Ayant glissé des linges neufs dans une culotte propre et noués les lacets de son habit gris sombre d'écuyère de cendre, elle sortit de sa petite chambre.

Elle se heurta de plein fouet à Pèn. Les deux écuyères reculèrent d'un pas sous l'impact et se dévisagèrent mutuellement avec une surprise teintée de colère avant d'esquisser des expressions plus amènes.

« Tu n'es pas avec ta Maîtresse ? demanda Sophie tandis qu'elles descendaient les escaliers jusqu'au réfectoire.

– Non, répondit Pèn avec un grand sourire, elle m'a donné ma journée. On va pouvoir la passer ensemble ! »

Sophie hocha la tête avec enthousiasme, glissa son bras sous celui de sa camarade et elles rejoignirent en courant les rangs des cavalières attablées dans la grande salle de Nordeau. Présidant l'office du matin, Éliane se tenait debout en haut de l'estrade surplombant les longues tables à manger. Elle entama un court sermon sur le lien indéfectible entre le cycle menstruel des femmes et celui des saisons avant d'entonner, suivie des cavalières, un couplet du Premier chant. Les écuyères imitèrent leurs aînées. Sophie, qui avait cessé de dévisager Éliane comme si elle détenait les réponses à toutes ses questions, promenait son regard à travers la forêt de visages à la recherche de la mine renfrognée de la cavalière-herboriste. Son absence attisait au creux de l'estomac de Sophie une douleur qui n'avait rien à voir avec ses règles. Si Frêne venait à l'abandonner comme l'avait fait Éliane l'écuyère ne donnait pas cher de son avenir en tant que cavalière. Ce matin-là encore, l'herboriste n'était nulle part en vue. La déception de Sophie dut s'afficher pleinement sur ses traits, car Pèn prit délicatement sa main dans la sienne avec un sourire contrit.

« Elles vont finir par arriver », murmura-t-elle entre deux couplets sacrés.

Sophie fronça les sourcils, indécise. Pèn se montrait tout particulièrement attentive à ses réactions ces derniers jours, pour son plus grand agacement.

« Qui ça ? chuchota-t-elle en retour, sous le regard courroucé de sa voisine cavalière.

– Tes règles. »

Sophie manqua de s'étouffer avec le verset suivant. Elle attira ainsi enfin l'attention d'Éliane dont la froideur suffit à faire taire les écuyères pour le reste de l'office.

Elles reprirent leurs messes basses une fois le repas commencé. Les cavalières de service ce jour-là allaient et venaient entre les tables en portant de grands plateaux chargés de fruits secs et de pains. Les pots de confitures passaient de main en main, ainsi que les larges jattes de beurre et la gelée de fraise de Berhane que les cavalières se disputaient à grand bruit. Autour d'une table un peu à l'écart, les pèlerins observaient leurs hôtes d'un air à la fois respectueux et intrigué.

« Je sais que la Matriarche attend le début de tes règles pour commencer ton apprentissage, reprit Pènderyn. Je suis désolée que tu aies à en entendre parler tous les jours. Ça ne doit pas être facile. »

La tartine de Sophie oscilla dangereusement entre ses doigts collants tandis qu'elle signifiait vigoureusement à Pèn qu'elle faisait fausse route.

« Pas du tout ! Elle n'a pas encore trouvé le temps, avec son travail de Matriarche elle a des responsabilités que les autres Maîtresses n'ont pas. »

Devant le manque de conviction de sa camarade, elle agita derechef son petit déjeuner sous son nez pour appuyer ses paroles.

« Je suis sûre qu'elle s'occupera de moi dès que son emploi du temps le permettra. »

Pèn haussa des épaules peu convaincues.

« Je te répète ce que m'a dit Madé. Traditionnellement, une novice ne devient écuyère que lorsque coule son premier sang.

– Encore heureux, sinon les Aînées auraient été bien en mal de faire quoi que ce soit de toi. »

Les yeux de Pèn s'agrandirent sous la surprise alors qu'un sourire étirait ses lèvres malgré elle. Sophie lui jeta un regard narquois de derrière sa tartine.

« Remarque, tu aurais fait une bonne aide de cuisine, je suppose. Préposée épluche-légumes, c'est un bon titre pour toi... »

Elle secoua la tête dramatiquement, répandant par la même occasion des miettes sur ses genoux. Son amie la regarda attaquer une nouvelle tranche de pain avec appétit.

« Au moins, il n'a pas fallu la mort d'une Matriarche pour que l'on me nomme écuyère, moi. »

Sophie manqua de s'étouffer pour de bon et se mit à tousser violemment. Pèn lui fit un grand sourire. Leurs voisines cavalières s'étaient soudain drapées dans un silence outré et leur jetaient des regards orageux qui auraient pu concurrencer ceux d'Éliane. Sagement, entre deux arrivées de pains frais, les écuyères s'éclipsèrent. Elles rejoignirent l'extérieur et la cour, à cette heure seulement peuplée de la plainte langoureuse du vent contre la montagne et du chuchotement secret du torrent. Elles gravirent les escaliers étroits desservant les terrasses, passèrent devant leurs vieux quartiers de novices, longèrent le muret entourant le jardin de Frêne. Les rideaux de la petite bicoque étaient toujours tirés. Depuis quatre jours Sophie n'avait cessé de venir chaque matin s'enquérir de la santé de l'herboriste et depuis quatre jours la porte restait sourde à ses interrogations. Elle sentit brièvement la présence d'Acquilon à ses côtés et frotta machinalement l'abeille sous sa manche. Si le fantôme de la Matriarche pouvait désormais aller et venir à sa guise à travers la citadelle, elle passait pour autant le plus clair de son temps auprès de l'écuyère, sa silhouette vaporeuse une aspérité dans la périphérie de sa vision. Elle ne prenait jamais forme devant les autres, pourtant Sophie sentit le souffle d'Acquilon sur sa nuque lorsqu'elle murmura :

« Tu devrais rendre visite à notre herboriste. »

L'écuyère de cendre se tourna vers Pèn, mais son amie n'avait rien senti de la présence d'Acquilon et s'était lancée dans une tirade sur les dernières parades à la lance que lui avait apprises Madé. Hochant la tête pour elle-même, Sophie la laissa pérorer de son côté et s'approcha lentement de l'antre de l'herboriste. Aucune lumière ne filtrait depuis l'intérieur, les rideaux tirés semblaient ne pas avoir bougé depuis la veille. Le lourd battant de chêne était resté si désespérément clos ces derniers jours qu'elle osait à peine lever le poing pour y frapper. Elle redoutait ce qui se passerait, si, encore une fois, aucune réponse ne venait depuis les profondeurs de la demeure de l'herboriste. Cependant, avant même qu'elle ait trouvé le courage de faire connaître sa présence, la porte s'ouvrit en grand et Frêne se dressa de toute l'épaisseur oscillante de son amas d'écharpes.

« C'est toi. Je me demandais si tu allais finir par passer. »

Chez Sophie, le soulagement laissa la place à la colère. Le flegme de Frêne était une insulte à son attachement. Elle s'était inquiétée du silence de l'herboriste et pourtant celle-ci agissait comme si l'écuyère arrivait en retard à leur entraînement quotidien, un sourire moqueur au coin de la bouche. Elle aurait voulu répliquer avec acidité, montrer à l'herboriste que son indifférence ne l'atteignait pas, qu'elle n'était pas déçue par son manque d'intérêt. Sa colère étouffait les sanglots dans sa gorge avant qu'ils ne puissent franchir ses lèvres et la trahir. Elle chercha quelque chose à rétorquer, n'importe quoi qui puisse donner le change, mais Pèn les rejoignit soudain et s'accouda à l'épaule de son amie.

« Bonjour Maîtresse-herboriste. »

Frêne se détourna de Sophie pour observer la nouvelle venue.

« Ah oui. L'écuyère de Madé, n'est-ce pas ? Je suppose que tu peux venir aussi, si ça t'amuse. »

Elle fit demi-tour et disparut dans la pénombre de sa maison. Pèn lui emboîta le pas immédiatement, draguant par la main une Sophie réticente. Elles s'installèrent autour de la table, sur le banc qui accueillait toujours Sophie lors de ses journées d'étude auprès de l'herboriste. Devant la cheminée, s'appuyant lourdement sur sa canne, Frêne préparait le thé. La familiarité des lieux, le parfum de fumée et de bois, le capharnaüm recouvrant la table, tout participait à étouffer lentement la colère de Sophie. Elle voulut s'accrocher à sa rage, la garder bien au chaud dans son cœur et la déverser incendiaire sur Frêne, sur Éliane, sur Berhane, sur Pèn. Elle voulut se laisser consumer par cette irritation qui si souvent saisissait son ventre. Frêne déposa une tasse sous son nez boudeur et sa colère reflua. Elle releva la tête. Pèn maintenait un feu constant de questions à l'intention de l'herboriste.

« Quels sont les motifs de votre manteau-tissé ? Que veulent-ils dire ? Vous les avez choisis avant de le faire ou durant le tissage ? Comment s'appelle votre dragon ? Qui était votre Maîtresse-cavalière ? Comment...

– N'as-tu pas une Maîtresse à qui demander tout ça ? M'occuper d'une seule écuyère c'est bien assez. Je n'ai pas besoin qu'une deuxième gamine...

– Si tu t'occupais vraiment de moi, tu ne m'aurais pas laissée toute seule pendant une semaine. »

Les mots avaient jailli soudainement, prenant autant au dépourvu Frêne et Pènderyn que Sophie. Sa colère s'était ravivée. L'herboriste tourna vers l'enfant son regard brun, chaleureux et riche, semblable à la terre du jardin qui accueillait leurs séances, de combat comme d'horticulture. Elle avait l'air surprise par le ressentiment entrelacé aux paroles de Sophie. Elle reposa délicatement sa tasse sur la table.

« Il n'était pas dans mon intention d'abandonner ta formation, Sophie. Je n'étais simplement pas en mesure de poursuivre mon enseignement pendant ces quelques jours. »

L'herboriste s'exprimait d'une voix calme, presque tendre, que Sophie ne lui avait jamais connue. L'écuyère lutta contre les larmes.

« T'aurais pu me le dire. Je suis venue tous les jours. Tu ne m'as jamais répondu. »

Frêne lui offrit un sourire à la fois contrit et gêné, comme si elle ne savait que faire du chagrin de Sophie.

« Je ne contrôle pas toujours les humeurs de mes membres, petite. Parfois, je n'ai pas d'autre choix que de rester couchée. Tu ne sais pas ce que la guerre fait à un corps...

– Mais tout ça je l'aurais compris ! Si tu me l'avais dit, si tu m'avais expliqué ! J'aurais compris si tu ne m'avais pas fermé la porte au nez. »

Elle ne sut pas garder la colère hors de sa voix. Oubliée sur le côté, Pèn se pencha en avant, regarda tour à tour l'herboriste et l'écuyère et tenta de changer de sujet.

« Tu la tutoies ? » Fit-elle semblant de chuchoter à son amie.

Sophie savait qu'elle aurait dû ressentir de la gratitude envers Pèn, pour attirer la conversation sur d'autres sentiers moins glissants. Mais ce fut la bile qui lui serra le cœur. Cependant, avant qu'elle ait pu s'en prendre à Pèn pour son intervention bienvenue, on frappa à la porte et Madé entra. Son regard se fixa sur son écuyère.

« Tu es là. Je t'ai cherchée à travers toute la citadelle, les Aînées veulent nous voir. »

Pèn s'était levée à l'arrivée de sa Maîtresse.

« Les Aînées ? Mais...

– Dépêche-toi, jeune pousse, Raëlle a lu dans les flammes que la naissance de ton dragon était proche, nous allons au temple. »

Elle salua Frêne et Sophie.

« Maîtresse-herboriste. Écuyère de cendre. »

Et comme son écuyère ne se mettait pas en route assez rapidement à son goût, elle s'impatienta.

« Allons ! »

Sophie détourna la tête. Elle pouvait sentir le regard de son amie scruter l'arrière de son crâne, à la recherche de son soutien, de la fierté qui aurait dû briller dans ses yeux. Pèn devait avoir peur de ce que donner naissance à un dragon signifiait, après tout les novices étaient laissées dans l'ignorance sur tant d'aspects de leur future vie de cavalière. Elle devait attendre un signe de la part de sa plus vieille amie. Sophie garda obstinément le visage baissé, contemplant le dessin du bois. Sans un mot, Pènderyn se leva et rejoignit sa Maîtresse. Madé salua une dernière fois Frêne et la porte se referma sur elles. Le silence s'étira à travers la pièce. Il glissa ses doigts froids contre les meubles fatigués et les murs de pierres grises, caressa les boîtes de médecines et la tranche des livres, s'infiltra entre les piles d'assiettes sales et les tas de coussins. Frêne claudiqua jusqu'à son comptoir de travail et entreprit de peser les plantes séchées éparpillées autour de sa balance. Sophie resta immobile. De son regard, elle aurait voulu graver dans la table le nom de ce sentiment qui assaillait sa conscience. Pourtant, elle n'aurait su le qualifier : jalousie ou déception ? Furie ou regret ? Les larmes brouillèrent sa vue. Lentement, elle posa son front contre le bois et ferma les yeux.

La main d'Acquilon caressant ses cheveux mit fin à sa torpeur. La Matriarche se tenait à ses côtés, mais toute son attention était tournée vers Frêne, qui avait cessé de travailler. Les deux femmes se regardaient. Sophie se redressa et la main fantomatique glissa jusqu'à son épaule.

« Bonjour Frêne. »

Sa voix claire tranchait avec l'atmosphère feutrée de l'antre de l'herboriste.

« Matriarche. »

Le regard de Sophie alla de l'une à l'autre des deux cavalières. Elle n'était pas sûre de ce qui la surprenait le plus : qu'Acquilon soit apparue à une autre qu'elle, ou bien que Frêne ne semblât pas étonnée de la voir ici.

« Je vois que tu n'as pas appris à ranger depuis mon décès, commenta Acquilon. »

Elle passa un doigt sur la crasse qui maculait la table.

« Cela fait à peine plus d'un mois.

– Vraiment ? »

La Matriarche s'avança jusqu'à la fenêtre et contempla le jardin.

« J'ai l'impression d'avoir attendu pendant plusieurs siècles. »

Elle resta sans mot dire devant l'évier, ses doigts pianotant sur le granit. Puis, brusquement, elle se tourna vers Frêne.

« As-tu trouvé un moyen d'intéresser Éliane à Sophie ? Elle ne peut pas attendre plus longtemps sans que sa véritable Maîtresse n'entreprenne son apprentissage. »

Sophie fronça les sourcils, les paroles d'Acquilon lui laissaient un goût amer sur la langue. Frêne ne semblait pas plus enchantée.

« Ce n'est pas de ma faute si elle ne se remet pas de ta mort. Elle doit probablement penser à toi chaque fois que son regard se pose sur Sophie. »

Le masque accusateur d'Acquilon s'effaça progressivement pour laisser place à l'expression mélancolique qui tombait si souvent sur son visage. Elle entreprit de faire les cent pas à travers la pièce, son manteau-tissé vaporeux battant ses mollets à chaque enjambée.

« Si j'avais su que… J'aurais dû mieux la préparer. Tout ceci est ma...

– Mais ce n'est pas de votre faute ! »

Sophie s'était levée.

« Vous n'y pouvez rien si Éliane ne veut pas de moi comme écuyère ! Elle est beaucoup trop occupée de toute façon, alors ne vous en voulez pas pour moi. »

Un sourire triste étira les lèvres d'Acquilon et un tic nouveau agita la joue de Frêne.

« Elle finira par reprendre ma formation, il me suffit juste de lui prouver que j'en suis digne. Même si je ne sais pas comment y arriver. »

Elle soutint le regard appréciateur d'Acquilon jusqu'à ce que Frêne intervienne.

« Non, Acquilon, non. Il n'en est pas question. »

L'écuyère et la Matriarche se tournèrent vers elle. L'herboriste s'était écartée de son plan de travail et vint se tenir entre elles.

« Il y a forcément d'autres moyens. Raëlle pourrait intervenir. Ou bien moi, même si je doute qu'Éliane m'écoute.

Tu pourrais lui apparaître. Si l'injonction venait de toi, il est certain qu'elle s'y plierait. »

Acquilon secoua la tête.

« Elle ne peut me voir, ma survivance lui serait une trop pénible trahison. Non, il est bien plus simple et surtout bien plus productif de confier cette tâche à Sophie. »

L'écuyère contourna Frêne afin d'embrasser les deux cavalières du regard.

« Mais elle me regarde à peine, comment pourrais-je la convaincre de quoi que ce soit ? »

Les deux femmes se dévisagèrent un instant en silence, puis Acquilon s'avança et saisit entre ses mains glacées de fantôme celles chaudes et vivantes de Frêne.

« Ma vieille amie. Je te demande de me faire confiance encore une fois. »

Sophie les observa sans un mot, totalement écartée du vécu commun de la Matriarche et de son herboriste. Par le regard elles tentèrent de se convaincre, d'amener l'autre à rendre les armes. Frêne, finalement, acquiesça.

« Si tu penses que c'est la seule façon de faire, si tu penses qu'elle est prête. »

Elle eut un bref coup d'œil pour Sophie.

« Alors, reprit Frêne, je ne m'oppose pas à ce qu'elle affronte l'Ermite. »

Acquilon lui sourit du même sourire qu'elle avait offert à l'écuyère lorsque celle-ci avait accepté de porter sa Marque. Elle effleura l'épaule de Frêne du bout des doigts.

« Je suis certaine qu'elle est prête. Tu as fait du bon travail. Et elle peut compter sur ta connaissance des plantes pour la guider à travers la falaise. C'est une entreprise risquée, mais avec une bonne préparation, rien n'est impossible. »

Frêne leva une main impérieuse.

« Une seconde, Matriarche, intervint-elle. Je me range à ton avis, mais il nous reste une chose à faire, avant d'aller plus loin. »

Acquilon leva un sourcil curieux.

« Quoi donc je te prie ?

– La petite a son mot à dire elle aussi. Elle doit pouvoir choisir par elle-même. »

La Matriarche se tourna vers Sophie.

« Tu connais, bien sûr, la vieille face de pierre qui domine notre citadelle et le surplomb qu'elle soutient où s'abrite l'Ermite solitaire. C'est là que tu trouveras Baldré, c'est là que tu trouveras l'attention d'Éliane. Te sens-tu prête à affronter cette épreuve, Sophie de Nordeau ? »

Le poids de leurs regards submergea Sophie. Les femmes qui lui faisaient face se trouvaient bien loin devant elle sur le chemin de leurs vies, elles avaient traversé le conflit et la paix, peu de cavalières de leur génération faisaient encore partie des rangs de Nordeau. Sophie sentit que, plus que tout, elle souhaitait se rendre agréable à ces vétéranes d'un autre âge.

« Je suis prête à affronter l'Ermite. Que dois-je faire ? »

La paroi de la falaise glisse sous ses doigts crispés par le froid et elle peine à trouver appui avec ses bottes. De temps en temps un arbuste rachitique, accroché lui aussi difficilement à la montagne, lui offre un répit bienvenu. Encore une fois elle s'efforce de ne pas regarder en bas. Le vent s'acharne en hurlant autour de sa silhouette malmenée, tantôt l'attirant contre le sein de la paroi, tantôt la repoussant de toutes ses forces. Sa chemise se gonfle alors comme une voile et l'entraîne dangereusement vers le vide.

Alors qu'il aurait dû aller en s'amenuisant, le murmure de la foule dans la cour ne cesse d'enfler tandis que toujours plus de cavalières rejoignent les spectateurs. Sophie sent leurs souffles mêlés s'accorder au rythme de son ascension. Frêne et Acquilon doivent se trouver parmi elles. Ou peut-être ont-elles choisi un point d'observation plus éloigné, afin de pouvoir converser en toute tranquillité.

Cela faisait trois jours qu'elles la préparaient à l'épreuve ; trois jours pour mettre au point les baumes et décoctions nécessaires à son escalade, trois jours pour que la cérémonie du dragon de Pèn soit terminée, trois jours pour qu'Éliane rentre de sa dernière patrouille.

La roche humide s'effrite sous ses doigts et elle manque de décrocher. Elle retrouve de justesse son équilibre en enfonçant la pointe de son pied dans une faille de la pierre, dont elle s'est servie plus tôt pour dépasser un léger surplomb. Frêne lui a longuement répété les règles inaltérables de son escalade.

« Rappelle-toi chaque prise que tu prends, tu en auras besoin pour la redescente. Utilise les onguents avec parcimonie, il faut qu'ils te durent jusqu'au sommet. Ménage-toi, l'ascension est longue et périlleuse. Méfie-toi des maléfices de la pierre. Ne regarde pas en bas. »

Frêne l'avait tenue un moment à bout de bras, scrutant le visage de Sophie comme si elle cherchait à y lire la certitude de sa réussite. Qui sait ce qu'elle y avait trouvé, car elle avait passé les deux jours restants plus taciturne que jamais et plongée dans un quasi-silence morose.

La falaise en elle-même ne présente comme véritable danger que sa hauteur titanesque de géante de granit, appuyée contre la montagne. Le principal adversaire de la frêle écuyère s'accrochant à la paroi, c'est le vent. Le vent enragé qui s'acharne contre sa silhouette. Le vent querelleur qui fouette son visage, mord sa peau, tente sans fin de l'arracher à la roche. Elle essuie son nez humide que le froid fait couler et en retire une main couverte de sang. D'un pan de sa chemise, suspendue au-dessus du vide, elle tente d'endiguer le flot carmin s'échappant de ses narines. Frêne l'a prévenue des tactiques retorses que la falaise mettrait en place pour se débarrasser de l'intruse contre son flanc. Pourtant, elle regarde avec surprise le liquide tiède dévaler son menton et couler entre ses doigts.

Elle avait failli renoncer. Devant l'incommensurabilité de l'épreuve. Devant le sourire fabriqué d'Acquilon, qui l'avait fait douter. Peut-être la Matriarche avait-elle parlé trop vite et regrettait-elle désormais son discours assuré. La confiance de Sophie faiblissait à mesure qu'Acquilon échouait à maintenir un visage convaincu. Elle avait failli renoncer. Chaque matin elle avait contemplé la falaise depuis la cour de la citadelle, levant le menton vers son sommet couronné de nuages, frangé des dernières congères, et il lui avait semblé toujours plus haut, toujours plus inaccessible. Elle avait vu Pèn, de loin. Les deux écuyères n'avaient échangé ni parole ni regard depuis que Madé était venue la chercher. Son amie était aussi distante et aussi froide que le lointain aplomb où se cachait l'Ermite. Sophie regrettait de n'avoir rien dit pour l'encourager avant la naissance de son dragon et elle s'était avoué le besoin de s'excuser auprès de l'autre écuyère, mais la vue de sa monture, des plumes nouvellement empennées au sommet de son casque, de la cape cirée autour de ses épaules, avait ravivé la colère endormie entre ses côtes.

C'est cette rage dévorante qui donne à Sophie la force de se hisser prise après prise le long de la paroi. Sa rage qu'elle oppose à la cacophonie du vent. Sa rage qui maintient au creux de son estomac un feu inextinguible et semble refuser toute emprise sur son corps au froid glacial de la montagne.

Elle profite d'une étroite saillie pour reposer un instant ses muscles fatigués et détache de sa ceinture la giberne qui contient les baumes préparés avec Frêne. Il ne reste que deux pommades. Sophie fait jouer le couvercle de l'une et dépose sur ses doigts un peu de la pâte collante au parfum poivré. Elle a badigeonné par trois fois déjà ses mains des concoctions épicées de Frêne, car si celles-ci rendent sa prise sur la roche moins précaire, elles réchauffent en profondeur ses articulations et donnent à ses doigts la souplesse nécessaire à l'escalade. Son nez crache toujours son petit flot de sang, une migraine sournoise s'empare peu à peu de son crâne. Elle rattache la giberne à sa taille et reprend son ascension.

Lentement, son but semble se rapprocher. Les lambeaux de brume qui s'accrochent à la dentelle du rocher se sont dissipés et le soleil encore timide des premiers jours du printemps accompagne désormais la progression de Sophie. La paroi devient plus glissante et elle doit jouer de toute la souplesse d'ajonc que Frêne a développée chez elle pour poursuivre son chemin. Une solide barre de douleur s'est emparée de sa tête et chaque hurlement du vent ajoute aux coups impitoyables martelés contre ses tempes.

Elle trace dans la falaise le sillon de son passage. Avant elle, d'autres mains ont tenté l'escalade, d'autres doigts ont glissé contre la roche suintante d'humidité, d'autres corps ont décroché, certains pour ne jamais se relever.

Sophie oppose sa colère à la montagne, et sa colère l'emporte.

Elle se hisse sur le promontoire de l'Ermite avec ses dernières forces et s'effondre face contre terre, le corps parcouru de tremblements, les bras pulsants de douloureuses contractions. Le sang qui s'écoule de son nez va se mêler à la pierre. Le vent redouble d'ardeur au sommet des montagnes. Il lacère sans pitié la moindre parcelle de peau, hurle dans ses oreilles, agonit d'injures celle qui a osé le défier. Lentement, l'écuyère roule sur le dos. Le ciel clair, débarrassé des nuages qui l'encombraient plus tôt, lui rend son regard fatigué. Sophie offre un léger sourire aux reflets azur. Elle s'assoit et, lorsque le monde a fini de tournoyer, se lève totalement.

Elle s'approche de l'Ermite figé dans la pierre. La rondeur de ses joues, la courbe de ses hanches et de ses seins taillés dans la montagne semblent, à la fois, venir de se figer et être prisonniers du rocher depuis mille ans. Un manteau de scarabées aux irisations émeraude drape ses épaules délicates. Lorsque l'écuyère caresse le front de granit, les clavicules glacées, les doigts immobiles, ils s'égaillent prestement et rejoignent quelque repli secret du rocher. La tranquillité impassible de la pierre étouffe la colère de son cœur. Baldré repose contre les paumes inertes. Le cuir carmin n'a que peu souffert de son exposition au ciel. Les motifs de feuilles trilobées qui parcourent chacun de ses côtés sont toujours précis malgré les siècles, ses finitions au fil d'or brillent encore dans la fin du jour. Sophie étend les mains au-dessus de leurs jumelles de pierre jusqu'à ce que ses paumes frôlent les doigts de l'Ermite. Le vent s'élance avec rage autour de sa silhouette fragile, s'acharnant contre le tissu de sa chemise, balayant ses cheveux d'un revers rageur. Elle s'empare de Baldré. Les mains de pierre de l'Ermite se referment sur les siennes.

Avec force craquements et plaintes aiguës de la pierre, l'Ermite se penche en avant et appuie son front glacé contre celui soudain couvert de sueur de l'écuyère. Les scarabées ressurgissent des entrailles de la montagne pour envahir les bras et les épaules de Sophie. Elle se cabre contre l'emprise de la statue, mais la poigne de pierre ne fléchit pas et elle est bientôt recouverte d'un voile émeraude. Les insectes épargnent son visage. S'élançant au-dessus de leurs fronts réunis, ils eurent tôt fait de tendre entre l'écuyère et la statue un dais grouillant de pattes, d'élytres et d'antennes. Sophie se détend imperceptiblement. Le sifflement du vent tout autour en est étouffé, sa morsure rendue inoffensive. Le mantel de scarabées la protège des assauts de la montagne et la plonge dans un cocon verdâtre à la lumière douce. Le sang cesse de s'échapper de son nez. L'étau autour de son crâne s'apaise petit à petit au contact de l'Ermite.

« Voilà bien longtemps que je n'avais eu de visiteur, tendre pousse. »

Le visage de pierre reste figé, mais une voix claire et granitique s'échappe sans entrave de sa gorge.

« Qu'est-ce qui peut bien attirer une petite bouture tout juste sortie de la pépinière en ma demeure de ciel et de nuées ? La curiosité de l'enfance ? Le goût de l'aventure ? L'appel du sacré ? Ou bien tout simplement un besoin de pouvoir, sauvage, intime, qui chevauche toute ton âme sans lui laisser de répit ? »

Sophie la fixe sans répondre.

« Eh bien ? N'as-tu rien à dire jeune arbrisseau ? Vas-tu rester ainsi bouche bée jusqu'à ce que la mousse envahisse ta langue et ton palais ? C'est à se demander qui de nous deux est faite de pierre et qui est faite de sang ; quitte à recevoir enfin de la visite, j'aurais préféré quelqu'un de plus bavard. »

Ses doigts se décrochent un à un des poignets de Sophie et s'emparent de Baldré. Elle se rencogne contre la montagne.

« À moins que ce qui t'amène ne soit plus vicieux, plus retors, plus fourbe encore que tes propres envies égoïstes. T'aurait-on envoyée à moi ? Obéis-tu aux désirs d'un autre ? Exécutes-tu les basses œuvres de quelque maître de l'ombre ? Auquel cas, petite bouture, tu devrais redescendre. Il n'y a rien pour toi ici.

– Je suis venue de moi-même et par ma propre volonté. »

Un sursaut de colère soulève l'âme encore éreintée de l'écuyère.

« Si j'ai agi sur les conseils de mes Maîtresses, c'est moi qui ai affronté le visage de la montagne, moi qui me suis opposée au vent, moi qui me tiens face à l'Ermite de pierre, veilleur immobile, et demande l'honneur de porter ce que Maude avant moi a porté. Moi, et moi seule. »

Les scarabées s'agitent tout autour de son corps, mais sans jamais défaire le manteau qu'ils ont tissé.

« Oh, je vois qu'il y a une étincelle féroce en toi, jeune bourgeon, un feu éclatant tout prêt à éclore. »

Le visage figé de l'Ermite semble se fendre d'un sourire.

« Il n'est pas garant pourtant de l'origine égoïste de ta demande. Ces désirs qui t'agitent, cette colère qui braise quotidiennement ton cœur. T'est-il propre ? Naît-il du plus profond de ton être ? Ou a-t-il été allumé là, attisé ici, par un souffle étranger au tien ? »

Sophie ne sait pas répondre. L'Ermite s'avance de nouveau et ses yeux cherchent avidement ceux de l'écuyère. Faute de mots, celle-ci supporte son regard vide.

« Il y a bien des mains qui s'affrontent pour le contrôle de ton brasier intérieur, petite graine à peine germée. Mais je ne peux m'opposer à la volonté de ma vieille compagne de montagne. Elle s'est pliée à cette colère sourde qui brûle en toi et ça, je ne peux l'ignorer, bien que tes mains me semblent trop petites pour s'emparer d'un si lourd fardeau. »

L'Ermite tend lentement, comme à contrecœur, Baldré à Sophie.

« Voici enfin venue la fin de mes jours de veille. Aux tiens qui commencent, je souhaite un rapide et tranquille apaisement. »

Et l'écuyère reçoit le fourreau.

Elle sent son esprit arraché à son corps, propulsé loin des montagnes qui surplombent Nordeau, loin du Nord encore attaché à l'hiver. Elle s'étiole et se dilate au-dessus du royaume et elle voit.

La capitale. Les tours de Zinia, le plateau qui les soutient. La lumière dorée de l'aube qui en dessine les contours. Les tuiles de couleurs agencées sur les toits. Les courants d'air gémissant à travers le grand vide du logis des Reines.

Elle voit.

La citadelle du sud. Soufeu dressée contre l'océan rugissant. Les falaises noires du désert. Les cratères jamais éteints de volcans assoupis. Le chemin rocailleux qui mène jusqu'à la plage et la grotte qui la domine, grande bouche d'obscurité inquiétante.

Elle voit.

Le jardin de l'est. Estari et ses champs de fleurs à l'infini. Les collines se succèdent sous le voile chamarré du printemps. Les délicates tours crénelées, les fenêtres trilobées des cours intérieures, la dentelle de marbre qui parcourt les murs et l'ombre qu'elles projettent contre le sol de gravier.

Elle voit.

Ousterre-sur-ciel. Le vieux donjon aux dragons perché sur l'unique mamelon de la vallée. La citadelle qui l'entoure en séries de demi-cercles, plus larges, toujours plus larges tandis que les années passent. Et plus loin les champs, les vergers, les rangées verdoyantes de vigne et de pêchers.

Elle voit.

Nordeau la glaciale au sommet des montagnes. Le torrent qui la traverse de part en part. La fumée qui s'échappe des cuisines. Les terrasses qui la surplombent. Et dans sa cour de sable gris, les cavalières réunies en un seul souffle, une seule respiration, toute attention tendue vers la cime de la falaise.

Elle voit.

Une jeune fille, encore une enfant malgré le sang qui coulera désormais chaque mois entre ses cuisses. Elle tient entre ses doigts frigorifiés le baudrier des Reines.

Sophie ouvrit les yeux sous les soudains assauts d'une bourrasque plus puissante que les autres. Les scarabées s'étaient retirés, elle était tombée à genoux devant l'Ermite et son immobilité avait plongé ses membres dans une quasi-catatonie. Face à elle, la statue s'était de nouveau figée. De ses mains mal assurées, les doigts ripant sur le cuir durci des sangles, elle passa Baldré à sa ceinture. Une fois le fourreau amarré aussi solidement que possible à sa taille, l'écuyère se tourna vers l'à-pic. Elle n'avait ni l'envie, ni l'énergie d'entreprendre la descente, alors que le vent s'époumonait de plus belle contre la paroi, hurlant ses menaces à qui était assez fou pour le défier. Sophie pressa ses mains sous ses aisselles dans une maigre tentative de les réchauffer. Il lui était impossible de plier correctement les doigts et encore moins de les soumettre à une nouvelle séance d'escalade.

Un souffle chaud caressa sa nuque. Elle crut défaillir sous sa douceur inattendue et s'affaissa. Joran arrangea son grand corps autour de la jeune fille, la couvrit de son aile, lui offrit les tièdes plumes de son cou pour abriter ses membres glacés.

« Tout va bien, ma fille, tout va bien, chuchota à son oreille la voix rassurante d'Acquilon. »

La silhouette indécise de l'ancienne Matriarche s'appuya contre son dragon aux côtés de Sophie. Ses yeux gris brillaient de fierté.

« Tu as été incroyable, chère Sophie, tout bonnement incroyable. L'ensemble de Nordeau, les pèlerins en visite et même quelques villageois de la vallée, tous ont été témoins de ton exploit. »

Elle glissa ses mains autour du visage fatigué de l'écuyère.

« Mais il ne faut pas s'arrêter maintenant. Tu dois te lever, redescendre et brandir devant chacun la relique sainte que tu t'es montrée digne de porter.

– Je ne peux pas. »

Des pouces, Acquilon caressa ses joues.

« Bien sûr que tu peux ! Tu dois !

– Je n'ai pas la force. »

Adossée lourdement contre le flanc de Joran, Sophie sentait, si ce n'est le sommeil, du moins un néant bienvenu l'appeler. Acquilon repoussa les cheveux qui lui tombaient sur le visage.

« Ma Maîtresse disait : lorsque la force te manque d'accomplir ce que tu dois, un ami vient t'offrir le soutien dont tu as besoin. Laisse Joran te porter. Aussi loin que ma vieille mémoire accepte de se souvenir, nous sommes allés par deux, il saura soulager ton fardeau. »

Sophie se tourna lentement vers Joran. Elle n'avait jamais vu le dragon de la Matriarche d'aussi près. Son grand corps couvert de plumes et d'écailles, agité du tremblement sifflant de sa respiration. Les ailes immenses déployées au-dessus de sa tête. Le bec acéré, incurvé comme celui d'un oiseau de proie.

Elle se souvint, alors, de l'inspiration de sa quête. Elle avait toujours appris sagement les leçons des anciennes, avait cherché avec application leur fierté et leur approbation. Lorsque leurs félicitations ne s'adressaient pas à elle, le chagrin manquait de la submerger. Enfin, elle aurait de quoi satisfaire leurs attentes. Sa main gauche se crispa autour de Baldré et elle réfugia son visage gercé par le vent contre les plumes de Joran. La chaleur naturelle qui s'élevait du corps écailleux avait fini de raviver ses muscles et même si elle était incapable de redescendre par ses propres moyens, se hisser sur le dos de Joran ne lui posa aucune difficulté. Le dragon ébroua son plumage argenté et s'avança jusqu'au bord du promontoire. Le vent sifflait autour d'eux, soulevant les plumes et les cheveux et, lorsque Joran étendit ses ailes, la chemise de Sophie se gonfla en miroir. Elle s'agrippa fermement à l'épaisse encolure. Joran se laissa tomber dans le vide.

Comme souvent avec les bonnes choses, la chute fut bien plus courte que l'ascension qui l'avait précédée. Ils se posèrent au milieu de la cour avant que la peur puisse saisir Sophie et les habitantes de Nordeau se ruèrent sur elle. Elle disparut sous un enchevêtrement de mains, de bras et de poitrines, qui tous cherchaient à se presser contre elle, à caresser un instant ses cheveux noirs, à serrer entre leurs doigts ses menottes encore glacées. Un tiède et timide frisson parcourut ses épaules et sa nuque, il y avait si longtemps qu'elle n'avait été enlacée.

« Sophie de Nordeau. »

Toutes s'écartèrent lorsqu'Éliane fendit soudain la foule pour rejoindre son écuyère.

Elle la dominait de toute sa taille, son regard sévère allant du baudrier à son visage épuisé. Elle fixa aussi Joran, dont le plumage d'argent s'agitait sous le vent. Sophie tenta de déchiffrer son expression, de sonder les yeux gris qui la jugeaient si obstinément. Acquilon avait-elle raison ? Éliane remarquerait-elle enfin son écuyère maintenant que Baldré battait sa jambe à chaque pas ? Il lui sembla que sa Maîtresse la contempla longtemps, sans mot dire, ses yeux alternant entre ses deux cibles, comme si elle cherchait encore quelle serait sa réaction. Puis elle s'accroupit devant Sophie, et planta son regard dans le sien.

« Ma fille, ce que tu as fait là, peu l'ont jamais tenté. La montagne est hostile à ceux qui s'aventurent sur son visage et pourtant voilà que tu t'es offerte à elle et que tu as triomphé. Rares sont les êtres aimés de cette vieille face de roche, plus rares encore ceux qui en reviennent si bien accompagnés. »

Elle leva les yeux vers Joran.

« Et uniques sont celles qui chevauchent une monture d'argent. Tu fais de moi une Maîtresse enorgueillie d'exploits dont je ne suis pas responsable. Je suis fière de t'appeler mon écuyère. »

Éliane se redressa et, glissant sa main sur l'épaule de Sophie, s'adressa aux cavalières qui les entouraient :

« Approchez-vous mes sœurs ! Écoutez votre Matriarche ! Nous sommes depuis mille ans les gardiennes de la dernière relique de notre Reine Maude. Mille ans que Myrddin nous confia Baldré. Mille ans que nous sommes fidèles au devoir dont il nous fit l'honneur. Cependant aujourd'hui, ce devoir prend fin. En bravant la montagne, en se montrant digne du Saint des Saints, l'une d'entre nous vient de faire voler en éclat cette gangue de glace sacerdotale. Voici venue la fin de notre rôle de sentinelles ! Trop longtemps avons-nous tenu à bout de bras les reliques du passé de crainte de les voir nous échapper ! Trop longtemps Baldré de cuir et de sang a-t-il subi les assauts du temps et des éléments sous les yeux de son veilleur de pierre ! Voici venu le début d'une ère nouvelle ! Où les cavalières inspireront de nouveau la crainte à ceux qui menacent nos frontières ; où retentira enfin le fracas des armes ; où les Sabès plieront genou devant l'ardeur guerrière des gardiennes de Sarda ! »

Une grande clameur s'éleva de la foule de femmes et de fillettes assemblées. De nouveau elles s'approchèrent de Sophie et effleurèrent du bout des doigts ses cheveux et ses vêtements. La voix d'Éliane tonna au-dessus du vacarme.

« Laisserons-nous impunie la mort d'Acquilon ? Laisserons-nous croire à l'ennemi que nous sommes faibles et sans courage ? Ou prouverons-nous à nouveau que le Royaume de la Dame ne saurait courber l'échine face à qui que ce soit ? »

Au loin, derrière les cavalières exaltées, Sophie vit Frêne secouer la tête. L'herboriste et Raëlle se tenaient en retrait de la masse ardente pendue aux lèvres de sa Matriarche. Leurs sourcils froncés obscurcissaient des visages déjà sévères. Elle aperçut aussi Berhane un peu à l'écart et juste devant elle Pèn. L'écuyère croisa le regard de Sophie et grimaça. Une esquisse de sourire, une ébauche amicale, mais qui lui réchauffa les os comme un feu de joie. Éliane poursuivit son discours.

« Bientôt viendra le temps de venger l'honneur de notre royaume exsangue. Bientôt le temps de la guerre. Mais pas tout de suite. Pas encore. »

Les cavalières se turent. Après avoir flatté leur cœur et leur courage, voilà qu'on leur demandait subitement de patienter.

« Pourquoi attendre ? » cria une voix dans la foule.

Sophie leva les yeux vers la Matriarche qui enfonçait ses ongles dans son épaule. Le visage d'Éliane brillait de ferveur et de sueur. Un tremblement léger agitait ses lèvres, ses traits étaient creusés, faisant ressortir son nez et son front.

« Patience, mes sœurs, patience. Il nous faut d'abord nous préparer. Arpenter de plus belle nos voies respectives. Polir l'acier de nos épées et les écailles de nos dragons. Faire briller le cuir des armures et des boucliers. Sachons profiter de nos dernières années de repos, avant que la poussière et le sang ne redeviennent notre quotidien. Car nous ne partons pas en guerre la fleur à la lance, nous savons le tribut qu'en exige la Dame. Pourtant nous irons quand même au combat, pour que résonne partout le chant des cavalières. »

D'une seule et puissante voix, elles entonnèrent le chant, auquel se mêla la longue plainte des dragons. Comme les mots d'Éliane un instant auparavant, les paroles sacrées s'élevèrent au-dessus de leur multitude. Elles s'appuyèrent contre la noble falaise qui les surplombait, furent recueillies par le vent et se dispersèrent dans le ciel.

CHAPITRE 9 :
NAISSANCE DU DRAGON

« Tourne la roue des saisons,
Comme le disque solaire. »
La voix de la forêt verset I

Sophie patientait derrière une porte close. L'antichambre des quartiers des Aînées ne lui était pas inconnue, elle y était passée plus d'une fois durant son noviciat, mais jamais pourtant la pièce ne lui avait semblé aussi sinistre et austère. Aucune tapisserie ne couvrait les murs de roche nue, aucun tapis ne venait adoucir les dalles glacées du sol. Faute de siège sur lequel elle aurait pu s'asseoir, elle allait et venait entre la petite porte donnant sur la salle de vie des novices et celle, beaucoup plus imposante, derrière laquelle se tenait le conseil restreint de Nordeau. Le bruit de ses pas enflait tout autour d'elle, leur écho renvoyé inlassablement par les surfaces de pierre lisse. Elle n'avait croisé ni Frêne ni Pèn pendant qu'Éliane et les Aînées l'entraînaient à leur suite à travers la citadelle et, tandis que le temps s'égrainait lentement sous la montagne, elle regretta leur absence.

« Cesse donc de t'inquiéter. Tout ceci n'est qu'une petite mise en scène protocolaire, personne ne s'opposera à ta cérémonie de naissance. »

Acquilon claudiquait derrière elle, à quelques pas de distance. Elle parlait à voix basse et gardait les yeux rivés sur l'entrée, de peur que quelqu'un les surprenne.

« De plus, tu as plus d'une alliée derrière cette porte. »

Sophie tourna vers elle un visage éploré.

« Et si elles décident que je ne mérite pas mon dragon ? Et si Éliane refuse toujours d'entreprendre mon apprentissage ? »

Acquilon s'esclaffa doucement.

« Tu portes à ton côté Baldré le carmin, la dernière personne à l'avoir ceint était la Reine Maude elle-même. Personne ne peut contester tes capacités.

– Mais ce n'est qu'un baudrier vide ! Sans épée, il ne pèse pas bien lourd... »

Les yeux gris de la Matriarche prirent des reflets gourmands. Elle posa ses mains froides de fantôme sur les épaules tremblantes de Sophie et planta son regard dans le sien.

« Il y a quelque chose que je veux te proposer. J'y pense depuis la première fois où tu m'es apparue : un peu égarée dans mon jardin secret, petit arbrisseau à la recherche d'un endroit libre pour pousser. Désormais je ne peux plus me mentir et je dois faire face à la vérité. Si tu veux bien m'accorder un instant ton attention papillonnante, écoute-moi avec toute la force de tes oreilles. Écoute-moi bien, Sophie de Nordeau. »

« J'ai vu immédiatement que tu serais capable de te saisir de Baldré. Après tout, tu avais su entendre mon appel alors que mon âme menaçait de disparaître. Le chemin détourné de mon jardin s'était offert à tes pas comme pour une véritable Matriarche. Je n'ai pas douté un instant que tu puisses être un si parfait réceptacle pour le sortilège de marquage. Tu es exactement ce que j'espérais, tes professeures précédentes ont fait un beau travail. »

Acquilon caressa distraitement les joues de l'écuyère, les yeux soudain perdus dans une satisfaction visible d'elle seule, puis elle reprit :

« Baldré n'est que le premier pas, Sophie. Il nous reste encore une relique de Maude à extirper de son refuge poussiéreux. Vois-tu, je ne doute pas du respect que te portent désormais les cavalières de Nordeau, je ne doute pas non plus qu'Éliane entreprenne enfin ta formation, après tout nous sommes à la veille de la naissance de ton dragon, n'est-ce pas ? Je ne doute pas que ta place en cette citadelle soit désormais totalement acquise, mais je souhaite que tu ne t'arrêtes pas là. Ne te contente pas du minimum que t'offre le destin, jeune pousse, saisis-le à pleines mains et plie-le, modèle-le à ta volonté. Ce fourreau est bien léger sans épée pour lui donner du lest ? Empare-toi de l'épée. »

Sophie recula d'un pas et ses épaules échappèrent à l'emprise d'Acquilon.

« Baldré acceptera une épée et une seule en son sein, bafouilla-t-elle au fantôme. Je ne peux pas... Cette épée est perdue. »

Elle tourna le dos à la Matriarche décédée et reprit ses allées et venues à travers l'antichambre des Aînées. Sans qu'elle en soit tout à fait consciente, sa main droite se crispa autour du fourreau sacré. Acquilon claudiqua de son pas d'ectoplasme jusqu'à elle.

« Ne t'ai-je pas demandé de m'écouter ? Ce que tu crois trop sacré pour être à nouveau manié devrait-il sombrer dans l'oubli de quelque grotte secrète ? Rend-on ainsi hommage à ce que nous avons de plus précieux ? Non, Sophie, je ne tolérerai pas de savoir Lunde en train de pourrir au fond d'une caverne humide, pas alors que nous pouvons l'en sortir et lui offrir, en plein jour, sous l'astre solaire, la dévotion qu'elle mérite. J'ai passé ma vie à chercher le moindre texte, la moindre trace de ce qu'elle était devenue et tout ce que j'ai pu découvrir, c'est qu'elle a disparu avec Myrddin après la mort de Maude. »

Le visage translucide de la Matriarche se contracta brièvement, avant de s'apaiser de nouveau.

« Jusqu'à ce que je fasse une singulière rencontre. Quelqu'un vint à moi possédant les réponses à presque toutes mes questions et maintenant que tu es là, nous allons enfin pouvoir… »

Elle s'évapora brusquement et la porte du quartier des Aînées s'ouvrit à la volée.

« Sophie. »

Éliane se tenait dans l'encadrure, son manteau-tissé rejeté sur l'épaule gauche. Elle ne semblait pas soupçonner la présence de son ancienne Maîtresse, qui flottait, un instant plus tôt, dans la pièce. Sophie s'approcha prudemment. Le doute envahissait à nouveau tout son esprit, ravageant le peu de confiance qu'Acquilon y avait instillé.

« Suis-moi. »

Elles rejoignirent les Aînées au sein de leur quartier. Assises en cercle autour de l'âtre central, les anciennes avaient revêtu leurs robes de cérémonie aux longs drapés de soie piquée, brodées de saules et de ronciers. Les larges capuches, alourdies de perles et de breloques, plongeaient leurs visages dans une pénombre rougeoyante. Éliane guida Sophie si près du feu, que la chaleur en devint à peine supportable, puis la Matriarche recula de quelques pas et attendit en silence.

« Jeune pousse. »

Mille fois leurs mots se répercutèrent contre les multiples voûtes du plafond. Mille fois ils résonnèrent aux oreilles de

Sophie, noyant les dernières bribes de courage qui auraient pu l'habiter.

« Tu fus choisie par les cendres. Tu es choisie par le sang. Montre-toi digne de la mémoire de notre Matriarche et présente-toi aux flammes. »

Sophie tourna vers sa Maîtresse un regard désespéré. Que fallait-il faire ? Que signifiaient les demandes des vieilles femmes dans l'ombre ? Éliane répondit froidement à son appel au secours, presque dédaigneusement. L'écuyère sentit les larmes affluer sous ses paupières, menaçant de déborder à la vue de toutes et elle sut avec certitude que la cavalière allait lui retirer sa bénédiction. C'en était fini de ses rêves de plumes et d'écailles, jamais elle ne chevaucherait de dragon. Elle étouffa un hoquet de surprise lorsqu'Éliane s'avança soudain et se saisit de son bras. La paume de la Matriarche épousait parfaitement le dessin d'abeille dissimulé sous sa manche et Sophie le sentit palpiter au rythme des battements affolés de son cœur quand sa Maîtresse la força à plonger sa main dans les flammes. Elle ne sut pas retenir son premier cri de douleur.

« Ne bouge pas. »

Les doigts d'Éliane se plantaient comme des serres dans son bras et ajoutaient cinq points de douleur à la brûlure insoutenable qui torturait sa chair. Elle tenta vainement de s'arracher à la poigne inflexible. Les silhouettes des Aînées se troublèrent derrière l'écran de larmes et de fumée qui l'aveuglait. Elle hurla à nouveau, agrippa de ses ongles la manche d'Éliane, s'arcbouta contre son emprise.

« Non ! Matriarche ! »

La suie noyait sa voix. Les flammes dévoraient ses doigts, sa paume, son poignet. Quelle différence entre le brasier et sa peau ? Tout n'était que souffrance et la morsure impitoyable du feu.

« S'il vous plaît… »

Glissant l'autre bras autour de sa taille, Éliane l'immobilisa totalement. Sophie tenta une dernière ruade contre l'étau de la Matriarche, banda ses muscles du peu de forces qui lui restaient et déjà l'abandonnaient. Elle aurait tout aussi bien pu essayer d'abattre à main nue l'un des vénérables du verger sacré. Éliane ne broncha pas. Sophie chercha du secours du côté des Aînées, mais tout à leur litanie incantatoire, elles semblaient insensibles à la souffrance de l'écuyère. Leurs corps raidis de vieillesse oscillaient en cadence avec le rythme haché de leur prière. Il ne viendrait aucune aide de leurs esprits âgés tournés vers le divin. En désespoir de cause, Sophie leva les yeux vers les voûtes du plafond, là où les tessons de mosaïques ornant les murs avaient le moins souffert du passage du temps, leur camaïeu de vert reflétait les flammes du brasier qui s'acharnaient toujours contre sa chair. Elle s'abandonna contre le torse implacable de la Matriarche. Il n'y avait pas d'échappatoire à la souffrance. Et son regard croisa celui d'Acquilon. Immobile derrière les flammes, à la lisière du cercle des Aînées, la cavalière fantôme ne cherchait plus à dissimuler sa présence. Sophie sentit Éliane se raidir dans son dos, la poigne de la Matriarche se contracta autour de son bras, mais elle n'y prêta aucune attention. Tout son être était désormais tendu vers Acquilon. Elle se focalisa sur la silhouette brouillée par l'âcre fumée, effaça le feu, les anciennes, le temple de son champ de vision. Elle soutint le regard de la Matriarche décédée et la douleur reflua. Comme lors de ses premières règles, à l'abri du jardin secret d'Acquilon, au rythme de sa respiration soudain profonde et régulière, la morsure du feu abandonna son emprise sur sa main. Éliane aussi relâcha son bras. Leurs souffles suspendus, la Matriarche et les Aînées s'étaient détournées du brasier. Seule Acquilon était désormais digne de leur attention.

Sophie retira sa main des flammes. En travers de sa paume et sur la moitié du poignet s'étendait le même dessin d'abeille, le double de celui qui pulsait au creux de son bras depuis sa rencontre avec Acquilon. Il ne restait aucune trace de l'agression qu'avait subie sa peau. Pas de rougeur, pas de brûlure, pas de derme carbonisé, seule l'abeille étirant les cellules de ses ailes, déployait ses six pattes articulées, promenait des antennes curieuses entre les lignes de sa main. Elle caressa le dessin du bout des doigts. Les flammes l'avaient-elles acceptée ? L'insecte qui s'aventurait sur son poignet était-il faste ou néfaste ? Il ne lui semblait pas avoir jamais vu de cavalière portant le motif de l'abeille sur son manteau-tissé ; pourtant en tant que symbole personnel de Maude, il ne pouvait pas signifier un échec. Sophie leva les yeux vers Acquilon, mais la silhouette intangible de la Matriarche décédée s'était volatilisée. À sa place, elle croisa le regard brûlant des Aînées et celui embué de larmes d'Éliane. Figées en plein mouvement, comme hésitantes entre deux directions, toutes fixaient à présent la marque sur sa main. Raëlle fut la première à sortir de son immobilité. Elle s'approcha de Sophie et se saisit délicatement de la main de l'enfant entre ses doigts ridés. À nouveau, les Aînées retinrent leurs souffles. À nouveau, Sophie sentit les vrilles sournoises de la colère s'enrouler autour de son cœur. N'aurait-elle pas droit à un sourire de Raëlle ? Même en ce jour d'entre tous les jours ? L'Aînée referma les doigts de l'écuyère entre ses mains.

« Sophie de Nordeau, la Dame accepte ton cœur. »

Les voix d'Éliane et des anciennes reprenant en cœur la formule consacrée furent noyées sous le rugissement du sang à ses oreilles. Enfin prenait fin son ostracisme. Enfin rejoignait-elle les rangs des cavalières. Enfin serait-elle maîtresse de son propre dragon.

On la guida jusqu'à la salle d'eau des Aînées à l'arrière du temple, où seule Éliane resta à ses côtés. Maîtresse et écuyère accomplirent ensemble les gestes cent fois répétés du rituel des bains, chassant la sueur et la suie de leur corps, rinçant longuement leurs cheveux dans les vasques d'eau froide avant de s'immerger dans le bassin fumant. Éliane enduisit le crâne de Sophie d'une huile parfumée et noua sa chevelure en une tresse traditionnelle. Une fois hors de l'eau, elle dessina le motif de l'abeille sur le front, la poitrine et le ventre de son écuyère, avant de la revêtir d'une chemise brodée trop grande pour son corps d'enfant. Puis elle la conduisit aux cellules de retraite, où elle se devrait de méditer toute la nuit. Le réduit ne contenait aucun meuble, contrairement aux chambres des cavalières et s'ouvrait sur un balcon surplombant le vide. Un vent froid se glissa sous les vêtements de Sophie et racla ses ongles glacés contre sa peau encore tiède du bain. Elle recula d'un pas.

« C'est ici que je dois te laisser, ma fille. Du moins jusqu'à demain. »

Éliane lui offrit un demi-sourire racorni et l'écuyère se détendit. L'approbation de la Matriarche valait tout autant que celle de Raëlle : elle ne la décevrait pas. Elle s'inclina profondément, tourna le dos à sa Maîtresse et s'assit en tailleur au centre de la petite pièce. Devant elle, le pâle soleil d'hiver s'abîmait lentement entre les collines, dardant ses derniers rayons sur les fières montagnes du Nord et le visage décidé de Sophie. Elle entendit à peine la porte se refermer dans son dos. Le sol de pierre sous ses cuisses nues, les échos de la cour de Nordeau loin sous le balcon, les gémissements du vent autour des sommets. Elle fit abstraction de tout cela et ferma les yeux.

*

Dans son rêve, les vagues se dressent et s'effondrent autour de son corps malmené. L'océan gronde et rugit, dénoue sa tresse, défait sa chemise. Nue, elle coule sans pouvoir nager. Les tréfonds de la mer l'avalent sans hésiter et le limon ancien chuchote à son oreille : pourquoi croire que la vie vient du ciel et de la lumière quand j'ai enfanté chacun d'entre vous de ma boue la plus profonde, celle qui soutient les océans, celle qui constitue mes entrailles. Crois-tu pouvoir te passer longtemps d'obscurité ? Tous reviennent à mon giron quand la fin les talonne. Petite, je sens la mort autour de toi.

Elle tourbillonne au sein des eaux, et quand enfin son corps s'immobilise, elle ne sait plus trouver le haut du bas, un côté de l'autre. Elle dérive dans le vide plein d'un songe. Parfois, comme un écho de réalité lui parvient et elle s'efforce de s'y cramponner afin de reprendre pied sur la terre ferme. Mais chaque fois le fragment de réel lui échappe et elle sombre de plus en plus profondément dans les abysses. La fièvre la consume, des crampes saisissent brusquement ses membres avant de disparaître soudainement. Elle croit se perdre dans l'immensité d'elle-même.

Novice, elle s'échappe des dortoirs pour regarder les étoiles depuis les jardins ; écuyère esseulée, elle aime observer les aigles qui survolent Nordeau, petits points noirs s'élevant dans le ciel. Comme ils doivent être libres, d'aller et de venir, de choisir leur propre chemin. Le froid remplace le feu. À l'instar d'une nuit d'hiver à la citadelle, ses doigts, ses pieds, son visage se glacent. L'engourdissement s'empare de sa peau. Disparaissent les hauts monts enrubannés de brume du Nord pluvieux, s'efface la falaise qui soutient les remparts gris. Les aigles et les étoiles s'éteignent dans le ciel. Il ne reste que l'obscurité. Elle se tient debout tandis que tout s'effondre. L'abîme s'ouvre sous ses pieds et engloutit Frêne, Pènderyn et Berhane. Acquilon, Éliane et Raëlle. Puis c'est elle-même que le néant recouvre.

Soudain elle est debout dans la forêt. Ses pieds nus s'enfoncent dans une mousse humide et épaisse, elle est entourée de pins aux reflets bleus, leurs hautes cimes agitées par une brise qui l'ignore. Les troncs oscillent comme si la forêt cherchait son équilibre. Ils s'arquent, se gondolent autour d'elle, se redressent, comme un reflet suspendu la tête en bas s'arrachant au miroir qui l'emprisonne en son sein. L'odeur de l'humus imprègne tout, forte et entêtante. Il lui semble se trouver sous terre.

« Écuyère, bonsoir. Bien que le mot soit mal choisi. »

Elle se retourne pour voir une jeune femme émerger d'entre les troncs.

« Il n'y a ni jour ni nuit, dans la forêt des Lymphes. »

Étrangement, elle n'est pas surprise de la voir en ces lieux.

« Tu es la chercheuse de mon rêve. Celle des ruines. Et de la bibliothèque. »

La lumière rasante du soir qui n'en est pas un illumine d'un halo doré les perles de verre parsemant les nombreuses tresses de la jeune femme.

« Effectivement, ce n'est pas la première fois que nous nous voyons même si nos précédentes rencontres furent des plus brèves. Je m'appelle Olivia et je suis Géographe. Ça faisait bien longtemps que personne ne m'avait visitée en songe. »

Elle offre à Sophie un véritable sourire, comme elle n'en a plus vu depuis la brouille avec Pènderyn. Elles déambulent dans la forêt. Les arbres se suivent et se ressemblent, l'un toujours identique à l'autre, pourtant Olivia avance d'un pas sûr, sans douter du chemin.

« Est-ce que tu apparais à toutes les écuyères qui vont à la rencontre de leur dragon ?

– Non. Et je ne pourrais pas te dire si d'autres viennent à leur rencontre, je ne me balade pas souvent dans le coin. C'est ta présence qui m'a attirée par ici. »

L'astre ruisselant de la Forêt nimbe chaque feuille d'une aura d'argent, les troncs scintillent de la sève qui suinte de leur écorce. L'écuyère et la chercheuse foulent un tapis de mousse épaisse, pégueuse des sécrétions des arbres. De minuscules insectes s'égaillent sans un bruit à leur passage.

« Je n'ai pas rencontré Pènderyn, si c'est ce que tu te demandes. »

Sophie détourne immédiatement la tête. Voilà encore cette rage terrible qui menace de la submerger, là, juste à l'orée de sa vision, et comme pour la renforcer, la honte la talonne. La Forêt répond à son brusque changement d'humeur en se parant de reflets écarlates et l'écuyère rougit à son tour, soudain gênée par ses violentes pensées. Olivia ne semble pas s'en formaliser et pose une main apaisante sur son épaule.

« La colère est une vilaine habitude, jeune Sophie, on finit par ne plus s'en passer. Elle s'infiltre dans chaque interstice, tapisse toutes les muqueuses, encolle toutes les cavités. Elle devient partie intégrante de l'être : l'énergie qui l'actionne, l'huile qui graisse ses rouages, l'outil qui l'entretient. Elle est un refuge et un échec. Bien sûr, son ronronnement rageur est si réconfortant. Sa douce chaleur réchauffe ton âme les soirs de solitude. Mais son grondement devient vite insupportable. Toujours battant à tes oreilles, toujours vibrant dans ton regard, il n'offre plus aucun répit, ni à son hôte, ni aux autres. C'est une compagne bien malsaine que la colère, Sophie, et il va falloir t'en défaire si tu veux voir prendre forme ta monture de plume et d'écaille. »

La jeune fille regarde ses mains, ses pieds, le sol ; la beauté de feuilles et d'écorce de la forêt lui est insupportable.

« Je ne sais pas ce que je fais… J'avance sans savoir où je vais. Sans Frêne et Acquilon je saurais à peine mettre un pied devant l'autre, mais l'idée même de dépendre d'elles ravive chaque jour la colère que tu me reproches. »

Elle entreprend de mâchonner méthodiquement sa lèvre inférieure.

« J'aimerais tellement qu'elles soient fières de moi. »

Elle lève les yeux vers les frondaisons frémissantes. La brise intangible de la Forêt des Lymphes s'abandonne à la caresse bleue des pins et diffuse, tout autour des promeneuses, le parfum entêtant de leur sève. Elles poursuivent leur avancée à travers la Forêt et il semble à Sophie que malgré l'uniformité apparente de la pinède, elle peut à présent déceler les détails particuliers de certains arbres : la forme d'une racine, une branche légèrement de guingois, l'agencement des violettes autour du tronc.

« Chacun des pins de la Forêt possède son âme propre. »

Comme si elle suivait le cheminement de sa pensée, Olivia quitte la route invisible qu'elles arpentent pour s'approcher d'un des nombreux résineux. Elle pose la main contre l'écorce, y presse sa paume, épouse le relief de ses doigts.

« À ceux qui savent écouter ils susurrent l'histoire du monde : des premières pousses tendres de la Forêt des âmes à l'incendie qui sème les cendres nécessaires au modelage de l'espèce humaine. Bruissement de la sève au cœur du tronc, chuchotis du vent dans les feuilles, craquement des racines. Chaque fibre du bois transmet l'histoire millénaire. »

Elle se tourne vers Sophie, se saisit de sa main et la pose à son tour contre le tronc.

« Toi aussi tu peux apprendre à écouter ce qu'on ne te dit pas, si tu fais l'effort d'entendre. »

Les rayons dorés du soleil couchant aveuglent et transpercent tout. Sophie cache ses yeux derrière ses doigts, tente d'échapper au regard d'Olivia et à celui de l'astre en dérive. La lumière s'acharne, creuse ses paupières, s'en vient chercher ses pupilles noires à travers les cils et la peau, force l'œil à contempler. La forêt s'effondre sous les pieds de Sophie, chavire autour du soleil inquisiteur. Olivia se floute, se délite, s'évapore. Les pins s'affaissent à travers l'humus. Tout se défait et se reforme. Les murs de la cellule s'emboîtent à nouveau. Mortier, pierre, ciment. Le sol de tomettes froides sous son corps en sueur. Le balcon ouvert sur la montagne et, derrière, le vide et la brume.

Sophie resta longtemps allongée sur le dos, ses yeux fixant un point flou de l'air, à mi-chemin du plafond. Devait-elle se sentir différente ? Il lui semblait que sa rencontre avec Olivia était bien courte pour justifier un bouleversement profond de son être, et, de fait, elle se trouvait tout autant Sophie qu'avant la cérémonie. Sans dragon pour couronner sa réussite. Peut-être Éliane avait-elle eu tort de voir en l'abeille sur son bras un signe de bonne fortune. Peut-être la naissance de son dragon avait-elle échoué. Auquel cas, que se passerait-il ? Il n'y avait nulle part où la renvoyer. Elle se redressa brusquement et se mit à arpenter la cellule en long, en large et en travers. L'étroitesse de la pièce ne permettait que de petits allers et retours et très vite elle sortit à l'air libre. Sa poitrine, comprimée par une poigne invisible, pas plus que le petit réduit de méditation, ne pouvait contenir sa colère. L'immensité du ciel pâlissant de l'aube, les minuscules lueurs de Nordeau si loin sous ses pieds, étaient bien plus apaisantes. Les échos de sa rage rebondissaient librement entre les sommets enneigés, sans se soucier de limite ou de barrière. Sa colère ricocha contre la cime des pins, contre la face de pierre alanguie sous les caresses de l'aurore. Elle resta ensuite au-dessus de l'abîme, cherchant son souffle. Baldré à son côté semblait plus lourd que jamais, un poids encombrant, un fardeau l'attirant vers le vide. Il serait si simple de se laisser tomber. Peut-être retrouverait-elle un instant le délicieux pincement qui avait saisi son cœur lors de son trop court vol avec Joran. Le nez dans les plumes de son encolure, le vent à ses oreilles, elle pouvait presque encore entendre le bourdonnement de ses rémiges, tandis que ses immenses ailes grises brassaient l'air. Peut-être avait-elle agi de travers ? Elle enfonça ses ongles dans la peau de sa paume. Si elle n'avait pas tourné le dos à Pèn, si elle s'était comportée en amie, alors elle aurait pu compter sur son soutien indéfectible et sur ses conseils. Au lieu de quoi, elle contemplait la vallée sous ses pieds, sans dragon à ses côtés, un baudrier vide à la hanche, sûre que lorsqu'elle redescendrait sans monture, la déception d'Éliane et de Frêne lui serait insupportable.

Elle s'assit sur la pierre taillée, les pieds battant dans le vide par-dessus l'aplomb. Un vent à la fois enjôleur et effrayant s'enroulait autour de ses mollets, siffleuse invitation à d'inaccessibles voyages. Une cavalière clouée au sol, qui accepterait de former une telle aberration ? Elle se laissa aller en arrière et se retrouva nez à nez avec la silhouette vaporeuse d'Acquilon.

« Tu abandonnes bien vite, jeune pousse. J'aurais cru que la Maîtresse de Baldré montrerait plus d'abnégation, ou alors notre vieille face de pierre s'est trompée et tu n'as pas les qualités nécessaires pour retrouver Lunde. »

En un instant, Sophie fut debout, dardant sa colère non plus sur le vide immense du ciel, mais sur le visage pâle de la Matriarche décédée.

« J'ai fait ce que vous m'avez demandé ! J'ai affronté la falaise, j'ai pris Baldré à l'Ermite ! »

Elle scruta les détails de la figure d'Acquilon, y chercha le pli soucieux qui trahirait son mépris ou, pire, son indifférence. La Matriarche sourit.

« Il semble qu'il y ait encore de l'ardeur dans ton cœur, arbrisseau. Tu en auras besoin pour les épreuves à venir. Ne te méprends pas sur mes paroles, je ne doute ni de la sagesse de l'Ermite, ni des vœux de la cendre. Tu avances sur la trame d'une tapisserie hors du commun, petite navette colérique, je veux seulement m'assurer que tu suives le motif sans accroc. »

Elle effleura la peau cuivrée de l'enfant de sa main diaphane.

« Et pour cela, il te faudra un compagnon d'envergure. »

Elle porta ses mains à sa bouche, les arrangea en cône devant ses lèvres et siffla. Comme plus tôt la colère de Sophie, une note aiguë résonna à travers les montagnes et vibra longtemps entre les sommets. Côte à côte, l'écuyère et la Matriarche contemplèrent les mauves éclaboussures de l'aube sur le ciel d'opale, jusqu'à ce qu'au loin s'élève une réponse. Les plumes et les écailles cendrées de Joran absorbèrent glorieusement les couleurs de l'aurore lorsqu'il s'élança depuis la grotte des Anciens. Il survola Nordeau en quelques larges battements d'ailes avant de se poser lourdement sur la plateforme. Sophie dut reculer afin d'éviter ses ergots aiguisés, mais Acquilon resta immobile, laissant la grosse tête du dragon traverser son intangible silhouette. Joran ne parut pas surpris par son incapacité à se frotter contre sa cavalière et garda son bec tout proche de ses mains translucides, comme pour l'encourager à glisser ses doigts entre les plumes de son cou. S'avançant elle aussi, Sophie approcha un index timide de l'encolure massive. Tout chez l'immense bête respirait la puissance et la contention fragile d'une force ahurissante : les tendons saillants du poitrail et des cuisses, la noble courbure de la nuque, les muscles frémissants de la croupe. Déjà petite par rapport aux autres écuyères, Sophie se sentit encore plus minuscule face aux serres acérées, au bec d'oiseau de proie, aux yeux mordorés qui la fixaient sous de lourdes paupières. Joran n'était pas le premier dragon qu'elle avait côtoyé, mais il était certainement le plus beau. La teinte d'argent qu'avaient prise ses plumes et ses écailles après la mort d'Acquilon reflétait chaque nuance du ciel.

« Bien sûr, tu n'es pas sans savoir la principale règle de notre ordre, reprit Acquilon. Une cavalière ne touche pas, ne nomme pas, ne chevauche pas un dragon qui n'est pas le sien, même en cas d'urgence ou de danger, même pour sauver la vie d'une sœur. »

Sophie suspendit sa main à quelques centimètres de Joran.

« Pardon, je… »

C'est le dragon lui-même qui la fit taire, en enfouissant d'autorité sa tête contre sa poitrine. L'écuyère fronça les sourcils.

« Pourtant, les novices entrent en contact avec tous les dragons de la citadelle lorsqu'elles s'occupent de la volière. Et je suis déjà montée sur Joran, à votre invitation. »

Acquilon sourit et acquiesça.

« Seules les fillettes non encore entrées dans leurs sangs peuvent toucher tous les dragons qu'elles veulent sans en craindre les conséquences. Une fois adulte, il n'est plus permis à quiconque de braver cet interdit. Sauf dans certains cas très précis. Un dragon aurait dû naître de ton voyage intérieur, les flammes t'avaient, après tout, acceptée. S'il n'en est rien, c'est que déjà une âme d'écailles et de plumes s'est liée à la tienne. »

Elle fit le tour de la plateforme pour venir poser ses mains sur les épaules de Sophie.

« Voilà ce que je t'offre pour retrouver Lunde. Un compagnon fidèle, un esprit sûr, une force de confiance. Sophie de Nordeau, voici ton dragon. »

Joran plongea son regard dans celui de l'écuyère, sans lui laisser aucune échappatoire. Les yeux dorés et les yeux noirs s'affrontèrent, se trouvèrent, se comprirent. Sophie se sentit chanceler. Un nouveau souffle se mêla au sien, un nouveau cœur vint battre à l'unisson du sien. L'appel lancinant du vent qui l'invitait au grand saut se fit plus impérieux encore et, pour la première fois de sa vie, elle pouvait lui répondre. Elle se hissa derrière les immenses ailes du dragon, pressa ses flancs de ses talons et ils se jetèrent dans l'abîme.

CHAPITRE 10 :
LE PRINCE ET LE CONDOTTIERE

« Article 4 : Il est interdit au Royaume de Sarda de déclarer la guerre à quelque nation que ce soit ; de lever un impôt de guerre dans le but de financer une action militaire ; de recruter, en dehors de l'ordre des cavalières, une quelconque armée, dans le but de mener des actions militaires. »

Extrait du traité de reddition de Sarda,
fin de la Grande Guerre.

Jaya descendit le grand escalier de la Caserne à la suite du Prince. Roland laissait glisser sa main contre le marbre poli de la rampe, passant d'une marche à une autre d'un pas assuré. La cavalière le flanquait avec Malée, si près qu'il devait sentir leurs souffles combinés sur sa nuque. Elles surveillaient toutes deux les alentours de leurs yeux aiguisés, les doigts crispés sur la garde de leurs épées. Souriant avec bienveillance aux courtisans qui s'écartaient de son chemin, Roland salua gracieusement les soldats qui stationnaient au bas des marches. Les cavalières échangèrent avec les femmes du Condottiere des regards hostiles.

« Soyez sages, mesdames, murmura le Prince à l'intention de ses gardes du corps. Nous ne sommes pas à la maison. »

Drapée des pieds à la tête dans un costume immaculé, la chambellane de la caserne les attendait à l'entrée du grand hall. Son vieux corps sec ne semblait tenir que par les larges ceintures de tissu qui s'enroulaient autour de sa taille. Dans la vaste salle, derrière elle, se pressaient indistinctement soldats et serviteurs, nobles et échansons. Malée et Jaya étaient les seules cavalières.

« Anat ! Comment allez-vous, vieille mère ? »

La chambellane resta stoïque devant la familiarité du Prince.

« Si Son Altesse Sérénissime veut bien me suivre, dit-elle avec une petite courbette.

– Ouvrez la marche, très chère ! »

Ils contournèrent le hall et traversèrent une enfilade d'antichambres et de boudoirs plus austèrement meublés les uns que les autres. Roland avait aligné l'allure de ses pas sur celle d'Anat, bien qu'il connaisse aussi bien les couloirs de la Caserne que ceux du Palais. À ses côtés, Jaya sentait Malée tendue, comme elle-même, mais le Prince se laissa guider en silence, le regard perdu dans le lointain.

Hadi recevait ses visiteurs directement dans son bureau, une longue pièce aux boiseries sobres et délicates qui disparaissaient en partie sous les cartes tapissant les murs. Deux larges fenêtres ouvraient une trouée lumineuse dans le mur ouest et projetaient sur la table de travail centrale les rayons du soleil couchant. Penché au-dessus de sa correspondance, le Condottiere leva à peine les yeux lorsqu'Anat les annonça. Roland s'avança à l'intérieur.

« Ne penses-tu pas qu'après dix ans de travail commun, nous pourrions nous passer de toutes ces rodomontades ? Je connais le chemin jusqu'à ton bureau, tu connais celui jusqu'au mien, laissons cette pauvre Anat se reposer ! »

Hadi lui répondit d'un grognement inintelligible, le nez toujours plongé dans la lettre qu'il lisait à leur arrivée.

« Nous pourrions tout simplement discuter des problèmes du jour dans mes jardins, poursuivit le Prince. Ils sont magnifiques à cette période de l'année. Bien entendu, tu saurais tout cela si tu te donnais la peine de nous rendre visite, mais tu es bien trop occupé. »

Roland lâcha un soupir théâtral.

« Enfin, rien de ce que je puis dire ne changera tes habitudes. Je devrais m'être résigné depuis le temps, ajouta-t-il en s'approchant d'un cabinet à liqueur. Que veux-tu, je suis un optimiste, je me dois d'essayer, encore et encore, jusqu'à ce que la mort me surprenne et que mon âme s'en retourne à la forêt.

– As-tu fini ? »

Hadi s'était redressé. Son vieil uniforme ne devait sa splendeur restante qu'aux bons soins de ses blanchisseurs et à sa propre stature, qui lui aurait donné de la prestance même vêtu de haillons. Il regardait le Prince de son habituel air désapprobateur, les lunettes descendues sur le bout du nez, la barbe taillée symétriquement, son crâne rasé luisant dans la lumière du soir. Roland se servit un verre d'eau-de-vie et lui lança, avec un sourire :

« Je t'assure, tu devrais venir visiter mes jardins. La floraison cette année est de toute beauté et...

– Roland. »

Hadi l'interrompit sans trahir aucune émotion.

« Si je voulais te voir te donner en spectacle, j'aurais organisé un banquet et invité la cour. Je n'ai pas de temps à consacrer à tes performances comiques. »

Jaya observa le Prince composer, avec un soin tout calculé, un visage contrit. Son verre à la main, il s'avança jusqu'au large bureau de chêne sur lequel s'éparpillaient les travaux du jour du Condottiere et s'assit gracieusement sur l'un des tabourets.

« C'est une excellente idée. Peut-être devrions-nous tenir nos réunions quasi quotidiennes autour d'une bonne chère ? Tes caves sont d'une qualité exceptionnelle, dit-il en levant son verre avec une moue appréciative, mais mes cuisines dépassent de loin celles de la Caserne. »

Hadi le fixa sans un mot, puis ôta lentement ses lunettes, les glissa dans leur étui de soie et passa ce dernier à sa ceinture. Derrière son verre, Roland lui sourit.

« J'ai cru comprendre que ta cavalière favorite allait devenir Matriarche, reprit le Condottiere. Une excellente nouvelle pour le Royaume, c'est peu dire. »

Jaya sentit Malée se raidir à ses côtés. Le sourire se fit plus dur sur les lèvres du Prince.

« C'est exact.

– Je suppose qu'elle a voulu t'annoncer la nouvelle elle-même ? Anat m'a dit l'avoir vue dans tes fameux jardins.

– Les Matriarches se réunissaient à la Capitale, il était ainsi plus rapide pour Maîtresse Rivkah de rentrer à Ousterre dès leur entrevue terminée. Tu sais comme les frontières sont instables en ce moment. »

Hadi s'écarta brusquement de la table, brandissant la lettre qu'il tenait toujours à la main.

« Ne me fais pas croire que la situation à la frontière est autre chose que le fruit de tes manigances avec Éliane ! Je ne suis pas un courtisan que tu peux faire rouler à loisir au creux de ta paume, Roland, je te connais depuis plus de trente ans et depuis plus de trente ans tu refuses l'alliance avec les Sabès. Nous ne sommes plus en guerre ! »

Le Prince se leva à son tour.

« Nous serons toujours en guerre ! Tant que les Sabès nous imposeront leurs lois, tant qu'ils contrôleront notre politique, tant que leur ambassadeur siégera au Congrès ! Nous serons en guerre, jusqu'à ce que la dernière bribe d'influence de ces Comtés maudits ait relâché son emprise sur notre Royaume. Alors seulement, nous connaîtrons la paix à laquelle tu tiens tant. Que fais-tu du meurtre d'Acquilon ? Une Matriarche est tuée et le royaume reste les bras croisés ? »

Il défia Hadi du regard, mais ce dernier secoua la tête.

« Je ne sacrifierai pas la paix pour une simple question de vengeance. Acquilon était sans ornements au milieu de ses cavalières, les Comtes m'ont certifié qu'il s'agissait d'une erreur, les responsables ont été châtiés. »

Roland ne put retenir un rire moqueur.

« Nous savons tous deux ce que vaut la parole d'un Comte sabès. »

Hadi soupira. Il paraissait las et fatigué, le poids des années sous la charge de Condottiere transparaissait soudain sous les rides de son visage, la courbure de son dos.

« Il ne s'agit pas d'Acquilon n'est-ce pas ? Roland, ce qui est arrivé à ta famille...

– Ne me parle pas de ma famille. »

Il avait craché ses mots à la figure du Condottiere. Celui-ci resta silencieux, mais ses yeux trahissaient enfin une certaine émotion. Le Prince n'y sembla pas sensible, cependant, il prit le temps de se calmer avant de reprendre la parole.

« Il ne s'agit ni de venger ma famille, ni de punir les assassins d'Acquilon. Il s'agit de rendre sa liberté à ce Royaume de le protéger de ceux qui voudraient sa perte ; ici comme ailleurs. »

Il engloutit la fin de son eau-de-vie et offrit à Hadi son plus beau sourire.

« Je ne parle pas de toi, bien entendu, jamais le Condottiere qui a mis fin à la Grande Guerre ne trahirait son pays. Je n'oublie pas non plus nos rôles : à moi la justice et les lois, à toi les impôts et l'armée, ou du moins ce qu'il en reste. Et il en sera ainsi jusqu'à ce que le joug des Sabès soit levé. Ou jusqu'au retour d'une Reine. »

Un éclair de défi traversa le regard de Hadi.

« Roland, il n'est pas trop tard pour travailler ensemble à une solution diplomatique avec les Sabès. Joins-toi à moi et Sarda retrouvera sa gloire passée.

– Je ne suis pas intéressé par la gloire qui fut, seulement par la gloire qui sera. »

Hadi laissa transparaître un éclair de tristesse.

« Je ne déclarerai pas la guerre aux Sabès.

– Je le sais fort bien. »

Le Prince alla poser son verre sur le cabinet à liqueur.

« Mais tu ne seras pas toujours Condottiere, n'est-ce pas ? »

Hadi réprima une grimace.

« Que comptes-tu faire, Roland, proposer un candidat de ton cru aux élections ? Tu sais que je suis le seul garant des privilèges des Maréchales et des Pairs du Royaume. Le seul responsable de la continuité de l'ordre des cavalières. Les Matriarches comme la noblesse voteront toujours pour moi. Je suis maître de la Caserne depuis plus de quarante ans.

– Je suppose que nous verrons cela au prochain Congrès, alors. »

Roland rejoignit Jaya et Malée devant la porte et, avec un ample effet de manche, s'inclina bien bas.

« Après tout, beaucoup de choses peuvent changer en quatre ans. »

CHAPITRE 11 :
QUATRE ANS PLUS TARD

« Les quatre citadelles,
J'ai ainsi visité.
Comme quatre demoiselles
D'âge mûr, à courtiser. »
Ballade des quatre bords, anonyme.

Pèn aimait regarder les filles s'attacher les cheveux. Si l'une de leurs camarades commençait à passer les doigts à travers sa chevelure, à la rassembler sur le sommet de son crâne d'un geste agile du poignet, Pènderyn interrompait toute activité pour l'observer. Qu'elles soient à l'entraînement, attablées à graisser des cuirs, occupées à nettoyer la volière, à grignoter une mignardise ou bien en pleine discussion, elle se figeait et s'abreuvait du tressaillement des boucles ophidiennes.

« Quand une femme s'attache les cheveux, expliquait-elle à Sophie, il y a une dimension de mystère, d'attente. Personne ne sait combien de temps va s'écouler entre le moment où ils sont rassemblés pour la première fois dans une main tandis que l'autre les lisse, les brosse, les organise, et celui où finalement un lien les sécurise. C'est l'anticipation qui me plaît. J'essaye de deviner quand elle se décidera à les attacher réellement. C'est ça qui est beau. »

Elle regardait Sophie secouer la tête avec incompréhension et haussait les épaules. Il n'était pas nécessaire que son amie comprenne, du moment qu'elle la laissât profiter du spectacle quand l'occasion se présentait. De toutes, c'est Berhane qu'elle préférait observer. L'Intendante de Nordeau avait une façon toute particulière de saisir d'un seul mouvement la totalité des tresses qui cascadaient dans son dos et de les tordre savamment ensemble avant d'en nouer deux pour maintenir le tout. Il semblait à Pèn qu'elle le faisait sans y penser, toujours plongée dans son travail, immuable chêne au milieu de la tempête agitant l'intendance. Même en plein vol, alors que le vent d'altitude soulevait leurs manteaux comme des oriflammes et s'engouffrait par chaque interstice possible sous leurs vêtements, Berhane restait Maîtresse de sa chevelure. Ses fines tresses noires s'enroulaient parfaitement en un épais chignon, révélant sa nuque adipeuse, découverte malgré le froid. Comme si elle avait senti les regards énamourés de Pènderyn, l'Intendante se retourna. Un long frisson parcourut l'écuyère et elle baissa les yeux. Elles ne connaîtraient aucun moment d'intimité avant leur arrivée à Estari, seuls des instants volés entre deux jours de voyage, peut-être quelques minutes sans témoin lors de l'installation du campement. Il valait mieux occuper son esprit à autre chose, contempler le paysage plutôt que les magnifiques replis du corps de Berhane. Les montagnes du Nord avaient depuis longtemps laissé place à des collines boisées qui surgissaient par vague, se chevauchaient, se poursuivaient à travers la plaine. Autant de hanches voluptueuses, de fesses charnues, de poitrines opulentes se déversant tout au long de l'horizon. Il faudrait à Pèn devenir une géante particulièrement grande, pour espérer caresser librement ces corps replets offerts à ses yeux. Un tressaillement parcourut les plumes de Psafo, écho à celui qui s'agitait entre les reins de sa cavalière.

« Perdue dans quelque rêve chaleureux pour garder le froid à distance, Pèn ? »

De longues rémiges blanches lui frôlèrent la tête lorsque Sophie et Joran vinrent planer à ses côtés.

« C'est toi que je préférerais garder à distance ! »

Elle crut un instant qu'en réponse, Sophie allait produire un projectile quelconque de son paquetage et le lui lancer à la figure, mais son amie se contenta d'une grimace peu inspirée. Elles poursuivirent leur vol côte à côte et Pèn se laissa bercer par le flot intarissable d'anecdotes que Sophie débitait à propos des arbres défilant sous leurs dragons. Quatre jours les séparaient de l'avant-poste où elles devraient se quitter. Moins, si Éliane forçait encore l'allure. L'escadron de cavalières s'était mis en route au premier matin du printemps, alors que les pâles et fragiles bourgeons des arbres du verger venaient à peine d'émerger de leur torpeur hivernale et que le premier groupe de pèlerins de l'année se pressait aux portes de la citadelle. Nordeau tout entière s'ébrouait lentement sous le regard tendre d'un timide soleil.

Durant leur voyage, elles avaient survolé maints hectares de forêt qui déployaient les houppiers dénudés de leurs habitants. Une percée surgissait parfois entre deux étendues boisées, découpant les dégradés de vert du Royaume au réveil en parcelles difformes, tenace survivance d'un hameau isolé. Rien, dans cette vaste palette de brun, ne rivalisait avec l'observation quotidienne du verger sacré de Nordeau, où chaque jour révélait une nouvelle avancée, chèrement gagnée contre les gelées matinales et les orages de grêle. Les plaines, les collines, les vallées de l'Ouest se dévoilaient à la vue de tous, exposaient leur feuillage renouvelé sans pudeur ni retenue. Seules les courbes gracieuses du relief laissaient entrevoir une certaine beauté. À défaut de pouvoir parcourir celles de Berhane de ses lèvres et de ses mains, Pèn se satisfit des rondeurs généreuses de la terre et y reput ses yeux, si ce n'est ses ardeurs.

L'avant-poste émergea de l'horizon trois jours plus tard, sous les derniers feux de l'après-midi. Il se dressait, entre champ et forêt, au sommet d'une butte solitaire. De sa haute silhouette hérissée de poutres, la tour marquait la frontière entre les terres arables d'Ousterre et le domaine de la Ferté-Pluvieuse, entre les champs de blé et de riz et la forêt millénaire. Les ailes alanguies du moulin adossé à ses murs se mouvaient sans hâte à travers le début de soirée, découpant de longs rubans de lumière dorée dans l'agonie du soleil couchant.

« Tu ne trouves pas ça étrange ? »

Dangereusement penchée par-dessus l'encolure de Joran, Sophie scrutait les meurtrières de l'avant-poste.

« Il n'y a personne… »

Nulle lueur derrière les étroites fenêtres, nul hululement de dragon au repos. Des murmures intrigués parcoururent les rangs des cavalières ; à leur tête, Éliane se redressa avec raideur. Pèn déglutit péniblement, il ne ferait pas bon être l'Intendante d'Ousterre lorsque la Matriarche de Nordeau lui mettrait la main dessus. Éliane rassembla l'escadron et les cavalières mirent pied à terre, les unes après les autres, au sommet de la tour. Sans attendre ses guerrières, elle dévala les escaliers et disparut dans les entrailles de l'avant-poste, poursuivie par les claquements furieux de son manteau-tissé.

« Se sont-elles fait attaquer ? Allons-nous découvrir leurs restes dépecés, éparpillés à travers les étages ? »

Sophie observait l'orée de la forêt depuis une assise à l'équilibre précaire, à califourchon sur un merlon du crénelage.

« Certainement pas. Attaquées par qui ? »

L'écuyère de cendre haussa les épaules, se redressa et, au lieu de descendre du parapet et de rejoindre les cavalières qui suivaient leur Matriarche, entreprit de sauter de créneau en créneau. Le cœur de Pèn se serra. À chaque fois que son amie quittait le soutien solide et rassurant du mur pour un instant d'apesanteur euphorique, une boule au fond de sa poitrine remontait lui encombrer la gorge.

« Cesse donc de tutoyer le vide, Sophie de Nordeau, lança-t-elle au vent. Il mérite plus d'égards de ta part.

– Pourtant, vois comme je le traite en égal ! Il n'y a aucun irrespect ici, Maîtresse cavalière, mais au contraire… »

Son pied droit ripa sur la pierre. Pendant un terrible instant, elle vacilla au bord de l'abîme, ses bras moulinant l'air du soir, sa cape révélant Baldré dissimulé sous la toile, une seule jambe encore accrochée au moellon. Son corps entier s'arqua contre les forces primordiales qui l'attiraient vers le sol. Ses épaules, son dos, ses hanches, tout travailla à rétablir son équilibre. Ses doigts tricotèrent l'atmosphère et y trouvèrent miraculeusement appui. Un unique sursaut. Elle se redressa, un grand sourire sur le visage.

« Au contraire je lui témoigne exactement la déférence que je lui dois. Je m'incline face à sa toute-puissance, je salue bien bas son emprise sur nous autres mortelles. »

Le bonnet de Pèn l'atteignit en plein visage avant de poursuivre sa route quinze mètres sous leurs pieds et elle manqua de basculer à nouveau. Le couvre-chef alla se prendre dans une aile du moulin, entama une série de rotations irrégulières, finit par disparaître de leur champ de vision. Sophie baissa les yeux sur son amie.

« Je croyais que, de nous deux, c'était moi qui transformais en projectile tout objet passant à portée de main et toi qui assurais une certaine rationalité, voire une possible stabilité à notre duo.

– Descends de là, grande folle. »

Sophie s'exécuta de bonne grâce et ne résista pas à l'embrassade dans laquelle son amie la happa immédiatement.

« Je n'allais pas tomber, tu sais.

– C'est ce que tu dis toujours, mais je ne peux pas m'empêcher de craindre le jour où je ne serai pas là et où tu vacilleras sans pouvoir te rattraper.

– Mais on est toujours ensemble. »

Pèn la relâcha pour mieux la tenir à bout de bras.

« Tu ne sais pas ce que la Dame te réserve, Sophie de Nordeau. Tâche de ne pas oublier que Baldré à ta ceinture ne te préserve en rien des chutes à venir. »

L'écuyère fuit son regard implacable, préférant fixer sans les voir les plus hautes branches des mélèzes pressés autour du moulin. Pènderyn n'insista pas. Elle n'aurait fait que raviver les braises de colère et de rage qui sommeillaient perpétuellement dans le cœur de Sophie et cela sans moyen, par la suite, de les éteindre.

« Nous ferions mieux de rejoindre les autres. Éliane va s'impatienter. »

Elles n'atteignirent pas même les premières marches. Éliane déboula des entrailles de l'avant-poste avec toute la force de son tempétueux caractère. Irradiant de fureur, elle n'eut aucun regard pour les deux retardataires, qu'elle bouscula sur le côté, ni pour les cavalières, Berhane en tête, qui se pressaient à sa suite et achevèrent de repousser Pènderyn et Sophie contre le rempart. En deux enjambées elle avait rejoint Yuda et entreprit de resserrer les sangles de ses harnais, sans prêter attention aux appels au calme de son Intendante.

« Je n'ai pas le temps pour tes récriminations Berhane. Ôte-toi de mon chemin.

– Matriarche, prenez seulement un instant pour… »

Un sursaut de fierté pinça Pèn au cœur. Rares parmi les habitantes de Nordeau étaient les cavalières qui trouvaient le courage de tenir tête à leur Matriarche, mais Berhane était de celles-là. Malgré cela, ses tentatives d'apaisement furent vivement balayées, comme chaque obstacle sur la trajectoire d'Éliane. Levant les yeux au-dessus de l'Intendante, elle apostropha son écuyère.

« Ne reste pas plantée là ! Mets-toi au travail, allez !

– Mais… Nous ne devions partir que demain…

– Et comme tu le vois, nous partons à l'instant. Dépêche-toi ! »

La Matriarche repoussa brusquement une cavalière venue soutenir Berhane et qui avait osé effleurer sa manche.

« La peste soit de vos hésitations ! »

Pèn observa Sophie du coin de l'œil. Une ombre obscurcissait son front, tombée soudainement lorsque sa Maîtresse les avait écartées du passage, signe annonciateur du brasier qui s'éveillait en elle. Pèn posa sur son épaule une main qui se voulait apaisante.

« Rappelle-toi ta promesse à Frêne, chuchota-t-elle urgemment, pas de dispute avec Éliane. Tu es censée essayer de t'entendre avec elle. »

Sophie tourna vers elle son visage encore marqué de bribes d'enfance. Les lèvres pincées, les narines dilatées, un éclat humide dans le regard : comme toujours elle affichait ses blessures sans retenue. Pèn s'efforça de lui offrir un sourire réconfortant.

« Elle ne t'emmènerait pas avec elle si elle ne te faisait pas confiance. »

Sophie secoua la tête, mais une partie de la tension emprisonnant sa figure s'apaisa.

« Rien n'est moins sûr. On aurait pu croire que devenir la porteuse de Baldré m'aurait ouvert son estime, mais… »

Elle haussa les épaules.

« C'est comme si aucun de mes progrès ou de mes réussites ne pouvait la satisfaire, comme si elle refusait d'imaginer que je puisse me passer de tuteur. »

Un soupir résigné lui échappa.

« Je devrais y aller avant qu'elle n'assassine Berhane, tu ne me le pardonnerais pas.

– En effet, après un coup pareil, tu aurais bien du mal à regagner mon amitié. »

Pèn l'attira à nouveau dans ses bras.

Elles restèrent un bref instant enlacées puis Sophie s'arracha à regret de cette étreinte et rejoignit sa Maîtresse. Elle se faufila entre les cavalières, disparut derrière les pans colorés de leurs manteaux-tissés et Pèn demeura seule contre le rempart.

« Berhane. »

Matriarche et Intendante échangèrent une poignée de main.

« Je te confie le commandement jusqu'à mon retour. »

Elle se tourna ensuite vers les quelques cavalières de l'escouade.

« Menez à bien vos missions respectives, puis retrouvez-moi à Zinia. Tout notre labeur, tout le travail abattu jusqu'à aujourd'hui, tout cela portera bientôt ses fruits. Le Congrès nous attend. »

Elles se mirent en selle. Yuda et Joran enjambèrent les créneaux et le vent les emporta. Ils planèrent un instant au-dessus de l'avant-poste, ne laissant entrevoir de leurs cavalières qu'un morceau de botte, un aperçu de genou. Puis, pressé d'engloutir ces intruses en son domaine, le ciel les happa et elles disparurent derrière un voile de nuages. Pèn scruta longuement les reflets pommelés de la voûte céleste, jusqu'à ce que la présence de Berhane à ses côtés ne la ramène au moment présent :

« Tu ne peux pas la protéger de tout, ni même, d'ailleurs, devrais-tu le souhaiter. Tu n'es ni son bouclier ni son armure, seulement son amie. »

Pèn attira la main de l'Intendante jusqu'à ses lèvres et y déposa un léger baiser.

« Elle n'a besoin ni de bouclier, ni d'armure, mais qu'on empêche Éliane de tisonner le brasier de son cœur sans trêve et sans relâche. Je ne suffis pas toujours à apaiser ses incendies, j'ai peur qu'un jour, ils ne la consument entièrement.

– Peut-être. Mais tu ne devrais pas porter seule le poids de ce risque sur tes épaules, Pènderyn, ou c'est toi que les flammes dévoreront. »

La jeune cavalière secoua la tête et vint étouffer sa réponse dans les replis du cou de sa compagne. Ni l'une ni l'autre ne se satisferait d'un nouveau débat sur le sujet, alors Pèn préférait enfouir leurs différends entre la gorge et l'épaule de Berhane, où ils auraient moins de chance d'être déterrés. Elle laissa courir ses doigts sur le corps offert entre ses bras.

« Toi qui as pu visiter les entrailles de cet avant-poste sans gardiennes, serais-tu, à tout hasard, tombée sur un espace reclus à l'abri des regards ?

– Et pour quoi faire jeune arbrisseau ? N'avons-nous pas une mission à mener à bien ? »

Pèn remonta lover son nez derrière l'oreille de l'Intendante, en caressa le lobe de sa joue.

« Personne ne nous oblige à jouer les Éliane et à repartir à l'instant, non ?

– Non, mais nos trois jours consécutifs de vol m'obligent à aller étendre mes vieilles jambes et reposer mon dos sur autre chose qu'un sol humide et des racines retorses. »

Elle frictionna les oreilles glacées de la cavalière.

« Et puis il faut retrouver ton bonnet. »

Elle se détacha de Pènderyn et, sans lâcher sa main, l'entraîna à sa suite vers les escaliers de l'avant-poste.

Pèn considéra les matins d'Estari : la brume qui s'élevait depuis le fleuve et venait recouvrir les innombrables champs de fleurs, la teinte dorée du ciel sous les caresses timides du soleil levant, le parfum entêtant des centaines de distilleries déjà au travail.

Berhane et elle avaient atteint la citadelle aux jardins une semaine après avoir quitté l'avant-poste abandonné. Elles avaient bifurqué vers l'Est et survolé pendant quelques jours l'orée du bois-aux-chevaux avant de parvenir aux contreforts du massif de la Dame. Le matorral du plateau défila sous le ventre de leurs dragons, bosquets rachitiques, buissons épineux, éclats disparates de genêts jaunes, qui laissèrent la place aux belles rangées symétriques et bien ordonnées des champs de lavande. Et soudain, derrière le dernier sursaut du plateau, là où il se jetait brusquement dans les bras de la vallée, les toits de tuiles rousses, les reflets émeraude de dragon à l'envol et le tapis chatoyant des fleurs dévorant l'horizon. Pèn avait osé penser que cette entrée en matière valait bien celle de Nordeau et, peut-être même, la surpassait.

Derrière elle, Berhane s'agita entre les derniers replis du sommeil et émergea lentement de sa torpeur. Dans les premières heures des chaudes nuits d'Estari l'Intendante avait repoussé ses draps au sol et lorsque les frimas de l'aube avaient arraché Pèn à ses rêves, elle avait recouvert le corps encore endormi des couvertures négligées. Assise comme à l'instant dans l'encadrure de la fenêtre, elle avait contemplé et l'aurore naissante sur la citadelle et le grain noir de la peau de la cavalière. Maintenant que celle-ci s'éveillait, elle quitta son perchoir et la rejoignit sous les couvertures. Berhane l'entoura de ses bras. Comme elle avait attendu ce voyage et la possibilité de sombrer et d'émerger du sommeil aux côtés de l'Intendante ! Car bien que son amante ne craignît aucunement le jugement de leurs collègues du Nord, une terrible frousse grignotait en Pènderyn tout le courage nécessaire à s'inviter, pour la nuit, dans les quartiers de Berhane. Les deux cavalières se contentaient donc d'embrassades empressées dans les bois autour de Nordeau, ou de froides nuits à la belle étoile lors de leurs patrouilles communes. Entre les murs étrangers d'Estari, où il leur était demandé par défaut de partager une cellule, ces minimales caresses pouvaient enfin se transformer en ébats prolongés. Dans le silence de l'aube, Berhane, totalement éveillée, approcha son visage du sien. Elles n'échangèrent pas un mot tandis que leurs vêtements de nuit glissaient au sol, que les draps de laine douce s'enroulaient à leurs pieds. Elles s'abstinrent de paroles, leurs lèvres se trouvèrent et seuls leurs souffles se troublèrent de leurs mains s'aventurant entre leurs cuisses. Abandonnée tout entière à l'étreinte, Pèn laissa aller ses doutes et ses craintes. Et alors que le tiède matin d'Estari envahissait leur chambre, elle s'appliqua à masser, palper, caresser, le cou sous sa langue, le sexe entre ses doigts, le corps contre le sien. Elle s'imprégna de l'odeur de Berhane, de sa peau, du doux motif croisé des tresses contre sa paume. Sans plus penser au travail qui les attendait, elle oublia qu'il lui faudrait, bientôt, s'arracher à leur couche.

Trop vite la citadelle de l'Est s'éveilla-t-elle. Trop tôt s'éleva dans les couloirs la rumeur matinale de cavalières vaquant à leurs tâches. Trop hâtif, le murmure importun d'Estari au réveil s'immisça entre Pèn et la satiété alanguie qui berçait sa somnolence, sans qu'aucune épaisseur d'édredon ne ralentisse sa vicieuse invasion. À peine rassasiée du corps de Berhane, déjà la forçait-on à se lever, à se vêtir, pour l'entraîner ensuite à travers les quartiers d'habitation, les bains, le réfectoire. Elle alla aux côtés de l'Intendante le long de couloirs aux larges fenêtres, dans des escaliers de marbre blanc s'enroulant l'un dans l'autre sans jamais se croiser. Par une coursive de bois sculpté, elles surplombèrent un instant les cuves de distillation, et croisèrent le chemin d'un groupe de lavandières armées d'une rangée de chariots de linge. Puis, après avoir admiré les rosaces cuivrées ornant les plafonds du réfectoire, elles débouchèrent sous les délicates arcades de marbre du cloître central, et sa vue imprenable sur la plaine en contrebas.

Estari s'ouvrait comme une rose au milieu de ses champs de fleurs. Au-dessus et au-dessous des remparts s'étendaient, jusqu'à l'horizon, rangées de lavande, bosquets de rosiers et lignes d'arbres fruitiers, que le printemps, déjà bien installé à l'Est, transformait en pelotes molletonnées de fragile coton rosé. Le marbre et le calcaire blancs des murs étincelaient sous le soleil, projetant au sol l'ombre délicate des cloisons ajourées. Nulle velléité guerrière n'avait présidé à la construction d'Estari, nulle volonté de défense. Le mur d'enceinte, soigneusement coiffé de chapiteaux ouvragés, ne dépassait pas les deux mètres de haut ; le corps principal de logis et les annexes enroulées à sa base en une hélice gracieuse ouvraient leurs passages et leurs galeries à tous, par la succession d'arches trilobées qui perçaient leurs cloisons.

Un ennemi n'aurait pas eu plus de difficulté que le vent à se faufiler à l'intérieur.

Ainsi, la brise se promenait à sa guise et le parfum des fleurs était partout. Flottant dans l'atmosphère, imprégnant les pierres blanches des murs, les carrelages en damier des sols. Ses vrilles odorantes accompagnaient les cavalières dans toute la citadelle, ses augustes effluves déployaient leurs pétales sous chaque voûte des plafonds sculptés. Impossible d'ignorer son imposante présence. On le retrouvait dans le goût des plats et des boissons, dans les replis des couettes et des draps, au creux de sa propre peau. Pèn le huma aussi à même les formulaires de troc que Berhane était, entre autres, venue régler. À la fin de la journée, elle était saturée de lilas et de rose, d'abricotier et d'amandier, de calendula et d'hamamélis, et avait remonté par-dessus la moitié de son visage un pan de son manteau.

Même au cœur de la citadelle, des cavalières entretenaient d'imposants massifs de fleurs, s'appliquant à les soigner, les tailler, les arroser, ou leur infusant des sortilèges de jardinières pour les protéger des parasites et des maladies. C'est derrière l'un d'eux que Berhane attendait la véritable raison de sa venue à Estari. Assise à ses côtés sous l'arche de rosiers, Pèn contenait tant bien que mal l'anxiété qui lui labourait le ventre. Tout au long de leur visite de la citadelle aux mille jardins, elle avait senti grandir une inquiétude tenace sous son sternum, un nœud conflictuel d'émotions entremêlées. L'Intendante dissimulait pléthore de secrets sous les replis pastels de son manteau-tissé. Elle n'avait jamais caché à Pènderyn son dense réseau de relations qui étendait ses rhizomes à travers le Royaume, mais ne l'avait pas pour autant incluse dans la confidence. Jusqu'à ce jour. Quelles que soient les révélations les attendant, Pèn aurait préféré y rester extérieure. Vivre à la marge des intrigues stratégiques des citadelles, à la limite de l'ignorance. Elle y aurait coulé des jours heureux, loin des affres de la politique. Au lieu de quoi, on décidait soudain de la mettre au parfum et, comme celui des fleurs, il l'incommodait. Elle chercha un peu de réconfort en s'appuyant contre l'épaisse épaule de Berhane, voulut y noyer son angoisse. Elle n'en eut pas l'occasion.

« Très chère amie ! Parfaitement à l'heure, comme il se doit !

– Tieranne, enfin ! »

L'Intendante se leva pour saluer avec amitié l'Aînée d'un âge avancé, qui s'avançait à leur rencontre.

« Il y a bien cinq ans que je ne t'avais vue, jeune Berhane. Te voilà devenue une magnifique Intendante. »

Pèn remarqua avec un demi-sourire les indices de fierté fleurir sur le visage de Berhane, le discret tressaillement de sa nuque, le pli coquet de ses sourcils.

« Tu me flattes, Tieranne. Je n'ai pas tant changé que ça. Un peu plus fatiguée peut-être, je ne suis plus si jeune.

– Si la fatigue embellissait, il y longtemps que j'aurais fait tourner toutes les têtes de cette citadelle et des alentours !

– N'est-ce pas le cas ? »

L'Aînée lui donna une tape joueuse sur le bras.

« J'ai passé l'âge que tu me câlines, jeune pousse ! Tes minauderies ne sont plus en mesure de me faire rougir.

– Et moi qui pensais que tu m'invitais afin de raviver l'ardente passion qui nous lie… »

Elles quittèrent le couvert de l'arche de rosiers, contournèrent les cavalières occupées aux fleurs et s'engagèrent sur un sentier crissant de graviers blancs pour disparaître entre deux colonnes.

« Si ce n'est l'amour, alors qu'est-ce qui nécessitait ma présence urgente ici ? N'importe laquelle de mes aides de camp aurait certainement suffi, pourtant c'est ma présence que tu appelais de tes vœux dans ta dernière lettre. »

À peine avaient-elles quitté la douceur des jardins pour la fraîcheur de l'ombre que Berhane avait retrouvé tout son sérieux. Disparues les subtiles traces de fierté, envolé le ton badin des jeux de paroles. Un masque d'inquiétude durcissait ses traits.

« Tu ne me ferais pas venir s'il n'y avait urgence. Est-ce une des écoles ? Ou bien l'une de nos routes d'encre et de papier ? Que s'est-il passé ? »

Tieranne se détourna, peu encline, soudain, à croiser le regard de l'Intendante. Lentement, elle s'assit sous une des arches de marbre blanc, sa frêle silhouette se découpant contre les vallons fleuris en contrebas.

« Ma chère Berhane. »

Du bout de l'ongle, elle grattait une aspérité grisâtre de la pierre.

« Si tu savais comme je regrette de t'avoir caché tous ces secrets. Maintes fois j'ai voulu t'en parler, l'évoquer dans mes lettres afin que tu me confrontes, me pousses à la confession. »

Elle fit sauter la petite saleté, lissa la surface immaculée du marbre du plat de la main.

« Mais voilà, le temps des regrets est passé. Le passé s'agite dans l'ombre. Il nous rattrape, Berhane, et bientôt il rattrapera tout le Royaume. Il surgira des brumes de ce qui fut pour étreindre sans merci tout ce qui est à venir. J'ai peur d'avoir fermé les yeux sur quelque chose de terrible. »

Les rides de l'ancienne creusaient désormais son visage, elle était, comme les pétales fanés tapissant les couloirs d'Estari, brunie et fripée par l'âge. Ses fines épaules tremblaient sous la charge de ses aveux, à un rythme proche de l'angoisse qui envahissait Pènderyn. L'emprise délétère du doute se refermait à nouveau sur son cœur, comme lorsqu'elles étaient entrées dans le jardin. Les murmures des secrets bourdonnaient autour de sa conscience, agaçants moustiques refusant de la laisser en paix, avertissements tenaces des malheurs à venir. Dans quelle conspiration Berhane l'entraînait-elle ? Dans quel réseau de mystères s'apprêtait-on à la faire plonger ?

Elle leva le nez alors que Tieranne, sous le regard interrogateur de l'Intendante, reprenait le cours de ses confidences et leur annonça d'une voix tremblante ce qui semblait tant lui peser.

« C'était il y a quatre ans. J'orchestrais la prière pour notre Matriarche et une poignée d'Aînées, une supplique quelconque, je ne me souviens plus. Au milieu de mon oraison, l'obscurité tomba brusquement sur nous. Aucun de nos sortilèges, aucune de nos flammes invoquées ne sut percer l'ombre qui nous engloutissait. Rien ne semblait pouvoir nous éclairer. Rien, sauf la silhouette d'argent qui apparut soudain au-dessus de l'autel. Nous la vîmes vaciller sur ses jambes, tituber en avant, puis se redresser pleinement et tendre des mains assurées vers un objet qui nous était invisible. Jusqu'à ce que la mystérieuse silhouette s'en empare. »

L'ancienne s'en prit aux témoins de sa confession.

« Berhane dis-moi, où se trouve Baldré le carmin ? Sous la garde de l'Ermite de pierre ? Entre les murs rassurants de Nordeau ? »

Elle secoua la tête et répondit à sa propre question.

« Non. Il est entre les mains de l'une de tes cavalières. »

Les muscles du dos de Pènderyn se contractèrent malgré elle. Personne n'était censé savoir. Rien n'avait été dit. Il n'était pas encore temps pour révéler au Royaume l'exploit de Sophie. Toutes avaient juré ! Ses doigts agités de tremblement trouvèrent ceux de Berhane, s'y agrippèrent, ancrèrent leurs ongles dans la paume de la main offerte. L'Intendante ne se départit pas de son calme.

« Tieranne. Que se passe-t-il ? »

L'Aînée quitta son assise de marbre et se redressa de toute sa taille, encore haute malgré les années.

« Je regrette tous mes mensonges et mes silences, Berhane de Nordeau, mais comment as-tu pu nous cacher les intentions d'Éliane ? Comment as-tu pu fragiliser la cause avec tant de dédain ?

– Je n'ai rien fragilisé du tout. Baldré n'est qu'une relique, personne ne fera de sa porteuse autre chose qu'une sainte ou une héroïne, rien de concret, rien qui menace nos plans.

– On a très vite fait de transformer les saintes en prophétesses et les héroïnes en reines ! Des deux, je ne sais laquelle nous ferait le plus de tort ! »

Les deux cavalières se dévisageaient désormais avec colère et bien que Berhane la dominât largement par la stature, Tieranne ne reculait pas. Malgré leur précédent engouement à se retrouver, un fossé d'incompréhension séparait l'Aînée et l'Intendante. Chacune semblait chercher dans le regard de l'autre une rassurante concorde. Berhane la première détourna les yeux et accepta de déposer les armes.

« Comme toutes les cavalières de ma citadelle et les pèlerins venus ce jour-là, je suis tenue à un vœu de silence. Tu sais très bien qu'il n'y a aucune légèreté à briser ce genre de serment, aucune facilité. Pourtant, écoute ce que je te révèle : il y a quatre ans, une écuyère de Nordeau s'est imposée à la face de pierre et s'est emparée de Baldré l'écarlate. »

À travers leurs mains jointes, Pèn sentit, comme si elle avait rompu elle-même sa parole, le frisson de douleur qui parcourut l'Intendante. Un vicieux inconfort la saisit aux tripes : on ne revenait pas sans effort sur l'engagement donné au nom de la Dame. Face à elles, Tieranne aussi en prit conscience, ses traits s'adoucirent et elle accepta la trêve que lui proposait Berhane.

« Pardonne-moi, va. Il faut toujours que mes mots dépassent ma pensée. »

Elle posa une main hésitante sur le bras de l'Intendante.

« De plus, qui suis-je pour te reprocher tes promesses, alors que je suis moi-même liée par un serment de la sorte et qu'il m'a fallu tout ce temps pour trouver le courage de le rompre. Écoute. Voilà ce que j'ai à dire. »

À grandes enjambées, l'ancienne se mit à arpenter la galerie qui les abritait, son manteau fané de cavalière battant l'air derrière elle. À chaque pas, une bouffée d'odeur de vieille et de parfum de fleur fouettait Pèn et Berhane au visage. Un trouble à la hauteur de ses révélations agitait l'Aînée et il fallut plusieurs allers et retours avant qu'elle reprenne la parole. Elle s'immobilisa au milieu du passage, partagée entre deux décisions, figée entre deux directions. Puis, elle leur raconta tout. Comment la silhouette de lumière qui émergeait des ombres surnaturelles du temple prit vie une fois son but accompli. Comment sa peau, ses cheveux, ses vêtements abandonnèrent leur éclat d'argent pour se parer de teintes plus familières et achever de donner à la mystérieuse apparition un visage connu. Un visage aux allures de prophétie.

« Du moins, c'est ce que ma Matriarche et mes sœurs ont bien voulu y voir, lâcha Tieranne du bout de lèvres exsangues. De cette vague silhouette tremblotante à la chevelure noire, qui tenait soudain entre ses mains notre dernière relique, de cette vague impression sur une rétine fatiguée, elles ont voulu faire notre plus grande héroïne, notre Reine ressuscitée, Maude elle-même revenue de la forêt des âmes pour guider son Royaume en ces temps difficiles. »

L'Aînée secoua sa vieille tête ridée. Lourdement, elle se laissa aller en arrière et se rassit sans grâce sur le rebord de marbre.

« Nous avons juré de ne rien dire. De garder cet impossible secret pour notre poignée d'anciennes. Qu'aurions-nous pu faire ? Claironner partout le retour de Maude ? Annoncer la renaissance de Sarda alors que nous sommes sous la tutelle des Sabès ? »

Le soupir qui lui échappa secoua sa carcasse fatiguée et elle chercha elle aussi réconfort en glissant sa main dans celle de Berhane. L'Intendante la lui abandonna sans lutter.

« Ne va pas croire qu'il me fut facile de te faire mander et de briser mes vœux de silence. Je me serais tue à jamais, comme l'exigeaient ma Matriarche et ma parole donnée, mais j'ai reçu des nouvelles inquiétantes. La vision que j'ai partagée avec mes sœurs n'était pas un événement isolé. D'autres ont aussi été témoins de l'exploit de votre consœur du Nord. Le même incident s'est produit au même instant dans tous les temples des cavalières à travers le Royaume. Une rumeur bruisse dans nos campagnes, Berhane, une rumeur dangereuse. Elle attise nostalgie et colère chez nos frères et nos sœurs. Partout il se chuchote que Maude revient. Certains auraient même aperçu sur les chemins la silhouette du *magicien*. »

Des tremblements jumeaux traversèrent Pènderyn et Berhane de part en part. L'Intendante relâcha à contrecœur la main de son amante et s'assit pesamment aux côtés de l'ancienne.

« J'aurais dû me douter que la manipulation ne s'arrêterait pas là, que celles derrière les agissements de Sophie… »

Elle s'interrompit avant même que le hoquet d'alarme de Pèn n'ait franchi ses lèvres, mais le mal était fait. Tieranne releva brusquement la tête, braquant son regard soudain impérieux sur la jeune cavalière.

« C'est donc son nom. Que croyiez-vous faire, jeune fille, en taisant son identité ? La vérité aurait ressurgi un jour ou l'autre et, plus nous aurions tardé, plus la catastrophe aurait été grande. »

Elle tourna ses reproches vers Berhane.

« Et toi, que pensais-tu ? Que nous pourrions nous contenter d'ignorer les agissements de cette parvenue et poursuivre notre combat comme si de rien n'était ? Qu'en décrochant Baldré de son imposant perchoir, elle ne deviendrait pas le symbole même de tout ce que nous combattons ?

– Faites attention, grand-mère, il se trouve que cette parvenue a les faveurs de mon amitié. »

Pènderyn s'était redressée. À son tour, elle s'opposait à l'orageuse Tieranne, sans reculer devant les éclairs de son regard, sans faiblir face aux assauts de son verbe. Elle ne se risqua pas à croiser les yeux inquiets de Berhane, réservant pour plus tard sa colère et sa déception. Si les secrets jouaient désormais cartes sur table, sa main aussi s'imposerait.

« Je connais Sophie depuis ses premiers jours à Nordeau, j'ai été novice à ses côtés, écuyère à ses côtés. Elle n'a que faire de vos intrigues. Le pouvoir ne lui tient pas à cœur, seule, peut-être, la reconnaissance des siens. Si sa vie et ses actes sont orchestrés par quelque mystérieuse figure de l'ombre c'est d'elle qu'il faut vous inquiéter. Et si malgré cela vous considérez Sophie comme un obstacle, attendez de vous mesurer à moi. »

Elle se pencha vers Tieranne jusqu'à ce que leurs nez se touchent.

« Croyez-moi, *vieille branche*, ne pas m'avoir pour ennemie vous importe plus que tout. Je ne suis pas la plus jeune cavalière de ma génération sans raison. »

Elle sentit sans le voir le sourire réprimé de Berhane. Si elle l'avait remarqué, elle n'aurait pas laissé passer une telle occasion d'asticoter son amie sur sa fierté mal placée. Rien de tout cela n'avait d'importance. Seuls comptaient les sous-entendus menaçants de l'Aînée, la possibilité qu'une alliance secrète de cavalières puisse attenter aux jours de Sophie. Cela, et les crocs aiguisés de son instinct plantés fermement dans son cœur, leur morsure murmurant des avertissements au creux de son oreille. Tieranne scruta longtemps le défi qui brillait dans les yeux de Pènderyn avant de laisser échapper un long soupir fatigué et de retrouver toute la courbure de son âge.

« Tu as raison, bien sûr. La fatigue et le désespoir me font perdre la raison. Si manipulation il y a, c'est le manipulateur qu'il nous faut abattre et non la marionnette. Berhane, je ne t'ai pas fait venir ici pour prévoir l'assassinat d'une enfant, mais pour te mettre en garde. Ils ne sont pas nombreux, à travers le Royaume, ceux capables de telles démonstrations de pouvoir. Leur portée est immense, leur influence plus grande que nous ne le croyions. »

Son regard taché de cataracte se posa sur Pèn.

« Si tu souhaites réellement protéger ton amie, si sa survie t'importe, tu dois lui faire voir les fils tissés autour de son destin : non pas par la Dame, mais par des mains cherchant la renaissance d'un système archaïque. »

Une infinie lassitude sembla alors recouvrir ses épaules, sa nuque, son visage.

« Il vaut mieux que nous en restions là ce soir. »

Faiblement, comme rattrapée par la somme de ses années, elle leur tourna le dos, claudiqua le long de la galerie et disparut derrière une colonnade de calcaire blanc.

Pènderyn traversa les jardins d'Estari sans un regard pour les délicats massifs de fleurs, la dentelle du marbre ajouré des arcades ou le chatoiement chamarré des mosaïques murales. Elle s'engouffra entre les portiques dorés de la bâtisse principale, évitant de justesse le groupe de novices qui courait dans le couloir, et grimpa quatre à quatre l'escalier menant aux cellules. Berhane se pressait derrière elle, plus proche à chaque marche. Elle rattrapa Pèn entre deux fenêtres finement ciselées dans le blanc calcaire d'Estari. Trop pure, trop parfaite, l'immaculée citadelle aux mille jardins faisait grincer les dents de la jeune cavalière : il lui tardait de retrouver les murs grisâtres et le ciel couvert du Nord.

« Pènderyn… »

Berhane tenta de s'emparer de son poignet, sans succès.

« Pènderyn, je t'en prie. »

L'or du soir achevant de quitter les toits plongea lentement les deux femmes dans l'obscurité. Une première étoile s'alluma au-dessus de l'horizon, miroir céleste des feux timides dans la vallée. Malgré toute la beauté d'Estari, Pèn aurait voulu retrouver le paysage familier de Nordeau, sa cellule de cavalière, Sophie. Tout sauf être prise à son tour dans les rouages impitoyables de la politique des citadelles, dont elle n'avait aucun moyen désormais de réchapper. Sans faire face à l'Intendante, elle se força à prendre la parole.

« Je ne suis pas en colère contre toi, Berhane de Nordeau. Tu ne m'as pas trahie, tu ne m'as pas trompée. Mais j'aurais voulu, peut-être, rester ignorante de tout ceci. Tous ces secrets qui te font comme une traîne et s'ébrouent à chacun de tes pas, j'aurais voulu qu'ils restent loin de moi. »

Berhane ne chercha pas à lui prendre de nouveau la main et garda sagement un peu de distance.

« Alors que se passe-t-il ? Qu'est-ce qui réveille ton ire ainsi ?

– Je croyais… Non. J'ai longtemps voulu croire, que toutes tes machinations, toutes tes espionnes et toutes tes connivences n'étaient qu'une façon de te rapprocher du poste tant convoité de Matriarche. J'ai même cru un instant que tu chercherais un jour à être Condottiere, » expliqua Pènderyn.

Son soupir de dérision lui brûla la gorge comme de la bile.

« J'ai beaucoup de talent pour me voiler la face. »

Elle planta son regard azur dans celui de Berhane.

« De toutes ces forces qui s'attachent, bon gré mal gré, à réformer notre Royaume, à laquelle appartiens-tu ? »

L'Intendante ne cilla pas en lui révélant enfin son secret le mieux gardé. Aucun tremblement ne vint briser son calme, aucune goutte de sueur n'entacha son sang-froid, alors qu'elle dévoilait l'envers de la toile tissée par ses acolytes. Rien ne troubla sa voix, tandis qu'elle racontait les écoles clandestines où chacun pouvait s'instruire, les livres librement distribués à ceux qui voulaient bien les lire, la force insufflée dans les cœurs populaires. Et pendant cet exposé de révolution en bourgeon, de démocratie en germination, Pèn se souvint du courage ordinaire que démontrait Berhane face aux colères soudaines de leur Matriarche. De sa bonhomie placide au milieu du chaos de l'intendance. De cette nonchalance opposée sans crainte aux tempêtes, qui dès son âge le plus tendre avait fait fleurir au cœur de sa poitrine admiration, respect, amour. Tout ce contrôle imperturbable, Berhane l'avait mis au service d'un rêve. Et ce rêve ne connaissait aucun équivalent, à travers Sarda.

« Je suis de celles qui souhaitent voir la République remplacer le Royaume. Je suis de ceux qui croient qu'on ne devrait jamais hériter du pouvoir. Pènderyn j'œuvre à chaque instant pour renverser un jour la dualité matricienne qui nous gouverne, mais aujourd'hui plus que tout, j'œuvre contre le retour d'une Reine portant Lunde et Baldré. »

Et ainsi le bourdonnement des secrets cessa de siffler aux oreilles de Pèn. Graduellement, les longs discours de Tieranne et de l'Intendante apportèrent suffisamment de réponses à sa conscience embrumée, trouvèrent leur place dans son esprit. Restait une question.

« Quel but y avait-il au récit de Tieranne ? Ne pouvait-elle te le faire parvenir par écrit ? »

Quand Berhane glissa sa main dans la sienne, elle ne se détourna pas.

« Non ma douce, car nous devions deviser de l'avancée de nos plans et j'ai peur que, pour le moment, nous ne devions nous contenter d'observer. »

CHAPITRE 12 :
OUSTERRE-SUR-CIEL

« Qui croit encore aux vieilles légendes ? Qui rêve toujours d'or et de sang ? Il y a plus de pouvoir en chaque citoyen qu'en Lunde l'oubliée et Baldré le carmin. »
Pamphlet républicain anonyme

Sophie ne cessa de se retourner que lorsque l'avant-poste eut depuis longtemps disparu derrière l'horizon et que les nuages se furent refermés autour de la Matriarche et son écuyère. Tout paysage se résuma alors aux lambeaux détrempés et blanchâtres qui les entouraient. Elles voyagèrent sans un mot, ne s'accordant ni halte ni repos. La masse nuageuse se fit plus épaisse, plus chaude, plus opaque. Un pouvoir latent transitait tout autour, les plumes de l'encolure de Joran se dressaient contre ses cornes, un frisson parcourait ses ailes. D'une volte souple, Éliane vint se placer près de Sophie.

« Nous devons passer sous la couche orageuse. Si nous restons ici, c'est la foudre assurée.

– Mais entre terre et ciel nous serons tout aussi exposées ! »

La Matriarche était en partie occultée par les nuées défilant entre elles. Sophie l'entraperçut observer les nuages, sentir le sens du vent, s'approprier l'incommensurable volonté de la tempête.

« Elle n'est pas prête à éclater, seulement à se débarrasser des intruses que nous sommes. Descendons. »

D'une brève pression du genou, Sophie partagea leur nouveau plan de vol à Joran et le dragon se laissa couler. Il traversa sans effort l'éther laiteux. Campagne et forêt ressurgirent brusquement. Les champs défilaient sans interruption sous les deux cavalières, jaillissant de l'horizon pour disparaître tout aussi vite sous le ventre de leurs dragons. Il n'y avait plus ni colline, ni relief, seule l'immense plaine qui s'étend entre la forêt des Reines et le Ravin. Les quadrillages de blé, d'orge, de riz ; les rangées d'arbres fruitiers couverts de bourgeons, parfois même de quelques brassées de fleurs ; les moulins disséminés çà et là ; tous s'ébauchaient pour mieux s'évaporer, une fois passés sous elles. Comme les nuances de l'Ouest différaient de celle de Nordeau ! Comme le vert, le brun, l'argent semblaient se sublimer sous la lumière rasante de soir et d'orage ! Et puis, soudain, l'horizon libéra les premières arêtes de toit. Les tuiles de terre cuite, les poutres d'envol patinées par le temps, les pierres dorées des murs s'arrachèrent aux champs et aux forêts. Un instant il n'y avait rien, celui d'après la citadelle de l'Ouest surgissait du néant. Ousterre-sur-ciel trônait, scintillante, au milieu de ses terres. Le souffle de Sophie chuinta entre ses dents. De ses derniers rayons, le soleil couchant ceignait les tourelles, les faîtages, l'immense logis central d'un éblouissant halo rosé.

« Bienvenue dans le fief de Rivkah, Maîtresse Annonciatrice, Héroïne de guerre. Et qui va subir toute ma colère, quels que soient les exploits qu'elle accomplît en son temps ! »

Le courroux d'Éliane restait mâtiné d'émerveillement. Même l'implacable Matriarche de Nordeau ne pouvait demeurer de glace face à la beauté d'Ousterre.

De près, les bâtiments conservaient tout leur éclat doré, loin de l'anthracite sombre des gneiss et des granits du Nord. Sophie découvrit avec étonnement que la citadelle ne se limitait pas à la seule forteresse imposante de son centre, où la Matriarche et son écuyère prévoyaient d'atterrir, mais s'étendait en cercles concentriques, se divisait en quartiers asymétriques, se multipliait en échoppes, granges, habitations jusqu'aux remparts titanesques qui l'embrassaient de toutes parts.

Elles mirent pied à terre sur deux poutres parallèles et, laissant leurs dragons trouver le chemin de leurs propres quartiers, pénétrèrent dans la vaste sellerie sous les combles. Une écuyère les y attendait. Drapée dans une cape cirée émeraude, nonchalamment appuyée contre une table de travail, les cheveux courts et le front haut, elle semblait s'amuser d'une plaisanterie qu'elle seule comprenait. Les novices qui s'activaient, les joues rouges, autour d'elle, lui lançaient des regards admirateurs.

« Matriarche ! »

Elle s'avança à la rencontre d'Éliane.

« Je vous prie de pardonner l'absence de ma Maîtresse à votre arrivée, une avarie imprévue accapare son attention depuis ce matin. Je suis Brigandine, son écuyère et son bras droit en toutes choses. J'espère que vous avez fait bon voyage ? Nous ne vous attendions pas avant plusieurs jours.

– Des affaires urgentes nous ont menées à presser le pas. Où se trouve Rivkah ? »

Brigandine ne sembla pas se formaliser des âpres intonations d'Éliane.

« Si vous voulez bien me suivre, je vais vous montrer votre chambre pour la durée de votre séjour et je vous conduirai ensuite jusqu'à elle. »

La Matriarche et l'écuyère d'Ousterre marchaient d'un pas également vif et Sophie dut trottiner sans trêve à leur suite pour ne pas les perdre à travers le dédale de couloirs de la citadelle. Ousterre était construite en un assemblage hétéroclite de pièces anciennes, d'agrandissements tardifs, de percées audacieuses, de balcons superposés ; comme si l'on n'avait su ni contenir les épanchements architecturaux d'une bâtisseuse excentrique ni prévoir les variations subites de population. Brigandine les guida de cloître en mezzanine, de passage à claire-voie en galerie suspendue. Elles descendirent ainsi les étages de la grande tour, non pas par un escalier central comme celui de Nordeau, mais en suivant sur tout son pourtour une série d'extensions vertigineuses qui les menèrent jusqu'au rez-de-chaussée. À l'odeur, Sophie déduisit qu'elles passèrent sur leur chemin les cuisines et, juste après, les bains, avant de déboucher sur une large coursive qu'arpentaient une foule de cavalières. Une cacophonie sauvage emplissait toute la salle. Jamais l'écuyère n'avait-elle vu un tel cortège. En tenue de travail ou de combat, d'entraînement ou de repos, certaines même sans leur manteau-tissé, les cavalières se croisaient, se bousculaient, s'interpellaient. Quelques-unes se réunissaient en petit groupe autour d'une missive secrète, avant de partir ensemble pour une patrouille mystérieuse, d'autres relevaient des ordres dans des casiers percés dans le mur ou, à l'inverse, y déposaient des rapports de mission. Toutes saluèrent Brigandine et Éliane à leur passage, sans que, pour autant, l'une d'elles ne s'inclinât. L'écuyère ne parut pas en prendre ombrage, mais Sophie vit la mâchoire d'Éliane se crisper et son cou se contracter. Chez elles, aucune cavalière ne se serait risquée à manquer ainsi de respect à sa Matriarche. Peut-être Brigandine s'en aperçut, ou bien pressentit-elle le soudain agacement de son hôte, car elle tourna vers Éliane un visage avenant.

« J'ai bien peur que nous ne soyons beaucoup moins à cheval sur les traditions que nos consœurs du Nord et du Sud. N'y voyez aucune insulte, Matriarche, il n'est simplement pas dans nos mœurs que de baisser la tête face à nos égales. »

Sophie contint difficilement l'exclamation de surprise qui vint buter contre son palais. Ignorant l'aigreur de la Matriarche, Brigandine poursuivit :

« Après tout, nous sommes toutes sorties identiques de sous les frondaisons de la forêt des âmes. »

Cette fois-ci, Éliane ne parvint pas à ravaler sa colère. Sa voix claqua sèchement entre les fenêtres du passage vitré qu'elles arpentaient.

« Je vois qu'ici rien n'a changé. Les abandons de poste et les propos hérétiques prospèrent comme toujours. À quoi d'autre dois-je m'attendre ? Des Aînées combattantes ? Des novices Matriarches ? Des hommes parmi les cavalières ?

– Rien de tout cela. Si nous ne sommes pas de grandes connaisseuses de la *Voix de la Forêt*, nous restons de ferventes servantes de la Dame. Je ne pense pas qu'elle soit mécontente de nos offrandes, même si nous ne nous prosternons pas devant elle avec autant d'ardeur que Soufeu. »

À la mention de la citadelle de son ennemie de toujours, le visage d'Éliane se crispa en un abominable rictus et Sophie ne put retenir son mouvement de recul. Même le fantôme d'Acquilon, dont elle était la seule à percevoir la présence, s'offusqua à ses côtés. Les deux cavalières ne lui adressèrent aucun regard.

« La Dame soit louée, je n'appartiens ni à l'une ni à l'autre. »

Brigandine ne releva pas la provocation. Elle s'arrêta devant une petite porte de bois clair et frappa d'un coup sec. Une réponse étouffée leur parvint de derrière le battant.

« C'est ici que je vous laisse, Matriarche. Bien que nos visions de l'ordre diffèrent, je vous souhaite un agréable séjour en notre citadelle. »

Elle s'inclina avec trop d'obséquiosité pour qu'on y décèle la moindre authenticité et ouvrit la porte à Éliane. La Matriarche disparut à l'intérieur, sans un regard pour leur guide, sans un instant d'attention pour son écuyère désœuvrée. La porte claqua au nez rieur de Brigandine.

« Ne deviez-vous pas nous montrer notre chambre ? »

L'écuyère d'Ousterre, qui ne dissimulait plus son amusement, se tourna avec un sursaut vers la jeune femme dans son dos.

« Quoi ?

– Notre chambre, reprit Sophie. Vous deviez nous y emmener, et ensuite guider ma Maîtresse jusqu'à votre Matriarche. »

Avec un soupir, Brigandine se détendit.

« C'est vrai. Je suppose que je voulais me débarrasser de ta Matriarche le plus vite possible. »

Pendant un instant, le rire et la colère se disputèrent le visage de Sophie. Un tremblement passager agita sa lèvre inférieure, ses sourcils hésitèrent entre deux directions. Puis le rire l'emporta. Avec un grand sourire, l'écuyère lui fit signe de la suivre.

« Sois sans crainte, ce n'est pas la première fois que je rencontre Éliane et ce n'est pas la première fois que nos visions de l'ordre s'affrontent. Je sais que ses paroles dépassent souvent sa pensée, surtout lorsque le voyage a été long. »

Elles traversèrent une première cour pavée et cerclée de hauts murs jaunes, puis une deuxième à l'enceinte plus basse et débouchèrent enfin dans les rues en pentes de la citadelle. Depuis la forteresse originelle, bâtie sur un piton rocheux solitaire, Ousterre laissait cascader jusqu'à la plaine ses venelles, ses maisons, ses boutiques. Les deux écuyères ne quittèrent pas l'ombre de la tour principale et pourtant jamais Sophie n'avait-elle vu autant de monde. Le millier de cavalières de Nordeau semblait une poignée de vent face à la foule bigarrée habitant Ousterre. On se pressait dans les rues, le long des trottoirs, entre les charrettes à bras et les haquets débordant de tonneaux. Flopées de manteaux-tissés, kyrielles de femmes empressées, ribambelles de travailleuses allaient et venaient en tous sens entre les remparts de la citadelle. Des marchandes s'apostrophaient d'une échoppe à l'autre ; des écuyères en cape cirée fauve se poursuivaient en riant, se cachaient derrière les brouettes de fumier. Elles manquèrent de bousculer la procession d'Aînées remontant vers le temple et furent vertement réprimandées. Sophie n'osa pas lâcher Brigandine d'une semelle, de peur d'être happée par la foule des cavalières de l'Ouest et engloutie par leur cité.

L'écuyère d'Ousterre leur fraya un chemin jusqu'aux cahutes en équilibre précaire, qui constituaient tant bien que mal les logements des invitées de passage. À l'intérieur, les cellules semblaient suivre cette logique matérielle propre à Ousterre.

« Voilà, déclara Brigandine en ouvrant la porte de l'une d'elles, les bains des invités sont au bout du couloir, trois étages plus bas, le réfectoire commun au-dessus de la salle des missives que nous avons traversée tout à l'heure. Si tu te perds, n'hésite pas à demander ton chemin à n'importe laquelle de nos cavalières, elles seront ravies de t'aider. »

Sophie inspecta le mobilier simple et brut de la pièce, si proche de celui qu'elle possédait à Nordeau, et se sentit immédiatement plus à l'aise.

« Ma Maîtresse va râler en voyant la taille de la chambre, mais personnellement je suis plus que satisfaite.

– Tant mieux ! De toute façon, en moyenne, nous n'avons pas de pièces plus grandes que cela. Mes propres quartiers sont plutôt réduits. Ainsi que ceux de Rivkah. Le manque de place est un problème constant lorsque l'on doit nourrir et loger plusieurs milliers de cavalières. Bien que, je suppose, ce soit le cas dans toutes les citadelles. »

Sophie refusa de penser aux appartements de la Matriarche à Nordeau et à l'étage entier qu'ils occupaient. Elle leva la tête vers Brigandine.

« Merci beaucoup. Je n'aurais jamais trouvé toute seule. »

L'écuyère lui sourit chaleureusement.

« Ne t'inquiète pas, parfois, je me perds encore moi aussi. »

Avec un léger salut, Brigandine tourna les talons. Sophie allait refermer la porte quand elle revint brusquement sur ses pas.

« Oh, juste au cas où ta Matriarche serait trop occupée dans les jours à venir, je pourrais te faire visiter le reste de la citadelle et même un peu de nos terres, si tu le souhaites. »

L'écuyère écarquilla les yeux, plaisamment surprise, et ne trouvant pas les mots, se contenta de hocher vigoureusement le menton. Brigandine sourit à nouveau.

« Parfait. À très vite alors. »

Dès que l'écho de ses pas dans les escaliers grinçants se fut tu, Acquilon apparut brusquement. Sophie sentait la Matriarche décédée bouillir à l'arrière de son esprit depuis qu'elle avait mis pied à terre au sommet de la citadelle ; elle étouffa un soupir lorsque le fantôme souleva un nuage de poussière en se manifestant au milieu de la pièce.

« Eh bien. On peut dire que Rivkah s'est trouvé une héritière à la hauteur de son incompétence. Méfie-toi bien de ces cavalières de l'Ouest, jeune pousse, elles ne feront que nous mettre des bâtons dans les roues, volontairement ou non. »

Sans prendre la peine de répondre, Sophie vida le contenu de son sac de voyage sur l'un des deux lits. Lorsque l'ancienne Matriarche se lançait dans l'une de ses interminables leçons sur l'importance de Baldré, la sacralité de la quête pour Lunde, les menaces qui se pressaient de toutes parts dans l'ombre, on ne pouvait la faire dévier de son but. Sophie la laissa à sa logorrhée liturgique. Pèn lui manquait, Frêne lui manquait et les incessants rappels de son devoir sacré ne suffisaient plus à susciter l'enthousiasme des premières années de recherche. Elle aurait voulu qu'Éliane la garde à son côté. Qu'elle lui explique les raisons de leur présence si importante à Ousterre, voire qu'elle lui confie quelques responsabilités secondaires. Tout sauf être mise à l'écart de la sorte, comme une charge trop encombrante que l'on ne souhaite pas revoir avant sa majorité. Ses maigres possessions rangées dans l'unique placard de la cellule, les précieux livres d'histoire d'Acquilon dissimulés, avec Baldré, sous son matelas, elle se glissa entre les draps et sombra immédiatement dans un sommeil profond.

Éliane ne revint que tard dans la nuit et disparut avant le lever du soleil. Il en fut ainsi les deux jours suivants.

Le troisième jour, Brigandine vint chercher Sophie. Éliane était aux côtés de Rivkah depuis l'aube et avait laissé, une fois encore, son écuyère désœuvrée en arrière.

« Je pars à l'instant inspecter nos champs au Sud et peut-être pousser jusqu'aux ateliers de Lebâs avant la nuit. J'ai pensé que tu pourrais m'accompagner ? Tant que les Matriarches sont en concile, tu es libre comme l'air et peut-être à la recherche d'un peu de compagnie ? »

Sophie resta interdite. Brigandine se tenait nonchalamment appuyée dans l'encadrure de la porte, portant ce qui faisait office à Nordeau de tenue d'apparat : tunique brodée de serpents, culottes de cuir rouge, bottes cirées de frais et cape rejetée sur l'épaule gauche. Elle souriait de toutes ses dents.

« Je devrais rester ici pour aider ma Maîtresse quand elle reviendra. »

L'écuyère secoua la tête.

« Baliverne. Leur réunion va s'éterniser, il vaut mieux profiter de la journée. »

Elle lança sa cape à Sophie.

« Emmitoufle-toi et rejoins-moi dans la cour. »

Avec un dernier clin d'œil, elle disparut dans le couloir. Sophie sourit. Elle avait eu l'intention d'avancer dans les lectures prescrites par Acquilon, mais l'énergie déployée de si bon matin par l'Intendante d'Ousterre était communicative. Après avoir griffonné une note à l'intention d'Éliane, l'écuyère enfila veste et tunique. Elle ceignit Baldré à sa taille, le dissimula sous sa cape et tomba nez à nez avec la silhouette oscillante d'Acquilon.

« Tu ne comptes pas la suivre tout de même ? »

Sophie haussa les épaules.

« Elle a raison, je ne vais pas me morfondre ici toute la journée en attendant Éliane.

– Et les livres que nous t'avons confiés ? Et Lunde de tous oubliée ? Comptes-tu abandonner souvent ta quête de cette façon ?

– Si vous n'y avez rien trouvé après toutes ces années, je doute que ma relecture nous ouvre de soudaines et brillantes perspectives. Et puisque vous refusez de me révéler l'identité de votre source mystérieuse… Je lirai tout ça ce soir.

– Tu n'es pas prête.

– Alors la question est réglée.

– Je souhaite seulement te préparer au mieux.

– Et moi je suis en retard. »

Elle offrit un sourire d'excuse à la Matriarche excédée et se hâta de rejoindre Brigandine.

Le vent du Nord s'engouffrait entre les murs de la citadelle et dévalait les ruelles au galop, fouettant leurs visages engourdis, tandis qu'elles gravissaient la pente qui menait aux dragons. À ses atours festifs, Brigandine avait ajouté une épaisse pèlerine de plumes dont les manches et le col rehaussés de fil d'argent scintillaient au soleil.

« Les terres que nous possédons s'étendent sur plusieurs centaines d'hectares autour de la citadelle, expliquait l'écuyère, la main levée devant ses yeux pour les protéger de la poussière. Le tout est découpé en parcelles qui sont confiées à nos cavalières agricoles. Mon travail consiste, entre autres, à faire le lien entre elles et Ousterre.

– Seules les cavalières s'occupent des champs ? »

Brigandine eut un sourire contrit.

« Hum. La tradition le voudrait, oui. Que nous assurions notre propre subsistance sans assistance extérieure. »

Elles atteignirent les portes de la volière et passèrent de la morsure cruelle du vent à la chaleur des dragons.

« Mais soyons honnêtes, l'étendue de nos terrains est telle que nous avons toujours besoin de main-d'œuvre quand viennent les moissons. On ne peut pas être le grenier à blé de tout le Royaume et fonctionner en totale autarcie. Alors, chaque année, nous embauchons des travailleurs saisonniers. »

La sellerie était occupée par un groupe de novices attelées à ravauder sangles, selles et harnais. Elles saluèrent Brigandine, le rouge aux joues, et leur apportèrent leurs équipements respectifs. Des murmures excités accompagnèrent leur sortie. Sophie adressa un regard étonné à l'autre écuyère qui se contenta de hausser les épaules avec un léger sourire :

« Que veux-tu, je suis une célébrité. »

Elles se séparèrent devant la stalle de Joran, après un regard étonné de Brigandine pour ses plumes et ses écailles d'argent. Le dragon pressa avec enthousiasme son bec tiède dans le cou de Sophie et elle se laissa submerger par la chaleur de son souffle. Sous ses doigts, les plumes et les écailles pulsaient. Leurs respirations s'accordèrent et elle sentit son envie d'enfin se dégourdir les ailes. Elle laça les courroies, régla les sangles, adapta les longes, ses mains exécutant d'elles-mêmes les mouvements coutumiers tandis qu'elle racontait à Joran ses premières impressions d'Ousterre. Elle évoqua le terrible vent du Nord qui n'en finissait plus de polir les murs de la ville de sa colère, les ruelles étroites pavées de galets arrachés au fleuve, la taille réduite des cellules, si familières. Elle lui parla aussi de Brigandine, de ses cheveux courts et de l'émeraude de sa cape-cirée.

Ils retrouvèrent l'écuyère d'Ousterre et son dragon perchés sur une des poutres d'envol. Le vent s'attaquait à sa pèlerine, agitant rageusement ses bordures scintillantes.

« Prenez garde au manque d'altitude, les prévint-elle, vous ne pourrez pas vous jeter d'ici et espérer décoller avant de vous écraser au sol, comme on le fait à Nordeau. Appuyez-vous plutôt sur la tempête qui nous fait l'honneur de souffler aujourd'hui, elle saura s'occuper de vous. »

Sur ces mots, Brigandine se hissa en selle et sa monture étendit ses ailes. Sophie s'attendait à ce que résonne le bourdonnement familier des rémiges chahutées par le vent, mais Ousterre lui réservait encore quelques surprises. Ce ne fut pas le simple chuintement des rafales agitant les plumes qui s'éleva dans le tranquille matin de l'ouest. Ce ne fut pas le crissement des alulas les unes contre les autres, ni la plainte poussive des ailes de Psafo, quand Pènderyn décidait d'agacer les Aînées. Ce ne fut aucun des frémissements habituels, aucun des murmures de dragon qu'elle connaissait si bien. Le chant des rectrices du dragon de Brigandine ne ressemblait à aucun autre. Il laissa le vent s'engouffrer sous son corps, se ramassa sur ses postérieurs, agita ses grandes ailes, lentement d'abord puis de plus en plus vite jusqu'à ce qu'il bascule en avant et prenne son essor. Bouche bée, Sophie le regarda s'envoler toujours plus haut, décrivant de larges cercles au-dessus d'Ousterre, ses plumes jouant encore la chanson que leur soufflait le vent du Nord. Elle sentit Joran s'impatienter à ses côtés. Ils n'avaient pas eu l'occasion de voler ensemble depuis leur arrivée, mais les poutres d'envol si particulières de la citadelle de l'Ouest n'avaient aucun secret pour le dragon. Il les avait déjà maintes fois empruntées lorsqu'Acquilon chevauchait son dos. Sophie se mit en selle sans tarder et ils s'élancèrent dans le ciel à leur tour. Le vent déchaîné lui mordit les joues. Ses cheveux échappèrent à leur lacet et s'enroulèrent autour de son cou. Sous la panse de Joran, le monde chavirait sans retenue. Les champs pliaient dans un sens puis dans l'autre sous les assauts de la tempête, les arbres se gondolaient autour de leurs troncs, les buissons s'aplatissaient au sol. Un sifflement perçant précédait les bourrasques, suivi d'une onde immense parcourant l'horizon, soulevant les robes, la poussière et les feuilles.

« Il n'y a rien que le ciel au-dessus de notre ville. »

Brigandine planait non loin d'elle, son dragon glissant sans effort sur les remous aériens.

« Ni jalouses montagnes ou colériques volcans, ni plateau ancestral ou palais désœuvré. Juste les nuages et le vent, la voûte céleste sans fin ni commencement. Rien ne domine notre cité, que la Dame ! »

L'écuyère lui fit faire le tour d'Ousterre, afin qu'elle puisse admirer les murs de pierre d'or sous toutes leurs coutures, avant de poursuivre leur escapade. Elles s'éloignèrent rapidement de la citadelle, portées par le souffle infatigable qui balayait les champs. Le riz, le blé et le manioc défilèrent sous elles, parfois interrompus par une pâture de chèvres ou de nandous, parfois par des bosquets sacrés entourés de fils colorés et de tapis de prière. Brigandine guida son hôte sur les côtes méridionales de ses terres, s'arrêtant régulièrement dans des avant-postes fermiers. Elle y faisait le point avec des cavalières qui semblèrent à Sophie plus des paysannes que des combattantes, jusqu'à ce qu'elle les voie soulever, à la seule force de leurs bras, des cargaisons entières de grains et de semences. Elles voyagèrent ainsi, de granges en métairies, de greniers en étables. Le soleil avait depuis longtemps abandonné son zénith lorsqu'enfin elles atteignirent la ville de Lebâs. Brigandine les fit atterrir à distance des habitations, au sommet d'une petite tour excentrée et qui n'abritait qu'un escalier en colimaçon permettant d'accéder au toit.

« J'espère que tu aimes le tissage et les tissus, car c'est à peu près tout ce que produit Lebâs. Mais ce qu'élaborent ces femmes… On ne trouve nulle part ailleurs des étoffes de cette qualité. »

Elles passèrent par l'unique porte ouverte dans le rempart, sous le regard amical des deux cavalières postées là en gardes champêtres. Après l'agitation et le capharnaüm d'Ousterre, le calme de Lebâs en faisait presque une ville fantôme. Pourtant, ses habitants étaient bien présents, allant et venant d'une maison à une autre, le dos et la tête chargés de ballots de laine, de fibres et de fils. Brigandine se mêla à eux avec aisance, salua quelques connaissances, se mit à jour des commérages. On lui offrit plusieurs tasses de thé et des bols de riz recouvert de sauce à déguster du bout des doigts. Même sans le risque de la perdre dans la foule, Sophie préférait s'accrocher à l'autre écuyère, rester dissimulée dans son ombre, les pans de sa cape cendrée sagement refermés sur Baldré.

« Regarde la simplicité de ce métier à tisser. »

Brigandine lui désignait l'outil de travail d'une vieille femme ridée comme une figue, qui, tout en se donnant entièrement à son ouvrage, discutait aussi à bâtons rompus avec sa voisine.

« On oublie souvent que le talent de l'artisane n'a que peu à voir avec la complexité du support. Tu sais, les ouvrières de Lebâs fabriquent à elles seules presque tous les napperons sacrés des temples du Royaume ! »

L'enthousiasme de Brigandine était communicatif et Sophie écouta avidement tout ce qu'elle lui racontait. Mais rien ne parvenait à éclipser la profonde gêne qu'elle ressentait à la vue des salles de travail ouvertes à tous les vents, des grandes trouées pratiquées dans les murs pour mieux permettre à n'importe qui de passer la tête à l'intérieur. Chaque maison semblait construite sur un identique et incongru atelier.

« Ne seraient-elles pas mieux installées derrière des cloisons ? finit-elle par demander. À l'abri des regards et des curieux ? »

Brigandine secoua la tête.

« Loin de là. Seules les cavalières tissent en cachette, mais les artisanes, elles, créent à la vue de tous. Comment, sinon, resteraient-elles la part centrale de la vie du village ? »

Sophie acquiesça en silence. Ces quelques journées de séjour à Ousterre lui avaient appris que tout ici différait de Nordeau et qu'il valait mieux ne rien en dire à Éliane, sous peine de la voir se lancer dans de longues dissertations furibondes sur les errances idéologiques de leurs collègues occidentales. Sophie elle-même se laissait guider au milieu de ces altérations avec une certaine appréhension. Les cavalières d'Ousterre suivaient leur propre voie de la forêt, pratiquaient leur propre chant de branche et de racine ; une voie, un chant, où chacune avait sa place aux côtés de ses semblables et non pas sous la tutelle de certaines et ordonnant à d'autres, comme l'enseignaient les Aînées de Nordeau. Sophie en ressentait un léger malaise, incapable qu'elle était de comprendre pourquoi Brigandine cherchait à lui désigner expressément du doigt l'étendue des variations entre le Nord et l'Ouest. Car ce petit détour impromptu par Lebâs n'était pas le fruit du hasard. Une leçon sous-tendait les agissements de l'écuyère, un message, une intention qu'elle ne comptait pas dévoiler. Les habitants de Lebâs échangeaient avec Brigandine comme avec leur égale. Elle négociait le prix des étoffes qui l'intéressaient, riait à gorge déployée des facéties des vieillardes venues lui vendre des galettes de pain. Elle acheta contre plusieurs bracelets de monnaie cuivrée une superbe pièce de tissu, longue de plus de deux mètres, dont les motifs imbriqués de saule et de serpent n'étaient pas sans rappeler ceux de sa tunique ouvragée. Elle s'adressait à chacun avec un respect proche de celui qu'elle accordait aux cavalières de sa citadelle et, en retour, la distance qui séparait habituellement les Cavalières du reste du Royaume semblait presque s'effacer. Même les tanneurs et les bouchers, que Sophie n'avait jamais ni côtoyés ni même aperçus aux abords de Nordeau, interpellaient l'écuyère d'Ousterre avec un flegme familier. Que voulait lui montrer l'écuyère ? Souligner la supériorité d'une citadelle sur l'autre ? Faire l'apologie des méthodes d'Ousterre ? Démontrer l'existence d'une autre voie au service de la Dame ? Sophie avait été heureuse de quitter la solitude de sa cellule d'invitée pour découvrir les infinies étendues de champs et de fermes de l'Ouest. Et encore plus de passer du temps en tête-à-tête avec Brigandine, tellement plus assurée, plus remarquable que l'écuyère aux vêtements de cendre, collée à son ombre. Qu'une telle personne lui accorde plus d'attention qu'Éliane, sa propre Maîtresse, diffusait à la fois une rassurante tiédeur au creux de sa poitrine et une amertume délétère sur la pointe de sa langue. Ses réflexions durent cependant s'arrêter là. Une cavalière échevelée, le visage rougi par sa course, remontait la rue au pas de charge.

« Brigandine ! »

L'écuyère se détourna de ses emplettes avec une moue mal dissimulée.

« Soraya. Qu'est-ce qui t'amène jusqu'à nous en cette belle après-midi ?

– La Maîtresse-Matriarche Éliane.

– Ah. »

Une amertume commune colora les visages de Sophie et Brigandine.

« Et que nous veut-elle ? »

Soraya resta un instant les mains appuyées sur les genoux pour retrouver son souffle, avant de pouvoir répondre.

« Elle souhaite se joindre à l'office du soir de la Ferté-Pluvieuse. Et requiert la présence de son écuyère. »

Estomaquée, Sophie ne put qu'entrouvrir la bouche de stupeur. Éliane l'avait oubliée depuis leur arrivée à Ousterre, préférant être seule pour son survol de la frontière, son inspection des avant-postes. L'écuyère de cendre s'était habituée sans trop de difficulté à ne plus subir incessamment l'ire et les reproches de sa Maîtresse. Brigandine posa une main réconfortante sur son coude.

« J'ai peur qu'il nous faille rentrer. Ne t'inquiète pas, en coupant directement jusqu'à la Ferté nous arriverons à temps pour le service nocturne et elle n'aura rien à redire si elle apprend que tu étais avec moi. »

Sophie doutait qu'Éliane voie les choses de cette façon, mais elle choisit de croire ces paroles chaleureuses. Cette dernière drapa sa nouvelle acquisition autour de ses épaules, tel un voile supplémentaire, et elles reprirent le chemin de l'avant-poste où les attendaient leurs dragons. Sans les arrêts réguliers aux fermes de la citadelle et avec l'ombre de la colère d'Éliane à l'horizon, le voyage de retour parut bien trop court à Sophie. Le vent du Nord n'avait pas cessé de souffler. Les violentes claques qu'il assenait aux écuyères sur le départ faisaient larmoyer à la fois Joran et sa cavalière, plus habitués aux ondées soudaines de la montagne qu'à ces cruelles et cinglantes bourrasques.

Les deux jeunes femmes remontèrent vers la Ferté-Pluvieuse par le chemin le plus rapide, forçant leurs dragons à quitter les confortables courants aériens pour avancer à la force de leurs plumes. Entre ses jambes glissées juste à la naissance des ailes, Sophie sentait les muscles de Joran se contracter violemment sous l'effort, tandis qu'ils passaient à l'ouest d'Ousterre, la citadelle à peine plus que la silhouette dorée de ses tours dans la lumière déclinante du soleil. Bien trop vite, cependant, elle disparut derrière la courbe du lointain, laissant place à toujours plus de champs et de pâturages, où se pressaient encore des travailleuses infatigables et, enfin, aux vallons arborés de la Ferté-Pluvieuse.

« Voilà qui marque la fin de nos terres ! hurla Brigandine par-dessus le fracas du vent. Nous survolons désormais les Marches du Nord, la Ferté n'est plus très loin ! »

Sophie n'avait jamais vu du plus sacré des temples de la Dame qu'un dessin grossier dans l'un des livres de la cavalière-archiviste, rien qui ne l'ait préparée à la vue s'offrant soudain à elle.

Les symétriques tours d'argent de la Ferté surgirent de la forêt, suivies de près par la butte rocheuse depuis laquelle elle surplombait l'abîme du Ravin et que dévalaient les trois jardins des pèlerins. Une foule bigarrée se pressait déjà au pied de la colline, mélange hétérogène de manteaux-tissés de cavalières, des voiles verts et bruns des dévots et du blanc immaculé des jeunes prêtresses en uniforme. Sophie crut y voir l'éclat bleu et or du manteau d'Éliane, mais déjà la foule s'ébranlait et l'étincelle colorée disparut. Un peu à l'écart se dressait une fine tour de brique rouge, où les cavalières prenaient leur envol ou mettaient pied à terre. Sophie et Brigandine atterrirent précipitamment, laissèrent leurs dragons se dénicher un meilleur perchoir et dévalèrent les escaliers quatre à quatre. Elles s'élancèrent ensuite le long du chemin pavé qui s'entortillait tout autour de la butte, dépassèrent des pèlerins retardataires et un petit groupe de novices soutenant une ancienne ratatinée sous ses voiles. Le long défilé des pieux et des cavalières avait ralenti aux abords du premier jardin. Le tortueux tunnel de glycines accueillait patiemment, au sein de sa pénombre odorante, le cortège de croyants et de religieuses, tout auréolé d'un millier d'abeilles bourdonnantes, si dense et si touffu que la lumière du soir peinait à pénétrer sous les épais pétales.

« Nous voilà au cœur du Jardin-premier, souffla Brigandine à l'oreille de Sophie. Il protège les ruches royales depuis la fin de la dynastie des Tanacras. »

Sophie acquiesça sans un mot. Les marques jumelles d'abeille sur son avant-bras, miroir en tout point des petites travailleuses s'affairant parmi les glycines, pulsa sourdement sous sa chemise et, une fois de plus, elle referma avec soin les pans de sa cape sur Baldré.

De l'autre côté du tunnel fleuri, là où le chemin s'évasait jusqu'à former une petite place, la foule s'était arrêtée. Sophie se tordit le cou afin d'apercevoir, entre les innombrables silhouettes, la mise altière d'Éliane. Elle la trouva en tête de colonne, plongée dans une âpre discussion avec ses voisines, aucunement inquiétée par l'absence de son écuyère. Sophie se mordit les lèvres de dépit. Comme toujours, la Matriarche du Nord distribuait des ordres à tout son entourage et passait ensuite à des problématiques plus urgentes sans davantage se soucier d'eux. L'écuyère serra les poings pour étouffer le tremblement qui agitait ses mains. Elle fut tentée, un instant, de faire demi-tour. De rejoindre Joran au sommet de la tour de brique rouge, de faire route jusqu'à Nordeau, jusqu'à la bicoque de Frêne adossée à la montagne, jusqu'aux tasses de thé chaud et aux biscuits rassis qu'elle serait sûre d'y trouver. Puis son regard porta au-delà de sa Maîtresse, au-delà de la foule, au-delà du chemin, pour découvrir le bosquet de pins bleus. Sa colère l'abandonna d'un seul coup. Comme dans ses rêves, les troncs s'élançaient droit vers le ciel sans dévier de leur course. Comme dans son rêve, les cimes s'agitaient sous une brise qui n'existait que pour elles. Comme dans son rêve, la mousse et les fleurs s'étalaient en flaques violettes et délicates entre les racines millénaires. De nouveau, les marques d'abeille se rappelèrent à elle. La forêt des Lymphes où elle avait reçu les conseils d'O3livia poussait-elle donc ici, à flanc de butte, au pied de la Ferté-Pluvieuse et au-dessus du Ravin ? Le regard réprobateur d'Éliane la ramena au moment présent. Sa grimace courroucée laissait deviner les remontrances qu'elle réservait à son écuyère. Sophie retint tant bien que mal sa propre frustration de colorer son visage, aidée en cela par l'excitation mal contenue d'Acquilon toujours présente dans un coin de son esprit.

La procession s'ébranla et Sophie perdit Éliane de vue. La longue file de cavalières suivit le sentier à flanc de colline, gravissant lentement la première volée de marches au son des cloches et des incantations, avant de gagner le couvert des pins bleus. Les houppiers d'épines balançaient dans l'air du soir leur riche parfum de sève. Une à une, comme une onde les parcourant, les marcheuses rabattirent leurs manteaux-tissés autour d'elles, tandis qu'elles passaient dans l'ombre des arbres.

Sophie frissonne. Sous les frondaisons, la douceur printanière de la fin de journée se transforme en humidité insidieuse, le tintinnabulement des cloches consacrées et les graves syllabes des prières étouffent sous les aiguilles. De temps à autre, une lourde larme ambrée s'abîme depuis les cimes. L'écuyère risque un coup d'œil vers les branches et Brigandine se saisit alors de sa main.

« Reste à l'abri. La sève des pins bleus apporte souffrance et agonie à celle qui la laisse toucher sa peau. »

Tout autour d'elles, les arbres pleurent leur sève d'or. Ils en imprègnent les troncs, le sol moussu et les manteaux des cavalières. Alors qu'elles ne font que glisser le long de la cape cirée de Sophie, les larmes de la forêt sont rapidement absorbées par les motifs de laine tissée.

« N'est-ce pas dangereux ? Tu dis que la sève est toxique. »

Brigandine secoue la tête.

« Au contraire. Chaque nouvelle cavalière se doit de traverser les bois indigos vêtue de son manteau-tissé, la laine n'en sera ainsi que plus résistante et nombre de blessures seront détournées. Revenir régulièrement ne fait qu'en renforcer les propriétés. D'ailleurs… »

Sophie n'écoute plus que d'une oreille les explications de l'écuyère. Sa seule et unique visite de la Forêt des Lymphes remonte à plusieurs années, quand Joran est devenu son dragon. Depuis, elle n'a qu'entraperçu les grands pins impérieux et Olivia la chercheuse, sans jamais réussir à les rejoindre. Pourtant, bien que cette forêt-ci soit le fruit d'un labeur humain, que ces arbres peinent à s'élever au-dessus du sol et que leurs épines ne se parent que de timides reflets bleutés, les mêmes violettes entourent les troncs, le même parfum entêtant sature les narines des marcheuses, le même demi-jour crépusculaire fait scintiller la sève et l'écorce. À leur échelle, les pins de la Ferté-Pluvieuse reproduisent leur propre instant d'infini sur les pentes du temple de la Dame.

« J'ai déjà vu ces arbres. »

Brigandine s'interrompt.

« Voilà qui m'étonnerait grandement. À travers tout Sarda il ne reste plus que ce bois-ci et un petit bosquet dans les jardins de la capitale. »

Sophie s'obstine

« Pourtant je connais ces pins. J'ai marché sous leur ramage, parcouru leur écorce des doigts. »

La main de Brigandine se resserre brusquement autour de la sienne.

« Tu veux dire que… »

La procession s'arracha au couvert des pins bleus, émergea sous le ciel pastel de l'aube vernale. Leur traversée des bois n'avait pas pu durer plus de quelques minutes, pourtant déjà le soleil se hissait de nouveau de derrière l'horizon et les mauves drapés du soir aux surpiqûres scintillantes glissaient lentement de la voûte céleste. Le chemin de prière émergeait de l'obscurité, la foule de piété se précisait et se détaillait et sous les premiers feux du jour, la Ferté-Pluvieuse apparut aux pèlerins. Sans égal par sa hauteur immense, sans rival par ses vitraux colorés, le grand temple de la Dame ne dissimulait pourtant ni sa fatigue ni ses ans, et ses dix siècles d'existence s'étalaient à la vue de tous. Gouttières brisées, tuiles arrachées, festons rognés par le temps, rien n'avait été épargné à la façade millénaire. Seules rescapées des tourments de leur ère, les fenêtres de verres cascadaient en tessons arc-en-ciel, rebondissaient entre les tours et le faîte du toit, illuminaient sans honte la pierre érodée des murs. L'impatience gagna Sophie. Dans sa hâte de découvrir les secrets du temple, elle accéléra le pas, ignorant totalement le Jardin-tierce et ses pierres dressées, gravées des héros d'autrefois. Le visage tendu vers le tympan usé, elle dut être retenue par Brigandine pour ne pas piétiner ses voisins.

La procession se divisa devant les portes de la Ferté. Les hommes et les profanes se tinrent en retrait tandis que les cavalières pénétraient dans les lieux sans un regard en arrière pour les pèlerins qui les avaient accompagnées. L'intérieur du temple n'avait pas subi le même traitement que les murs extérieurs. Les fines tapisseries ornant les murs, les bancs de bois précieux longeant les corridors, les grasses bougies de cire vissées aux chandeliers, tout l'ameublement de la Ferté-Pluvieuse respirait l'abondance, suintait l'opulence et la prospérité. De nombreuses dames et seigneurs avaient délié leurs bourses et fait tinter le cuivre, le jade et le tael pour assurer la sauvegarde de leurs âmes ou faciliter une quelconque entreprise. Partout où Sophie posait les yeux, les flammes des lampes à huile se reflétaient sur l'argent et sur l'or, soulignaient les dorures des poignées, des plafonds, des murs et des fenêtres.

On guida les nouvelles arrivantes jusqu'aux portes de la salle des prières, on les délesta de leurs armes et de leurs chaussures. Elles furent en revanche autorisées à conserver leurs manteaux-tissés qu'elles remontèrent par-dessus leurs cheveux. Sophie rabattit la capuche de sa cape cirée sur sa tête. La pièce où on les introduisit ensuite était comme un reflet de la salle des prières de Nordeau. De nombreux vitraux ouvraient des percées colorées dans les murs Est et Ouest, tandis qu'au Nord se dressait l'estrade d'où les Aînées dirigeraient l'office. Drapées dans des manteaux blancs immaculés, les anciennes prenaient déjà leurs places. Suivant Brigandine de près, Sophie s'avança sur les épais tapis qui recouvraient le sol, leurs fibres luxueuses chatouillant la plante nue de ses pieds. Tout comme les lieux étaient identiques, le rituel restait le même et l'écuyère retrouva bien vite les réflexes quotidiens des prières à Nordeau. Elle purifia ses mains, ses bras et son visage dans la fumée d'encens des braseros, s'inclina par trois fois face aux Aînées de la Ferté puis trouva sa place et s'agenouilla en silence. Les dernières retardataires s'installèrent à la hâte. Les portes se refermèrent avec un claquement définitif, le silence se fit, une Aînée se leva et l'office commença.

Les voix éraillées des anciennes de la Ferté-Pluvieuse s'élevaient en un âpre et rauque concert sous les hautes arcades du temple. La rangée de silhouettes encapuchonnées oscillait au rythme de leur mélopée, propageant une onde à travers la salle, traversant chacune des cavalières assemblées sur les épais tapis de laine. Sophie se laissait porter. Les épaules ployaient et se redressaient en cadence avec la lancinante prière, unies dans un même mouvement, une même vibration. Des flammes derrière lesquelles les Aînées se tenaient, jusqu'aux portes de bois blanc séparant l'extérieur profane de l'intérieur sacré. L'appel de la Dame résonnait aux quatre coins de la salle, comme une question posée et mille fois répétée d'ancienne en novice, d'écuyère en cavalière, démultipliée par la force de centaines de voix.

Elle trouva sa réponse lorsque les battants sculptés s'ouvrirent soudainement.

Un frisson balaya tout calme, toute sérénité du temple. Les corps voûtés de piété perdirent leur synchronisation. Le lien entre les cavalières se défit. Plus grande, plus forte, plus absolue se déroula la houle autour de la silhouette voilée qui s'avançaient entres les rangées de tapis. Sophie ne put qu'entr'apercevoir l'inconnu avant que la haute stature d'Éliane ne s'interpose devant elle, portant vainement la main à son côté où ne pendait aucune épée. Au rythme cyclique et ordonné de la prière se substitua un brouhaha chaotique de conversations inquiètes. Bien que toutes désarmées, les cavalières les plus proches entourèrent l'intrus sans attendre, chacune à sa place aux côtés de ses semblables, épaule contre épaule face à la possible menace. Un frisson inquiet agita Sophie. Qui pouvait déjouer la surveillance commune des cavalières et des gardes royaux ? Qui connaissait si bien les couloirs tortueux du temple de la Ferté-Pluvieuse qu'il savait trouver sans aide son chemin au milieu des sentinelles ? Qui ne tremblait pas d'affronter seul deux cents guerrières d'élite ? Les mêmes questions agitaient l'ensemble des cavalières présentes, parcourant la foule assemblée d'un murmure angoissé.

« Étranger ! »

La voix d'Éliane tonna sous les voûtes du temple et la rumeur retomba. Sophie se recroquevilla derrière sa Maîtresse, peu encline à se retrouver sur le chemin de sa colère.

« Hôte indésirable, mais hôte tout de même, nous ne porterons pas la main sur toi. »

La Matriarche s'avança à travers les cavalières, sa noble tête aux épais cheveux bruns dépassant de la mêlée.

« Cependant tu es ici en présence du plus sacré de nos autels, là où notre dévotion est la plus sincère. Je te demanderai donc, une seule fois, de faire demi-tour, avant de priver ton corps de souffle et ton âme de vie. Remonte la sente de tes pas et sors de ce temple où aucun homme ne peut pénétrer, excepté celui que Maude elle-même bénit. »

L'inconnu conserva la posture alanguie et nonchalante dont il ne s'était pas départi depuis que les guerrières l'avaient encerclé. Il sembla même à Sophie qu'il se décontractait d'autant plus, au fur et à mesure qu'Éliane s'approchait, et elle en conçut pour lui une certaine admiration.

« Eh bien ? »

La Matriarche et l'intrus étaient désormais face à face, séparés seulement par une poignée de pas.

« Eh bien je suis cet homme-là. »

Éliane balaya sa réponse d'un revers de main.

« Nous ne sommes pas d'humeur à rire, étranger.

– Je n'énonce que la vérité.

– C'est impossible. Que cherches-tu à dire réellement ?

– Seulement ceci, Matriarche. Je suis Myrddin aux mille reflets, mage de braise et d'ouragan. J'arpente ces forêts depuis la première graine et je foulerai ses cendres du pied lorsque viendra la fin de toute chose. Il y a mille ans, j'ai couronné Délémos Estelle Maude Tanacras Reine parmi les Reines et je viens aujourd'hui reconnaître son héritière. »

La série d'exclamations scandalisées provoquées par sa déclaration enfla jusqu'à plonger de nouveau la salle de prière dans une cacophonie infernale, que ni les tentures de velours ni les couches épaisses de tapis de laine ne surent étouffer. Un imperceptible tressaillement souleva les épaules d'Éliane et elle ne sut retenir un discret coup d'œil en arrière. Sophie comprit l'avertissement, resserra les pans de sa cape autour de Baldré, recula de quelques pas vers Brigandine qui, si elle avait suivi l'échange silencieux entre la Matriarche et son écuyère, n'en saisissait pas la teneur. Colère et indignation traçaient leur chemin de feu dans le cœur de l'assemblée des femmes, traînée de poudre rageuse à la fumée furieuse. Galvanisées par leurs tempêtes intérieures, les cavalières les plus proches de l'imposteur reprirent leur avancée menaçante.

L'homme rabattit alors sur sa nuque sa capuche et ses voiles, révélant son beau visage sombre. Par-dessus les épaules innombrables, Sophie n'apercevait de sa figure qu'une certaine noblesse de traits et une jeunesse contrastant avec la sévérité de sa voix. Il ne devait pas être beaucoup plus vieux que Berhane même si une traînée grise traversait ses tresses au-dessus de la tempe et que ses yeux luisaient d'un éclat ancien, comme s'ils s'étaient longtemps repus d'une lumière ancestrale. Le sourire confiant qu'il adressait à Éliane traçait deux virgules dans la rondeur de ses joues, accentuait l'arc moqueur de ses sourcils.

« Il est absolument inutile d'en arriver là, susurra-t-il. »

Et l'obscurité tomba sur le temple.

Alors qu'un instant plus tôt, le soleil matinal projetait sur les visages exaltés toutes les nuances colorées des vitraux de la Ferté, la nuit bascula soudain sur les cavalières. Un noir dense, intense et impénétrable se déposa sur leurs yeux, leurs nez, leurs bouches. Sophie pouvait sentir l'épaisseur de l'ombre qui les recouvrait, étouffait leur surprise, empâtait leurs gestes. Le silence s'était lui aussi brusquement abattu. Seul à échapper à son sortilège, l'intrus toussait un vieux rire crasseux au milieu des guerrières immobiles. Dans la sombre brumaille, une étincelle discrète, une phosphorescence timide le situait dans la foule. Ses gencives découvertes par son hilarité, sa langue qui claquait contre son palais, la pulpe intérieure de ses lèvres, d'où émanait une douce lueur orangée.

« Vous voilà, il me semble, enfin à mon écoute. »

Sa voix résonnait sans mal à travers toute la salle de prière, nullement assourdie par les tentures des murs. Au contraire, elle semblait prendre appui sur chaque relief de la pièce et y puiser la force de tonner intimement dans l'oreille des cavalières.

« Ne vous inquiétez pas, femmes de cœur et de foi, vous n'avez rien à craindre de moi. J'ai vu les balbutiements de votre ordre, j'ai côtoyé les fondatrices des quatre citadelles, j'ai conseillé Offaze lors de leur construction. Votre instinct vous dicte une juste prudence et en d'autres circonstances, je l'aurais applaudie. Mais nous ne sommes pas ennemis. Je ne viens pas me dresser contre vous, mais au contraire, faire front à vos côtés. »

Quelques étincelles se détachèrent de sa bouche et vinrent flotter, presque invisibles, au cœur du rideau de ténèbres.

« Comment me croire, demandez-vous. Comment me faire confiance ? Quelles preuves possédez-vous qui justifient mes dires ? »

Les fragiles pétillements au-dessus de sa tête s'agitèrent brusquement. Ils semblèrent se ramasser sur eux-mêmes, se rouler en boule comme de petits êtres frileux, avant d'exploser soudain en une centaine de leurs semblables. Ils se multiplièrent en un essaim entier, suspendu dans l'obscurité, et se mirent en mouvement.

« Je me pose les mêmes questions. Comment les convaincre ? Comment les persuader de mon honnêteté ? »

Les étincelles répondaient à la mélodie de sa voix. Elles virevoltaient entre sol et plafond, traçaient dans l'ombre des formes abstraites, qui progressivement s'affirmèrent et prirent des motifs connus de toutes. Les douze ronds de flammes de la garde royale s'enroulèrent en un large cercle auréolant la tête du magicien. Le chêne majestueux déploya ses racines et ses branches, jusqu'à dominer largement la foule, et au cœur de son tronc se dessina Lunde. Le reste de l'essaim lumineux vint tourbillonner autour de l'intrus, insectes bourdonneurs, abeilles de feu et de fumée, protégeant et gardant les arrières de leur maître. L'obscurité reflua.

« Je ne vous ferai pas l'affront de vous expliquer nos traditions ni de vous narrer notre histoire dont vous êtes les premières gardiennes. Non, rien de ce que je pourrais vous dire n'a le pouvoir de vous éclairer sur la vérité. Mais peut-être puis-je vous montrer. »

Soudain les étincelles abandonnèrent leurs dessins et fondirent en masse sur le mage. Comme de minuscules étoiles filantes, elles allèrent s'écraser dans les replis de son vêtement et de ses voiles, constellèrent d'impacts rougeoyants les tapis sous ses pieds. La laine s'embrasa immédiatement. Un immense brasier s'éleva là où l'intrus se tenait à l'instant. Les cavalières les plus proches reculèrent dans l'obscurité et seule resta Éliane face aux flammes. La voix du magicien tonna à travers la salle de prière.

« Si mes mots ne suffisent à vous convaincre, alors, contemplez ! »

Sa cape, sa robe, ses châles prirent feu à leur tour. Le cuir de ses sandales se recroquevilla et se fissura. Son manteau de toile s'évapora en fumée. Derrière la barrière du bûcher volontaire, l'homme ne tremblait pas. Des cendres de ses habits émergèrent ses épaules et son torse, épargnés par la morsure de la fournaise. L'ombre veloutée de sa peau se révéla, intacte, mais parcourue sur toute sa surface par un mailletage doré de ronces et de branches. Au fur et à mesure que ses vêtements tombaient au sol, réduits en poussières fuligineuses par la brûlure implacable des flammes, apparaissait sous leurs restes calcinés un dense réseau de feuilles, de houppiers, de ramages imprimés à même le derme par une encre d'or. Des abeilles promenaient leurs antennes le long de ses clavicules, des buissons ardents naissaient entre ses hanches. Son corps révélé aux yeux des cavalières formait le canevas d'une version maîtrisée de la forêt des âmes. Lorsqu'il reprit la parole, un peu de fumée s'échappa de ses lèvres.

« Alors Matriarche, et vous sages Aînées, détentrices d'anciens savoirs, que lisez-vous…

– Non. »

À sa façon, la voix sévère et acerbe d'Éliane rivalisait avec le ténor ancestral du magicien.

« Pardon ? »

Myrddin semblait totalement abasourdi. Pour la première fois depuis son arrivée dans la salle de prière, il ne rayonnait plus d'aplomb et d'assurance. L'obscurité se dissipa.

« Tu m'as très bien entendue, magicien. »

Dans la lumière revenue, Éliane s'avança vers l'homme nu, jusqu'à pouvoir plonger son regard d'acier dans les yeux de braise. Les pieds déchaussés de la Matriarche foulaient les cendres encore brûlantes du cercle de feu sans qu'aucun signe de douleur ne déforme ses traits.

« Je veux bien croire à ton identité, magicien, tes tours de passe-passe sont exactement comme l'Histoire nous les a décrits. Mais je ne te laisserai pas distiller le doute et le soupçon dans le cœur de mes cavalières. Appelle autant que tu le voudras au retour de l'ordre ancien, Myrddin aux mille reflets, tant que Baldré sera sans Lunde, le Prince et le Condottiere seront nos véritables dirigeants. »

D'une pression de l'index, elle repoussa le magicien, qui recula d'un pas. La foule des cavalières s'ouvrit derrière l'homme, traçant un chemin jusqu'aux grandes portes sculptées, et elles se massèrent en retour autour de la Matriarche de Nordeau. Éliane fit un pas de plus.

« Tu n'es pas le bienvenu ici, étranger. Sors de notre domaine, sors de nos terres, retourne te terrer sous la légende et la poussière et abandonne toutes prétentions à nous contrôler. »

La figure de Myrddin oscilla entre la surprise et la colère. Ses belles lèvres se pincèrent en une moue hésitante, ses sourcils froncés assombrirent ses pupilles. Puis, une certaine acceptation traversa son visage et il hocha la tête.

« Très bien, Matriarche. Il sera fait selon ton bon plaisir. »

Il effectua un salut qui tenait autant de la révérence que de la pirouette et entreprit de reculer vers les portes de la salle de prière. Mais avant que les battants ne se closent sur sa nudité, il accrocha le regard de Sophie, refusant de le lâcher. L'écuyère glissa une main sous sa cape cendrée. Les courroies familières de Baldré qui habituellement ceignaient sa taille confortablement lui semblèrent tout à coup étroites et incommodantes, comme si les yeux aux reflets de feu du magicien pouvaient ignorer à loisir l'épaisse étoffe cirée recouvrant la relique. Les portes se refermèrent sur Myrddin et l'inconfort de Sophie demeura.

CHAPITRE 13 :
LA CAPITALE

« Ô Zinia.
Ô fille de la Forêt et du ciel.
J'ai mal, chaque jour que je vis loin de toi ;
L'exil m'est une blessure, une plaie, un œdème,
Quand je voudrais seulement exister près de toi. »
Zinia, par le poète Mosi le sage

Dans son rêve, les rayons du jour sont une épaisse gangue d'or et de lumière.

Dans son rêve, l'astre solaire chavire de tout son être à travers son visage, son aine et sa poitrine. Telle une scie brûlante, de ses rais aiguisés, il découpe et il fend à travers sa psyché. Le feu du ciel s'épanche dans sa blessure, recouvre les chairs arrachées, les os brisés en deux, les veines ouvertes. Il colmate les dégâts, recouvre les ruines de son corps et, quand l'œuvre d'équarrissement du soleil est achevée, elle ne s'effondre pas dans l'obscurité. Au contraire, elle se sent tout à fait allégée d'être ainsi mise en pièces, séparée grossièrement en deux morceaux égaux.

Dans son rêve, les deux moitiés d'elle-même se contemplent et se dévisagent. L'une est entamée du front, de la gorge et de la taille, l'autre se boursoufle aux mêmes endroits, mais, fondamentalement, elles sont identiques.

Dans son rêve, elle n'a aucun mal à voir et à être vue tout en même temps. Elle peut être deux à la fois, sans qu'au creux du ventre un poids infini ne la replie sur elle-même, en une petite chose ingrate constamment retenue par d'invisibles chaînes.

Dans son rêve, les deux moitiés d'elle-même se tournent autour et s'inspectent. Elles s'observent, comme si elles n'étaient pas issues d'un être commun, comme si elles se découvraient mutuellement à l'instant. Elles s'effleurent les mains, les bras, les épaules. Puis soudain ancrent leurs doigts dans la chair de l'autre, jusqu'à faire mal, jusqu'au sang.

*

Sophie se redressa, encore enlacée par l'étreinte du sommeil. Accroupie face à elle, ayant relâché l'épaule de son écuyère, Éliane lui chuchotait des ordres urgents.

« Quoi ? »

Un croassement encore trop fort au goût de la Matriarche. Les serres de ses doigts se refermèrent à nouveau autour du bras de Sophie et elle lui fit signe de se taire.

« Fais-toi discrète. Nous repartons. »

Le souffle d'Éliane se noyait presque sous les crépitements de leur feu de camp. L'écuyère se contenta de hocher la tête et, après avoir noué sa cape par-dessus Baldré, suivit sa Maîtresse, ses bottes à la main. Elles contournèrent l'escouade assoupie des cavalières d'Ousterre, se fondirent dans l'ombre des arbres pour éviter les sentinelles somnolentes. Près du feu de camp qui n'était plus que des braises, Sophie aperçut le visage apaisé de Brigandine endormie, un folio ouvert sur la poitrine, entre ses doigts dénoués par le sommeil. Elle réprima l'envie d'aller la réveiller. Même en déployant tout le naturel et toute la bonhomie dont elle était capable, l'écuyère de l'Ouest n'avait pas réussi à paraître inaffectée par la réapparition de Myrddin. Son enthousiasme semblait artificiel, ses éclats de rire avaient déserté ses yeux, l'inquiétude polluait ses journées. Dans la cohue suivant les événements survenus à la Ferté, nombreuses étaient celles qui avaient soudain sombré dans une mélancolie respectueuse. Pas Éliane. Toujours pragmatique, la Matriarche de Nordeau avait prit les devants et organisé le départ pour la capitale dans la journée. Elle avait aussi interdit à Sophie de quitter son côté. L'écuyère avait enfin trouvé suffisamment d'importance aux yeux de sa Maîtresse pour que celle-ci s'importune de son absence.

Elles atteignirent le surplomb rocheux où les dragons reposaient leurs grands corps soyeux. Entre les plumes léthargiques, les tas de guano malodorant et les monceaux d'os brisés par les becs acérés, il ne restait qu'une étroite sente difficilement praticable pour les deux femmes se faufilant dans la nuit. Joran et Yuda les attendaient à l'extrémité du rocher empoissé de fientes. Sophie réfugia son visage contre le poitrail imposant de son dragon, enserra l'encolure de ses bras. Elle sentit, accolée à sa conscience, l'existence d'Acquilon, comme si la Matriarche décédée profitait, à travers elle, de la chaleur de Joran. Elle relâcha son étreinte et la sensation disparut, le fantôme rien de plus qu'une discrète présence dans la vicinité de son âme.

Les visages renversés des vigiles en faction lui parurent presque comiques lorsqu'elles survolèrent le campement, mais la figure déconfite de Brigandine, au milieu des cavalières, réveilla un goût amer à l'arrière de sa gorge. Éliane avait tenu Sophie à distance de toute compagnie étrangère depuis le retour fracassant du mage dans le monde des mortelles, une semaine plus tôt. Leur hâtif départ matinal servait le même but que son intérêt soudain pour la jeune fille : limiter autant qu'elle le pourrait une possible curiosité envers l'écuyère. Et ainsi prévenir une découverte inopinée de ses exploits passés et de Baldré à sa taille.

« La dévotion insatiable qui entoure le mage nous rend bien plus service que je ne l'aurais cru. »

Avec la souplesse de l'habitude, Yuda et sa cavalière s'étaient rapprochés de leurs compagnons de vol. La voix encore éraillée de sommeil de la Matriarche portait difficilement par-dessus les sifflements du vent.

« Pas un jour, pas une nuit, sans que ne se pressent à la Ferté des processions de dévots, des colonnes de croyants, de pieuses marches spontanées de paysans, ajouta Éliane avec un sourire carnassier. Ils se pressent aux pieds du temple, toutes et tous espérant glaner un aperçu du magicien des légendes. »

Une bourrasque soudaine la força à s'éloigner un instant, pour mieux rejoindre son écuyère.

« Myrddin se plie trop volontiers à ses bains de foule impromptus et ininterrompus. Ravi, il me semble, de l'attention qu'on lui accorde, comme s'il retrouvait là un archaïque respect, dû depuis de nombreuses années. »

Elle s'interrompit pour considérer ses propres paroles. Une angoisse sourdait de sa soudaine faconde, bien peu commune, particulièrement à l'intention de son écuyère. La rumeur du retour de Myrddin se répandait à travers le Royaume aux côtés du printemps, réveillant les cœurs des plus mystiques, agitant la conscience des sceptiques, semant sur son passage doutes et questions. Ces bouleversements venaient s'immiscer dans les affaires de la Matriarche de Nordeau. Avec un soupir, elle poursuivit :

« Bien entendu, nos intentions pour le Congrès qui s'ouvre dans cinq jours restent les mêmes qu'il y a quatre ans. Il nous faut garantir un renouvellement à la tête des armées du Royaume, c'est le plus important, mais j'ai peur que nous devions avant tout œuvrer au maintien de la rencontre. Hadi sauterait sur la moindre occasion pour nous empêcher de vaincre. »

Un soupir.

« Et pour cela, jeune fille, tu devras dissimuler avec le plus grand soin la relique à ta taille. Nul doute que ton fardeau est désormais moins secret que nous le souhaiterions, mais pour le bon déroulement de ce séjour à la capitale, il te faudra redoubler de prudence. Dissimule-toi, ne traîne pas à portée des courtisans, évite à tout prix d'être seule. »

D'un regard, elle fit taire toute tentative d'argumentation.

« Heureusement, j'ai une nourrice toute désignée pour toi, dès que nous serons arrivées. »

Sur ces mots, elle prit une brasse d'altitude et se plongea dans un profond mutisme, dont elle n'émergea pas du reste de leur voyage.

Elles atteignirent Zinia de nuit, sous le couvert des ombres. Les troubles silhouettes des tours découpaient dans le ciel obscur de menaçantes blessures. Seule une poignée de lueurs éclairaient encore de rares fenêtres, devant lesquelles, par intermittence, des songes passaient en silence. La vie bruissait encore dans la basse-ville de la capitale. On y jouait un air de musique semblable, à quelques notes près, à une comptine nordique pour novices. Des vendeurs ambulants s'interpellaient d'une ruelle à l'autre, une foule, indistincte dans la nuit, affluait de place en place. Sophie se tordait le cou dans l'espoir d'entrevoir un peu plus les activités mystérieuses des habitants, se hissait dans ses étriers par-dessus l'encolure de Joran, le nez dans le vide.

« J'aurais aimé que tu la découvres en pleine lumière, sous tous les feux de l'astre du jour ; alors resplendit sans rivale la rose de Sarda. »

Le fantôme d'Acquilon, épargné par les vents, se superposa à Sophie, s'accrochant aisément aux aspérités de son esprit.

« Les tours qui défient le plateau et les cieux. Les oriflammes offertes aux bourrasques. Les jardins s'élançant au-dessus des rues pour mieux relier les Palais entre eux. Il y a peu de vues en ce monde qui égalent notre capitale, je regrette que tu n'aies pu la voir dans toute sa splendeur. »

La mélancolie de la Matriarche ruissela autour de Sophie puis tourna à la réprobation avant même que l'écuyère n'ait ouvert la bouche.

« Non. Pas d'exploration nocturne, pas d'aventure secrète, pas de péripétie spontanée. Pour une fois, écoute les recommandations de ta Maîtresse comme tu écoutes les miennes. »

Sophie fit appel à toute la maîtrise dont elle était capable pour dissimuler à nouveau ses pensées. Elle secoua la tête, se concentra sur son approche de la tour des cavalières et ses poutres d'envol, et barra fermement la porte de son esprit à Acquilon. Le fantôme ne s'en formalisa pas ; abandonnant sa prise sur l'âme de l'écuyère, il se réfugia dans les replis de la marque de son bras.

Derrière les portes de la citadelle de Zinia, attendait patiemment l'escouade avec laquelle elles avaient quitté Nordeau. Sophie, contenant à grand-peine son impulsion première de se jeter au cou de Pènderyn pour ne plus la lâcher, se contenta d'un sourire grimaçant. Le pâle visage de Pèn lui répondit par un fripement du même acabit. Quelles que soient les nouvelles de l'Est, elles étaient au moins aussi ardues à appréhender que celles qui précédaient les deux voyageuses. Les cavalières assemblées saluèrent Éliane, allumant une étincelle de satisfaction dans ses prunelles assombries de fatigue, et hochèrent vaguement la tête en direction de Sophie, avant de se rassembler autour de leur Matriarche, comme des novices en quête de repères. Leurs figures troublées par le doute et l'attente perdirent de leur tension, les muscles de leurs épaules s'affaissèrent imperceptiblement. Même Berhane semblait moins méfiante. Tandis que toutes se massaient auprès d'Éliane, Sophie se faufila jusqu'à Pènderyn et trouva refuge entre ses bras.

« Vous avez fait vite, murmura la jeune cavalière dans le secret de ses cheveux. Nous pensions encore que vous n'arriviez que demain, avant que les sentinelles ne vous voient.

– Éliane a tenu à fausser compagnie à Rivkah et les siennes au beau milieu de la nuit et je ne l'en blâme pas. Tu as su pour la Ferté ? »

Pèn hocha gravement la tête.

« On ne parle que de ça ici. Pas un page, pas un noble qui n'ait le nom de Myrddin à la bouche. Partout à travers la capitale il bruisse et s'agite entre les lèvres des passants. Le Prince et le Condottiere sont claquemurés dans leurs bureaux respectifs depuis les premières rumeurs, les nobles arrivés pour le congrès refusent toute entrevue, et ce n'est pas faute d'avoir essayé ! »

Elle repoussa Sophie pour mieux la dévisager.

« Qu'est-ce que tu as encore fait ? »

L'écuyère se redressa de toute sa petite taille et, avant même que son laïus ait commencé, fut interrompue par la main d'Éliane sur son épaule. D'un seul signe du menton, la Matriarche salua et congédia Pènderyn, qui recula auprès de Berhane, non sans presser affectueusement les doigts de Sophie entre les siens.

« Nous avons à faire, jeune fille. Suis-moi. »

Encadrées d'un petit groupe de cavalières, elles quittèrent la volière bondée. Sophie ne sut dire si le pincement qui lui serra le cœur lorsque Joran disparut au détour du couloir émanait de sa poitrine, ou de celle d'Acquilon. Éliane l'entraîna à sa suite à travers une série d'escaliers étroits et de passages discrets, dissimulés en doublon des corridors plus fréquentés. Lorsque des cavalières d'une autre citadelle croisaient leur chemin, les guerrières du Nord resserraient leur formation autour de la Matriarche et son écuyère, masquant Sophie aux regards suspicieux de leurs collègues éloignées. Inquiétude et méfiance parcoururent leurs rangs jusqu'à ce qu'elles aient rejoint les murs plus sûrs de l'étage qui leur était réservé. Là, Éliane et Sophie poursuivirent seules.

Les quartiers de la Matriarche à Zinia ne ressemblaient en rien à ses appartements de Nordeau. Là où la citadelle des montagnes offrait toute une enfilade de salles à la mesure du titre de son habitante, la capitale concentrait en une seule pièce chambre à coucher, cabinet de travail et salon de réception. Pourtant, contrairement aux attentes de Sophie, aucun déplaisir ne vint cailler le visage d'Éliane. La cavalière s'avança en maîtresse habituée des lieux et entreprit de passer en revue la paperasse accumulée sur son bureau depuis son dernier passage. L'écuyère attendit, silencieuse, dans un coin de la pièce, indécise quant à sa place dans cet espace de pouvoir, où sa Maîtresse prenait tant d'importantes décisions. Éliane finit par relever la tête de ses correspondances, presque étonnée de la trouver encore là.

« Eh bien ? Ne reste pas là, les bras ballants. J'ai fait installer un semblant de chambre pour toi dans la pièce d'à côté. Tu y trouveras tout le nécessaire à ton séjour, pas la peine, donc, d'aller te perdre dans quelque recoin malfamé. »

Sophie acquiesça par réflexe.

« Tu y trouveras aussi notre cavalière-herboriste, poursuivit la Matriarche. C'est elle qui veillera sur ta personne avant, pendant et après le Congrès. »

Éliane se plongea à nouveau dans son travail, prenant place derrière le bureau surchargé. Un instant avant que son écuyère ne disparaisse dans la pièce adjacente, elle l'interpella d'un geste de la main.

« Sophie. »

Elle hésita.

« N'y a-t-il rien que tu souhaiterais me confier ? Le retour de Myrddin n'est pas à prendre à la légère, mais tu dois savoir… »

Elle s'interrompit et secoua la tête et les papiers entre ses doigts.

« Tu peux disposer. »

Sophie s'avança avec réticence. Rares étaient les instants où Éliane versait dans la confidence, plus rares, encore, que les véritables conversations entre la Maîtresse et l'écuyère. Rien ne vint. Elle se glissa dans la chambre.

Frêne attendait près de l'âtre vide. Ses empilements d'écharpes recouvraient ses frêles épaules, sa nuque fatiguée, son chignon de cheveux gris. Elle leva un regard inquiet sur l'écuyère de cendre qui entrait dans la pièce. Dès que la porte eut claqué dans son dos et les eut ainsi isolées des appartements d'Éliane, Acquilon apparut aux côtés de l'herboriste. Incapable de contenir son enthousiasme, elle imprimait à la fine couche de poussière du sol des ondulations extatiques.

« Nous y sommes enfin ! Après tant d'années d'attente et de sacrifices ! Si seulement tu étais venue à la Ferté, mon amie, c'était… glorieux ! »

La silhouette de la Matriarche décédée se brouillait de joie, un heureux frissonnement parcourait la surface de son corps désincarné. Elle reprit, un trémolo mystique illuminant sa voix.

« On espère tant voir l'Histoire de ses propres yeux, suivre le déroulé des motifs du Destin. Toutes ces cavalières se souviendront à jamais du jour où Myrddin des brasiers émergea de nouveau des profondeurs de la légende. »

Sophie s'accrocha aux sangles de Baldré, dans une vaine tentative d'apaiser les tremblements de ses bras. Le visage ensoleillé de béatitude d'Acquilon l'effrayait tout autant que son emballement dévot, qu'elle sentait contaminer les extrémités de son âme. Elle trouva un ancrage fragile auprès de Frêne. La vieille herboriste la soutenait du regard, une grimace nerveuse déformait ses rides. La tirade survoltée d'Acquilon ne semblait pas éveiller chez elle autre chose qu'une contestation silencieuse.

« Tout se brode et se noue au-delà de mes espérances, poursuivait la Matriarche. »

Elle arpentait à grands pas fantomatiques l'espace réduit de la chambre de Sophie, du couchage étroit à la meurtrière ouverte sur les jardins d'hiver en travaux.

« Éliane est folle de refuser l'évidence ! Repousser ainsi l'aide et le soutien de Myrddin de braise et de fumée, mage de cendre et d'incendie ! Il n'y aurait besoin d'aucun Congrès si seulement elle l'avait laissé te reconnaître. »

Une certaine nuance colorait ses propos, sa véhémence se tintait de fierté. La Maîtresse sous l'instigatrice de complots, la partie d'elle-même qui avait formé et préparé Éliane à ses rôles de cavalière et de Matriarche, ne pouvait s'empêcher de se gargariser des réussites de son ancienne élève. Elle ne s'autorisa qu'un bref instant de réminiscence, avant de reprendre son laïus exalté. Sophie cessa de l'écouter et franchit les quelques pas la séparant de Frêne pour enfouir entre les paumes fripées par l'âge ses mains couvertes de cal, que l'enfance avait définitivement abandonnées. L'herboriste pressa avec les siens les doigts engourdis de sommeil et de fatigue, dans une rare démonstration d'affection tactile envers sa disciple. L'écuyère se laissa aller contre l'épaule osseuse de la vieille femme. Elles restèrent un instant l'une contre l'autre tandis que, dans leurs dos, Acquilon brassait de larges bouffées offusquées et grandiloquentes.

« Je suis heureuse moi, qu'elle l'ait fait taire quand elle en avait l'occasion, » murmura Sophie.

Ses paroles se lovaient dans l'intimité de leurs deux têtes brunes presque pressées l'une contre l'autre, là où le menton de l'écuyère reposait tout près des cheveux grisonnants de Frêne.

« Je voudrais rentrer à Nordeau. Je n'aime pas la capitale.

– J'ai peur, jeune pousse, que nous n'y retournions pas de sitôt. »

Sophie s'attendait à une telle réponse, elle se doutait déjà, bien avant les événements de la Ferté-Pluvieuse, qu'Éliane n'avait aucunement l'intention de repartir bredouille vers le Nord. Néanmoins, un espoir déplacé avait continué de trembler au creux de sa poitrine, que les mots de Frêne venaient de souffler sans retour possible. L'herboriste dut sentir son trouble à travers leurs mains jointes, car elle s'empressa de raffermir sa prise et de plonger son regard sage de vieux corbeau dans celui de Sophie.

« Il ne sert à rien de s'inquiéter des choses sur lesquelles tu n'as aucune emprise, bel arbrisseau. Rage et tempête tout ton saoul contre la course du soleil dans le ciel, personne n'arrête l'astre du jour. La roue des saisons tourne, immuable, sans daigner ralentir pour les mortelles que nous sommes. Nous

nous angoisserons pour le voyage du retour le temps venu, en attendant, Zinia possède bien des secrets et des trésors qui valent la peine d'être vus, au moins une fois. »

Sophie sourit malgré son inquiétude. Frêne avait emporté avec elle, enfoui entre les replis de ses multiples écharpes, imprégnant son chignon, le parfum d'épice et de terreau de son antre contre la montagne. L'écuyère aurait voulu s'y blottir, s'il était possible de trouver refuge dans une odeur. Acquilon avait d'autres projets. Immisçant entre l'herboriste et Sophie sa silhouette glaciale, elle balaya dans un souffle d'air froid les fragrances familières.

« Il ne faut pas perdre de temps. Nous devons retrouver Myrddin et agir avant le début du Congrès.

– Et ensuite quoi ? »

Frêne avait relâché les mains de Sophie, quitté son siège confortable, pour faire face à l'ancienne Matriarche.

« Que comptes-tu faire une fois Myrddin révélé aux yeux de toutes ? Que se passera-t-il lorsque tu demanderas la démission du Prince et du Condottiere ? Qui gouvernera à leur place ? »

Elle haussa la voix pour couvrir la réponse d'Acquilon.

« Non, mon amie, nous ne pouvons pas plonger le Royaume dans l'incertitude sur un coup de sang, l'intuition que tout finira bien. Nous devons continuer d'agir à la marge, nous concentrer sur la recherche de Lunde. »

Les tremblements de la Matriarche s'apaisèrent par saccade, tandis qu'elle semblait pondérer intérieurement les paroles de l'herboriste. Sa silhouette s'affaissa finalement et elle tourna l'un de ses regards troubles vers Sophie.

« Laissons la petite décider. »

À côté de l'écuyère, Frêne se raidit, son corps perclus de douleurs et de rhumatismes soudain noué par une tension nouvelle.

« Après tout, poursuivait Acquilon, Sophie a son mot à dire elle aussi. Demandons-lui son accord sur la question. »

Elle n'avait jamais vraiment su dissimuler ses émotions, toujours trahie par un muscle impatient, une ride, un mauvais tic. Là encore, ses intentions s'affichaient clairement dans la courbe à peine retenue de ses lèvres, le pli indiscret de son œil droit. Sophie dut lutter en retour pour ne pas laisser apparaître sa propre déception. Quatre ans plus tard, le fantôme qui lui collait à la peau ne doutait pas de pouvoir l'embobiner à sa guise, sans vouloir la considérer comme son égale, sans placer sa confiance en elle. La fatigue de ces derniers jours de voyage menaça de la submerger.

« Faut-il vraiment décider de tout cela ce soir ? demanda-t-elle les yeux baissés sur le lambris travaillé du parquet. »

Frêne acquiesça d'un sourire fragile.

« Lunde peut attendre encore une nuit. Et puis j'ai tant à te montrer demain, des lieux où nous pourrons trouver des réponses. »

L'herboriste et l'écuyère se tournèrent vers la Matriarche.

« Très bien, concéda-t-elle, nous ne ferons rien avant demain. Pendant que vous serez toutes à vos histoires de botanistes, je ferai le tour de la ville. Peut-être pourrai-je mettre la main sur le magicien. »

Sophie n'eut pas même la force de hocher la tête. Elle s'effondra sur le lit qu'Éliane avait fait installer, couvert d'édredon de soie et d'oreiller de plumes d'oie. Elle dormait déjà quand son visage s'enfonça entre les coussins.

*

Les rayons indiscrets de l'astre du jour trouvèrent Sophie et Frêne, côte à côte sur un tapis de prière, plongées dans leur méditation matinale. La familiarité des dévotions qu'elles effectuaient ensemble à Nordeau apportait tout autant de confort à l'écuyère que la nuit complète de sommeil qui les avait précédées. À leur réveil, Éliane avait déjà disparu dans le dédale infini des Palais de la capitale, laissant à l'herboriste la garde de son écuyère. Acquilon aussi s'était volatilisée, bien que Sophie sentît encore une traction légère autour de son bras, là où se dissimulaient ses marques d'abeille. Libres de surveillance matriarcale, Frêne entraîna son élève à travers la citadelle de Zinia, au milieu de cavalières venues des quatre coins du Royaume, de la foule de gardes, de nobles, de serviteurs qui chaque jour animaient de leurs souffles et de leurs pas les galeries, les boudoirs, les banquets des quatre Palais. Même au cœur de la citadelle on trouvait, parmi les femmes et leurs dragons, des messagers et des chambrières, des pèlerins et des visiteurs. La lente trotte de l'herboriste laissait tout loisir à Sophie d'observer les multiples émerveillements défilant autour d'elle. Les plafonds à caissons peints, les riches tapisseries des murs et leurs motifs de nuit et d'or, les poignées niellées des sabres des gardes, escortant le couloir vers les jardins d'hiver. Elles passèrent sans s'arrêter entre les arbustes en pleine taille, les étangs de galets, les délicats monticules de mousses. L'armée de jardiniers déployée le long des allées de graviers blancs ne prêta aucune attention aux deux femmes, absorbée par les conifères réduits, attachée aux murets de pierre sèche.

Frêne ne marqua aucune hésitation sur le chemin de la bibliothèque royale. Elle mena leurs pérégrinations avec assurance, parmi le ballet des courtisans, les pas pressés des estafettes. Et, si Sophie surprit à deux reprises les regards curieux d'une cavalière en faction et d'un émissaire en pleine course, elles passèrent principalement inaperçues. Elles parcoururent des couloirs toujours plus désertés, jusqu'à ce que seul l'écho de leurs pas résonne sous les voûtes boisées du plafond. L'entrée de la bibliothèque n'était pas gardée. Les portes vitrées s'ouvraient sans clef et sans verrou, laissaient place à une pénombre studieuse, une atmosphère ouatée de silence et de mystère. Entre les rayonnages poussiéreux, laissés à la surveillance de l'obscurité, Frêne prit le temps de se repérer. Les ouvrages royaux n'étaient pas classés sous la même nomenclature que ceux de Nordeau, voire n'étaient pas classés du tout. Lus et reposés de-ci de-là, les livres s'éparpillaient à travers la bibliothèque, disparaissaient sous une fine couche uniforme de détritus. Après quelques étagères infructueuses, Frêne dénicha finalement les trésors qu'elle chassait. Elle déposa sur une table de lecture un épais volume rongé aux coins par des psoques et autres insectes xylophages, et invita l'écuyère à s'asseoir. Délicatement, avec toute la révérence dont elle était capable, Sophie ouvrit la couverture. L'herbier déroula l'aquarelle de ses tiges, de ses feuilles, de ses fleurs sur le papier délicat, ses illustrations encadrant, entre pétales et follicules, les paragraphes en pattes de mouche de l'auteur. L'écuyère laissa glisser sa main à quelques millimètres des pages. Chaque chapitre abritait une nouvelle essence, prête à s'arracher aux feuillets. Sophie pouvait en sentir la fragrance, entendre le chant particulier du vent propre à chaque feuille. Il y avait au sein de l'herbier le parfum de l'humus et l'ombre apaisante des arbres, le sol sableux des pinèdes et le murmure de la sève. Peut-être ne tenait-elle aucun livre entre ses mains, mais bien une forêt en dormance, la mémoire de chaque espèce sommeillant en son sein, la vie qui un jour y avait bruissé, invisible aux yeux d'un promeneur et pourtant multiple, sauvage, bruyante. Elle parcourut ses pages d'une couverture à l'autre, puis fit de même avec tous ceux que l'herboriste plaça devant elle sur la table de travail.

Lorsque le soleil eut passé son zénith, Frêne l'arracha à sa fascination.

« On trouve peu d'ouvrages d'un tel âge et d'une telle qualité à travers le monde. Sauf, ajouta-t-elle, peut-être à Sangrisca, mais que ne trouve-t-on pas dans cette cité-là ? »

L'herboriste caressa la tranche usée de l'un des tomes.

« Il y a un autre lieu de savoir tout proche. Suis-moi. »

Elles replacèrent les herbiers en leur lieu de sommeil et, au rythme de la démarche claudicante de Frêne, descendirent l'escalier au fond de la bibliothèque. Elles sinuèrent à nouveau à travers les couloirs et, lorsque le pas de Frêne se fit plus lourd, Sophie lui offrit son bras.

*

L'écuyère et l'herboriste émergèrent dans les jardins d'été. Il y a si longtemps, Sophie avait découvert le riche et rebelle jardin des Matriarches de Nordeau, niché au cœur de son écrin de roche, fleurissant et prospérant envers et contre le climat des montagnes.

Une vulgaire jachère à côté de ceux de Zinia.

Les jardins d'été du palais se refusaient d'abord au regard du visiteur. Buissons, haies, taillis se suivaient, se chevauchaient, menaient à leur guise les yeux des promeneurs. Comme une grande tapisserie émeraude, tendue en travers d'une scène, les troènes, les cyprès, les lauriers-sauce dissimulaient les secrets de leurs sœurs florales derrière leur rideau verdoyant. On n'imposait pas sa maraude à ce jardin-là. Il fallait se laisser guider par la gent boisée, accepter de glisser des bras du lilas à ceux de l'albizia, se soumettre aux caprices des canaux de jade, s'oublier dans la volonté des gainiers, des pivoines, des ajoncs. On n'était pas flâneur sous le couvert des chênes et des figuiers, seulement un hôte toléré par les arrangements d'œillets, de roses et de tulipes. Les allées de gazon entraînaient celles qui les arpentaient dans des cheminements hasardeux, des détours incertains. On se perdait pour mieux se retrouver face aux délicats ornements d'un pavillon ombragé, pour mieux découvrir, soudain, derrière les branches basses d'un olivier, une fontaine où l'eau et le jasmin se confondaient.

Frêne insista pour se reposer un instant sur la margelle de briques roses. La raideur de ses membres sembla se relâcher peu à peu dans l'ombre éparse des arbres taillés avec soin. Sophie se fustigea pour ses pensées superstitieuses. Tout ce dédale horticole répondait avant tout aux ordres des jardiniers qui l'avaient dessiné, planté, entretenu. Le seul responsable des replis et entourloupes de la flore taquine ne pouvait être que l'architecte narquois ayant accouché des plans. Pourtant, force était de constater, tandis qu'elles reprenaient leur errance pastorale, qu'il n'y avait aucun moyen pour les visiteurs de se dérober aux intentions du jardin. D'une palette de pétale à une autre, le camaïeu vernal s'offrait à son rythme au regard des promeneuses. Follicules, pistils, pétioles… Dans la mémoire de Sophie, les leçons de Frêne défilaient en cadence avec chaque partie, chaque organe du jardin. Elle comprenait l'enthousiasme de l'herboriste. Toutes les essences botaniques qu'elle avait étudiées dans les lourds herbiers de Nordeau se retrouvaient ici, à l'ombre de la tour des Reines, au cœur de la capitale. Chaque espèce recensée à travers le Royaume par des générations de cavalières-herboristes croissait sans obstacle à l'abri des murs de Zinia.

Enfin, à force de louvoiements, les circonvolutions du jardin les menèrent jusqu'au bassin central. Là, sous les houppiers clairsemés des faux acacias, dans la lumière mouchetée du soleil de midi, un homme travaillait en silence. De minuscules besicles reposaient sur le bout de son nez, surplombant de leur ombre une belle moustache et un bouc soigné ; toutes ses rides convergeaient entre ses deux sourcils, qu'un froncement concentré transformait en chenilles intraitables. Sophie se sentit étouffer sous les sangles de Baldré. Malgré sa veste élimée aux coutures et l'usure de son écharpe de fonction, Hadi de Zinia, Condottiere du Royaume, imposait sa carrure de géant aux meubles, aux arbres, aux soldats en faction. Comme elle hésitait, Frêne poussa l'écuyère en avant du pommeau de sa canne.

« Va à sa rencontre, jeune pousse. De ta vie, tu n'auras pas d'autres occasions de t'entretenir avec cet homme. »

Un nœud de salive acide obstruait la trachée de Sophie et il lui semblait tout à fait impossible de relâcher le verrou de ses mâchoires, pourtant, sur les quilles incertaines de ses jambes, elle s'avança.

Le Condottiere ne releva pas immédiatement les yeux. Son visage sévère disparaissait derrière ses montagnes de papiers, ses liasses de dossiers, la fumée colorée de sa pipe. Deux rangées de gardes en livrée bleue s'alignaient proprement de chaque côté de l'allée, leurs figures plongées dans l'ombre de leurs casques. Aucun d'entre eux ne cilla lorsque Sophie franchit les quelques mètres qui la séparaient de leur commandant.

« Un fourreau sans épée, c'est assez original pour une cavalière. »

Le regard d'acier du Condottiere trouva celui de l'écuyère.

« Bien que cela apporte un semblant de sécurité à notre rencontre et très probablement rassure le capitaine et ses soldats. »

Sophie salua nerveusement. Les manières abruptes et directes de l'homme d'armes lui semblaient déplacées face à l'opulence des jardins, la richesse des uniformes, la facture délicate de sa plume et son encrier. Le Condottiere écarta son travail et désigna l'un des sièges opposés à son bureau.

« J'espérais vous voir. À vrai dire, j'allais vous faire demander, mais voilà, Frêne fait bien les choses. »

Alors que Sophie jetait à l'herboriste un regard de reproche, il tira de sa pipe une bouffée de fumée. Les volutes pastel s'échappaient de ses narines et contournaient ses pommettes glabres, avant d'aller se perdre sous le feuillage des robiniers. Il prenait ainsi des allures de Raëlle, lorsqu'elle convoquait une novice insubordonnée dans son bureau. Du moins, c'est ce qu'il semblait à Sophie, du peu qu'elle apercevait entre les tours symétriques de paperasse.

« J'ai… eu vent des événements survenus au sein du temple de la Ferté-Pluvieuse. Il y a une petite semaine, n'est-ce pas ? »

Les yeux argent du Condottiere précipitaient l'estomac de l'écuyère tout contre ses poumons et elle découvrit très vite qu'il valait mieux fixer un point indécis trois centimètres derrière son oreille plutôt que d'affronter directement son regard. Avec un borborygme angoissé, elle força d'une réponse le barrage de ses lèvres.

« Oui, mon seigneur.

– Qu'en avez-vous pensé ? »

Sophie resta coite. Elle s'était interdit de revenir sur les discours enflammés de Myrddin, avait développé des trésors d'imagination pour diriger le fil de ses pensées sur toutes autres choses que les regards curieux, respectueux ou méfiants de ses pairs. Baldré, toujours plus lourd à son côté, n'avait cessé de rameuter aux abords de sa conscience de traîtres espérances. Nourris de toutes les légendes chantées par Raëlle aux novices, des longues recherches menées avec Frêne et Acquilon et d'un petit aiguillon de fierté qui remuait ses entrailles, ces rêves illusoires poursuivaient leur enracinement précautionneux dans sa psyché.

Le Condottiere attendait toujours sa réponse.

« Je ne sais pas. Le seigneur Myrddin flatte les cavalières de penser que l'héritière de Maude pourrait se trouver dans nos rangs. Baldré m'a échu par chance et peut-être devrais-je le céder à plus méritante que moi. Pas plus que le reste du Royaume je ne sais quoi faire de cet encombrant fardeau. »

Le gros rire de l'homme de guerre la fit sursauter. Déposant sa pipe sur son reposoir de corne polie, il éructa quelques restes de fumée bleue puis braqua son regard implacable sur la jeune fille ratatinée de stupeur qui lui faisait face.

« Les jardins d'été de Zinia ne sont pas lieux à recevoir de tels mensonges, reprit-il avec sérieux. Parlez sans détour ou ne parlez pas. »

Sophie baissa une mine coupable vers le gazon à ses pieds. Même à distance, elle sentait la méfiance d'Acquilon l'envahir comme sa propre émotion, les murmures pressés de soupçons, la réserve prudente face à un homme de combat et de politique. Mais aussi, elle se trouvait absurde, d'avoir recraché sans réfléchir les explications préparées par Éliane avant leur départ de Nordeau.

« Je ne sais pas, reprit-elle. »

Et sa voix vacillait de doute.

« On a vu mon nom dans les cendres de ma Matriarche et on m'a commandé d'obéir à la suivante, alors je l'ai fait. On m'a dit que j'avais le pouvoir de m'emparer de Baldré, alors je m'en suis saisi. On me demande de retrouver Lunde et de la rapporter à la capitale, je crois vouloir m'acquitter de cette tâche-là aussi. Je ne suis sûre ni de me plier à la volonté d'autrui, ni d'aller au contraire de mes propres envies. Tant que ce sera le cas, je m'efforcerai d'avancer dans le sens qui me paraît le bon. »

Le Condottiere hocha la tête avec approbation.

« Voilà des paroles plus dignes du jardin de Maude. Même si rien de ceci ne m'éclaire sur les intentions de votre Matriarche et Maîtresse, sans même parler des intentions de groupes dont vous n'avez pas idée et qui pourtant se pressent autour de votre personne. »

D'un air absent, il remonta ses lunettes sur son nez, réorganisa les papiers étalés devant lui.

« Vous pouvez disposer, écuyère de Nordeau. »

Sophie tourna les talons. Elle rejoignit Frêne aussi vite qu'elle le pouvait sans tout bonnement se mettre à courir, mais refusa le bras offert de l'herboriste, préférant remonter à toute allure les allées bordées de tulipes. Le regard vissé au sol, elle manqua heurter de plein fouet le solliciteur suivant.

Le sourire de Myrddin valait mille brasiers et mille incendies.

« Bonsoir, belle dame, souffla-t-il à l'oreille de l'écuyère. »

La cendre et l'encens de son haleine chatouillèrent brièvement le visage de Sophie puis il la dépassa et, sous les yeux ébahis des deux femmes, s'assit sans manières auprès du Condottiere.

CHAPITRE 14 : LE CONGRÈS

« Vagissent vents et marées contre ton âme d'airain
S'acharnent les nuées, mais tout cela en vain.

Si loin des dures batailles tu veux te reposer,
Aux confins de ce monde je pourrais t'emmener. »

Extrait d'une lettre perdue entre le Prince Roland de Sarda et la Matriarche Éliane de Nordeau

Dans son rêve, Acquilon vient à elle sous le couvert de la nuit.

Elle est tout comme au faîte de sa gloire dans ses habits d'apparat, les cheveux retenus au-dessus de la nuque, son manteau-tissé repoussé sur l'épaule.

Aucune fièvre n'a terni son regard, aucune plaie béante ne s'ouvre sous son sein. Acquilon se tient droite face à elle.

Dans son rêve, sa Maîtresse vient à elle au plus clair du jour.

Elle est frêle et fripée, dans une longue chemise de lin, les cheveux gras et défaits autour de son visage creux.

Maladie et blessure ont boursouflé sa chair. Acquilon oscille face à elle.

Dans son rêve, et pour la première fois, elle voit Roland. Assis dans la Haute-Halle du Palais des Reines et, collés contre lui, toute une horde de courtisans dénudés, leurs peaux grasses épousant ses épaules, ses hanches, ses cuisses. Elle cherche à s'avancer, tente de le rejoindre. Les caudataires amassés s'interposent de leurs fronts, de leurs poitrines, de leurs culs. Et derrière leur masse grouillante, elle aperçoit un instant le regard de Roland qui est pour moitié d'affres et de tourments et pour moitié de plaisir contenu.

Puis la montagne de chair submerge sa vision et elle aussi étouffe sous l'étreinte morbide des corps amoncelés.

*

Éliane émergea du sommeil bien avant le Prince à ses côtés. Dans le demi-jour de la sérénissime chambre, elle voulut s'atteler au travail, mais le corps engourdi d'inconscience de Roland se pressait contre sa jambe droite, son coude passé par-dessus un genou. Ses longs cils princiers reposaient délicatement contre ses joues soyeuses. Dans un moment de faiblesse, les bribes de son rêve encore amalgamées à son esprit, elle céda à la tiédeur du souffle contre sa cuisse. Les papiers entassés sur la table de chevet, qu'elle pouvait atteindre en étirant simplement le bras, vinrent s'empiler dans son giron. D'un déhanchement précautionneux, elle put se saisir d'un stylo et d'un encrier, dont le contenu sépia s'épancha en partie sur les draps lorsqu'elle le posa sur son genou. Malgré cela, Roland dormait toujours.

Éliane se plongea dans ses comptes-rendus, ses lettres, ses missives cryptées. Cinq courtes journées, à peine autant de nuitées, la séparaient de l'élection et du Congrès. Les autres Matriarches et les quatre Maréchales arriveraient au Palais sous peu et avec elles viendraient leurs suites respectives, une pléthore de domestiques – et autant d'espions potentiels –, des gardes et des cavalières inconnues. Tous seraient abreuvés de rumeurs et de mensonges, de secrets et de ouï-dire. Myrddin, probablement, aurait déjà infiltré leurs rangs de ses susurrements malhonnêtes, il serait partout et insaisissable à la fois, tel un serpent de fumée. Machinalement, Éliane repoussa une mèche du front de Roland. Il était trop tard pour recruter des alliés, trop tard pour peaufiner son discours, trop tard, peut-être, pour reculer et reprendre de l'élan. Chacune des décisions de ces cinq dernières années l'avait menée à ce moment de son Destin ; chaque coup bas, chaque bracelet tintinnabulant de jade et de cuivre échangé à la lumière de la lune, chaque rencontre sous le sceau du mystère, tout l'avait lentement guidée jusqu'ici. Il n'y avait plus qu'à attendre. Elle repoussa trop brusquement les feuillets sur ses genoux et le fond de l'encrier se renversa sur l'épaule du Prince.

« Qu'est-ce que... »

Les mots empoissés de sommeil s'empêtraient entre les lèvres de Roland, tandis qu'il roulait sur le dos dans une vaine tentative d'échapper au liquide agressif. Éliane essuya du pouce une goutte sombre qui roulait le long de sa clavicule, en macula le bout de ses doigts.

« Bon retour parmi les vivants. »

Le Prince s'ébroua. L'encre ruisselait sur sa peau hâlée où elle dessinait un maillage abstrait de routes et de chemins, avant de se laisser absorber par les fibres du drap. Il se redressa pour mieux se coller à sa compagne de chambrée.

« On n'a pas idée de tirer les gens du sommeil de cette façon. »

Son haleine sirupeuse de la nuit vint chatouiller les narines d'Éliane et elle lui dessina une moustache du bout des doigts en le repoussant.

« Pas le temps de jouer, tendre rameau, une longue journée nous attend. »

Elle se glissa hors du lit avant qu'il n'ait pu l'emprisonner de ses bras. L'inaction et l'attente ne réussissaient guère à la Matriarche. De fébriles frissons remontaient le long de ses bras jusqu'à ses épaules nouées de tensions, une raideur douloureuse s'était installée durablement à l'arrière de sa nuque, et il lui devenait difficile d'ignorer les crampes soudaines traversant ses viscères. Jamais auparavant n'avait-elle supporté une telle tension, un tel trac. Jamais auparavant ne s'était-elle adressée à l'ensemble du Royaume réuni en un lieu, en un jour, avec pour seul projet d'élire le prochain maître de la Caserne. Éliane se força à reprendre pied. Sans écouter les récriminations de Roland, encore enfoui sous les draps, elle revêtit la tunique et la veste délicatement ouvragées qu'elle avait fait réaliser par les Maîtresses-tisseuses de Nordeau avant son départ. Chaque ourlet orné de feuilles trilobées, brodées du fil d'or seyant à sa fonction, scintillait dans la lumière du petit jour. Sous les plis droits de son manteau-tissé, le vert dogmatique de son vêtement prenait des teintes plus sombres, évoquant le bleu ardoise du commandement. Elle fixa sa broche ronde de Maîtresse Bâtisseuse à son col, se piqua le doigt. Roland s'approcha, toujours déshabillé de la nuit, et porta à sa bouche la main blessée.

« Et à te précipiter ainsi tu finis par te faire mal, chuchota-t-il contre sa peau. Je sais les enjeux des jours qui nous attendent, je sais les écueils sur notre chemin. Je sais aussi ce que nous avons déjà dépassé et ce que nous sommes capables d'affronter encore. Je sais ta force et ta pugnacité, et tout cela me dit que nous pouvons atteindre nos buts sans que j'aie à perdre trop de toi en cours de route. »

Il détourna le regard et elle resta interdite, tous deux embarrassés par sa soudaine déclaration. Puis Éliane détacha ses doigts de ceux du Prince, se pencha pour l'embrasser sur le front, entre les boucles noires de ses cheveux, et s'assit sur l'un des tabourets de la chambre.

« Je pars devant. »

Elle noua autour de ses mollets les attaches de jade de ses bottes et autour de ses poignets celles de cuivre de ses gants, ajusta une dernière fois la broche à son col, repoussa une mèche derrière une oreille. Roland, appuyé sur un montant du baldaquin, approuva sa mise du regard.

« Ne sois pas en retard, lui lança-t-elle de la porte.

– N'ayez crainte, Maîtresse-Matriarche, je serai en temps et en heure à notre rendez-vous. »

Éliane hocha la tête et quitta la sécurité familière de la chambre princière pour les sournois couloirs des Palais de Zinia.

« Mes filles surveillent de près le personnel et la cour d'Abéni de la Ferté-Pluvieuse. »

Surgissant d'un recoin dissimulé, Malée aligna ses pas sur ceux de sa Matriarche, telle une ombre dévouée, attentive et discrète.

« Elle sera aux portes de la ville dans deux heures environ, poursuivit la cavalière. Et voilà une missive de l'Est arrivée ce matin. »

Éliane se saisit du pli cacheté.

« Merde. »

Ses doigts crispés par la surprise froissèrent le papier fragile de la lettre.

« Aédan n'est pas encore parti d'Iram, il ne posera pied à Zinia que dans quatre jours.

– La veille du Congrès ? Cela fait court… »

Éliane fourra brutalement la missive malvenue au fond de sa poche. Les atermoiements logistiques du Seigneur de l'Est n'étaient qu'une distraction, une digression de plus en vue de l'élection à venir. Tout cela n'avait guère d'importance : si elle ne pouvait pas rencontrer Aédan avant le Congrès, ses adversaires ne le pourraient pas non plus.

Elles quittèrent les couloirs déserts des appartements du Prince et rejoignirent les corridors plus fréquentés des étages inférieurs du Palais Sérénissime. Une foule de diplomates, suivie de près par leurs escortes de scribouillards et de gratte-papiers, valsait d'un bureau à l'autre, de courtisan en ordonnance, dans l'espoir de se voir accorder une entrevue privée avec le Prince. Des groupes de pèlerins, des gardes en faction, quelques cavalières en mission se mélangeaient au tout-venant toujours présent au Palais. On se pressait de salons en antichambres, de boudoirs en vestibules, attentif à la tenue, la posture, la parole de ses voisins. Éliane ignora tout ce bruit : aucun de ces opportunistes n'aurait voix au Congrès, ils n'étaient que des corbeaux, attirés par le festin d'un dragon bien plus gros qu'eux. Puis son regard se posa par hasard sur l'écuyère qui l'avait accueillie à Soufeu quatre ans auparavant et elle dut discipliner les muscles de son visage pour conserver un air avenant. Ce masque d'indifférence superposé à ses traits, elle dépassa Blaenne. Malgré cela, elle sentit longuement dans son dos le regard curieux de l'espionne de Perle, aussi, dès qu'elles furent hors de portée d'oreilles, confia-t-elle à Malée une nouvelle besogne.

« Surveille cette délatrice sudiste comme si elle était ta propre écuyère. Ne la lâche pas d'une semelle et s'il s'avère qu'elle approche de trop près son nez de mes affaires, fais en sorte qu'elle en soit justement récompensée. »

Malée acquiesça d'un clignement de paupières et s'éclipsa promptement derrière un groupe de courtisans bedonnants. La Matriarche poursuivit seule. Elle quitta les galeries surpeuplées des étages publics pour les quartiers réservés aux hôtes de marque où ne naviguaient que quelques estafettes et domestiques de confiance.

Myrddin l'attendait au détour d'un passage voûté, adossé à une colonnade ouvragée. Vêtu, cette fois-ci.

« Maîtresse-Matriarche, comme il est bon de te revoir ! »

Sous ses nouvelles écharpes, plus précieuses que celles brûlées à la Ferté, le magicien semblait plus âgé. Une ride soucieuse barrait son front, venant trahir la belle assurance avec laquelle il dissimulait ses intentions. Éliane renifla dédaigneusement.

« Myrddin. Quel mauvais vent t'amène sur mon chemin de si bon matin ?

– Il y a plusieurs réponses à cette question. Le Destin, la Dame, mais aussi la politique et la diplomatie. Vois-tu – il s'arracha au mur pour venir tourner autour de la cavalière – j'ai beaucoup réfléchi depuis notre dernière rencontre. Et ce matin, alors que j'étais en route pour rendre une petite visite de courtoisie à mon cher ami le Condottiere, j'ai croisé ton écuyère et une idée m'est venue. »

Il tenta de passer son bras sous celui de la Matriarche, mais Éliane se dégagea. Les mots du magicien coulaient comme un poison au creux de ses oreilles, l'empêchant de s'éloigner. Sans se décontenancer, Myrddin poursuivit.

« Il y avait bien longtemps que nous n'avions pas fait affaire ensemble, lui et moi, pas depuis les champs de bataille de la Grande Guerre et le traité de paix. Enfin, votre capitulation devrais-je dire. »

La grimace d'Éliane ne lui échappa pas.

« Oui, c'est un souvenir douloureux pour toi Matriarche. Alors que tu n'étais qu'une enfant à l'époque. Tu sais…

– Je ne veux pas t'interrompre, intervint-elle, mais j'ai beaucoup de choses à faire aujourd'hui et entendre tes réminiscences du passé n'en fait pas partie. Si tu veux bien m'excuser. »

Elle l'écarta d'une bourrade et remonta le couloir à grands pas, pressée soudain de trouver l'une de ses cavalières, peu importe laquelle, du moment qu'elle déniche Sophie et la dissimule dans la première cachette venue.

« Pas si vite, voyons ! Sophie est en pleine leçon. Et puis si je suis avec toi, je ne suis pas avec elle. »

Éliane s'arrêta si brusquement qu'elle en trébucha.

« J'ai pensé aller la voir en premier, puis je me suis dit : Myrddin mon ami, pourquoi te précipiter de la sorte ? Il y a des moyens plus subtils de ferrer ton poisson. Et me voilà auprès de toi. »

La Matriarche lui fit à nouveau face, s'avança jusqu'à pouvoir le saisir par l'avant de ses robes.

« Que manigances-tu magicien ? Quelle tortueuse et sinistre mission t'es-tu fixée ?

– Moi ?

– D'abord, mon écuyère a la bonne idée de devenir la porteuse de Baldré, puis j'apprends qu'à travers toutes les citadelles on a vu l'esprit de Maude elle-même apparaître aux pieux et aux dévots ? »

Un frisson glacé la parcourut toute entière, comme en ce jour, face au feu dans le bureau de Roland, lorsque les flammes lui avaient offert un terrible pressentiment.

« Que comptes-tu faire de mon écuyère, magicien ? »

Myrddin sourit. Ses dents blanches brillaient entre ses lèvres sombres. Une étincelle alarmante allumait ses prunelles.

« La question n'est pas là. Ce que je veux faire de Sophie n'a que peu d'importance. Toi, en revanche. »

Sa voix mélodieuse de tisseur de sort enrobait chaque mot d'un miel amer.

« Que serais-tu prête à sacrifier pour assurer ta victoire au Congrès ? »

Éliane recula comme s'il l'avait giflée. Un vilain rictus agita ses lèvres, un tic retroussa ses narines.

« Si tu penses que je vais te laisser poser tes griffes répugnantes sur mon écuyère... »

Elle s'arrêta pour reprendre son souffle.

« … avec ma bénédiction ! »

Une crampe douloureuse traversa son bras droit et elle déchira un pan de la chemise du magicien. La forêt dorée de sa peau brilla un instant à la lumière du jour avant qu'il ne se dégage.

« Je ne veux rien faire de la sorte. Je suis magicien, pas proxénète. La petite n'a rien à craindre de moi, au contraire. Je peux la protéger bien mieux que tu ne le pourras jamais, la cacher aux yeux du monde qui voudrait la voir échouer. Je peux la former, l'instruire. Lui donner toutes les chances d'entreprendre pleinement le motif que lui destine la Dame. Je peux lui offrir Lunde. »

Le mage et la Matriarche restèrent un instant silencieux, face à face dans le couloir désert du Palais. Le cœur d'Éliane s'affolait toujours et elle devinait derrière l'aplomb tranquille de Myrddin un trouble similaire. Il n'avait aucune garantie qu'elle accepterait sa proposition. Comme elle, il jouait ses cartes prudemment, attentif à la tactique de son adversaire.

« Ce n'est pas cher payé, si on y réfléchit bien, reprit le magicien, une écuyère ordinaire contre le rang le plus puissant et le plus noble du Royaume, le titre tant convoité de Maîtresse-Paladin. Et puis tu n'as jamais voulu d'un boulet tel que Sophie à ta cheville. Je t'offre une échappatoire à cette charge dont tu te serais bien passée et un chemin pavé d'or pour ce poste qui habite chacun de tes rêves. »

Éliane hésita et Myrddin revint à l'assaut de plus belle.

« Si cela peut te rassurer, aucun mal n'arrivera à Sophie. Elle ne sera ni blessée ni maltraitée. Et puis tu n'auras pas à t'inquiéter pour ton héritage, la petite réunira à la fois celui de Maude et le tien, l'avenir du Royaume est ainsi tout assuré. »

Un nouveau frisson parcourut la Matriarche, il lui sembla se réveiller. Pendant un instant, un si court et si terrible instant, elle avait envisagé d'accepter la proposition du magicien. Après tout, si Myrddin avait raison, la vie d'une écuyère valait bien le destin du Royaume tout entier, ou la conscience apaisée d'une cavalière parmi tant d'autres. La honte menaça de colorer ses joues d'une ombre coupable et elle s'apprêtait à congédier le magicien lorsqu'une porte dérobée, plus loin dans le couloir, s'ouvrit en grinçant.

« Matriarche ? »

Jaya passait par l'embrasure un visage inquiet. S'éloignant de Myrddin de quelques pas, Éliane lui sourit.

« Bonjour, Jaya. Excuse mon retard, j'arrive.

– Bien sûr, Matriarche. Je vous attends. »

La cavalière s'inclina avec empressement et disparut à nouveau. Dans le silence revenu entre les statues muettes, Éliane retrouva toute sa contenance. Elle rajusta son manteau-tissé autour de ses épaules, brossa sa veste du plat de la main.

« Bien. Il me semble que nous n'avons plus rien à nous dire. La Dame te garde, magicien. »

Sans un regard de plus, elle le dépassa. Myrddin ne fit aucun geste pour la retenir, mais tandis qu'elle approchait du boudoir où se cachait Jaya, il laissa glisser jusqu'à elle une poignée de ses étincelles et sa voix résonna sous les arcades de marbres.

« Nous ne sommes pas dans un conte, Éliane de Nordeau ! Je ne reviendrai pas vers toi par trois fois, afin que tu puisses te décider. Et je ne suis pas non plus un démon venu te demander la première âme qui passera le pont que tu construis. Ton ouvrage est grand, ta cause noble, ne tourne pas le dos au Destin pour d'insipides principes ! »

La main sur la poignée de la porte, Éliane s'arrêta. Les agaçantes escarbilles du magicien s'enroulaient autour de ses chevilles, sautillaient devant son visage, cherchaient par tous les moyens à attirer son attention. Avec un soupir, elle se tourna à nouveau vers Myrddin et revint sur ses pas.

Après avoir entendu le rapport de Jaya, Éliane s'empressa de rejoindre les portes de Zinia. Elle fendit sans peine la foule grouillante qui arpentait les rues de la capitale, traversa au pas de course les quartiers les plus nobles, puis les suites de maisons bourgeoises, les faubourgs congestionnés de boutiques, jusqu'à retrouver Roland et son escorte au seuil de la cité. Malgré le soin et la dignité de sa mise, elle pouvait deviner les tremblements anxieux qui agitaient le Prince. Contrairement à la Matriarche, l'action ne réussissait pas à Roland. Il aurait préféré l'indolence de ses quartiers, la douceur de ses jardins, s'appliquer à oublier l'échéance prochaine, ne faire face qu'au dernier moment. Il lui coûtait d'aller ainsi contre sa nature. Là où Éliane ne trouvait l'apaisement que dans l'agissement le plus prompt, son compagnon d'intrigue préférait être un soutien secondaire et n'intervenir que sporadiquement, tel un courtisan tissant son influence à la cour. Il s'était toujours cantonné à son rôle pré-écrit de monarque. Jusqu'à aujourd'hui.

Côte à côte, devant leur suite hybride de domestiques et de cavalières, le Prince et la Matriarche puisèrent l'un chez l'autre le courage nécessaire pour affronter les quatre jours à venir.

Se faufilant entre les badauds attroupés, l'une des écuyères jumelles de Malée vint murmurer son rapport à l'oreille d'Éliane : « Pas plus d'une poignée de minutes ». De fait, le cortège de voyage d'Ayaz Aygun Abéni Oìsin, Seigneure de la Ferté-Pluvieuse, se dessinait au loin. Les pointes de hampe ouvragées de ses porte-drapeaux crevèrent les premiers l'horizon de leurs reflets de jade, suivies des oriflammes ornées de ses armoiries, claquant sous les assauts du vent. Puis émergèrent les lames des lances d'acier, les morions aux cimiers émeraude et, derrière un premier régiment de soldats, l'attelage de la Maréchale. Les massifs vorombes cendrés harnachés à la voiture d'Abéni entraînaient avec eux le reste de son escorte. Le cliquetis des attaches et des armures, le martèlement des bottes et des ergots précédèrent un instant l'arrivée des Marches du Nord, au point de couvrir les murmures de la foule amassée le long de la voie des Reines.

Éliane sentit Roland se raidir à ses côtés. Lorsqu'Abéni mettrait pied à terre, le Congrès aurait commencé. Il n'y aurait pas de retour en arrière possible, pas d'échappatoire au conflit qui les attendait, plus de statu quo auquel se raccrocher, derrière lequel se cacher. Elle saisit sa main gantée dans la sienne.

« À deux, un seul chemin. »

Roland acquiesça, les yeux fixés sur la silhouette toujours plus précise du coche en approche. Une onde de sérénité bienvenue adoucissait l'inquiétude d'Éliane : Abéni était des leurs, ce rendez-vous n'était que purement protocolaire. La seigneure ne servait qu'à appuyer sa candidature face aux autres Maréchales et aux Pairs du Royaume. Elle voulut s'autoriser ce sentiment de sécurité confortable. L'accalmie fut de courte durée. Une ombre surgit derrière son épaule et le chuchotis pressé de la seconde écuyère de Malée lui caressa la nuque.

« Matriarche, venez vite ! Il est arrivé quelque chose au Palais ! »

Il sembla à Éliane que son cœur et ses entrailles échangeaient leur place. Les sourcils froncés de la jeune fille ne réussissaient pas à dissimuler son trouble, pas plus que sa cape ne cachait le sang sur sa veste. Un bruissement soucieux agita la suite de domestiques et de secrétaires. Par-dessus l'épaule du Prince, Amé jeta à Éliane un regard alarmé.

« Que s'est-il passé ?

– C'est ma Maîtresse, Matriarche, elle est blessée ! Je ne savais pas où aller… »

La cavalière se mordit les lèvres de frustration. Laisser Roland seul face à cette rencontre qu'il redoutait tant et courir le risque qu'Abéni prenne ombrage de son absence ? Ou bien abandonner sa meilleure espionne et voir le Congrès entaché d'un accident qu'il serait impossible de ne pas retracer jusqu'à Nordeau ? Elle serra une dernière fois la main du Prince entre ses doigts.

« Je dois partir. »

Roland tourna vers elle son visage soudain décomposé, toute son angoisse revenue comme une serre autour de sa gorge.

« Pardon ? »

Il s'agrippa à sa main.

« Éliane, le Congrès dépend de cette rencontre !

– Le Congrès dépend de bien des choses, mais cette rencontre n'est qu'une partie d'un tout qui s'effondrera si je ne règle pas ce problème. »

Elle n'avait jamais su redonner courage à un seul être dans l'intimité d'un tête-à-tête, seul devant la foule trouvait-elle naturellement ses marques. Le regard affolé de Roland ne l'aidait en rien à le rassurer.

« Tu me fais confiance si souvent, Roland de Zinia, fais-moi aussi confiance lorsque je place ma foi en toi. Je ne doute pas un instant que tu saches quoi dire et faire pour nous assurer le vote d'Abéni.

– La Maîtresse-Matriarche a raison, mon Prince, intervint Amé, il vous faut accueillir seul la Seigneure du Nord. Si l'on trouve le cadavre d'une cavalière dans les couloirs du Palais, les conséquences seraient catastrophiques. »

Roland hocha du menton en soupirant. Éliane lui abandonna sa main le temps qu'il y puise le courage nécessaire à leur brusque changement de plan, puis elle se dégagea doucement et, entraînant l'écuyère de Malée à sa suite, s'en retourna vers les quatre Tours-Palais adossées à la falaise.

Elles se faufilèrent à travers les étages du Sérénissime, empruntèrent tout ce que la demeure du Prince connaissait de passages dérobés et de couloirs secrets, se glissèrent d'ombres en recoins et de cachette en détour. Le soleil à son zénith avait chassé bon nombre de courtisans vers les salles bien approvisionnées de banquet et de réception. La Matriarche et l'écuyère profitèrent de ce répit momentané et rejoignirent sans encombre la galerie excentrée, où un corps exsangue refroidissait.

« Maîtresse ! »

L'écuyère se précipita aux côtés de Malée.

« Je suis allée chercher la Matriarche comme vous le demandiez. »

Appuyée contre le mur, les mains pressées sur sa cuisse autour d'une profonde coupure, Malée inspirait péniblement de douloureuses bouffées d'air. Blaenne gisait à ses pieds, dans une flaque de leurs sangs mélangés. Tandis que l'écuyère s'affairait autour de sa Maîtresse, Éliane retourna le cadavre du bout du talon, attentive à ne pas tacher ses bottes d'écume écarlate. Une trouée béante s'ouvrait en travers de la gorge de l'écuyère.

« Que s'est-il passé ? »

Malée leva sa figure cireuse vers la Matriarche.

« J'ai suivi la fouineuse sans problème. Elle semblait errer à travers le Palais et puis j'ai compris qu'elle me soupçonnait d'être sur ses traces. »

Elle reprit son souffle un instant.

« J'ai pris mes distances et lorsque son attention est retombée j'étais toujours dans son sillage. J'ai fini par comprendre qu'elle cherchait à pénétrer dans les appartements du Prince. Il y a – elle se redressa avec peine – une fenêtre qui permet l'accès au balcon, si l'on est assez souple. Je ne serai pas étonnée si celle-ci en était capable. »

Elle poussa le corps sans vie de Blaenne du talon. Éliane s'accroupit à son côté.

« Quelle est l'étendue de tes blessures ?

– Juste cette vilaine plaie et des côtes un peu malmenées, mais je devrais survivre. »

La Matriarche se pencha sur l'entaille traversant sa cuisse. Elle ne crachotait pas les jets de sang tenaces et réguliers qui auraient trahi l'atteinte d'une artère et signé la mort précoce de Malée.

« Je suis désolée, Matriarche… »

Éliane secoua la tête, serra l'épaule de la cavalière de sa main.

« Je vais nous débarrasser du corps et toi, tu vas te reposer convenablement afin que cette blessure guérisse correctement. J'aurai besoin de toi à mes côtés sur les champs de bataille, lorsque nous ferons ravaler aux Sabès leur arrogance. En attendant, personne ne peut savoir ce qu'il s'est passé ici. »

Malée acquiesça faiblement. Après avoir bandé sommairement sa cuisse, son écuyère la souleva par un bras et, supportant son poids de son mieux, la soutint à travers le passage dérobé qu'elle avait emprunté avec la Matriarche. Éliane s'occupa de Blaenne. Elle enroula le cadavre dans sa cape d'écuyère imbibée de sang, le traîna avec peine jusqu'à un réduit encombré de vieux meubles et de poussière. Elle verrouilla les portes du couloir et rejoignit Malée. Dès que possible, elle enverrait l'une des femmes de main d'Amé effacer toutes traces de l'incident.

Bien des semaines plus tard, lorsqu'elle se tiendrait en première ligne du front de l'Ouest, Éliane regretterait sa précipitation et sa négligence du moment. Que n'avait-elle pas maquillé la mort de la cavalière de Soufeu en un terrible accident. Que n'avait-elle orchestré un complexe stratagème qui aurait mené à la découverte du corps de Blaenne sous les fenêtres du Prince et aurait laissé entendre que l'espionne se serait rompu le cou en tentant de pénétrer dans les appartements. Bien des semaines plus tard, la culpabilité la submergerait, avant d'être balayée par l'effroi. Mais en cet instant, le soulagement d'avoir évité l'esclandre prima sur la raison. Elle fit disparaître le cadavre et la flaque de sang du couloir, contint le secret du meurtre à ceux sur qui elle pouvait compter – ou qu'elle pouvait contraindre. Et, lorsque l'inquiétude gagna les cavalières de Soufeu, lorsqu'elles se mirent en quête de leur sœur, tous leurs soupçons ne purent que ruisseler autour des guerrières de Nordeau sans les entacher.

Les Maréchales arrivèrent les unes après les autres dans les jours qui suivirent. Les accompagnaient les Pairs du Royaume habitant leurs territoires respectifs, eux-mêmes flanqués de leurs propres cortèges de courtisans, de leurs chariots personnels de serviteurs. Éliane faisait surveiller ces nobles subsidiaires plus par habitude que par nécessité. Quelles que soient leurs opinions sur l'élection à venir, elles se plieraient aux décisions des Maréchales et ne valaient donc pas le temps précieux de la Matriarche. Si l'une d'entre elles avait un jour pu poser problème, elle avait depuis longtemps laissé son titre à une autre.

Zinia accueillit sans faiblir les multitudes qui chaque jour se pressaient à ses portes. Beaucoup descendirent en leurs demeures de la capitale, d'autres profitèrent de l'hospitalité des palais et très vite les appartements du Prince et du Condottiere atteignirent les limites de leurs capacités d'hébergement. On s'entassa alors dans les auberges et les hôtels des faubourgs les plus luxueux, voire dans des quartiers moins fréquentables, jusqu'à ce que la population de la ville ait doublé.

À la suite de tous ces voyageurs, le Congrès arriva.

On rouvrit pour la première fois depuis dix ans les portes du Palais des Reines. Une armée de domestiques y œuvra jour et nuit pour chasser la poussière et la crasse accumulées, débarrasser les parquets des cadavres de pigeons et des boulettes de réjection des oiseaux de proie, faire resplendir les lustres, les vitres, les chandeliers. Chaque jour, Éliane descendait aux jardins d'hiver en travaux, passait sans un regard au milieu des ouvriers et allait observer l'avancée des opérations par l'une des fenêtres fuligineuses qui s'ouvraient sur les entrailles du Palais. Lentement, la Haute-Halle des Reines recouvrait sa grandeur. Les murs de cuivre ouvragé, les plafonds peints et la large coupole de verre qui avait, de tout temps, révélé au soleil et au ciel les actes du Congrès, retrouvèrent un semblant de leur superbe. On déroula des tapis neufs, suspendit de nouveaux rideaux. Deux jours avant le début de l'assemblée, des cavalières-ébénistes d'Estari construisirent l'estrade en bois de cèdre qui accueillerait les débats, et les tribunes en pin où les participantes prendraient place. Debout derrière les vitres récemment décrassées, Éliane sentait l'excitation creuser des sillons d'angoisse et d'impatience le long de son échine, entre ses omoplates, à travers sa mâchoire. Il lui tardait de prendre place sur les planches fraîchement érigées. Elle redoutait l'irrésistible égrainement des heures la séparant du Congrès. Désormais, toutes les rencontres secrètes, toutes les réceptions du monde, n'influenceraient plus en rien l'issue des délibérations. Il n'y avait plus qu'à attendre.

Les portes du Palais des Reines s'ouvrirent le matin du Congrès lorsque les premiers rayons du soleil passèrent la courbe orientale de la coupole de verre surplombant la scène. Côte à côte, le Prince et le Condottiere franchirent le seuil sous les regards de la foule amassée dans les jardins. Les Matriarches les suivirent. Prenant soin de ne pas trop couver Roland du regard, Éliane s'installa aux pieds des tribunes réservées à Nordeau, sans pour autant s'asseoir sur le tabouret orné qui lui était destiné. Elle observa du coin de l'œil Frêne et Sophie prendre place au fond des gradins, derrière une Pènderyn esseulée : Berhane tenait son rang d'Intendante aux côtés d'Éliane, sur le devant de l'estrade.

Juste en face de la Matriarche de Nordeau, debout près de son propre tabouret bas, Perle de Soufeu écoutait avec attention un groupe de ses cavalières. Parfois leurs regards glissaient sournoisement jusqu'à leur consœur nordique et des sourires venimeux aiguisaient alors leurs lèvres. Colère et soupçons bouillonnaient au fond de leurs pupilles, la disparition de Blaenne les étouffait d'inquiétude. Éliane survola froidement la foule des yeux, sans s'arrêter sur ses antiques adversaires. Elle considérait chaque nouvelle arrivante avec circonspection, détaillait les motifs et les couleurs des manteaux-tissés comme s'ils pouvaient lui révéler les alliances secrètes de leurs propriétaires. Une brève grimace de contentement éclaira un instant son visage lorsqu'Iffan passa les portes de la Haute-Halle, son Intendante vieillissante et sa jeune écuyère sur les talons. Puis ses traits s'assombrirent à nouveau. Rivkah et Brigandine s'avançaient à leur tour, drapées dans les étoffes précieuses de Lebâs, suivies d'un groupe compact de cavalières de l'Ouest, reconnaissables entre toutes à leurs bottes crottées de terre et à la paille mêlée à leurs manteaux. Éliane fronça le nez de dégoût. Ousterre dans toute sa splendeur, cherchant querelle et attention, bousculant grossièrement les règles de bienséance. Elle se détourna. Les tribunes des cavalières se remplirent. Les Maréchaux, les Gardes-frontières, les Remparts de Sarda firent leur entrée.

Venue d'un fief voisin des montagnes de Nordeau, souveraine d'un ancien territoire amputé, la Maréchale de la Ferté-Pluvieuse prit place à la droite d'Éliane. Son visage sombre auréolé de tresses grises, son menton sérieux soutenu par un col de fourrure brune, tout, chez elle, évoquait la rudesse de ses terres, l'âpreté du climat d'altitude. Éliane retrouva dans l'éclat de jais de ses yeux la même ténacité qui habitait son propre regard. La cavalière et la Maréchale échangèrent un bref hochement de tête : malgré leur rendez-vous manqué, elles défendraient sur le parquet de l'estrade un but commun.

Une bourrasque de voiles rouges précédait et poursuivait l'arrivée des Maréchales-jumelles des grandes étendues désertiques du Sud. Le scintillement de leurs multiples bracelets d'or et de jade éblouit un instant la Matriarche de Nordeau avant que leurs jacassements insipides ne lui parviennent. Chacune d'un côté de Perle, les deux sœurs gloussaient d'une plaisanterie douteuse de leur cru. Il n'y avait aucun doute à avoir sur l'inclination de leur allégeance. Éliane préféra s'intéresser à l'arrivée des deux derniers Maréchaux.

À chaque pas, le Seigneur de l'Est soulevait autour de son imposante stature des vagues de parfums et de tintinnabulements. Sa foisonnante barbe rousse jurait fièrement avec le mauve et le pourpre de son habit aux longues manches, orné, sur toute la surface de son torse, de minuscules clochettes d'argent. Chacune des larges révérences qu'il adressa aux autres nobles présents embaumait la Haute-Halle des huiles odorantes dont il s'était aspergé. À la Matriarche du Nord, il réserva un salut mitigé, incertain peut-être, face au débat à venir. Éliane s'efforça de lui offrir un sourire rassurant. Ni Hadi ni elle n'était assuré du soutien de l'Est, et de tous les Seigneurs des Marches assistant au Congrès, son avis pourrait bien être des plus cruciaux.

Toute à ses considérations, elle faillit manquer la révérence polie de Valchelin de l'Ouest. Il était difficile de le reconnaître au milieu de sa suite de secrétaires, même après qu'il eut pris sa place à la droite de Rivkah. Éliane s'empressa de lui répondre en s'inclinant légèrement. Elle ne pouvait, ne serait-ce qu'un instant, le laisser douter de son indéfectible amitié.

Une fois le dernier Maréchal assis à son poste, les Pairs du Royaume s'installèrent à leur tour. Les dames de plus modeste naissance n'intéressaient pas Éliane. Elles ne participaient pas au vote, seulement aux délibérations, et aucune d'entre elles ne représentait une menace ou un atout suffisant pour que la Matriarche leur accorde son attention. Elle échangea un regard entendu avec Roland. Seule une poignée de minutes les séparait de leur destin. La dernière dame s'assit et il ne resta plus que le Prince et le Condottiere debout sous les regards de tous, flanqués de chaque côté par des cavalières voilées de vert, assurant la sacralité du Congrès.

Roland s'avança au centre de l'estrade. Le silence tomba sur les tribunes comme un couvercle étouffant.

« Matriarches. Maréchales. »

Les volutes d'or de son lourd manteau scintillaient sous la lumière cascadant du plafond de verre.

« Pairs de notre Royaume. »

Les franges dorées balayèrent le parquet lorsqu'il fit face à Hadi.

« Maître de la Caserne, Gardien de Sarda, cher collègue. »

Les deux hommes échangèrent un salut protocolaire, qui ne dissimula en rien l'inimitié qu'ils se portaient, et Roland se tourna vers la cavalière d'office, qui lui confia le broc d'eau et la louche consacrés. Il purifia ses mains et sa bouche, laissa couler les mensonges avec l'eau souillée, empreinta sa langue de vérité, ses dires d'exactitude. Hadi imita ses gestes en miroir. Puis la vasque passa de Maréchale en Matriarche, chaque fois un peu plus vidée de son contenu et les planches de cèdre nu burent avidement tromperie et imposture. Lorsque le broc eut retrouvé sa gardienne, Roland s'avança de nouveau.

« En ce jour de milieu du printemps ; en ces lieux de pouvoir ancien et sacré, assoupi, mais pas oublié, nous nous retrouvons chaque décennie, nous nous rassemblons depuis plus de dix fois dix siècles, nous, les Seigneurs de Sarda. En ce jour, en ces lieux, en votre compagnie, s'ouvre une nouvelle fois le Congrès réuni. »

Un murmure d'excitation approbatrice parcourut les tribunes. Éliane sentit les cavalières dans son dos se redresser sur les bancs de pin, tendre le cou, s'accrocher à leur siège. Roland dissimulait avec brio l'appréhension qui lui nouait les entrailles, mais pour le regard familier de la Matriarche, tous les signes du trac qui le dévorait s'affichaient au grand jour. Le Prince ménagea son effet, autant pour laisser la tension monter de quelques crans encore que pour rester maître de sa sérénité feinte. Et, enfin, il annonça la véritable ouverture du Congrès. Il récita sans trembler la prière de préambule, les premiers vers de la *Geste des Reines*, repris à voix basse par le Condottiere, les Maréchales, les Matriarches, la foule assemblée sur les gradins de bois. Puis, une à une, les voix se turent et le Prince invita les candidats à s'avancer.

Hadi se leva le premier. Pour l'occasion, il avait revêtu la tenue la moins défraîchie de sa garde-robe, bien que le bleu de son manteau fût un peu passé autour des coutures. Seule son écharpe de fonction, en travers de son torse, ne portait aucune trace d'usure.

« Vous me connaissez tous. Depuis quarante ans je siège à la Caserne, depuis quarante ans je tiens les mêmes promesses, les mêmes engagements. »

Éliane n'écouta pas la suite de son discours. Son regard balayait l'assistance, scrutant et analysant, lorsqu'il s'arrêta sur l'Ambassadeur des Sabès. Au premier rang derrière Hadi, le petit homme prenait ses aises : vautré sur le banc, alangui entre ses secrétaires. Éliane s'étonna de ne pas l'avoir remarqué plus tôt. Il se pavanait dans un costume typique des Comtés-Unis, affichait, aux yeux de tous, sa détestable position d'argousin mandaté. La Matriarche retint une grimace. Un goût de bile envahit son palais et sa langue. Voir ainsi l'émissaire des Sabès parader aux premières loges du plus important de leur consistoire politique, en plein milieu des assises qui formaient le cœur même de leur gouvernement, réveillait en elle des humeurs amères. L'Ambassadeur croisa son regard, y déchiffra sans peine son animosité. Il se permit un sourire amusé et la salua discrètement de la main, conscient, bien sûr, de son incapacité à lui répondre.

« Je ne disserterai pas plus longtemps, vous savez toutes et tous ce que j'apporte à la Caserne et, par extension, au Royaume. Vous savez aussi ce que j'ai accompli pour Sarda par le passé. Je ne peux que vous enjoindre de me renouveler votre confiance, comme vous l'avez fait lors des quatre derniers Congrès où nous nous sommes retrouvés. »

Hadi s'inclina tour à tour face à chaque tribune, sa sempiternelle expression de tranquillité figée sur son visage. De nombreux hochements de tête appréciateurs lui répondirent dans l'assistance, mais aucune des Matriarches, ni la moindre Maréchale, ne laissa transparaître ne serait-ce qu'un fragment d'opinion. La tension entre les reins d'Éliane s'étendit à sa poitrine et à sa nuque.

« Merci, cher collègue. »

Roland s'avança. Il lui était si difficile de ne pas s'adresser à Éliane et à Éliane seule, de prétendre inclure dans son invitation l'assemblée tout entière.

« Est-ce que quelqu'un d'autre souhaite prendre la parole ? »

Toutes les têtes se tournèrent simultanément vers les gradins du Nord. Une onde d'attention brusquement concentrée sur la Matriarche de Nordeau, un océan d'expectative creusant ses vagues autour de sa silhouette solitaire. La scène de cèdre sembla tanguer sous les pieds Éliane, tel le pont d'un navire perdu en plein orage. Au creux de la houle, les gradins se faisaient soudain bien imposants, la surplombant de leurs regards inquisiteurs tandis qu'elle prenait place au centre de l'estrade.

« Je suis Éliane de Nordeau, Maîtresse bâtisseuse, Matriarche. Je marche au côté de Yuda depuis près de vingt ans. »

Il n'y avait plus trace de nervosité dans la véhémence qui sous-tendait tout son être, gainait ses muscles, épousait les méandres de ses entrailles.

« Et je viens vous proposer un pari. »

*

Il ne restait que cette force obnubilée par un unique but, depuis la première fois où elle avait mis les pieds à la capitale. Il ne restait que le titre de Condottiere, là, à portée de main.

Elle attaqua frontalement, tout en construisant autour de ses accusations une défense solide, articulant des arguments maintes fois répétés dans l'intimité des quartiers de Roland. Comme au combat, comme si elle portait à ce moment son armure et son bouclier, elle couvrit ses flancs et concentra le tir fourni de ses attaques sur une seule et même cible. Elle invoqua les traditions, l'histoire, les mœurs de Sarda, dénonça le fait que deux hommes gouvernent au nom de la Dame. Elle évoqua l'humiliation, la défaite, le traité et rappela qui avait apposé sa signature au bas du parchemin incriminé. Elle retira ses gants au cours de sa diatribe, laissant voir, l'air de rien, la marque sacrée de chêne sur sa paume droite. Lentement les regards se détournèrent d'elle pour se fixer sur Hadi, soutenant le flot continu de son discours, et le Condottiere en titre contracta ses larges épaules sous le poids de leurs questions. Qui est responsable de leur capitulation d'alors ? Qui a le sang et la sueur du Royaume sur les mains ? Qui ploie encore le genou devant le voisin haï ?

« Allons-nous décevoir la volonté de notre Dame encore longtemps ? Le feu ardent qu'elle plaça en nos cœurs, s'est-il éteint devant la puissance des Comtés-Unis ? Le vent de la forêt s'est-il essoufflé ? Dois-je promettre à mon écuyère la même honte que celle qui m'habite chaque jour ? »

Elle se tut un instant, hors d'haleine. Des murmures de colère et d'approbation mêlées parcouraient les tribunes. On s'insurgeait de ses paroles, on acquiesçait sentencieusement. Cavalières et Pairs du Royaume se penchaient les unes vers les autres par-dessus les barrières séparant leurs gradins respectifs. Seules les Maréchales et les Matriarches dissimulaient encore le fond de leur pensée.

« Je vous propose ce pari. Marchez à mes côtés. Marchez avec moi jusqu'au cœur des Sabès, jusqu'aux palais de pierres grises d'Estève-en-Naudary. Que la forêt recouvre les Comtés-Unis, que la Dame règne sans égale sur tout l'Ouest et que nous reviennent enfin les terres injustement spoliées des Marches du Nord. »

Du coin de l'œil, Éliane aperçut le hochement de tête appréciateur d'Abéni.

« Voilà le pari que je vous invite à faire, le saut dans l'inconnu que je vous soumets : osez tourner le dos à un équilibre trop familier ! Oubliez le passé et faites avec moi la route ardue qui nous réunifiera notre Royaume, lui rendra son honneur et repoussera les Sabès à la place qui est la leur : de l'autre côté du Ravin ! »

L'entièreté des deux tribunes nordiques explosa en applaudissements assourdissants. Quelques cavalières des autres citadelles les imitèrent, suivies plus discrètement par quelques Pairs du Royaume. Éliane repéra très vite les alliées qu'elle avait placées parmi ces gradins adverses. La Matriarche détailla du regard les expressions soigneusement figées des trois autres Maréchales. L'est affichait une mine pensive, l'ouest l'air ahuri dont il semblait ne jamais se départir et les deux jumelles du sud se murmuraient leurs réactions au creux de l'oreille, dissimulant leurs visages à Éliane. Un éclat de rire acide ramena le calme sur les gradins.

« Nous inviteriez-vous à partir en guerre, Matriarche ? »

Une grimace dubitative étirant ses lèvres sous sa fine moustache, Hadi s'avança à sa rencontre. Les dents serrées à en faire grincer ses mâchoires, Éliane se prépara à la contre-attaque.

« Je vais mettre votre verve enflammée sur le compte de votre jeunesse, poursuivit le Condottiere. Après tout, personne n'est à l'abri d'un peu d'emportement. Je suis certain qu'aucun d'entre nous ne vous en tiendra rigueur si vous renoncez à ce projet futile et abandonnez vos velléités électorales. Clairement, c'est la perte de votre Maîtresse et Matriarche qui s'exprime ici et non pas une volonté réfléchie d'entrer en guerre contre nos voisins et alliés. »

Éliane ne laissa pas à l'assistance le temps de réagir, le sourire satisfait de l'ambassadeur suffit seul à nourrir sa colère.

« Nos alliés, seigneur ? Est-ce ainsi que l'on qualifie celui qui pille et s'approprie le travail de nos paysannes ? Est-ce ainsi que l'on nomme celui qui blesse et ampute nos terres ? Est-ce ainsi que l'on appelle celui qui nous impose sa tutelle et son joug ? »

Elle tourna lentement sur elle-même, prenant l'assemblée des nobles et des cavalières à témoin.

« Je ne qualifie pas d'allié un voleur, je ne nomme pas voisin un bourreau, je n'appelle pas ami un tyran.

– Et que proposez-vous de faire ? On ne mord pas la main qui nous protège et nourrit ! On n'insulte pas son créditeur, en plein Congrès, devant son ambassadeur ! »

Abéni s'avança à son tour.

« Très juste, Hadi, vous touchez là au cœur du problème. »

Le sourire du Condottiere disparut aussi vite qu'il était apparu.

« Que fait un représentant étranger dans le Saint des Saints de notre capitale ? Je ne crois pas qu'un seul d'entre nous l'ait invité ! Devons-nous nous attendre à d'autres entorses de ce genre à nos traditions ? Bientôt les comtes s'inviteront-ils dans les salles secrètes de la Ferté-Pluvieuse ? Présideront-ils aux offices ? »

Un reniflement amusé marqua l'entrée de la Matriarche de l'Ouest dans le débat.

« Je ne me souviens pas avoir dormi lors des derniers Congrès et pourtant me voilà émergeant en plein rêve ! Depuis quand le Nord se soucie-t-il des ingérences des Sabès ? »

Abéni tourbillonna sur elle-même, tempête enragée de fourrure et de tresses.

« Il me manque la moitié de mes Marches, des familles sont séparées par une frontière imposée par des étrangers, nos ressources réduites à peau de chagrin depuis l'accaparation de nos mines. Vous faut-il d'autres raisons à mon souci, Rivkah d'Ousterre ?

– Cela n'a jamais eu l'air de déranger votre prédécesseur, rétorqua la Matriarche. Les compensations reçues en échange des montagnes de jade ont soutenu son train de vie – et le vôtre – pendant près de trente ans. Mais peut-être ce revenu commence-t-il à s'étioler ? »

Éliane s'interposa avant qu'Abéni ne puisse en venir aux mains, rassurant du regard son alliée ébranlée. Le débat opposant Matriarches, Maréchales et Condottiere sur l'estrade se poursuivait dans les tribunes tout autour, s'étendait, enflait et emplissait toute la Haute-Halle d'une cacophonie assourdissante. Même la calme Berhane discutait avidement avec sa voisine de banc. Il ne restait à la Matriarche de Nordeau qu'à concentrer cette ébullition de controverse sur le sujet central de son argumentation.

« Je ne voulais pas le croire. »

Elle avait usé de toute la force de sa voix, de toute la prestance que lui conféraient son habit si soigneusement assemblé et la hauteur singulière de sa taille. L'attention convergea vers elle.

« Je ne voulais pas le croire, mais force est de constater l'évidence. »

Son regard ne lâchait pas Hadi.

« Je ne voulais pas croire que notre Condottiere, ce héros de la Grande Guerre, ce héraut de la paix, s'était mué en pleutre. Qu'il s'était fait le chien de salon des Comtés-Unis. Malheur à nous qui plaçons notre défense entre les mains d'un conquis, d'un traître. »

Elle enchaîna sans laisser à la colère du Condottiere le temps de se transformer en réponse.

« N'avez-vous donc aucune confiance en la Dame et en ses cavalières ? Pensez-vous Sarda indigne de retrouver sa place à la cour des puissants ? Je n'ai pas la prétention de promettre une victoire facile ou une conquête sans lutte ; pour autant, il n'est pas loin le jour où nous pourrons de nouveau porter un regard fier sur l'horizon enfin réunifié de notre Royaume. Tout cela ne demande qu'une certaine dose de courage et un saut dans l'inconnu, mais non point dans le vide. »

Un calme tout relatif attendit la réponse du Condottiere. La colère était passée sur le visage de Hadi, pour laisser la place à une acceptation douloureuse.

« Moi aussi, je ne veux pas croire ce que je vois et entends aujourd'hui. Pourtant je comprends qu'à mon plus grand chagrin, cette chimère belliqueuse que vous vous êtes construite prend racine en vous bien plus profondément que je ne le pensais. Répondez-moi sincèrement, Matriarche. Voulez-vous réellement revenir sur les quarante dernières années et livrer ce pays, que vous dites aimer, au sang et aux flammes ? »

Seul l'Ambassadeur sembla entièrement gagné par l'apparente sagesse du Condottiere, le reste de l'assemblée hésitait encore, oscillant d'un côté à l'autre de la crête abrupte où évoluaient les deux orateurs.

« Aujourd'hui, vos cavalières sont plus aptes à repriser des vêtements et soigner des rhumes des foins qu'à faire la guerre, reprit Hadi, presque à voix basse. Vous vous êtes accommodées de la paix, comme nous tous, et vous êtes désormais bien plus des prêtresses que des combattantes.

– Si j'avais moins de respect pour vous, seigneur, j'en viendrais presque à croire que vous avez peur. »

Encore une fois, Éliane utilisa cette même accusation de couardise. Encore une fois, elle fit mouche, mais sans trouver dans l'assistance le soutien qu'elle espérait.

« Je ne me cache pas derrière de pâles excuses pour mieux échapper à mon devoir, Éliane de Nordeau ! Je sais la supériorité militaire des Sabès ! Je sais la folie de vouloir les défier frontalement ! Ignorer la réalité de ces faits ne te donnera pas la victoire.

– Je n'ignore rien, au contraire, Hadi de Zinia. Je sais, moi, les capacités sans égales des cavalières de Sarda. Je sais l'avantage tactique incomparable que nous offrent nos dragons, sauf si vous avez oublié leur existence, claquemuré que vous étiez derrière les portes de la Caserne depuis plus de quarante ans. »

Le Condottiere retint un geste d'abandon, transformant ce réflexe en un roulement de muscle des épaules. Son expression s'assombrit encore et il entreprit un énième tour d'estrade, les mains serrées dans le bas du dos. Éliane douta soudain de sa capacité à lui faire perdre son calme pour de bon. Presque toutes ses prétentions au rôle de Condottiere reposaient sur sa faculté à prouver au Congrès que le tenant du titre n'avait plus la carrure pour supporter sa charge.

Hadi revint à l'assaut.

« Vous n'avez aucune idée du massacre qui nous attend. Vous autres cavalières faites la guerre à l'ancienne, suivant d'obscurs principes et des voies obsolètes. Ce n'est pas simplement la défaite qui nous tend les bras, c'est l'annihilation !

– Homme de peu de foi… N'as-tu donc aucun courage ? »

Hadi s'arrêta net. Il tourna vers Éliane son visage déformé par la fureur et l'appréhension.

« Les Sabès possèdent des armes dont nous n'avons pas idée. Leur feu de poudre et d'acier vaut tout autant qu'un feu de cavalière et chacun de leurs soldats peut le manier ! Les machines qu'ils emmènent à la guerre ne feront qu'une bouchée de vos dragons, avec ou sans le soutien de la Dame. Si tu nous engages dans cette boucherie, Éliane de Nordeau, il ne restera de notre Royaume que des cendres pour couvrir ton front et des cadavres pour cacher ta honte. »

Il s'avança jusqu'à ce qu'elle puisse détailler les ridules autour de ses yeux.

« Autre chose. Ne me traite pas de lâche, jeune pousse. J'étais à l'avant-garde de la Grande Guerre alors que tu n'étais pas même un espoir dans le ventre de ta mère. Personne ici n'est dupe. Si tu souhaites réellement prendre ma place : affronte-moi dignement ou rentre chez toi. »

Elle dut se mordre la langue pour ne pas en venir aux mains. Personne ne l'avait appelée jeune pousse depuis la mort d'Acquilon et elle vit à la lueur victorieuse qui animait son regard que le Condottiere en avait parfaitement conscience. Hadi lui tourna le dos. Les mains jointes au-dessus des reins en une pause toute militaire, il s'adressa à l'assemblée.

« Tout est dit. Je propose de passer au vote. »

Un murmure d'approbation parcourut les tribunes et un frisson hérissa l'échine d'Éliane. Elle ignora les regards affolés de Roland, la mine abasourdie de Sophie en haut des gradins, la figure figée de désespoir d'Abéni et patienta. Le temps de compter jusqu'à trois.

« Si vous voulez bien m'excuser, j'ai quelque chose à ajouter. »

Comme dans la salle de prière de la Ferté-Pluvieuse, la voix de Myrddin ne souffrait aucune contradiction. Sans que quiconque cherchât à l'arrêter, le magicien se faufila entre Iffan d'Estari et Aédan de l'Est et vint se camper fièrement au milieu de l'estrade de cèdre. Ayant abandonné toute velléité de se vêtir, il dévoilait sans pudeur les motifs intriqués de la forêt d'or tout autour de son torse.

« Ai-je vraiment besoin de me présenter ? Je subodore que vous tous ici m'avez reconnu, mais si besoin est, j'ai pensé à prendre un ou deux justificatifs avec moi. »

Dans le silence assourdissant qui s'était abattu sur le Congrès, le mage se tourna tour à tour vers Éliane, Brigandine et Hadi.

« Plusieurs d'entre vous ont assisté à mon entrée à la Ferté-Pluvieuse il y a quelques jours : vos yeux vous ont-ils trompé ? Mes petites démonstrations vous ont-elles suffi ? Ou souhaitez-vous une nouvelle série de tours ? »

Une poignée d'étincelles échappa à ses lèvres lorsqu'il adressa un clin d'œil aux deux Matriarches. D'une pirouette enjôleuse, il fit face au Condottiere.

« Hadi ! Je peux toujours compter sur toi pour des présentations en bonne et due forme, n'est-ce pas ? Après tout, c'est un sacré passé en commun que nous partageons ! »

Le frémissement qui parcourut Hadi n'échappa à personne. Assuré de son emprise sur son public, Myrddin sourit largement, accentuant encore les deux fossettes qui creusaient ses joues.

« Bien. Maintenant que vous voilà convaincus, je vais vous raconter une petite histoire. Attention, soyez très attentifs ! Je ne me répéterai pas. »

Tout comme à la Ferté, une ombre tomba sur la Haute-Halle et seul le mage au centre de l'estrade resta sous les feux du jour.

« C'était il y a mille ans… »

Tandis que Myrddin tissait les rets de son histoire tout autour de l'assistance, que sa voix immortelle ensorcelait, capturait, séduisait, Éliane observa les visages de l'assemblée. Elle les vit s'ouvrir à son récit, relâcher la tension que le débat y avait semée. Elle les vit considérer sa dialectique, peser le pour et le contre et, irrémédiablement, pencher en sa faveur. Son cœur se serra tant que ses jambes tremblèrent sous le poids de la compréhension qui obscurcissait sa vision : jamais n'aurait-elle pu convaincre les trois autres Maréchaux de lui offrir leur confiance. Jamais n'aurait-elle porté le titre de Condottiere, sans l'intervention du magicien.

Myrddin tressa, ourdit, ferra son auditoire. Puis il laissa la lumière revenir entre les murs de la Haute-Halle et il désigna Éliane du doigt.

« Maude aurait parié sur elle. Maude aurait choisi Éliane de Nordeau. »

Pendant que Roland et les cavalières d'office retiraient son écharpe à Hadi et préparaient le dispositif nécessaire au vote, Éliane dévisageait Frêne. L'herboriste avait refermé ses vieux doigts perclus d'arthrose autour du poignet de Sophie, et la Matriarche vit la panique envahir sa figure avant même que la compréhension ne colore celui de son Intendante. La vieille cavalière avait tout saisi. Lorsque Myrddin était entré en scène, lorsqu'il avait posé les pieds sur l'estrade de cèdre, le choix d'Éliane était apparu à l'herboriste comme une évidence. Sophie, elle, semblait encore saisie par l'irruption du magicien. Ses yeux noirs cherchaient tout à la fois du côté de sa Maîtresse et du côté de Frêne une explication cohérente à ce qui venait de se dérouler. Éliane se détourna. Elle n'avait aucune justification à apporter.

Roland annonça le début du scrutin et la Matriarche de Nordeau se leva, face aux votantes, dos à la tribune de Nordeau. De même, Hadi était une statue immobile sur sa gauche. Perle la première quitta son tabouret pour le rejoindre. Elle le salua poliment, mais le regard qu'elle lança à Éliane par-dessus l'épaule du Condottiere brûlait d'une haine profonde, d'une promesse de mort et de souffrance comme rarement la Matriarche de Nordeau en avait vu chez sa rivale. Ensuite, Rivkah imita Perle.

Et ce fut tout.

D'un seul mouvement, Abéni et Iffan vinrent se tenir aux côtés d'Éliane, très vite rejointes par Aédan et Valchelin. Les sœurs jumelles des Marches du Sud échangèrent un regard entendu et d'une même cadence allèrent, elles aussi, grossir les rangs du Nord.

« Voilà qui est clair. »

Malgré tout le sérieux dont il tentait de s'armer, Roland ne réussit pas tout à fait dissimuler son affection.

« Matriarches. Maréchales. Seigneurs de Sarda en Congrès réunis. Selon la volonté de la Dame et selon la loi : Éliane de Nordeau, Maîtresse bâtisseuse, Matriarche, est, à cinq voix contre deux, élue Maîtresse de la Caserne, Gardienne du Royaume, Condottiere. »

Par vague les applaudissements enflèrent à travers toute la Haute-Halle tandis que le Prince passait l'écharpe de fonction d'argent et de nuit par-dessus la tête d'Éliane.

« Chère collègue. Quelle sera votre première ordonnance ? »

Éliane fit face à l'Ambassadeur. Sous les bords retroussés de son bonnet de soie, le visage du Sabès avait prit une teinte verdâtre. Un filet de sueur dessinait des ruisseaux à travers son maquillage. Sa veulerie et sa peur inspiraient à la Condottiere plus de pitié que de dégoût, mais c'est sans douceur qu'elle le congédia.

« Rentrez chez vous, Apostol d'Estève-en-Naudary. Vous n'êtes plus le bienvenu ici. »

Un premier bredouillement refusa de passer sa lippe tremblante. Une pénible déglutition suivit.

« Maîtresse-Matriarche… »

Éliane coupa court à ses ânonnements.

« Pour vous et les vôtres, ce sera Maîtresse-Paladin. Maintenant, sortez. »

L'Ambassadeur dissimula sa faiblesse dans une courbette, manqua perdre son bonnet et sortit de la Haute-Halle à reculons, sans relever la tête. Éliane attendit que les portes de chêne se soient refermées sur sa pleutre silhouette avant de se tourner vers les tribunes. Toute l'appréhension angoissée qui l'avait habitée jusque-là s'était envolée lorsque l'écharpe cérémonielle avait touché ses épaules. Elle pouvait sentir le regard empreint de fierté de Roland derrière elle, l'assurance tranquille d'Iffan, le soulagement d'Abéni. Ils la soutenaient, mais rien ne la galvanisait comme la grimace haineuse déformant le visage de Perle de Soufeu.

« Maréchales des quatre bords, chères collègues. Cavalières des quatre citadelles, mes sœurs. »

Une dernière inspiration.

« Nous partons en guerre. »

CHAPITRE 15 : LA FRONTIÈRE

« Il n'y a aucun hasard à la construction du temple le plus sacré de Sarda aux abords même du Ravin. En effet, les profondes gorges du Darracq ne sont pas seulement une frontière entre le Royaume des forêts et les Comtés-Unis des Sabès, elles sont aussi un endroit d'ancienne spiritualité, un endroit où la bordure entre les mondes se fait fine comme une feuille de papier. »

Récits de l'Ouest lointain, par Petronus le jeune

Nous quittons Zinia, maintenant. »

Frêne traversa l'étage des cavalières de Nordeau sans ralentir, sa vieillesse comme oubliée dans l'urgence. Ses écharpes et ses voiles s'échappaient de son cou et de ses épaules, faisaient une traîne dans son sillage implacable. Sa canne martelait le sol de parquet au rythme intraitable de sa course.

« Nul besoin de s'encombrer : mes herbiers et Baldré, le reste attendra.

– Et Éliane ?

– Elle aussi attendra. Nous devons mettre le plus de distance possible entre toi et Myrddin. Par ici. »

Sophie dut accélérer pour ne pas se laisser distancer par l'herboriste alors qu'elles s'engouffraient dans les quartiers de Berhane. L'Intendante les y attendait, un paquet de livres ficelé sous le bras.

« Vous n'avez pas une minute d'avance sur Myrddin. Volez sans trêve jusqu'à l'avant-poste du Breuillet, les cavalières en poste font partie de mes femmes : elles vous fourniront les vivres nécessaires à la suite de votre voyage. »

Elle confia la pile d'herbiers à Sophie.

« Nordeau n'est pas sûre, c'est le premier endroit où il ira vous chercher. Où vas-tu la cacher ? »

Frêne réajusta sa multitude d'écharpes, se permit un sourire.

« Je suis ouverte à des propositions. »

Acquiesçant d'une grimace, Berhane ouvrit une porte dérobée, dissimulée sous une tapisserie.

« Partez pour Estari, j'y ai des alliées. Des cavalières qui seront insensibles aux promesses de Myrddin. Elles vous cacheront.

– Évidemment. »

L'Intendante et l'herboriste échangèrent un regard entendu, mâtiné cependant d'une certaine animosité, d'un désaccord profond qui phagocytait toute possible confiance entre les deux cavalières. Frêne hésita un instant. Elle se tourna vers l'écuyère, fouilla son visage sans sembler y trouver ce qu'elle cherchait. La porte des quartiers de Berhane s'ouvrit dans leur dos.

« Maîtresse-herboriste ! Vite ! »

Délicatement, mais résolument, Pènderyn fut écartée du passage.

« Toutes mes excuses, jeune dame, mais vous êtes sur mon chemin. »

Myrddin contourna la jeune cavalière sans plus lui accorder d'attention, tout son être tendu vers l'écuyère au milieu de la pièce. Ni Frêne ni Berhane n'osèrent s'interposer tandis que le mage s'avançait jusqu'à Sophie, la déchargeait des herbiers et s'agenouillait à ses pieds. Immobile, son souffle prisonnier d'une cage thoracique soudain trop étroite pour toutes les émotions contraires qui s'y bousculaient, la jeune fille ne résista pas à l'étreinte doucereuse dont Myrddin gratifia sa main droite.

« Dame Pendragon, c'est un honneur de faire votre connaissance. J'ai rêvé de notre rencontre depuis le moment où vos mains se sont posées sur Baldré, qui, si je puis me permettre, vous sied à ravir. »

Sophie le dévisagea sans répondre. De près, il semblait plus jeune encore, comme si son âge insondable n'avait aucune prise sur les traits de son visage. À la Ferté, seuls les yeux du mage lui avaient paru refléter les années qu'ils avaient vu s'écouler ; pourtant, maintenant que son propre regard s'y noyait, elle n'y trouvait plus qu'une joie difficilement contenue, un ravissement presque enfantin. Frêne s'interposa brusquement. Elle repoussa l'écuyère derrière elle, dans une vaine tentative de dresser sa vieille carcasse en un rempart devant Myrddin.

« Je ne connais pas tes intentions, magicien, mais je te prie de t'éloigner de cette enfant. »

Le mage se redressa.

« La dame n'a rien à craindre de moi, herboriste, comme tu le sais pertinemment. Je suis ici pour la protéger et pour l'aider dans cette quête qui vous occupe depuis bientôt quatre ans. »

Le sourire qu'il adressa à Sophie par-dessus le chignon de Frêne fit naître des frissons tout autant d'alarme que d'exaltation entre les omoplates de la jeune fille. Avant qu'elle ait pu lui demander des précisions, Berhane et Pènderyn s'immiscèrent elles aussi dans la conversation. L'imposant gabarit de l'Intendante s'avança devant l'écuyère.

« Bien que votre préoccupation quant à la sécurité de Sophie soit tout à votre honneur, magicien, il me semble que la moindre des choses soit d'en référer tout d'abord à sa Maîtresse. Que vous venez de faire élire Condottiere, rappelez-vous. »

Myrddin leva les mains en signe d'apaisement.

« Je n'ai nullement l'intention de trahir Éliane de Nordeau. Au contraire. C'est avec sa bénédiction que je viens à Sophie aujourd'hui. »

Pèn et Berhane se raidirent, mais Frêne se contenta d'agripper plus fermement sa cane.

« Je refuse de croire à ce mensonge-là. »

Une poigne douloureuse se referma sur la poitrine de Sophie. Les trois cavalières faisaient front commun devant elle, comme un mur tenant le mage à distance et bien qu'une part de l'écuyère leur en fût reconnaissante, elle y retrouvait aussi la même attitude que chez Acquilon et l'Ermite. La conviction qu'elle était incapable de choisir par elle-même.

« Pourquoi présumez-vous toujours que je dis autre chose que la vérité ? » demanda Myrddin avec une moue peinée.

« Dire que je ne suis armé que des meilleures intentions. Je souhaite seulement assister Sophie dans la réalisation de son destin. Et voilà avec quelle froideur tu m'accueilles, Frêne de Nordeau, j'en suis blessé. Toute cette animosité alors que je suis seul à savoir où se trouve Lunde l'oubliée. »

Sophie ne put retenir son exclamation de surprise. Par réflexe, ses mains s'étaient refermées autour de Baldré à sa taille, une soudaine agitation parcourait tout son corps. Myrddin lui sourit.

« Vous voyez, jeune dame, nous souhaitons les mêmes choses vous et moi. Réunir enfin ce fourreau bien léger sans son indéfectible compagne, rendre son équilibre à l'ordre des choses. »

Frêne s'approcha jusqu'à pouvoir planter son index tordu dans le sternum nu du mage.

« Peut-être dégoises-tu toujours les mêmes promesses, mais tes mots ensorceleurs n'ont pas de prise sur moi. Que veux-tu réellement ? Des siècles sans aucun signe de toi et nous n'avions plus de Reines, seul Baldré sans Lunde, alors pourquoi revenir maintenant ? »

Myrddin resta silencieux. Acquilon répondit à sa place.

« Car nous avons enfin parmi nous celle digne de brandir à nouveau l'épée. »

La silhouette pellucide de la Matriarche décédée louvoya entre les cavalières inquiètes et posa une main diaphane sur la joue de Sophie. Pènderyn et Berhane reculèrent précipitamment, d'abord stupéfiées par la soudaine apparition, puis l'Intendante reconnut l'ancienne Matriarche. Une tension singulière traversa son visage. Acquilon lui sourit.

« Je suis heureuse de te revoir, Berhane. Je sais de source sûre que tu es toujours fidèle au poste, pilier immuable de l'Intendance. Je te suis tant reconnaissante de l'aide que tu apportes chaque jour à Éliane, la Dame sait qu'elle a grand besoin de soutien, quand on connaît l'immensité de sa cause. »

Elle se tourna vers Pènderyn.

« Et tu dois être l'ancienne écuyère de Madé, j'ai toujours eu beaucoup de respect pour ta Maîtresse. Je gage qu'elle t'a formée avec talent, si tu as achevé ton apprentissage à un âge aussi tendre. Il m'est très rassurant de savoir Sophie si bien accompagnée. D'ailleurs, moi-même… »

« Trêve de banalité, Acquilon ! l'interrompit Frêne. Comment peux-tu te rallier aux mensonges de ce magicien ? Troubles et funestes sont ses tromperies, mielleuses ses paroles : on ne peut pas lui faire confiance. »

La colère et l'urgence gonflaient de feu et de violence la menue carrure de l'herboriste. Grandie par sa véhémence, elle réussissait à foudroyer du regard à la fois Myrddin et Acquilon, pourtant chacun de part et d'autre de Sophie. L'écuyère aurait voulu s'arracher à leur emprise, échapper aux tensions contraires qui la tiraillaient. Acquilon posa une main pesante sur son épaule.

« Je lui fais confiance depuis trente-deux ans, répondit-elle à Frêne, et je continuerai de lui faire confiance, tant que nos buts seront communs, notre avenir identique. Myrddin n'a pas trahi sa parole, il me semble. Je suis ici, n'est-ce pas ?

– Comment cela est-il possible ? »

Berhane s'était avancée. Ni elle ni Pèn ne semblaient remises du retour soudain de leur Matriarche. L'Intendante fixait Acquilon sans ciller, tandis que le regard inquiet de la jeune cavalière sautait constamment de Sophie au magicien.

« Eh bien, reprit Acquilon pas le moins du monde décontenancée, c'est une longue histoire et c'est grâce au secours de Myrddin. Après toutes ces années, il est peut-être plus que temps que je me raconte. Surtout pour toi, Sophie, qui vit finalement des événements similaires. »

La fantomatique Matriarche se redressa, autant que faire se peut, et si son regard se posa sur chaque membre de son auditoire, les uns après les autres, il revint souvent à l'écuyère, comme pour ancrer profondément en son cœur le message de son récit.

« Vous n'êtes pas sans savoir que je suis devenue Matriarche à vingt-six ans, en plein milieu de la Grande Guerre, lorsque ma prédécesseure est tombée face à l'armée Sabès, qui enfonçait alors nos défenses. J'étais jeune, mais ce ne fut une surprise pour personne lorsque les braises des Aînées me choisirent pour succéder à Tieranne. Le temps nous était compté et j'ai traversé le pays sans nous offrir, à Joran et moi, aucun repos. Nous avons atteint Soufeu en huit jours. Lors de ma première nuit de veille, dans une cellule étroite suspendue au-dessus de l'océan, j'ai reçu une vision de la Dame. Cryptique, incomplète, à l'aube je ne me souvenais que de bribes éparses. Ma transe n'était pas totale, ma méditation trop superficielle. Les nuits qui ont suivi, je me suis efforcée d'ouvrir mon esprit à la Forêt des âmes. Par moments, je pouvais sentir le parfum de l'humus, d'autres je m'imaginais fouler du pied la mousse épaisse qui s'étend entre les troncs de ses arbres sacrés. Mais toujours le message de la Dame restait obscur, inaccessible. Ainsi se sont écoulées mes heures de veille solitaire, jusqu'aux dernières minutes avant l'aube, où enfin m'apparut clairement la demande que l'on me faisait. Et quelle demande ! Jusque-là je n'avais fait que suivre mon chemin tout tracé de cavalière, mais voilà que finalement je possédais un destin digne de ce nom. On plaçait en moi des espérances que je comptais bien satisfaire. Il me fallait attendre, patienter une poignée de jours de plus. Lorsque je serais rentrée à Nordeau, tout deviendrait clair. De fait, c'est là que je rencontrai Myrddin, qui sut attacher mon âme à la permanence de ce monde, quel que soit le sort de mon enveloppe mortelle. J'attendis ensuite la venue de celle qui serait assez digne de reprendre le flambeau, celle que je formerais et accompagnerais sur les chemins de la gloire. »

Elle pressa l'épaule de Sophie entre ses doigts diaphanes.

« Montre-leur, jeune pousse, la nature de la marque qui nous lie. »

L'écuyère dégrafa sa veste, la posa à terre, puis remonta la manche de sa chemise et dévoila aux yeux de tous les doubles marques d'abeille imprimées sur sa peau, au travers de sa paume et juste au-dessus du coude, sur l'épiderme tendre qui toujours se blottit contre le torse et rarement ne s'expose. Le léger relief n'avait pas changé en quatre ans. Sauf, peut-être, pour prendre la même teinte argentée que les marbrures courant sur ses cuisses et ses seins, apparues lors de sa courte et infructueuse poussée de croissance. Berhane laissa échapper un sifflement d'appréciation.

« La marque des Reines… »

Pènderyn tendit une main tremblante vers le dessin, se ravisa, choisit plutôt d'effleurer avec douceur le coude de son amie. Même l'herboriste, qui, par le passé, avait déjà vu plus d'une fois l'abeille secrète, ne put s'empêcher de tendre le cou.

« Chère dame, elle est encore plus belle que ce que j'imaginais. »

Myrddin approcha à son tour. Délicatement, presque avec révérence, il effleura la marque. Sa peau sembla brûlante à Sophie et elle aviva chez les contours du dessin comme le souvenir d'une flamme, une tiédeur amicale et rassurante, bien loin du feu cauchemardesque infligé lors de sa cérémonie du dragon. Au contraire, l'étreinte tiède et ténue parcourant son avant-bras dénouait la tension qui habitait ses muscles, apaisait le rythme inégal de son cœur bouleversé. Quand le magicien se détourna enfin de sa marque, l'écuyère avait retrouvé un semblant de calme.

« Qu'as-tu prévu pour la suite, Myrddin ? lui demanda-t-elle. »

Elle sentit Acquilon se rapprocher d'elle, les froids frémissements de la silhouette fantomatique éveillant des frissons contrariés entre ses omoplates.

« Rien de moins que l'expédition que nous préparons depuis plus de quarante ans, répondit le magicien. Nous allons nous aventurer au cœur du bois le plus sacré du Royaume, braver la plus antique de ses puissances, libérer la plus importante de ses reliques. »

Il s'adressait à elle et à elle seule, comme si les autres cavalières s'étaient éclipsées des quartiers de Berhane. Sophie soutint son regard.

« Nous partons pour les Gorges du Darracq, ma dame, et il nous faudra la bénédiction de la Forêt des âmes et beaucoup de votre courage pour en ressortir indemnes. Approchez. Débarrassez-vous de cette cape qui vous encombre et vous dissimule. Bien. La voilà, la clef de notre passage, le secret de notre réussite. »

Baldré ainsi révélé dévoila ses sangles écarlates et ses orfrois dorés, captivant les regards du magicien et des cavalières assemblés autour de sa porteuse. Sophie, objet de leurs vigilances combinées, n'osait pas remuer. Personne, dans cette pièce devenue le siège de leur intrigue, n'ignorait qu'elle fût la détentrice du fourreau de Lunde et pourtant, Baldré cristallisait l'intérêt de chacun.

L'écuyère contint tant bien que mal les tremblements que leur attention suscitait. À son propre ressenti se mêlait la joie sauvage d'Acquilon, brouillant la frontière entre leurs deux âmes et tisonnant en réponse le brasier de sa colère. Pèn et Berhane, de leur côté, semblaient étouffer sous un secret commun. La même frousse angoissée colorait leurs visages, leurs mains en quête de soutien s'étaient trouvées.

Les portes s'ouvrirent à la volée et une colonne de cavalières et de gardes mêlés s'engouffra dans les appartements de Berhane, sécurisant les fenêtres, l'âtre, l'entrée. L'escorte se raidit, au garde-à-vous, et la nouvelle Condottiere du Royaume s'avança. Sophie sentit à peine la preste disparition d'Acquilon, qui se réfugia dans un recoin de son esprit. Elle n'osait pas quitter Éliane du regard, également partagée, à la voir surgir soudain, entre la surprise inquiète et un considérable soulagement.

« Laissez-nous seules. »

Sans un mot, les gardes et les cavalières de la Condottiere obéirent, entraînant à leur suite le cercle de comploteuses. Myrddin resta un instant immobile face à Éliane, la toisant du regard, une étincelle alarmante au fond de ses pupilles noires.

« Toi aussi, magicien. »

Le commandement dans sa voix ne laissait aucune place à la discussion. Le mage choisit de ne pas lutter, avec une dernière révérence pour l'écuyère, il quitta à son tour les quartiers de Berhane. Les battants se refermèrent derrière Myrddin et Sophie resta seule avec Éliane. La nouvelle Condottiere portait toujours son ensemble de l'élection, ainsi que son écharpe de fonction fermement attachée en travers de son torse. Elle relégua son manteau-tissé à un dossier de chaise et se tourna vers Sophie. Contrairement à son habitude, elle fixait son écuyère sans ciller, lui accordait toute son attention. Oubliés les cartes et les rapports, les mouvements de troupes et les missives secrètes ; pour la seconde fois de son existence, Sophie était le seul objet d'intérêt de sa Maîtresse. Elle remua, dansa un peu d'un pied sur l'autre. La Condottiere ne détournait pas le regard, mal à l'aise, peut-être, elle aussi, de se retrouver ainsi en tête-à-tête avec son élève.

« Je crois – sa voix avait perdu toute l'assurance qui l'habitait au Congrès – que nous ne nous sommes jamais retrouvées comme ceci, seule à seule, sans citadelle pour s'interposer entre nous. C'est cela n'est-ce pas ? »

Elle poursuivit sans laisser Sophie répondre.

« J'ai peur que nous ne fassions un pauvre duo de Maîtresse et écuyère, toi et moi. Bien plus par ma faute que la tienne, certes. Je regrette vivement de n'avoir pas été présente tout au long de ton initiation et pourtant je te suis reconnaissante, car j'ai beaucoup plus appris en tant que Matriarche, en devant composer avec ta formation. Et ce, même si tu passais tes journées dans les jupes de Frêne. »

Elle s'humecta les lèvres, croisa les bras par-dessus les broderies d'argent de son écharpe. Son regard se fit plus doux, plus vague, sa posture moins rigide, comme si elle invitait enfin Sophie à s'exprimer. L'écuyère s'agita, tordit ses doigts les uns avec les autres. Voilà le moment qu'elle avait tant attendu, enfin pourrait-elle se prétendre l'élève d'Éliane de Nordeau, si seulement elle réussissait à parler. Son souffle se noua dans sa poitrine. Les émotions se bousculèrent sous ses côtes, s'écrasèrent mutuellement dans sa trachée, s'emboutirent contre ses dents. Elle ne sut rien dire. La Condottiere reprit la parole.

« Je pourrais te promettre que désormais les choses vont changer, que je ne vais avoir de cesse de perfectionner ton savoir, de mener à bien ta formation. Mais nous savons toutes deux que cette élection et, demain, la guerre, viennent de chambouler à tout jamais nos chances d'être l'une pour l'autre ce que la tradition aurait voulu. Une Maîtresse et son écuyère. Et puis…

– Je voudrais que vous soyez fière de moi ! »

L'exclamation avait échappé à Sophie. Les mots s'étaient libérés d'eux-mêmes de la gangue de peine et de souci qui engluait sa langue et avaient jailli, fébriles, sans qu'elle sache les contenir. Elle resta figée un instant, abasourdie de sa propre audace puis reprit plus calmement.

« Tant de fois sous votre enseignement j'ai voulu être digne de votre estime. Et avant cela, je cherchais sans cesse l'approbation de Raëlle. J'ai parfois cru pouvoir vous satisfaire, mais sans aucune certitude, sans aucune assurance, même avec Baldré, même lorsque Joran devint mon dragon. Un moment j'ai cru… »

Elle s'interrompit, serra ses poings autour des sangles du fourreau, en ce geste mille fois répété depuis que Baldré avait trouvé sa place à ses hanches.

« Un moment j'ai cru que vous étiez contente. Lorsque je suis redescendue du repaire de l'Ermite, vous n'avez regardé que moi. »

Une ombre passagère s'attarda à travers les yeux sombres de sa Maîtresse, comme une giboulée de printemps. Pour la première fois, Sophie décelait dans ce regard intraitable une vulnérabilité inhabituelle, reflet de celle, si familière, qui lui mordait continuellement le cœur.

« Je suis fière de toi, Sophie, murmura la Condottiere du bout des lèvres, non pas avec réticence, mais à la manière d'une confidence attendue de longue date.

– Alors, pourquoi ne me l'avoir jamais dit ? »

Un instant, une once de son orgueil coutumier habita de nouveau le visage d'Éliane et l'écuyère craignit que le moment ne soit passé, que de nouveau il lui faille composer avec l'indifférence de sa Maîtresse. L'ombre s'évanouit.

« Je ne sais pas, avoua Éliane. Je pourrais te raconter toutes sortes de mensonges et d'histoires faciles pour m'assurer ta complicité, mais je crois que nous n'en sommes plus là. Plus besoin de simulacres entre nous. Je ne voulais pas d'une élève, encore moins de l'écuyère de cendre du brasier de ma propre Maîtresse. J'ai fui mes responsabilités, j'en suis désolée. »

Sophie sentit un antique lien de discorde se détendre tout au fond de son être, une attache ancienne, nouée et entortillée sur elle-même depuis ses plus jeunes années à Nordeau. Éliane poursuivit.

« Lorsque tu reviendras de ton périple, nous serons certainement en plein milieu d'une des batailles les plus importantes de notre histoire. Pourtant, je ne souhaite pas que tu nous rejoignes sur le front. Non, à ton retour, tu feras route vers Nordeau et tu y seras ordonnée Maîtresse cavalière. »

Le hoquet qui échappa à l'écuyère tira un sourire à Éliane. Elle s'approcha de Sophie, s'autorisa à poser la main sur son épaule, effleurant des mèches de cheveux noirs.

« Cela te donnera à réfléchir sur le chemin : bientôt, tu auras un manteau à tisser. »

Sophie courba la tête avec déférence, incapable de piper mot, toute sa parole une fois de plus engoncée entre langue et palais. Avec une dernière pression des doigts, Éliane se détacha d'elle et lui tourna le dos. Elle drapa de nouveau son manteau en travers de ses épaules, adressa un dernier salut à son écuyère et quitta les quartiers de Berhane.

Sa suite de cavalières et de soldats lui emboîta le pas et une soudaine angoisse saisit Sophie au cœur. Il lui sembla, pendant un instant, que lorsqu'Éliane de Nordeau passerait l'angle du couloir, elle disparaîtrait et que jamais plus son écuyère ne poserait les yeux sur sa haute silhouette et son visage hâlé. Puis Myrddin fut de nouveau à ses côtés et la pression autour de sa poitrine se relâcha.

« Maintenant que tout est clair, nous pouvons passer aux préparatifs du voyage. »

Le magicien rayonnait de satisfaction, son regard fanfaron invitant, suppliant les cavalières devant lui à revenir à la charge. Sophie vit avec amertume que ni Frêne, ni Berhane n'osèrent lui faire face, bien que la colère qui animait leurs deux visages révélât leur volonté de rétorquer, de clouer et la morgue et le bec du mage. Elle cherchait le courage d'intervenir, quand Pènderyn, elle, s'interposa.

« Je n'ai pas la prétention de connaître tous les tours et détours qu'emprunte ton dessein pour le monde, Myrddin de feu et de brasier. Mais il me semble régulier, voire même, plus sain, de demander d'abord son avis à l'intéressée, avant de prendre la moindre décision en son nom. »

Elle se tourna vers Sophie et l'écuyère lui sourit avec reconnaissance.

« Merci, Pèn, murmura-t-elle en lui prenant les mains.

– Je ne suis pas sûre de comprendre ce qu'il y a à demander, intervint Acquilon. »

Sa silhouette fantomatique flottait à nouveau dans la pièce, son éternel air réprobateur accroché au visage.

« Nous avons si souvent parlé de Lunde, poursuivit-elle, je ne sais pas imaginer ce qui demanderait encore pondération. Le travail acharné de ces quatre dernières années ne mérite-t-il pas de porter enfin ses fruits ? »

Elle vint s'accroupir devant Sophie, comme elle le faisait au tout début, quand l'écuyère ne répondait pas à ses attentes. Elle devait désormais lever les yeux pour fixer son regard dans celui de la jeune femme.

« Tu as tant donné, jeune pousse, tant affronté. Tu t'es montrée digne de porter à tes hanches Baldré l'écarlate, que personne en dehors de l'Ermite de pierre n'avait saisi depuis la mort de Maude. Tous ces efforts t'entraînent, et nous à ta suite, sur le chemin menant à Lunde, qui patiente et sommeille dans sa cachette oubliée. »

Elle jeta un coup d'œil à Myrddin.

« Cachette que nous sommes dorénavant en mesure de redécouvrir. Tu sais ce que cela signifie, tu t'y es préparée toutes ces années, à mes côtés, mais aussi sous la tutelle de Frêne et même d'Éliane. Je ne peux pas croire que tu veuilles jeter tout cela au feu.

– Économisez votre salive, Matriarche. Vous n'avez plus besoin de me cajoler comme une enfant capricieuse, je n'ai plus douze ans. »

Acquilon fronça les sourcils et une euphorie mauvaise envahit Sophie.

« Je sais très bien ce que tout ceci signifie. Il me semble avoir fait ma part. À moins bien sûr, que vous ayez oublié qui, ici, s'empara de Baldré ?

– Attention à tes intonations, jeune pousse ! »

Sophie contint un soupir exaspéré, étouffa sa satisfaction mauvaise.

« Pardon. Je ne voulais pas vous manquer de respect. »

Son inquiétude soudaine pour l'avenir de sa Maîtresse la tiraillait encore, ainsi qu'une grande lassitude qui engourdissait à la fois sa tête et son corps. Sans avoir menti à Hadi lors de leur rencontre au milieu des jardins, il lui semblait pourtant que bien peu de ses actions avaient jamais été le fait de sa propre volonté. Que tant de décisions n'avaient été que les résultats longuement maturés des calculs d'autres qu'elle-même. Le fil ténu qui reliait sa conscience à celle de Joran s'agita au contact de son abattement. Loin des quartiers de Berhane, dans le réseau de grottes parcourant la falaise au-dessus de la capitale, le dragon partageait son introspection. Elle se refusa à suivre ce fil de pensée, préféra tourner le dos à cette tapisserie-là. Certains motifs ne s'affrontaient pas même en plein jour. Elle fit face au magicien.

« Je n'ai pas changé d'avis. Baldré ne peut aller sans Lunde, ni Lunde sans Baldré. Nous devons partir pour le Ravin. »

Un sourire satisfait étira les lèvres de Myrddin et une poignée d'étincelles s'échappa de son rictus ravi. Sophie tâcha d'ignorer le regard inquiet de Frêne, de se concentrer sur la confiance totale qui émanait de Pènderyn.

Elle n'eut plus, par la suite, le temps de ressasser son intuition.

Le lendemain à l'aube, le Royaume était en guerre.

Les Matriarches et leurs voisines Maréchales reprirent la route de leurs terres respectives, avec l'engagement de fournir le plus vite possible toutes leurs troupes combattantes à la nouvelle Condottiere. Il sembla à Sophie que malgré l'intervention de Myrddin, nombreux étaient ceux qui voyaient d'un mauvais œil cette rébellion en règle contre les Comtés-Unis. Éliane s'envola pour Ousterre et dépêcha Berhane à Nordeau afin de préparer la citadelle à la guerre et d'envoyer au plus vite des renforts au front qui se formait à l'Ouest. Ainsi prit fin la collaboration de l'Intendante avec l'expédition pour Lunde. Elle serra longuement Sophie contre sa poitrine opulente et lui fit promettre de très vite revenir à la citadelle où elle se ferait un plaisir de l'aider à la confection de son manteau-tissé. L'écuyère retint difficilement les larmes amassées derrière ses paupières. Elle n'assista pas à l'au revoir entre l'Intendante et Pènderyn.

L'activité frénétique qui s'était emparée de Zinia à la veille du Congrès n'était qu'un pâle aperçu de l'agitation qui parcourut la capitale sur le pied de guerre. La marée constante de visiteurs affluant chaque jour aux portes de Zinia vit son cours s'inverser. D'immenses files de caravanes marchandes, des cohortes de soldats au pas cadencé, des essaims de cavalières aux manteaux colorés s'échappaient sans interruption de toutes les sorties de la ville. En quelques dizaines d'heures, la capitale eut vomi tout ce qu'elle avait ingurgité pour le Congrès et bien plus encore. En sa qualité d'écuyère, Sophie voyageait aux côtés d'Éliane et de son escorte, Myrddin perché sur la croupe de Joran. Malgré ses airs hautains, le magicien n'en menait pas large et s'agrippait nerveusement aux diverses sangles de la selle, comme s'il risquait à tout moment d'être désarçonné. Sophie sentait son souffle bileux sur sa nuque. Il n'y avait eu aucune protestation, ni des cavalières autour d'eux ni de la part de Joran, lorsque le magicien avait passé la main le long de ses flancs, avant de se jucher sur son dos. À leur droite, par autorisation spéciale de la Condottiere, Pènderyn faisait elle aussi le trajet. À leur gauche, sur son dragon que peu de cavalières avaient vu, Frêne disparaissait sous une couche supplémentaire d'écharpes. L'herboriste lui lançait des regards rassurants et elle retrouva les discussions familières avec Pèn. Malgré la présence angoissée de Myrddin dans son dos et malgré leur sinistre destination, elle aurait presque pu sourire.

Éliane leur imposa son habituel rythme de voyage. Les cavalières distancèrent très vite la soldatesque et les convois marchands qui allaient à pieds ou à vorombes ; au bout d'une petite semaine, les premières tours de la citadelle de l'Ouest apparurent à l'horizon. Elles atteignirent Ousterre le lendemain dans la nuit et Sophie s'effondra dans la première cellule où l'on voulut bien l'installer, en compagnie de Frêne et Pènderyn, tandis que Myrddin avait droit à l'hospitalité du temple principal. Aux premières lueurs du matin suivant, le mage vint tirer Sophie du lit et l'entraîna à sa suite à travers le dédale infini de ruelles, d'impasses et d'allées couvertes.

« Votre Maîtresse nous fait demander immédiatement, ma dame. Et nous avons beaucoup à discuter avant de pouvoir ne serait-ce qu'imaginer reprendre la route. Ce qui vous attend dans le Ravin n'est pas pour les faibles de cœur ou d'esprit et même si j'ai toute foi en vous, je souhaiterais vous voir affronter la volonté de Lunde dans les meilleures conditions possible. Et croyez-moi elle est tout autre que celle de Baldré. »

Le visage encore chiffonné de sommeil, les yeux encroûtés par sa courte nuit, Sophie peinait à suivre la cadence pressée du magicien. Arrachée au confort de son lit avec une délicatesse toute relative, elle n'avait pas même eu le temps d'attraper sa cape et elle grelottait sous sa veste et sa chemise. Myrddin ne s'était arrêté que pour lui faire ceindre Baldré.

Le camp s'étendait aux pieds d'Ousterre, suivant un plan en damier régulier, adapté à la courbe inégale des remparts de la citadelle. Une pluie tenace arrosait depuis l'aube les tentes de toile cirée, transformant les allées en chemins boueux où cavalières et soldats s'enfonçaient jusqu'aux genoux. Sophie pataugeait derrière Myrddin. Le mage avançait sans effort, à peine ralenti par les rigoles d'eau sale ou les paquets de gadoue s'accrochant à ses talons. Son avancée lui était particulièrement facilitée par la propension des combattantes et fantassins croisant sa route à s'écarter d'un bond. Elles détournaient ensuite la tête, incapable de le regarder en face, murmuraient des prières, étendaient la main pour effleurer ses robes crottées. Puis leurs yeux se posaient sur Sophie. Agitée de frissons incontrôlés, l'écuyère s'acharnait à ne pas trop trembler. Myrddin ne l'avait pas laissée porter sa cape de cendre, la condamnant à subir sans protection les assauts de la pluie, et révélant ainsi aux yeux de chacun Baldré autour de ses hanches, de sa taille, de son flanc. Les prières laissèrent alors place aux chuchotements curieux, perplexes, effarés, de ceux qui reconnaissaient peu à peu son fardeau. La rumeur que le silence des cavalières de Nordeau avait contenue pendant quatre ans s'étira à travers le campement. Sophie pouvait presque la voir, insensible à la boue des chemins, légère comme une brise de printemps, aller de bâtisseuse en annonciatrice, d'intrigante en soldat. Bientôt, tous seraient au courant de la nouvelle. Il n'y aurait aucun retour en arrière possible, aucune solution de repli, elle devait dire adieu au doux anonymat de son existence.

Après de nombreux détours, qui, elle le comprenait enfin, ne servaient qu'à multiplier les témoins de son passage, ils rejoignirent enfin la tente de commandement de la Condottiere.

Éliane faisait les cent pas devant une large table recouverte de cartes et de figurines de bois modélisant les différentes troupes à sa disposition. Il n'y avait pas d'autre mobilier sous la tente. De l'autre côté de son plan de travail, des envoyées des trois citadelles restantes, ainsi que des capitaines de l'armée séculière, devisaient à voix basse, déplaçaient les figurines sur un front imaginaire, pointaient du doigt les failles et les forces du champ de bataille choisi. Brigandine était l'une d'eux. La Condottiere leva les yeux à leur arrivée et les conversations cessèrent.

« Myrddin et Sophie. Bien. »

Elle leur fit signe d'approcher.

« J'ai besoin de tes lumières, magicien. Par où, exactement, comptes-tu faire passer ta petite expédition ? »

Myrddin vint se pencher sur la carte de la frontière étalée entre les membres de l'état-major, entraînant toutes les têtes, excepté celle d'Éliane, à l'imiter. Sophie se retrouva très vite face à un mur d'épaules, de dos et de nuques, puis une main s'en échappa, l'invita à la rejoindre et elle put se faufiler aux côtés de Brigandine. Épaule contre épaule, absorbées par l'exposé de Myrddin, elles n'échangèrent qu'un bref sourire, mais déjà Sophie sentait une petite boule chaude naître juste sous ses côtes et chasser l'engourdissement de ses membres, le froid de sa peau.

« Je n'ai pas grand-chose à ajouter, disait le mage, votre plan de bataille me semble bien ajusté, Condottiere. Il est sain de ne rien engager avant l'arrivée du gros de vos troupes et tant que vous ne pourrez pas compter sur mon soutien. Cependant, dès que Dame Pendragon se sera emparée de Lunde, vous bénéficierez soudain d'un immense avantage. »

Tous les regards convergèrent sur Sophie. Elle pouvait y lire aussi clairement que dans les herbiers de Frêne : le dédain teinté de colère de l'envoyé de Soufeu, la surprise mâtinée de prudence de l'Intendante d'Estari. La fierté brûlante d'Éliane lui donna le courage d'affronter la ferveur qui envahissait les yeux, les visages, les corps des capitaines séculières. Encore une fois, le plan de Myrddin, consistant à rendre l'écuyère aussi visible, et par là même, aussi révérée que possible, se déroulait sans accroc. Encore une fois, les rhizomes de la rumeur se déployèrent depuis chacune des personnes auxquelles le magicien la présentait. Ils se répandraient ensuite sans entrave à travers le camp, la citadelle, le Royaume. C'est avec beaucoup de soulagement que Sophie trouva le regard empli de compréhension de Brigandine. Sous la table, à l'abri des œillades du reste de l'état-major, l'écuyère de Rivkah serra la main de l'écuyère dans la sienne, avant de s'adresser à Éliane :

« Avec votre permission, Maîtresse-Matriarche, j'aimerais me retirer. Mes devoirs de seconde m'appellent, surtout si nous voulons continuer à nourrir l'intégralité de ce camp. »

La Condottiere acquiesça, prête, déjà, à se replonger dans ses cartes lorsque Brigandine revint à la charge :

« Je souhaiterais aussi vous emprunter Sophie. Si cela est possible. »

À ces mots, Éliane se redressa. Brigandine enchaîna prestement.

« Cette expédition dans le Ravin, même avec des effectifs aussi réduits, aura besoin de ravitaillement et de toutes sortes d'équipement. Ousterre peut fournir l'attirail nécessaire, mais j'aurais besoin de l'un des voyageurs pour mettre au point une liste exhaustive. »

Le regard inquisiteur de la Condottiere se posa sur son écuyère. Sophie y trouva, pour la première fois de son apprentissage, une question. On lui laissait le choix de sa destination, elle pouvait décider de la direction que prendrait sa journée. Malgré les protestations de Myrddin, elle hocha la tête avec enthousiasme.

La pluie n'avait pas cessé à l'extérieur de la tente de commandement, au contraire. Les deux écuyères durent courir d'auvent en abris de fortune, du couvert d'arbres solitaires en bâtisses isolées. Même sous les assauts du ciel, Ousterre resplendissait. Les pierres d'or constellées de taches sombres par l'interminable averse semblaient toutes aussi belles dans le demi-jour d'orage que, comme lors de sa première visite, sous les feux éblouissants du soleil couchant. Très vite, et malgré les diverses caches qu'elles dénichaient, Brigandine et Sophie se retrouvèrent aussi détrempées que les chemins boueux menant à la citadelle. L'écuyère d'Ousterre les entraîna à travers le dédale de tentes du campement, puis parmi des ruelles étroites et tortueuses, jusqu'à l'immense bâtiment d'un étage qui s'étalait au pied de la tour d'envol. Sophie leva un instant les yeux vers les sombres ouvertures, à peine visibles sous le couvert des nuages, où Joran échappait à la pluie. Il ne l'accompagnerait pas affronter le Ravin. La place d'un dragon n'était pas entre les mâchoires avides de la roche et de la terre, mais libre, avec seulement le ciel au-dessus de lui, et le monde au-dessous. Pourtant, elle regrettait déjà ne pouvoir compter sur sa présence rassurante. Il n'y aurait pas d'échappatoire au Ravin : une fois entre ses gencives de pierre, il faudrait faire face à Lunde, sans pouvoir se soustraire, d'un battement d'ailes, à son destin.

Brigandine surprit son regard mélancolique et pressa à nouveau sa main de la sienne.

« Nous irons lui rendre visite, si tu le souhaites, mais pas avant d'être passées par là où je t'emmène.

– Sauf que tu ne veux pas me dire où l'on va ! protesta Sophie pour la forme.

– C'est une surprise. »

Elles pénétrèrent dans le long bâtiment et purent enfin se mettre à l'abri.

« Je reconnais cet endroit, intervint Sophie. Si mon odeur t'incommode, tu pourrais me le dire, au lieu de m'attirer vers les bains ! »

Brigandine sourit avec malice.

« Faux, mais presque. Nous sommes bien dans les bains, pourtant, ce n'est pas encore notre destination finale. Suis-moi. »

Elle entraîna Sophie de salle en salle. Si elles croisèrent quelques cavalières matinales, enroulées dans de larges couvertures, vêtues de simples chemises, les cheveux encore humides, elles se retrouvèrent bien vite seules et, lorsque Brigandine poussa une porte solitaire tout au fond du bâtiment, même la rumeur de l'aube s'estompa. Un silence rare régnait sous les voûtes de pierres dorées, brisé seulement par le glougloutement du bassin, la chute de quelques gouttes depuis une vasque pleine. Il n'y avait qu'un seul bain, dans cette pièce reculée des bains d'Ousterre et un seul lavabo. Les deux étagères, à côté de la porte, n'accueillaient qu'une pile de serviettes, un unique savon, un seul flacon d'huile parfumée. Ces thermes réduits se prêtaient à l'usage d'une seule personne. Brigandine ôta sa cape, sa veste, ses bottes, invita l'autre écuyère à faire de même. Sophie retrouva le rituel familier des bains. Devant l'unique évier, elle chassa avec détermination la poussière, la sueur, la crasse de sa peau. Elle lava longuement ses cheveux, les démêla à l'aide d'un peigne et non pas de ses doigts. Dans le miroir de belle facture accroché au-dessus du timbre, elle put s'observer à loisir, bien plus précisément que les plaques d'argent de Nordeau ne le lui permettaient. Elle y retrouva pourtant sans surprise l'ovale de son visage, l'amande de ses yeux, la petitesse de son nez. Bri ne l'avait pas rejointe. Assise sur un tabouret près du bassin où Sophie avait fini par s'immerger, elle s'affairait désormais sur la chemise abandonnée de l'écuyère.

« Qu'est-ce que tu fais ? demanda Sophie, la tête renversée en arrière pour l'observer.

– Un porte-bonheur. C'est une tradition de l'Ouest, avant chaque bataille ou épreuve, avant l'aboutissement d'un contrat ou d'une négociation, nous brodons sur nos vêtements un bouquet de fleurs. Elles te porteront chance dans ton voyage à venir. »

D'un geste, elle désigna les motifs de rose embrassant sa manche. Sophie acquiesça sans un mot. Elle s'enfonça dans l'eau chaude, se laissa envahir par la quiétude du bain secret. Brigandine murmurait les paroles d'une chanson qu'elle ne connaissait pas. Pendant un temps, il n'y eut plus aucune responsabilité, aucune angoisse. Seulement le clapotis du bassin et la voix grave de l'écuyère d'Ousterre.

J'ai arpenté ta sente, beau jardin
Avant que tu ne portes ton nom
J'ai humé ton parfum et respiré tes fleurs
J'ai aimé tes allées, beau jardin
Car on y trouve celle
Qui possède mon cœur

CHAPITRE 16 :
L'ÉPÉE DANS LA PIERRE

« Tisse les fils de l'histoire sur le canevas du destin.
Noir comme la mort, rouge passion
Le jaune royal et la grise trahison,
pendant que la diseuse se met à conter :
Au commencement était Maude.
Reine entre les Reines, aimée de la Dame,
née dans l'or et le sang.
Elle portait à sa taille Baldré et Lunde.
L'épée et le baudrier, l'un ne peut aller sans
que l'autre le suive. »

Voix de la Forêt : La geste des Reines

Ils descendirent dans le Ravin. Le sentier évoqué par Myrddin sinuait à flanc de falaise, blotti à l'ombre des ormes et des fougères, retenu simplement par les racines des tilleuls et des érables. Le jour s'amenuisa et l'obscurité crût en retour jusqu'à ce que seules d'éparses taches de soleil n'éclairent leur chemin. Sophie menait le groupe, suivie de près par la silhouette flottante d'Acquilon, puis par Myrddin et enfin, quelques pas en arrière, par Frêne qui peinait en silence. Un flot continu d'étincelles sourdait constamment des doigts du magicien. Elles s'écoulaient ensuite le long du chemin, se mêlaient à la roche friable de la paroi, se glissaient parmi les troncs. Sophie puisait en elles une certaine forme de réconfort. Les petites braises formaient une attache où ancrer son regard et l'empêcher de se perdre dans la brume qu'exsudait le Darracq, loin encore sous leurs pieds. Les tombereaux du torrent éclaboussaient déjà de leurs rugissements les arbres, les mousses et l'ouïe des marcheurs. Pourtant, à travers l'épaisse frondaison de la forêt, il était impossible pour Sophie de distinguer le moindre remous de l'onde belliqueuse. Le Darracq s'annonçait de lui-même, colérique héraut de sa propre cascade, mais à son rythme indolent de rivière millénaire.

« Faites bien attention où vous mettez les pieds, dame Pendragon, intervint Myrddin. Bien que ce sentier ait répondu à mon appel, il n'en reste pas moins un serviteur du Ravin. Les passions de ce dernier sont fugaces et volages, notre passage ici est soumis à son hospitalité versatile, qui peut nous être retirée à tout moment. »

Sophie hocha la tête. Déjà, alors qu'ils n'avaient parcouru que quelques centaines de mètres depuis la surface, elle sentait les vrilles curieuses du Ravin commencer leur inspection de son être. Comme aux pieds de la vieille falaise de Nordeau, l'âge avait éveillé chez la pierre le sentiment de son existence et désormais l'antique conscience sondait, explorait, interrogeait les méandres intérieurs de ses visiteurs. Un unique souffle habitait le Ravin. Une haleine commune à l'humus et à la sève, aux troncs et aux galets, un soupir uniforme du sol et de la brume, du torrent et des houppiers. La brise douceâtre qui agitait les fougères, les orties, le lierre et l'ivraie, s'insinuait aussi entre les voyageurs, soulevait l'ourlet des manteaux, les mèches de cheveux, les franges des écharpes. Dans ce gosier immense, qui n'en finissait pas de les ingurgiter, les marcheurs avancèrent.

Ils avaient quitté Ousterre et le camp de l'armée trois jours plus tôt. Le trajet si court entre la citadelle de l'Ouest et la Ferté-Pluvieuse leur avait demandé cette fois-ci un peu plus de précautions, car sur la frontière de l'autre côté du Ravin, déjà visibles malgré l'éloignement, se massaient les phalanges de soldats Lachnidés et Buprestes de l'armée sabès. Ils avaient dit au revoir à Éliane, Brigandine et même

Pènderyn, que la Condottiere n'avait pas autorisée à les suivre. Sophie avait dû se résigner à partir sans sa compagne de toujours, un étau nouveau compressant sa poitrine. Ils n'avaient atteint la colline de la Ferté qu'au soir du deuxième jour et avaient encore patienté une journée de plus, tandis qu'une escouade d'intrigantes s'employait à repérer les alentours du Ravin et à prévenir toute incursion surprise de la part des Sabès.

« Une fois sous le couvert des bois et de la pierre, nous ne craindrons plus rien des Comtés-Unis, avait annoncé Myrddin. Mais quelques onces de prudence ne sont jamais inutiles. Si le Ravin venait à nous croire acoquinés à ces sauvages, il pourrait nous refuser son cœur et alors ni ma magie, ni Baldré ne seraient plus en mesure de nous préserver. Non, il vaut mieux agir dans le secret, se garder de toute interférence des grossiers Lachnidés et des Buprestes imbéciles. »

Les cavalières gardiennes de la Ferté avaient ensuite complété l'équipement fourni par Brigandine, empli leurs sacs de provisions et béni de leurs prières leurs capes et leurs manteaux, puis ils avaient rejoint les abords du Ravin en profitant du couvert de la forêt sacrée s'étendant aux pieds de la Ferté. Myrddin avait murmuré quelques incantations de son cru, libéré des étincelles par brassées, puis les mâchoires de pierre les avaient engloutis.

Tout au long de leur première journée de marche, le sentier descendit sous le couvert des arbres, toujours plus profondément entre les parois de calcaire. Puis, le soir venu, il se stabilisa. Le Darracq restait invisible sous leurs pieds, présent uniquement par le grondement sonore de sa course impétueuse vers l'océan. Ils marchèrent encore un peu et lorsque seules ses étincelles furent source de lumière, Myrddin proposa de monter un premier bivouac. On tendit les toiles de tente entre les troncs bordant le chemin et le magicien, d'un souffle, alluma un petit feu de camp. Il sembla alors à Sophie, tandis qu'elle observait le peu de ciel visible entre l'épaisse canopée, que les dessins des étoiles n'étaient pas les mêmes là, depuis les entrailles du Ravin, que depuis la fenêtre de sa cellule à Nordeau. Intriguée, elle se redressa pour mieux percer l'entrelacs de branches du regard et fut rappelée à l'ordre par un coup de spatule de Frêne, qu'elle assistait à la préparation de leur dîner frugal.

« Vous êtes observatrice, ma dame, complimenta Myrddin depuis sa veille au-dessus de l'abîme. Les constellations qui habitent le ciel du Ravin ne sont pas celles de la voûte céleste qui surplombe le Royaume, non. Vous auriez bien du mal à reconnaître ici un seul des motifs qui vous sont familiers là-bas. Le Ravin appartient à son propre espace, à sa propre temporalité. Vous pensez peut-être qu'après une journée de marche, nous sommes, à peu près, au niveau d'Ousterre ? »

Sophie hocha la tête sans mot dire. Il lui avait plu d'imaginer, alors que le soir plongeait lentement leur chemin dans l'obscurité, qu'elle se rapprochait à nouveau de Brigandine et Pènderyn et que, peut-être, elle pourrait de loin lui transmettre le courage nécessaire à la bataille à venir.

« Vous auriez tort, reprit le magicien, moi-même je n'ai aucune idée d'où nous sommes, par rapport au reste de Sarda. Si nous escaladions la paroi sur votre droite, nous pourrions tout aussi bien n'avoir pas dépassé la Ferté que distancé Ousterre de plusieurs kilomètres. Le Ravin seul décide, le Ravin seul sait. »

Tout au long de sa tirade, sa gouaille et sa suffisance habituelles avaient progressivement déserté son visage, ne laissant derrière elles qu'une intense mélancolie. Les flammes magiques du feu de camp lançaient des reflets chagrins sur ses pupilles noires.

« C'est pour cela, parce que je savais que personne à part moi ne trouverait jamais son chemin entre les mâchoires de pierre, que j'ai choisi le Ravin comme dernière demeure de mon épouse adorée. Ici, sous le regard des arbres, des mousses, des insectes, son repos ne serait pas troublé, sa quiétude préservée. Après tant de combats, Maude a enfin droit au sommeil salvateur de ceux dont l'âme est juste, et le cœur bien en place. »

Une étincelle solitaire échappa à son soupir. Sophie s'agita. Tant de questions brûlaient soudainement ses lèvres. La fatigue de la marche comme envolée, elle aurait voulu bombarder le magicien de toutes les interrogations que sa déclaration avait fait naître. Il brisa son élan d'un vague geste de la main.

« Plus rien de tout cela n'importe désormais. Mangez, ma dame, et reposez-vous. Nous avons encore beaucoup de route devant nous. »

Sur ces mots, il s'enroula dans ses voiles, se renfonça contre la souche à laquelle il était adossé et ferma les yeux. Elle ne put rien tirer de lui du reste de la soirée et chacun des membres de l'expédition rejoignit son couchage la tête fourmillant de mystères ou de souvenirs.

Le Ravin allait en s'étrécissant. Les parois avançaient l'une vers l'autre, formant un goulet de plus en plus étranglé, comme si la faille au-dessus de leur tête refermait la bouche qu'elle leur avait ouverte. Bientôt, ils durent se frotter aux murs de schiste blanc, emportant des gravillons grisâtres sur leur passage, laissant en retour des fils et des bourriches arrachés à leurs vêtements. En tête, nullement incommodée par l'étroitesse du chemin, Acquilon menait le groupe, inspectait le sol et guidait leurs pas. Frêne claudiquait juste derrière elle, de plus en plus éreintée par leur périple, bien qu'elle cherchât à n'en rien laisser paraître. Myrddin fermait la marche, plus à l'aise abrité ainsi par le Ravin qu'il ne l'avait été au milieu des armées ou des courtisans. Entre eux avançait Sophie. Jamais Baldré ne lui avait-il paru aussi lourd, aussi massif, comme s'il reprenait soudain toute la mesure de son existence. Il pesait sur son flanc, autrement que le paquetage sur son dos, mais il ne l'encombrait pas. Les contorsions, les déhanchements que lui imposait le Ravin, ne la dérangeaient pas. Chaque pas entre les terribles mâchoires de pierre ne faisait, en vérité, que l'alléger. Le schiste mordait la gangue autour de son âme, en ponçait les aspérités, les concrétions de regrets, les boursouflures du passé. Plusieurs jours de trajet entre les lèvres avides de la terre et elle en serait ressortie comme nettoyée, apaisée de ses tourments.

Trop vite, pourtant, émergèrent-ils de nouveau à l'air libre, le travail de la pierre inachevé, encore embourbés dans des réminiscences anciennes. Le demi-jour revenu des sous-bois du Ravin leur parut aveuglant après l'obscurité douce des goulets étroits et Sophie regretta d'avoir quitté l'étreinte compréhensive du froid gosier de roche. Elle réajusta les sangles de Baldré autour de sa poitrine.

« Il se fait de plus en plus pesant n'est-ce pas ? »

Assis sur une épaisse racine, Myrddin la dévisageait avec attention.

« Oui, poursuivit-il, nous ne sommes plus très loin. Il peut sentir sa sœur l'appeler, alors il vous presse et vous enjoint à avancer.

– Plus très loin, c'est-à-dire ? »

Affaissée contre une vieille souche, Frêne aspirait de douloureuses bouffées d'air, le front luisant de sueur, sa canne et son bagage abandonnés au milieu du sentier. Acquilon lui tapotait la main de ses doigts fantomatiques. D'un bond, Sophie vint s'agenouiller au pied de l'herboriste.

« Je t'avais bien dit que tu étais trop vieille pour ce voyage-là… »

Elle reçut en réponse une faible tape sur le sommet du crâne.

« Ne raconte pas n'importe quoi, souffla Frêne sans sa fermeté habituelle, je ne pouvais pas te laisser aller seule dans la gueule du Ravin. Dame sait que tu te serais mise dans quelque situation épouvantable et il aurait fallu venir te sauver.

– Me sauver ? Acquilon, Éliane et toi m'avez mieux formée que ça !

– Ah oui ? »

L'herboriste se laissa aller en arrière, jusqu'à épouser totalement le talus.

« Me voilà rassurée. »

Myrddin les rejoignit. Il posa une paume compatissante sur le front de l'herboriste et prit quelques secondes pour évaluer son état. Puis, il cueillit une étincelle entre ses lèvres entrouvertes, la présenta à Frêne, la glissa dans sa bouche. Une couleur orangée vint aux joues de la vieille femme, comme éclairée de l'intérieur. Elle respira plus facilement.

« Le Ravin prélève son impôt sur chacun d'entre nous, expliqua le mage. Je peux en partie le tenir à distance pendant un temps, mais il finira par réclamer son dû et alors nous ne pourrons pas tricher ainsi. Il faudra s'acquitter de notre dette, mes escarbilles ne suffiront plus.

– Combien de temps, encore, avant d'atteindre le mausolée ? demanda Acquilon. »

Myrddin fit mine de réfléchir, grattant sa barbe, scrutant la mince tranche de ciel que leur concédait le Ravin.

« Une journée tout au plus. Peut-être deux, si la Dame n'est pas en notre faveur. »

Il étendit brusquement ses mains devant lui, les doigts écartés, paumes vers le sol. Un flot d'escarbilles s'échappa de ses ongles et parcourut la terre du sentier, les troncs et les branches, les fougères, les parois de schiste. Elles se ramassèrent ensuite en un tas désordonné, un amas disgracieux qui finit par prendre lentement forme. Une silhouette apparut et malgré ses traits vaporeux et son allure incertaine, toutes reconnurent Myrddin. Le profil de lueurs hésita au milieu du chemin, tourna sur lui-même à la recherche, sans doute, de la route à suivre. Enfin, il reprit son chemin et partit le long du sentier. Son double de chair hocha la tête avec approbation.

« Nous ne sommes plus très loin. Dame Pendragon, il faut vous tenir prête. Le gardien de pierre de ma bien-aimée vous sentira venir avant même que nous n'apercevions l'entrée de sa tombe. Il vous faudra faire face, car pour ce combat, nous ne pourrons pas vous aider. Vous serez seule.

– Je sais, acquiesça Sophie. On est toujours seul face à son destin. »

Myrddin lui sourit avec fierté.

« On croirait presque entendre ma tendre Maude. Bien, si vous vous sentez prête alors je ne vois pas d'inconvénient à repartir sur-le-champ. Si vous en êtes capable, dame herboriste ? »

Frêne avait retrouvé des couleurs. Son visage parcheminé de rides et de fatigue semblait plus vif qu'auparavant. Elle fit un vague geste de la main en direction du magicien et se remit sur pied, non sans osciller un instant.

« Si la petite a rendez-vous avec Lunde, qui suis-je pour m'interposer ? »

D'un clin d'œil, elle tenta de faire disparaître l'inquiétude de Sophie, en vain. L'écuyère la rejoignit prestement, la délesta d'une partie de ses affaires et lui tendit son bras. L'herboriste parut prête à défendre son orgueil, puis elle accepta l'aide qui lui était offerte et le groupe se remit en marche.

La bouche béante de la tombe de Maude leur serait restée cachée si Myrddin et Sophie n'avaient pas senti la présence du gardien de pierre derrière l'épais rideau de lierre qui en masquait l'entrée. La troupe quitta le sentier invoqué par le magicien et se hissa, tant bien que mal, à travers un pierrier instable, jusqu'au surplomb rocheux sur lequel s'ouvrait le tombeau. Pour la seconde fois, il sembla à Sophie que les sangles de Baldré s'arrimaient plus fermement à elle, que le fourreau à son côté se faisait plus pénible. Jamais auparavant ne l'avait-il encombrée, quand bien même devait-elle le dissimuler en permanence sous sa cape d'écuyère. Pourtant, alors qu'elle se tenait devant les piliers de schiste du mausolée de Maude, ses cheveux noirs agités par l'haleine enténébrée du sépulcre millénaire, elle se trouva gauche et d'une outrecuidance rare d'oser ainsi prétendre à plus que ce qu'elle n'était. Toutes les années d'entraînement auprès de Frêne, Éliane et Acquilon, l'escrime, l'escalade, la lutte, tout ce qui ferait d'elle, à son retour à Nordeau, une Maîtresse-Intrigante, tout cela lui parut soudain bien dérisoire. Que pouvaient les titres et les rangs des mortelles face aux siècles innombrables de reliques telles que Lunde et Baldré ? Elle leva les yeux, plus haut que le frontispice envahi par des taches de mousse et des grappes de cymbalaires, jusqu'à la mince bande de ciel que les hauts murs du Ravin refusaient de masquer. Elle se demanda comment les sous-bois des gorges de pierre faisaient pour survivre alors que si peu de luminosité leur était allouée. Puis Myrddin s'avança et elle fut arrachée à ses contemplations.

« Le voilà, après toutes ses années. »

Le magicien agita les mains, libérant une poignée d'escarbilles, et le lierre frissonna. L'épais manteau de végétation recouvrant la bouche avide du tombeau remua, se contracta, se rebiffa d'abord contre l'impudent qui tentait de lui imposer sa volonté. Les doigts de Myrddin se crispèrent autour de prises invisibles, sa respiration se fit plus laborieuse. Le Ravin et le mage s'affrontèrent en silence, déployant des pouvoirs qu'aucune cavalière ne pouvait percevoir, mais dont Sophie sentait les émanations titanesques. Les deux désirs millénaires refusaient de céder. Finalement, sous les assauts obstinés du magicien, le Ravin plia. Les rideaux d'ombilic, de sureau et d'armoise se retirèrent, découvrant à contrecœur, les piliers, le fronton, les marches et les frises sculptées. On avait creusé à même la falaise pour arracher à la roche la dernière demeure de Maude. Ainsi, seule la façade semblait avoir été façonnée par une main extérieure, déjà derrière le perron se devinaient les parois brutes et grossières d'une cavité naturelle. Ce que Myrddin avait choisi pour l'ultime repos de sa Reine n'était autre qu'un ancien lit du Darracq, un boyau antique où le fleuve s'était longtemps prélassé, avant de descendre vers son logis actuel. Baldré se resserra autour de la poitrine de Sophie, comme si la révélation soudaine du mausolée l'effrayait tout autant qu'elle l'excitait. L'écuyère lâcha un soupir si profond, qu'elle s'étonna de ne pas produire à son tour une volée d'étincelles.

« Alors nous y sommes. Comme il me paraissait loin le jour où Lunde nous serait rendue. Comme il y a longtemps que je me suis engagée sur ce chemin. »

Acquilon l'avait rejointe sans qu'elle s'en aperçoive et Sophie s'inquiéta que la Matriarche puisse ainsi lui dissimuler sa présence. Le fantôme la couvait du regard.

« Je suis fière de toi, jeune pousse. Sache que je n'ai jamais douté que tu nous guiderais jusqu'ici. »

Même en ce jour d'entre tous les jours, elle ne savait pas mentir.

« Merci, souffla Sophie. »

Elle se détourna, alla aider Frêne à s'installer aux côtés de Myrddin, tous deux passablement fatigués par leurs épreuves respectives. De ses vieux doigts ankylosés par l'âge, l'herboriste se saisit des mains de l'écuyère et y déposa un baiser froid de ses lèvres ridées.

« Fais attention à toi, petite, et montre un peu à cette vieille âme de pierre ce que valent les cavalières de Nordeau ! »

Sophie chercha les mots pour cet au revoir qui sonnait comme un adieu, buta sur les syllabes de phrases trop creuses, s'enlisa entre les voyelles de termes vides de sens. En désespoir de cause, elle vint presser son front contre celui de Frêne et espéra lui transmettre par ce bref contact tout ce que sa parole n'aurait fait que trahir.

Elle s'écarta des autres voyageurs, s'isola, si ce n'est par l'espace, au moins par l'esprit. Elle déposa Baldré au sol un instant, pour mieux quitter ses cape, veste et tunique, ainsi que sa chemise encollée de sueur. D'un linge humidifié à l'eau de son outre, elle essuya la poisseur qui recouvrait sa peau comme un double, un derme secondaire d'effort et de poussière. Puis, après avoir longuement peigné ses cheveux du bout des doigts, elle les noua pour libérer son visage. Plus loin, Frêne et Myrddin installaient un campement sommaire. Sophie refusa de se disperser. Elle revêtit la chemise propre de son paquetage, celle qu'elle avait lavée lors de leur halte à la Ferté, celle que Brigandine avait brodée d'un bouquet de fleurs. Celle qui lui porterait chance. Elle sangla par-dessus les attaches de Baldré. Le soir tombait au-dessus du Ravin et avec lui le regard scrutateur des étoiles, dardant leurs yeux pâles sur l'écuyère assise en tailleur face au gosier vorace. Elle prit le temps d'apprivoiser l'immensité insondable qui s'ouvrait derrière la volée de marches du tombeau. Bientôt, elle serait engloutie par cette gueule obscure et il n'y aurait nulle lumière pour guider son chemin. Comme s'il avait suivi le fil de ses pensées, Myrddin se leva, fouilla un instant dans ses affaires et enfin rejoignit Sophie devant le mausolée plongé dans la nuit.

« J'ai pensé que vous pourriez avoir besoin d'un guide au cœur de ces ténèbres. »

Il lui tendit ce qu'il avait déniché au fond de son sac. Sophie se saisit de la lanterne avec un hochement de tête incertain. Sûrement il ne suffisait pas d'une vulgaire lampe pour éclairer son chemin au sein du tombeau de Maude. Myrddin claqua des doigts et le son sec résonna entre les parois du Ravin. Une petite étincelle solitaire et turbulente naquit derrière la vitre fuligineuse de la lanterne.

« Voilà qui devrait vous ouvrir un passage. »

L'écuyère raffermit sa prise sur sa veilleuse. Il n'y avait plus à tergiverser.

« Merci, Myrddin. Je suis rassurée de savoir qu'un peu de ta lumière m'accompagne dans l'obscurité. Finalement, peut-être ne serai-je pas tout à fait seule. »

Une douceur inhabituelle envahit les traits juvéniles du magicien et Sophie surprit du coin de l'œil le mouvement avorté d'une main se tendant vers la sienne.

« Nous nous reverrons à l'aube, dame Pendragon. »

Sophie acquiesça. Avec un dernier regard pour la silhouette assoupie de Frêne, elle tourna le dos au surplomb rocheux, s'avança jusqu'aux premières marches. Acquilon vint flotter un instant à ses côtés, sans pour autant s'encombrer de paroles rassurantes. L'écuyère lui en sut gré. Il n'y avait plus rien à dire, plus rien à conseiller. Il ne restait plus qu'à pénétrer entre les lèvres assoiffées du mausolée et à s'offrir aux ténèbres.

Elle a à peine passé les amères lèvres de pierre que toute la force du Ravin s'abat sur ses épaules. Elle vacille sous la violence de l'attaque, tente de trouver du courage dans un dernier coup d'œil derrière elle, vers ses compagnons de voyage, mais déjà la tombe s'est refermée. Seule la lueur magique soufflée par Myrddin éclaire un tant soit peu les formes inquiétantes de la roche. Sophie peine. Un poids immense s'est arrimé à son corps, engourdissant ses muscles, ankylosant ses os. Elle s'arque contre la volonté du Ravin.

« Tu étais plus sûre de toi face à mon double du Nord, jeune pousse ! »

La voix résonne à travers la grotte, se répercute de stalactites en stalagmites, de concrétion de calcaire scintillant en replis obscurs des parois. Les forces coalisées des tréfonds de la terre et du Darracq rageur déferlent contre l'écuyère, et comme si elle se retrouvait au cœur du fleuve rugissant,

Sophie lutte contre le courant. La semelle de ses chaussures glisse sur le sol humide. La flamme de sa lampe s'affole sous sa cloche de verre. Un souffle fétide remonte des entrailles de la caverne et lui soulève le cœur. La voix revient à l'assaut.

« Je me demande ce qu'a bien pu te trouver ma sœur ! Tu n'as rien de plus que toutes celles et ceux qui tentèrent de s'emparer de ma charge avant toi, rien de spécial, rien d'extraordinaire. Aucune étincelle particulière qui te distinguerait de la masse. Tu es un arbre au milieu de la forêt, rien de plus, rien de moins. Et la relique à ton côté t'encombre plus qu'elle ne te distingue. »

Sophie tombe à genoux, pose les mains sur la pierre froide. Des larmes d'impuissance ruissèlent le long de ses joues et pleuvent sur ses doigts abîmés par le voyage à travers le Ravin. Entailles encroûtées, ecchymoses violacées et griffures diverses recouvrent ses mains, ses avant-bras et se poursuivent sous le couvert de sa chemise. Elle a affronté la falaise gardienne de Nordeau avec ces mêmes mains. Elle a imposé sa volonté à la face de pierre à la force de ces paumes, de ces phalanges, de ces ongles. Elle s'est hissée jusqu'au repaire de l'Ermite à la force de ces bras ; elle s'est saisie de Baldré ; elle l'a ceint à ses hanches et il ne l'a plus quittée. Dans le secret de sa poitrine, les braises de la colère se ravivent. Au prix d'un immense effort, et malgré la douleur insoutenable qui s'attache à ses membres, Sophie se redresse. Le Ravin mugit autour d'elle, déverse tout un flot de refus, de dédain et de hargne.

« Abandonne cette tentative d'héroïsme vouée à l'échec, petit arbrisseau du Nord, rentre chez toi. Il n'y a rien que des mythes et des légendes au cœur de ma demeure.

– C'est… ce que je suis venue chercher. »

Les mots peinent à sortir. Ses mâchoires crissent sous la douleur, un ruisseau carmin s'échappe de son nez, tache le col de sa chemise.

« Et je ne ressortirais pas d'ici… sans les avoir trouvés. »

Elle referme ses mains autour des sangles de Baldré, s'arrime à la fois au fourreau et à elle-même. Elle se remet sur pied. La voix reprend de plus belle.

« Quel entêtement ! J'oserai presque dire quel courage, mais nous savons tous deux que tu ressortirai les mains vides, si jamais tu ressors d'ici. »

Sophie secoue la tête. Comme lorsque Raëlle et les Aînées s'acharnent à reprendre la moindre de ses erreurs ; comme lorsqu'Éliane délaisse son entraînement pour de plus urgentes problématiques politiques ; comme lorsque les habitantes de Nordeau feignent d'ignorer sa présence, encore et toujours incertaines quant à l'attitude à adopter face à l'écuyère de cendre de leur Matriarche. Elle ne cherche pas à écouter ni à comprendre, elle néglige les conseils de Pèn l'enjoignant de prendre du recul, de ne rien laisser l'atteindre. Au contraire. Elle abaisse les murs autour de la rage palpitante de son cœur et la nourrit des injures, l'abreuve des reproches. Chaque attaque de la voix du Ravin fait mouche, avec une singulière précision. Exactement là où le veut Sophie. Elle fait un pas en avant.

« Si mes milliers d'années d'existence n'avaient pas eu raison de mon sens de l'humour, je… Que fais-tu ? »

Sous sa poitrine compressée par le rejet tout entier de la caverne, la colère de Sophie s'embrase. Toute sa bile, toute sa rancœur et son ire inondent ses membres de leur ressentiment. Elle avance encore.

« Non ! Je te refuse l'entrée de mon sanctuaire ! Tu n'as pas le droit de t'imposer en mon sein ! »

Le mépris du Ravin revient à la charge, mais plus faible, presque fébrile et soudain teinté d'une frayeur nouvelle. Ses offensives se brisent contre la fureur de l'écuyère, comme la mer se brise contre les falaises et bien que sa puissance soit sans égale et sans fin, elle n'a pas devant elle assez de temps pour grignoter la volonté de la jeune femme en mouvement. Sophie s'avance désormais inexorablement vers le fond de la caverne. La roche grince et vagit autour d'elle, gémit tant et si bien qu'elle semble sur le point de s'effondrer sur elle-même pour ensevelir et l'intruse et Lunde.

« Je vais le faire ! Je préfère m'enterrer à jamais que te laisser me dépouiller !

– Alors, enterre-nous. »

Un nouveau souffle anime Sophie. Le sang ne s'écoule plus de ses narines, la douleur a relâché ses rets, l'emprise du Ravin s'estompe. Elle peut de nouveau s'exprimer sans contrainte.

« Peut-être ne ressortirais-je jamais d'ici. Mais il ne sera pas dit que j'ai péri sans lutter.

– Pourquoi t'acharnes-tu autant à réaliser les projets que d'autres fomentent à ta place ? »

La voix se fait hésitante. Elle bredouille et ânonne ses menaces et ses peurs. Sa poigne faiblit, son étau se desserre, Sophie avance désormais libérée de toute entrave. Son pas s'accélère et elle traverse la caverne, inarrêtable, jusqu'à la salle ronde qui marque le milieu du réseau souterrain.

Le tunnel de calcaire débouche soudain sur les parois et le sol sculptés d'une vaste halle chtonienne. Le relief chaotique de la grotte laisse progressivement place au mur et au plafond travaillés, aux motifs irisés de rameaux entrelacés et de rayons solaires. Et au centre de la mosaïque, là où les lisses galets aux couleurs fanées unissent leurs symboliques, là où s'ouvre le puits de lumière, là où s'élève l'autel de pierre brute, la sépulture de Maude. Comme au sommet de la falaise qui surplombe Nordeau, auréolé d'un essaim d'abeilles, un gardien pétrifié se tient accroupi. Les paumes offertes de ses mains tournées vers le ciel sont vides.

« Ne t'approche pas, murmure la voix. Je t'en prie, ne t'approche pas. »

Sophie ne l'écoute plus. Elle ne doute pas un instant face à la statue immobile et sa couronne d'insectes, elle s'approche de l'autel qui est un tombeau et contemple enfin le visage de Maude.

Le temps et les saisons n'ont rien épargné au sépulcre de la Reine. La silhouette de marbre et de jade de son gisant gravé est patinée, abrasée en de multiples endroits, maltraitée par les ans. De sa cotte d'écailles, on ne distingue plus que l'apparence générale, de même pour sa coiffe et les détails de ses traits. Sa figure n'est qu'une ébauche de nez, un reste de sourcil et même si Sophie peut voir encore l'attention apportée à ce dernier portrait, si elle reconnaît le savoir-faire nécessaire à une sépulture si ancienne, elle regrette aussi l'usure des siècles qui la prive de dévisager sans retenue la Reine d'antan. Puis son regard tombe sur l'épée enclavée dans la pierre tombale et sa déception s'évapore. Juste sous ses yeux, juste sous ses doigts. À portée de main.

Lunde l'oubliée. L'épée des Reines.

Sophie peut presque sentir les sangles du baudrier se resserrer autour de sa poitrine, à moins que ce ne soit ses propres poumons qui peinent à respirer.

« Je ne peux plus m'opposer à toi, jeune pousse. »

Le gardien se recroqueville sur lui-même, entoure ses genoux de ses bras, cache sa tête entre ses coudes.

« Tu as gagné le droit de brandir cette épée. Mais je t'en conjure, avant de t'en saisir, demande-toi à qui profitent tes exploits. Interroge ta conscience et ton instinct. Questionne l'origine et la finalité de tes actes. Car une fois Lunde entre tes mains, il n'y aura aucun retour possible : le monde une fois bousculé ne retrouve jamais l'axe qui était le sien.

– Je sais très bien tout cela.

– Non, jeune pousse, tu ignores tout du monde. »

Avec un dernier grincement, le gardien se replie totalement sur lui-même.

« Mais, peut-être, à la fin, cela nous sauvera-t-il. »

Les derniers vestiges de l'emprise du Ravin sombrent avec son silence et Sophie peut librement tendre les mains vers Lunde, glisser ses doigts autour de sa garde, prendre possession de l'épée.

Dans son rêve, elle remonte le Royaume vers le Nord tout autant qu'elle remonte la trame du temps et sous elle défilent à la fois Sarda et les années passées.

Dans son rêve, elle voit Acquilon traverser en silence Nordeau endormie. La Matriarche emprunte les escaliers nord et grimpe quatre à quatre les dernières marches qui la séparent du toit de la citadelle. Traverser la cour représente un trop grand risque d'être vue et retardée, de même, le hall principal où débouche la Grand-Porte est gardé nuit et jour par un petit groupe de cavalières. La Matriarche s'arrête en haut des escaliers, laisse passer une sentinelle et se glisse à sa suite le long du chemin de ronde. Nordeau a été conçue pour ne laisser passer aucun invité indésirable. Pourtant, c'est bien qui elle attend cette nuit : un invité indésirable. Une fois que la cavalière surveillant le toit a trouvé refuge dans l'une des tours attenantes, Acquilon se faufile entre les murs d'une bretèche adossée aux remparts. Elle dispose de quelques minutes de répit avant le retour de la sentinelle, juste le temps d'avertir son visiteur nocturne que la voie est libre. Elle sort de sa besace la chandelle qu'elle a emportée avec elle.

« Matriarche ? »

Acquilon se raidit. Lentement, dissimulant la bougie dans les plis de son manteau, elle se retourne.

« Bonsoir, Sélème.

– Est-ce que tout va bien ? »

La jeune femme, emmitouflée dans son épais manteau-tissé, était écuyère en même temps qu'Acquilon et, comme toutes celles qui l'ont connue à l'époque, elle ne sait pas cacher sa gêne devant le nouveau statut de sa camarade.

« Tout va très bien, je te remercie. Je profitais d'une petite insomnie pour faire le tour de la citadelle. Rien ne vaut une bonne brassée d'air nocturne pour trouver le sommeil, n'est-ce pas ?

– Certainement... Si tu... Si vous le dites. »

Acquilon lui offre un grand sourire ; celui qui, elle l'a découvert récemment, éveille un malaise profond chez l'ensemble des habitantes de Nordeau.

« Je vais vous laisser alors, Matriarche.

– Oh, mais tu ne me déranges pas, Sélème, regarde donc les étoiles avec moi. »

La cavalière secoue la tête.

« Je ne veux pas m'imposer Matriarche. Je serai dans la salle de garde si vous avez besoin de moi. »

Sur ces mots, elle tourne les talons. Acquilon attend silencieusement que claque la porte de la tour pour soupirer de soulagement. Le trouble que sa nouvelle fonction de Matriarche suscite parmi les cavalières qui la connaissaient ne s'est toujours pas dissipé. Malgré son retour du front pour la trêve hivernale il y a déjà quelques semaines, nombreuses sont celles qui ne savent toujours pas comment réconcilier Acquilon la cavalière avec Acquilon la Matriarche. Une gêne qui l'a d'abord déstabilisée, mais qui vient de trouver son utilité. L'oreille tendue, guettant le moindre bruit venant de la tour où s'est réfugiée Sélème, elle se tourne vers l'une des petites ouvertures pratiquées dans le mur de la bretèche. Une pression sur la mèche entre son pouce et son annulaire suffit à allumer la bougie.

Dans son rêve, Acquilon passe le bras par la fenêtre et agite la faible source de lumière au-dessus du vide pendant quelques instants. Sélème lui a fait perdre une poignée de minutes, mais la nuit est encore jeune, elle a tout le temps de mener à bien ses projets. Si son visiteur est attentif au signal convenu. Elle trace des motifs lumineux dans le ciel jusqu'à ce qu'un chant, tout en bas des remparts, dans les buissons épars s'accrochant au bord du chemin, lui réponde. Un passereau bleu traverse les broussailles, éclair incertain sous la lueur de la lune. En un battement d'ailes, l'oiseau s'élève le long de la citadelle, souffle la bougie d'Acquilon sur son passage, et se pose délicatement sur son poignet.

« Bonsoir, magicien, murmure la Matriarche. »

Le passereau la salue d'un trille joyeux.

« Silence ! Il ne faut pas que l'on vous voie. »

Elle lève la tête et attend d'être sûre que personne ne vient.

« Retrouvons-nous dans le jardin, nous y serons plus tranquilles pour travailler. »

L'oiseau ébouriffe les plumes de son poitrail en signe d'acquiescement et prend son envol. Acquilon récupère sa chandelle, la fait disparaître dans son sac et parcourt discrètement la citadelle jusqu'aux jardins qui s'étendent en terrasses contre le flanc de la montagne. L'oiseau l'y attend, perché sur une branche basse.

« Vous avez toutes les herbes nécessaires ? »

Myrddin reprend forme humaine et se laisse glisser de l'arbre.

« Tout un potager. Mais il va falloir que tu te fournisses toi-même pour la suite des opérations, je ne peux pas venir jusqu'ici chaque mois juste pour un sortilège.

– L'herboriste n'est pas l'une des nôtres. De plus, elle me déteste, je ne peux pas lui demander de m'approvisionner.

Myrddin hausse les épaules.

« Eh bien arrange-toi pour que celle qui lui succédera avant la prochaine pleine lune nous soit plus amicale. »

Acquilon acquiesce sans un mot.

Dans son rêve, ils serpentent à travers les vergers, Acquilon trébuchant contre les pierres et les racines que lui dissimule l'obscurité tandis que le magicien semble les éviter naturellement. Ils progressent ainsi entre les arbres jusqu'à une large souche, tout au fond du jardin. Acquilon presse sa paume contre les cernes concentriques et dans un bruissement de feuilles les vieilles racines s'écartent et révèlent un étroit escalier qui descend sous la montagne. Ils s'enfoncent dans le sol. Derrière eux, les racines reprennent leur place et ils sont plongés dans l'obscurité. Acquilon puise à nouveau sa bougie de sa besace et l'allume d'une friction des doigts. Le trajet jusqu'au jardin secret des Matriarches est court. Ils débouchent très vite sous la profusion de plantes, entre les pots de granit et les canaux d'irrigation. L'atmosphère chargée d'humidité est agréablement plus chaude que l'air piquant de la montagne. Myrddin parcourt la pièce à grandes enjambées, s'émerveille de chaque essence qu'il peut reconnaître. La

Matriarche le regarde s'extasier sur ses plantations pendant un instant. Puis le magicien se redresse, le visage soudain sérieux, et tapote le havresac qu'il portait en bandoulière.

« Bien. Où peut-on s'installer ? »

Acquilon le guide vers un espace plus vaste à l'arrière de la salle, qu'elle a débarrassé des pots de terre, sacs d'engrais, et autres outils qui s'y entassaient. Là même où, bien plus tard, son âme se liera à celle de Sophie.

Dans son rêve, le magicien s'avance au milieu de l'espace concédé, le visage tourné vers le plafond. La voûte de pierre qui couronne la pièce est percée en son centre par une large ouverture donnant sur le ciel étoilé. Durant la journée, le soleil y pénètre à flots, arrosant abondamment les fleurs qui y poussent de ses rayons. La pluie et le froid sont tenus à l'écart par une toiture de verre, à travers laquelle Myrddin peut voir briller la pleine lune.

Il sort de sa besace un assortiment d'instruments hétéroclites qu'il dispose en un tas grossier sur l'une des tables de la pièce.

« J'espère que tu mesures le temps nécessaire à l'accomplissement total d'un sortilège de marquage. Il faudra deux décennies avant que la Marque n'adhère totalement à ton âme et une autre, ensuite, pour que l'enfant que vous aurez choisi y soit sensible. Si tu venais à mourir demain, tout ceci n'aura servi à rien.

– Je sais. Je suis prête.

– Alors, commençons. »

Se munissant d'un long bâton de craie, le magicien trace un large cercle directement sous l'œil blanchâtre de la lune et, d'un souffle, lui fait prendre feu. Acquilon sursaute et recule d'un pas devant la puissance des flammes.

« Allons, allons, ne me dis pas que tu veux tout arrêter ? »

La Matriarche le fusille du regard. Derrière le brasier qui les sépare, le magicien semble plus grand, une lueur violette traverse ses yeux pers, son fin collier de barbe se pare de reflets rouges.

« Alors Acquilon de Nordeau, souhaites-tu offrir ton âme à l'épreuve de la Marque ? »

Elle ne peut plus dire si les flammes sont autour de lui ou s'il est les flammes. Elle étend son bras au-dessus du feu.

« Pour Sarda. »

Le magicien sourit, et ses dents sont comme des rangées de braises au creux d'un foyer.

« Que les cavalières sont théâtrales... »

Il se saisit de sa main, attire le visage de la Matriarche tout contre les flammes et presse leurs fronts l'un contre l'autre. Acquilon voit briller derrière ses pupilles une lumière aveuglante qui la force à baisser les yeux. Sur son avant-bras, juste sous la peau, se dessine la Marque qui lance ainsi le sortilège et liera, jusqu'à ce que sa tâche soit accomplie, son âme au monde des vivants. Soudain le feu s'éteint, et il ne reste du cercle flamboyant dessiné par le magicien qu'une vague trace noirâtre.

« Bien. Voilà une bonne chose de faite. »

Il tient toujours la main d'Acquilon entre ses doigts et dans ses yeux brille encore un reste de brasier.

« Te voilà marquée, Matriarche. Pour l'achèvement des plans que nous avons bâtis, ton âme restera attachée à ce monde et, lorsque l'enfant aura été choisie et que dix ans se seront écoulés, tu pourras alors lui transmettre, à ta guise, tout ton enseignement. »

Acquilon caresse du bout du doigt le dessin grossier d'une abeille qui s'est gravé sous son épiderme. Il leur reste une partie du rituel à accomplir, celle qu'elle devra répéter chaque mois toute sa vie durant, celle qu'elle devra imposer à une enfant pas encore arrivée à Nordeau. Pas même encore née. Mais le plus important est fait. Désormais, il n'y a plus qu'à attendre.

Dans son rêve, les années passent, la guerre aussi. Le Royaume rend les armes et sa souveraineté aux Comtés-Unis des Sabès. Le temps s'écoule, la honte et les tributs demeurent.

Dans son rêve, une cavalière de village, ayant exceptionnellement quitté sa paroisse, arrive à Nordeau. Elle apporte avec elle un nourrisson de quelques mois à peine.

Dans son rêve, Raëlle s'empare de la toute petite chose qu'on lui tend, la dévisage longuement. Voilà, enfin. Il n'y a plus à attendre.

*

Sophie retrouva l'air libre sans le soulagement qu'elle en espérait. Les trois silhouettes qui se découpaient dans le demi-jour de l'aube naissante, au loin, entre les lèvres mortes du mausolée de Maude, ne suscitaient chez elle aucun sourire, aucun apaisement. Au contraire, il lui fallut lutter pour parcourir les derniers mètres la séparant de la sortie. L'obscurité de la tombe, auparavant si menaçante, lui semblait tout à coup un refuge face à la vérité qu'elle devait désormais affronter. Le gardien de pierre ne s'était pas fourvoyé. Une fois dévié de son axe, personne ne retrouvait l'équilibre qui avait été sien.

Myrddin la rejoignit le premier. Une joie sauvage vieillissait son visage de jeune homme, donnait à sa figure un aperçu de son âge véritable. Il tendit des mains tremblantes vers l'épée serrée entre les doigts de l'écuyère.

« Ô ma très chère dame Pendragon. »

Les yeux du mage se troublèrent de larmes.

« N'existe-t-il donc aucune force qui puisse vous arrêter ? »

Avec un reniflement moqueur, Frêne le poussa sur le côté.

« Joue les étonnés si le cœur t'en dit, vieux brigand, mais il y en a ici qui n'ont jamais douté. »

La longue nuit de veille n'avait pas réussi à l'herboriste, mais elle se tenait aussi droite que sa fatigue le lui permettait et une fierté intense brûlait au fond de ses pupilles. Il en coûta à Sophie plus qu'elle ne se l'avoua pour s'arracher à ce regard chaleureux et s'éloigner de la vieille cavalière. Avec un froncement de sourcil, Frêne s'avança.

« Non, murmura Sophie. »

Puis plus fort, avec le peu de courage qui lui restait :

« Non, ne vous approchez pas. »

Acquilon se manifesta à sa droite, voulut caresser sa joue.

« Non ! »

Sophie avait crié. Les trois autres se figèrent, pris de court par l'effroi soudain entachant sa voix. Un tremblement incontrôlé agitait tout le corps de l'écuyère, se répercutait jusqu'à Lunde, faisait tinter la lame contre la pierre.

« Pourquoi m'avez-vous choisie ? »

Acquilon voulut protester.

« Enfin, jeune pousse, c'est la Dame elle-même qui t'a choisie.

– Arrêtez de me mentir ! »

Sa voix avait claqué en même temps que Lunde contre le sol. Acquilon tressaillit et le cœur de Sophie se brisa. Ainsi, le gardien de pierre n'avait dit que la vérité. La main de la Dame n'avait jamais joué avec son destin, au contraire, on avait coupé court à la voie qu'elle avait tracée pour Sophie, on était intervenu dans la trame du temps, on avait modifié le motif de l'Histoire. Et pour quoi ? Pour des reliques d'une autre époque ? Pour plonger deux peuples dans la guerre ?

« Pourquoi m'avez-vous choisie ? répéta-t-elle. »

Acquilon chercha du regard le secours de Frêne, mais la vieille herboriste lui refusa tout soutien. Elle se détourna de la Matriarche et fit résolument face à son élève.

« C'est Raëlle qui t'a choisie, quelques années après ton arrivée à Nordeau. Tu n'étais qu'une toute petite chose, alors pas même capable de te tenir droite. Mais nous t'avons accueillie, comme toutes celles que l'on nous confie, et nous t'avons vu grandir, te lier d'amitié avec Pènderyn. »

Elle se tut pour reprendre son souffle.

« Lorsqu'il a été clair que plus tu grandirais, plus tu ressemblerais au peu que nous savons de Maude, notre choix était tout fait. Chaque jour pendant dix ans Raëlle t'a fait boire la même préparation que je donnais à Acquilon. Chaque jour nous t'avons préparée à devenir la récipiendaire de sa Marque. Tu n'avais plus qu'à accepter. »

Son regard blanchi de vieillesse s'emplit d'une douceur douloureuse.

« Je suis désolée, Sophie. »

Acquilon s'approcha de nouveau. Un grand sourire éclairait son visage de toute sa duplicité.

« Nous t'avons menti, je sais, mais c'était pour la plus grande et la plus noble des causes ! Nous avons donné un petit coup de pouce au Destin, certes, mais avec Lunde et Baldré à tes côtés tout le monde peut voir que tu es la digne héritière de Maude. »

La poitrine de Sophie se serrait convulsivement autour de ses poumons incapables d'aspirer l'air que son corps réclamait. La silhouette d'Acquilon s'avança d'un pas et elle recula en titubant, sans plus savoir où se trouvait ni la tombe, ni Frêne, ni Myrddin. Seul comptait s'éloigner du fantôme de la Matriarche, mettre le plus de distance possible entre la douleur et son cœur. Acquilon tentait encore de se justifier. À travers le voile trouble tombé sur sa vision, Sophie voyait ses lèvres aux reflets gris s'agiter autour de mots qui ne portaient plus aucun sens. Elle recula encore. Atteignit le bord du surplomb. Sentit le vent froid enrouler ses doigts glacés sur sa nuque et l'appeler à lui.

« Sophie je t'en prie… écoute ce que j'ai à te dire. »

La voix d'Acquilon prenait des accents de contrition. Elle avait arrêté d'avancer et se contentait de tendre une main amicale vers l'écuyère au bord de l'abîme. Sophie choisit le vide. Serrant entre ses bras les restes ensommeillés de Lunde, elle se jeta corps et âme par-dessus le rebord.

Les crissements du pierrier sous ses pieds étouffèrent les cris de stupeurs des trois adultes derrière elle. Durant un instant, elle crut pouvoir contrôler sa course folle, conserver son équilibre au milieu des cailloux dévalant la pente à ses côtés. Puis son talon dérapa sur une couche de gravier et elle bascula en avant. La falaise se mêla aux pierres qui se mêlèrent au ciel, les arbres entortillèrent toutes ensemble leurs branches et leurs racines, son corps lui-même s'enchevêtra au Ravin. Elle fut bringuebalée d'affleurements rocheux en troncs épars les mains toujours crispées autour de l'épée des Reines. Les gorges du Darracq l'avalèrent sans rechigner.

La mousse, la boue et les orties accueillirent ses membres contusionnés et les fougères se refermèrent au-dessus de sa tête. Sophie resta immobile pendant que les battements erratiques de son cœur s'apaisaient sous les caresses de ce qu'elle identifia comme un bouquet de cardamine impatiente et un plant solitaire de lunaire vivace. Il y avait eu tant de fierté dans le regard de l'herboriste, avant qu'elle ne dévoilât toute son hypocrisie. Même après avoir chu tout au fond du Ravin, même ankylosée de froid et de douleur, la trahison de Frêne ravivait l'ardeur terrible de la colérique écuyère. Ses doigts se serrèrent convulsivement autour de l'épée. Dans son interminable descente du Ravin, la lame de Lunde lui avait blessé les mains, les bras, les seins, faisant fleurir sur sa chemise des taches écarlates semblables aux motifs qui ornaient le cuir ancien de Baldré. La morsure amère de ces multiples entailles autant que la rage affolée remuant ses entrailles vinrent brûler ses paupières de leur intensité. Que ne pouvait-elle disparaître de la surface du monde et rester à jamais entre les mâchoires du Ravin, sous les frondaisons de ses herbes folles, au milieu des lézards et des insectes. Échapper aux conséquences de ses actes, refuser de faire face. Peut-être la forêt pourrait-elle l'incorporer à sa matière, faire glisser l'humus par-dessus ses bras et ses jambes, laisser pousser le gouet, l'actée et la mercuriale entre ses os, la gober toute entière et ne rien recracher. Un frisson secoua Sophie et deux larmes allèrent se perdre derrière chacune de ses oreilles. Il ne servait à rien de rester terrée ainsi sous la fougère, les ormes et les érables. Il fallait se montrer digne de Baldré et Lunde, digne des efforts et des sacrifices consentis pour la mener jusqu'ici. Elle affronterait Frêne et Acquilon une dernière fois et leur souhaiterait bon vent, s'il était possible de quitter sans remords ni regrets celles qui vous ont formée. Sa décision prise, la tension qui parcourait son corps d'incessants tremblements reflua derrière les élancements douloureux de ses différentes blessures. Elle souffrirait quelques semaines des nombreux hématomes et autres éraflures dont sa chute avait recouvert son corps, mais rien qui ne mette ses jours en danger. Lentement, elle se redressa, émergeant d'entre les feuilles, délogeant la scolopendre curieuse qui aventurait ses antennes sous sa cape cirée. La lame de Lunde ne semblait pas abîmée suite à leur dégringolade commune du Ravin, tout comme ses mille ans de sommeil l'avaient épargnée.

Sophie se saisit avec maintes précautions de la garde intacte. Malgré le passage du temps, malgré l'absence de soin, l'épée sacrée des Reines de Sarda conservait encore toute sa prestance d'arme sanctifiée. Les rares rayons du soleil réussissant à pénétrer sous l'épais couvert des bosquets du Ravin vinrent peindre de délicates volutes vertes le long de la lame. Sous leur lumière, l'épée se révélait inaltérée.

Comme pour se rappeler à son bon souvenir, une sangle de Baldré se prit dans les tiges retorses d'un buisson de ronce ; dans sa chute, Sophie n'avait évité que de justesse ses épines acérées. Le fourreau vide qui chaque jour épousait ses mouvements, qui accompagnait ses hanches d'un poids familier, qui amoureusement enroulait ses courroies autour de sa taille et de sa poitrine, solidement arrimé à son corps d'enfant puis de jeune femme. Le baudrier de cuir et de sang patientait à ses côtés depuis près de cinq ans, dans l'espoir de retrouver enfin toute sa plénitude. Délicatement, comme par peur qu'après tous ces efforts Lunde ne s'évapore entre ses doigts, Sophie glissa la lame au sein de Baldré. Il n'y eut aucune explosion de lumière divine, aucun jaillissement d'or et d'argent. Les arbres n'ouvrirent pas leurs sombres houppiers pour laisser place à un soleil béni, l'aconit et le liseron ne fleurirent pas soudain autour de ses bottes. Nul signe de la Dame, nul miracle venant couronner sa réussite. Seule une vague sensation de déséquilibre, tandis qu'elle s'habituait au poids de Lunde à son côté.

« Sophie ! »

Plus haut sur sa gauche, un peu en dessous du pierrier, on piétinait les fougères et les ronces.

« Ils ne vont pas tarder à te retrouver. »

Sophie ne prit pas la peine de faire face à Acquilon.

« Me laisseras-tu seulement t'expliquer ?

– Il n'y a rien à expliquer. »

Myrddin déboucha entre deux ormes massifs, suivi de loin par une Frêne claudicante. Les épines, les branches basses, le chiendent s'écartaient sur le passage du magicien ; les mousses le précédaient comme pour amortir ses pas, les fougères courbaient en respect leurs rachis. En quelques enjambées, il rejoignit l'écuyère.

« J'aurais pu vous éviter cette chute, Pendragon. Si vous ne souhaitez plus la présence de feu la Matriarche de Nordeau à vos côtés, il suffit de le dire. »

La silhouette vacillante d'Acquilon vint flotter entre Sophie et Myrddin.

« Nous avons eu suffisamment de ton fiel, magicien. La petite et moi avons besoin de parler seule à seule désormais. »

Le ricanement de Sophie résonna entre les murs du Ravin, se répercuta d'arbre en arbre, s'étouffa sous les tapis de feuilles mortes.

« *Nous* n'avons plus rien à nous dire, Matriarche, plus rien du tout. Si nos âmes n'étaient liées, je vous souhaiterais un bon voyage de retour jusqu'à Nordeau, mais étant donné que vous êtes morte…

– Fais attention jeune fille… »

Le reste de sa phrase s'emmêla en un gargouillis inintelligible, purée poisseuse de mots qui encollait ses lèvres et ses dents. Myrddin avait à peine levé la main.

« Bien. Maintenant que nous n'avons plus à subir ces pathétiques excuses, nous allons pouvoir parler sérieusement. »

Il tourna vers Sophie les puits incandescents de ses yeux.

« Dame Pendragon, je sais que les révélations de Frêne et Acquilon vous sont difficiles à digérer pour le moment, je suis désolé que toutes ces cavalières vous aient menti durant tant d'années. J'ai cru, en tissant le sortilège de marquage pour la Matriarche, que vous seriez toujours au fait des tenants et aboutissants de nos plans. J'aurais dû m'assurer de votre pleine conscience de votre histoire, je regrette de ne pas avoir agi plus tôt. Mais il nous faut prévoir la suite des événements. Vous ne pouvez pas rapporter l'épée en l'état où vous l'avez trouvée, seuls les dévots et les sages y reconnaîtraient la lame de Maude. Tant de sommeil l'a vidée de son pouvoir. Non, il vous faut poursuivre votre chemin vers l'Est désormais, remonter le Ravin jusqu'à sa source, là où il prend racine entre le désert noir et la Faille. Il vous faut rejoindre Soufeu. Là seulement trouverez-vous des forges capables de rendre tout son éclat à Lunde. »

L'écuyère détacha difficilement son regard du fantôme furieux d'Acquilon, qui, bien que muette, s'acharnait à capter l'attention de son élève.

« Pourquoi ne pas simplement rentrer à Ousterre ? Brigandine y a fait rénover l'armurerie, j'y trouverais tout ce qui pourrait m'être nécessaire. De plus… »

Elle fronça les sourcils pour distinguer le magicien à travers la forme gesticulante qui s'interposait entre eux.

« De plus j'ai encore besoin de conseils. Avec Bri et Pèn à mes côtés je travaillerai plus vite et plus efficacement. Je ne suis pas sûre de réussir toute… »

En désespoir de cause, Acquilon avait collé ses doigts froids sur les joues de Sophie et pressait son visage silencieux tout près de celui de l'écuyère.

« Ah, laissez-moi tranquille ! Vos excuses peuvent attendre ! »

Myrddin agita nonchalamment la main. Le toucher de la Matriarche devint plus glacial encore qu'à l'accoutumée, son regard se fit distant. Un autre geste du magicien et elle flotta lentement sur le côté, jusqu'à rester figée une centaine de pas plus loin où elle arrêta net l'approche incertaine de Frêne. Un spasme secoua les épaules de Sophie.

« Que ne faut-il faire pour se garantir un tête-à-tête avec notre future Reine ? »

Un sourire étirait à nouveau les lèvres charnues de Myrddin, découvrant les perles scintillantes de ses dents.

« Tant que vous le voudrez, elle ne nous dérangera pas, conclut-il. Et si notre cavalière-herboriste sait ce qui est bon pour elle… »

Le magicien se tourna vers la vieille femme essoufflée, effondrée contre le tronc hospitalier d'un chétif tilleul.

« Elle ne nous interrompra pas, conclut-il »

Les doigts de l'écuyère se crispèrent douloureusement autour de la garde de Lunde lorsqu'il reporta son attention sur elle.

« Vous laissez vos sentiments bourgeonnants occulter votre raison, ma dame. Ousterre est trop près du front, trop près de la guerre pour y travailler sereinement. Trop de bruit, trop de distraction. Ça n'irait pas. C'est loin des rugissements des combats qu'il vous faut vous installer et Soufeu possède les plus anciennes forges du Royaume ainsi que le calme idéal à votre concentration. Les vociférations de l'océan vous aideront à y voir plus clair et, surtout, vous y trouverez les seuls fourneaux capables de rendre à Lunde toute sa conscience. L'âme des volcans y est encore vive, ils sauront la réveiller. Et puis… »

Après le toucher glacé d'Acquilon, la main de Myrddin le long de son bras parut à Sophie presque comme une brûlure.

« Je veux que vous soyez en sécurité. À l'abri du danger. Le Sud vous offrira cette protection que l'Ouest ne possède plus. »

À contrecœur, Sophie acquiesça.

« Excellent, sourit le magicien. Je ne peux malheureusement pas vous accompagner, vos armées auront besoin de mon aide dans la bataille qui s'annonce à Ousterre, mais je n'ai aucun doute que vous atteigniez Soufeu sans encombre. »

Une lueur sauvage alluma ses pupilles.

« Et maintenant, le problème de notre amie la Matriarche. Je vous poserai la question franchement, ma dame, voulez-vous d'Acquilon comme compagne de voyage ?

– Non. »

Sophie n'avait pas hésité. Elle ne tourna pas même les yeux vers la silhouette immobilisée de la Matriarche décédée, suspendue sous le couvert des arbres. Le sourire de Myrddin s'agrandit.

« Il en sera fait selon votre bon plaisir. »

Ses passes de mains furent trop rapides pour que Sophie n'en saisisse les subtilités, puis une douleur déchirante lui traversa l'avant-bras avant de disparaître tout aussi soudainement, la laissant le souffle court, mais encore sur ses pieds. D'Acquilon, nulle trace. Là où un instant auparavant son fantôme translucide avait flotté, il n'y avait plus que la pénombre du sous-bois. Une panique passagère secoua l'écuyère et elle remonta brusquement la manche de sa chemise. Au-dessus de son coude, il n'y avait plus l'ombre de sa marque d'abeille, tout comme, dans la proximité de son âme il ne restait qu'un souvenir de la présence constante de la Matriarche, une impression, un écho. Finalement, Acquilon de Nordeau avait rejoint la forêt des âmes.

Lettre de Pènderyn de Nordeau, maîtresse annonciatrice, à son amante Berhane de Nordeau, maîtresse bâtisseuse, Intendante.

Ma tendresse,

Voici la dernière lettre que tu recevras de moi.

Nous avons engagé les phalanges des Sabès une nouvelle fois à l'aube, une nouvelle fois elles nous ont repoussées. Nous sommes désormais le dernier rempart entre Ousterre et l'annihilation. Les machines infernales des Sabès vomissent leurs flots incessants de feux et de fumées. Sans ralentir, sans s'arrêter, la marée de flamme submerge les tranchées, massacre notre infanterie ; la suie et les nuées imprègnent l'atmosphère de leur parfum calciné de désolation. Depuis notre fossé improvisé, sous les assauts de la cendre, je fais soudain preuve d'une terrible lucidité.

Je ne reverrai pas les murs de Nordeau. Je ne reverrai pas les montagnes arrosées par le ciel grondeur de l'hiver ni les remous impétueux de la Vouivre au printemps. Il n'y aura aucun retour entre tes bras, Berhane, aucune étreinte sous le couvert des étoiles célébrant nos survies respectives. L'incendie des Sabès ravagera tout sur son passage, dévorera jusqu'à la dernière brindille de Sarda, jusqu'à ce que le bois vienne à manquer.

Alors s'il te plaît, ma tendresse, ne t'accroche plus à tes desseins de république, ne t'accroche plus à rien, vraiment, qui soit de ce Royaume, et fuit. Aussi loin, aussi longtemps qu'il le faudra.

Au bout de ta route, un jour, je t'attendrai.

Tienne aujourd'hui et jusqu'à la fin de toute chose.

Pèn.

Brouillon de réponse, oublié à l'intendance de Nordeau

Mon amie, reviens-moi vite.
Mon aimée, reviens-moi saine.
Mon amour, reviens-moi sauve.

CHAPITRE 17 :
FORGES DE CIEL ET D'OCÉAN

« Quel esprit maléfique susurrait des promesses à l'oreille de Perle de Soufeu ? La suie des volcans avait-elle obscurci son jugement, le sable du désert brouillé ses pensées ? Quelles que soient ses excuses, quelle que soit sa version, je la tiendrai toujours pour l'une des responsables de la chute d'Ousterre et des ténèbres qui suivirent. »

Les Jours de Sophie Pendragon
par Rosaline Ulysienne Mandée Ayrelle

Hors du Ravin, le vent et le soleil surprirent soudain Sophie. L'air aride du désert rencontrait brusquement les brises salines de l'océan, soulevant dans leur étreinte des tourbillons de sable noir qui venaient cribler les joues et le front de l'écuyère. Elle s'enroula dans sa cape cirée, y enfouit son visage. Elle regretta bien vite le couvert des bois et la caresse de la roche : la lumière de la côte frappait ses paupières froncées sans aucune frondaison pour contenir ses ardeurs et les bourrasques du large giflaient sa peau sans obstacle dressé devant leur course. Tournant le dos à l'océan, elle fit face à la silhouette lointaine des volcans dominant Soufeu et se mit en route.

Peut-être que, si elle avait pris la peine de tourner la tête et de regarder vers l'infini des dunes noires qui déroulaient leur ondoiement gracieux sous le vent océanique, elle aurait aperçu les profils minuscules de Frêne et Myrddin retournant à Ousterre et, avec un peu d'imagination, le visage éploré de l'herboriste, tandis que son élève partait seule pour la citadelle du sud.

Elle ne se retourna pas. Obstinément, durant les quatre jours de voyage qui la séparaient de Soufeu, Sophie fixa l'horizon. À travers le désert, le long des côtes vides de l'océan, même lorsque ses pas la menèrent aux abords de la Faille aux profondeurs insondables, son regard ne dévia pas. Elle poursuivit sa route d'une seule traite, ses pieds avalant le chemin sans errer, sans hésiter. La nuit, elle dormait enroulée dans sa cape cirée, Lunde prisonnière de ses bras, la joue appuyée contre sa garde. Le jour, elle avançait. Et le désert et l'océan suivaient. La braise offerte par Myrddin, avant qu'ils ne se séparent, sustentait sa faim avant même que celle-ci n'en vienne à étreindre son estomac et elle marchait ainsi le ventre vide, la langue sèche, sans pour autant éprouver aucune gêne, aucun manque.

La sente fugitive sous ses semelles se déroba plusieurs fois. Aspirée par le sable, elle disparaissait soudain et Sophie devait alors descendre jusqu'au rivage, suivre la courbe de la plage, jusqu'à ce que, sur les dunes, la piste réapparût. Ballottée entre désert et océan, l'écuyère se laissait mener par les caprices de la route. Il lui semblait, face aux étendues incommensurables des vagues rugissantes et de la plaine aride, qu'elle n'avait jamais été aussi seule. Plus d'Acquilon pour susurrer des mensonges à son oreille, plus de Pèn, Berhane ou Brigandine, restées en arrière, plus de Frêne et de Myrddin avec qui elle avait affronté le Ravin. Pourtant, l'absence de compagnes de voyage ne la troubla pas. Elle longea la côte, s'engagea au travers du désert se hérissant de montagnes noires, nues et désolées et puis, au détour d'une falaise, tomba nez à nez avec la citadelle du sud. Soufeu se dressait au-dessus de l'océan grondeur et sous les silhouettes ombrageuses des trois volcans assoupis. Ses remparts, ses bâtisses, les murs de son temple étaient du même basalte obscur que le reste du désert, que la plage en contrebas où se fracassait l'écume. Sous le soleil écrasant de l'après-midi, la citadelle sembla à Sophie aussi austère que la Matriarche au crâne rasé qui la dirigeait.

Deux cavalières l'attendaient au bout du chemin sous le porche d'entrée. Drapées dans leurs manteaux-tissés, elles portaient chacune un bouclier dans le dos et une épée au côté, qu'elles dardèrent sur l'écuyère dès que celle-ci fut suffisamment proche pour justifier une position défensive.

« Halte ! »

Sophie leva lentement les mains jusqu'au niveau de ses épaules, tâchant d'insuffler à son geste tout le calme qu'elle pouvait.

« Identifie-toi, voyageuse.

– Je suis Sophie de Nordeau. »

À la mention de sa citadelle, les visages des deux gardes se froissèrent de mépris. Leurs prises sur leurs armes se raffermirent, elles se rapprochèrent d'un pas l'une vers l'autre, rehaussèrent leurs boucliers. Sophie s'empressa de reprendre.

« Je demande l'hospitalité à votre Matriarche, car j'ai besoin de ses forges pour rendre à Lunde son lustre d'autrefois. »

Ces paroles eurent l'effet escompté, les cavalières se figèrent. Profitant de leur immobilité momentanée, l'écuyère dégrafa sa cape cirée et leur dévoila Baldré. Puis, toujours avec délicatesse et tandis que les deux femmes abaissaient légèrement leurs lames, elle tira Lunde de son fourreau. Le long sommeil de l'épée étouffait en partie son aura légendaire, mais Sophie espérait qu'elle suffirait à convaincre la citadelle de sa bonne foi. Les sentinelles n'y furent pas sensibles. La surprise passée, et bien qu'il semblât à Sophie qu'elles avaient reconnu Baldré, elles retrouvèrent leur attitude menaçante et s'avancèrent.

« Holà mes sœurs ! Tout va bien, l'écuyère de Nordeau est la bienvenue entre nos murs. »

Glissant entre les battants entrebâillés sa carrure de géante, Perle de Soufeu s'approcha. Immédiatement, les deux gardes se mirent au garde-à-vous et retournèrent à leurs places de chaque côté de l'entrée. Pour autant, de sous l'ombre haineuse de leurs casques, elles ne quittèrent pas l'écuyère des yeux. La Matriarche s'avança jusqu'à Sophie, un sourire avenant collé à sa figure couturée de cicatrices.

« J'espère que vous avez fait bon voyage, dame Pendragon. »

Dans la bouche de Perle, le titre sonnait comme une insulte.

« J'ai supposé que vous viendriez jusqu'à nous, une fois Lunde en votre possession. Après tout, nos forges sont seules capables de convenir à votre tâche. Suivez-moi, vous devez être épuisée par votre voyage. »

Une grande lassitude submergea Sophie. La braise magique de Myrddin cessa soudainement de faire effet et la fatigue de ses quatre jours de marche la rattrapa enfin. Sans pouvoir répondre par plus qu'un hochement de tête, elle suivit Perle à l'intérieur.

La Matriarche la mena à travers la citadelle. Les couloirs de Soufeu ne ressemblaient en rien à ceux de Nordeau ou d'Ousterre. Ils suivaient un plan régulier, agencé clairement et symétriquement sur chaque étage, à l'opposé des assemblages labyrinthiques des autres citadelles. Perle la guida en premier lieu aux bains, où Sophie put chasser le sable et la crasse accumulés dans tous les replis de son corps et passer des vêtements propres, bien qu'elle tînt à conserver sa chemise brodée, afin de la nettoyer elle-même. La Matriarche l'entraîna ensuite jusqu'aux forges.

Derrière une petite porte discrète et ordinaire, si vieille qu'elle se fondait dans le mur qui l'accueillait, s'ouvraient les mythiques forges de Soufeu. L'écuyère dut cacher sa grimace de déception. Des quatre fourneaux creusés dans la roche, un seul paraissait en état de marche, la poussière recouvrait toutes les surfaces, les outils entassés sur les étagères formaient des conglomérats de rouille. Seule la grande terrasse donnant sur l'océan parut à Sophie digne des éloges de Myrddin. Dans un coin, on avait installé un couchage sommaire, qu'elle supposa lui être destiné. Elle s'apprêtait à s'y effondrer quand Perle reprit la parole.

« J'ai fait servir un repas dans mon bureau, quelque chose de très frugal, mais après votre périple je suis certaine que vous apprécierez un peu de réconfort. »

Sophie voulut protester, arguer qu'elle ne se sentait pas la force de manger quoi que ce soit, s'excuser et dormir, mais la Matriarche insista.

« Vous devez aussi manquer de compagnie, je serai ravie de vous parler un peu de notre citadelle. »

La langueur qui s'emparait sans relâche de l'entièreté de son être ne la laissa pas se rebiffer. Elle suivit de nouveau Perle. Peu de cavalières se pressaient dans les corridors de Soufeu, la majorité des combattantes probablement en route pour Ousterre, voire déjà en pleine bataille. Elle s'efforça de ne pas penser à Pèn et Brigandine. De ne pas se souvenir du nombre incommensurable de Buprestes et de Lachnidés qu'elle avait vu affluer le long de la frontière. Plus vite Lunde retrouverait sa splendeur, plus vite Sophie retrouverait-elle ses amies et plus vite pourrait-elle utiliser le prestige entourant son statut pour mettre fin à la guerre. Si Éliane le permettait.

« Après vous. »

Elles avaient atteint les quartiers de Perle. Sophie précéda la Matriarche à l'intérieur du bureau austère, prit place, à l'invitation de la propriétaire des lieux, sur l'un des tabourets.

« Moins luxueux que les appartements de votre Maîtresse à Nordeau, je suppose ? susurra Perle avec un sourire entendu. J'ai peur qu'elle ne soit la seule Matriarche à posséder son propre étage, nous autres nous contentons d'un bureau, pas bien plus que nos sœurs. »

Elle leur servit à chacune une tasse de thé, poussa l'assiette de pain et de fromage vers son hôte.

« Il faut que je vous avoue quelque chose, dame Pendragon, j'avais hâte de vous rencontrer et de vous parler en tête-à-tête. Mon différend avec Éliane ne devrait pas ternir notre propre relation. »

Sophie se retint de hausser les épaules. L'antagonisme entre sa Maîtresse et la Matriarche de Soufeu ne lui importait pas, elle espérait seulement que Perle en aurait vite fini avec cette parodie de politesse, qu'elle pourrait bientôt s'écrouler sur son lit improvisé et, dès le lendemain, se mettre au travail.

« Dame Pendragon ? »

Sophie leva les yeux vers la Matriarche, cilla un instant pour retrouver les détails de son visage dans la pénombre de la pièce. Percluse de fatigue, égarée dans ses pensées, elle avait perdu le fil de la conversation.

« Pardon, j'ai eu un moment d'absence.

– Je vous en prie, ne vous excusez pas. C'est bien naturel. Je vous demandais si, par hasard, vous aviez déjà entendu l'histoire de la cavalière et de l'océan ? C'est un conte très courant dans le sud.

– Non, je ne crois pas, répondit Sophie. On parle peu de l'océan chez nous. »

Le sourire de Perle s'agrandit.

« Alors si vous le voulez bien, je vais vous en faire le récit. »

Elle carra autant que possible son immense stature dans son siège et entreprit de raconter.

« Bien entendu, les versions varient. Certaines en font la Matriarche de Soufeu, et de son amant un esprit néfaste dépêché par nos ennemis afin de priver le Royaume de l'une de ses citadelles. D'autres suggèrent un amour interdit entre une cavalière et un pêcheur d'un proche village, que le couple aurait péri en mer lors de sa fuite. Et toutes sortes de variantes plus abracadabrantes les unes que les autres. Bref. Celle que nous enseignons ici, dans l'enceinte de ces murs imprégnés de sel, de vent et de fumée, n'est pas plus véridique que les autres, mais c'est celle que je vais vous confier. Vous me direz ce que vous en pensez par la suite.

Il y a bien longtemps, quand la Maîtresse de la Maîtresse de ma Maîtresse n'était pas même encore novice, arpentait ces couloirs, respirait les embruns iodés, se cachait de la cendre, une cavalière du nom de Bulan de Soufeu. Quelle était sa voie ? Quels reflets le soleil éveillait-il sur les écailles et les plumes de son dragon ? Avec quelles armes avait-elle gagné son titre de cavalière ? Autant de questions sans réponses qui n'apporteraient qu'un éclaircissement purement académique à notre histoire. Car l'âme de Bulan n'avait que faire des volcans, des dragons, de sa citadelle. L'âme de Bulan n'avait d'yeux que pour l'étendue infinie qui s'étend à nos pieds. L'océan sous Soufeu s'agite inlassablement. Il racle et grignote notre falaise depuis la nuit des temps et sans les sortilèges de cavalières qu'Offaze apposa lors de la construction de la citadelle, nous aurions toutes bu la tasse depuis longtemps. Les vagues poursuivent pourtant leurs assauts et nous nous méfions des serments de l'écume. Plus d'une fois a-t-elle cherché à nous duper. Mais pas Bulan. Bulan descendait au pied de la falaise à marée basse et laissait l'océan venir caresser ses pieds, lui agripper les chevilles. La Matriarche de l'époque tenta bien de la raisonner, de la ramener devant les Métiers à tisser de la citadelle, mais chaque jour Bulan délaissait son ouvrage et rejoignait la plage. Bien vite, elle sut déjouer la vigilance de ses sœurs et s'éloigna des murs de Soufeu. Elle longeait la côte aussi loin que le ressac l'encourageait, marchant inlassablement sur le sable. La trace de ses pas se fit rare à la citadelle. Bientôt elle osa s'avancer plus avant entre les bras de l'océan. Laissant son manteau-tissé sur le rivage, elle s'aventurait dans le creux des rouleaux. La houle l'attirait en son cœur, s'attardait contre ses mollets, ses genoux, ses tibias, soulevait son corps comme s'il ne pesait rien. Elle accueillait ses caresses, lui en prodiguait de son cru, plongeant au milieu des vagues, effleurant le sable qui tapissait son lit. Que pouvait bien lui promettre l'océan qui justifiât l'abandon de Soufeu ? Quelles paroles mielleuses lui versait-il au creux de l'oreille pour patiemment la prendre dans ses rets ? Quelle qu'ait été la teneur de ses susurrations, elle n'avait désormais aucune chance d'échapper à ses filets. Vint le jour où elle faussa compagnie à ses sœurs pour la dernière fois. Préférant l'appel des eaux profondes à celui de la Dame, elle délaissa l'office du soir pour une baignade nocturne et, alors qu'elle batifolait entre les vagues, une tempête se leva. Ce fut, de mémoire de cavalière, l'un des plus terribles déchaînements que l'océan opposa à notre citadelle, l'écume inonda les toits, l'iode imprégna les murs. On crut pendant un temps que les charmes d'Offaze échoueraient à retenir la falaise. Que Soufeu s'abîmerait dans la mer implacable. Puis le ressac s'apaisa, les vagues retournèrent au large, on ne compta comme victimes au sein de la citadelle que quelques tuiles brisées et des couloirs inondés. Mais de Bulan pas une trace. L'océan ne rendit jamais son corps aux cavalières. Son dragon solitaire gagna la grotte des Aînés et plus aucune d'entre nous n'oublia de se méfier des trompeuses promesses au parfum de sel. »

La conteuse réarrangea son manteau autour de ses genoux avant de se tourner vers Sophie.

« Voilà pourquoi nous ne descendons pas à la plage, Pendragon. Notre place n'est pas au fond des océans, dans la boue nauséabonde des déjections de poissons, mais sous le couvert des arbres, entourées de feuilles et d'humus.

– On pourrait pourtant argumenter que le sol des océans et celui des forêts ne sont pas bien différents, rétorqua Sophie. »

L'histoire de Perle l'avait fatiguée et elle n'attendait plus que d'être congédiée afin de retrouver la forge et de s'effondrer sur la couche qu'on lui avait apprêtée. Malheureusement, la Matriarche de Soufeu ne semblait pas pressée de mettre un terme à leur entretien.

« Que voulez-vous dire ? »

Sophie rassembla difficilement ses esprits avant de pouvoir répondre.

« Eh bien, ils sont tous deux dominés par une force ancienne et incommensurable. Ils sont à la fois les déchets produits par cette force et sa source de nourriture. On ne les arpente que difficilement et en étant sans cesse ramenée à sa condition de mortelle. Nous autres n'avons que mépris pour l'océan, mais des peuples pas si lointains le vénèrent et y trouvent subsistance. »

Les échos du gros rire franc de Perle transpercèrent comme autant de petites aiguilles les tempes de son invité.

« Voilà qui est parlé comme une véritable cavalière du Nord ! Il n'y a que vos esprits noyés sous les orages pour développer de telles comparaisons. Non, Pendragon, la mer est habile et sournoise, voilà ce que nous enseigne l'histoire de Bulan. N'avez-vous jamais appris à écouter les anciens contes ? Comme la voix de la forêt, ils nous éclairent sur les rouages du monde et les pièges à éviter.

– Oh, je crois inépuisables les auteurs de contes voulant nous révéler les rouages et les pièges du monde. Moins nombreux sont ceux qui y parviennent. »

Un éclair de colère traversa le visage de la Matriarche, très vite étouffé sous sa bienveillance factice. Sophie était trop fatiguée pour relever sa fausseté. Avec effort, elle se leva, s'inclina courtoisement.

« Si vous voulez bien m'excuser, Matriarche, je vais me retirer. Mon voyage m'a épuisée et j'aimerais me mettre au travail dès que possible. »

Elle posa la main sur la garde de Lunde pour appuyer ses propos. Perle sourit.

« Bien entendu, ma dame. »

Aussi rapidement que ses jambes courbaturées le lui permettaient, Sophie s'échappa du bureau, remonta les couloirs empruntés à l'aller et retrouva sans peine le chemin des forges.

Lorsque l'aube se glissa par-dessus les montagnes et les dunes pour s'unir à l'océan, l'écuyère était déjà à la tâche. La fournaise qui étalait ses amas voluptueux de braises incandescentes avait tenu à distance les froides brises venues du large, elle avait ainsi dormi tout son saoul. Son étrange apathie de la veille semblait s'être envolée avec la nuit et elle comptait mettre à profit cette énergie nouvelle pour restaurer Lunde le plus rapidement possible. Chaque heure, chaque jour gagné à la forge, augmentait les chances de survie de Pèn, de Brigandine et d'Éliane. Comme le lui avait expliqué Myrddin, la lame de Lunde en elle-même ne pouvait avoir souffert du passage des siècles. Le mage en personne avait supervisé sa confection, confiant l'ouvrage aux meilleurs artisans de l'époque. Elle supporterait également la chaleur extrême des forges de Soufeu. Sophie ne doutait pas de ses paroles lorsqu'elle plongea, jusqu'à la garde, l'arme parmi les charbons ardents. Au-dessus du foyer, les charmes de cavalières gravés dans la roche s'allumèrent brusquement et, sous le lit de braise, le grondement de la lave dans les galeries souterraines de la citadelle redoubla d'ardeur.

Sophie s'appliqua chaque jour à son labeur. Elle immergeait Lunde dans les braises, maintenait sa prise sur la garde, laissait la chaleur étouffante des forges lui rôtir les joues. Ses progrès se faisaient lentement. Elle abandonna très vite l'idée de porter autre chose qu'une simple chemise, celle que Brigandine avait brodée, et un tablier de cuir que Perle avait bien voulu lui allouer. À chaque séance, de tendres et invisibles barbilles s'enroulaient autour de son avant-bras. Elle entendait alors les murmures engourdis de Lunde, la chanson intime de l'arme somnolente. Comme l'avait dit Myrddin, l'âme tapageuse des volcans autour de Soufeu alimentait le feu assoupi de l'épée. La chaleur de la lave, loin sous le foyer rougeoyant de la forge, quasiment insupportable pour Sophie, jouait son rôle nourricier. Pas à pas, Lunde se réveillait.

Puis Joran arriva d'Ousterre.

La fillette qui vint chercher Sophie à la forge bafouilla son message les yeux rivés au sol, incapable de croiser le regard de l'écuyère de Nordeau. Elle la guida ensuite jusqu'à la cour principale de la citadelle sans décocher un mot et s'enfuit prestement dès qu'elles furent arrivées à destination. Sophie ne s'en formalisa pas. Elle n'avait d'attention que pour le dragon cendré qui paradait fièrement devant la volière de Soufeu, ses immenses ergots anthracite soulevant des nuages de sable noir à chaque foulée. L'écuyère se précipita à ses côtés, fut accueillie par une rude et affectueuse bourrade de sa grosse tête qui la fit reculer d'un pas.

« Oui, tu m'as manqué à moi aussi. »

Elle glissa ses doigts entre les plumes, pressa son front contre le poitrail de sa monture. Cette solitude forcée, qui avait commencé par lui paraître un soulagement immense, s'était ensuite nichée autour de son âme en une étreinte glacée, dont elle venait finalement de se défaire. Après plusieurs semaines de séparation, le contact de Joran menaçait de la submerger. Elle retrouva les réflexes de pansage qu'Acquilon lui avait appris, démêla les nœuds qu'avaient formés les rênes durant le voyage, s'assura que la sangle de la selle ne blessait pas son ventre. Une patine de poussière et d'usure recouvrait les cuirs de son harnachement en manque d'entretien, mais ses fontes semblaient pleines à craquer. Sophie fourragea un instant leur contenu, passa en revue les vêtements, les rations de nourriture qui s'y empilaient, tout le nécessaire à son voyage de retour. Entre les chemises pliées, elle trouva un brin de lavande séchée et une feuille de laurier-sauce, lui confirmant l'origine de tout cet équipement. Frêne n'avait pas lésiné sur les quantités. Il y avait assez de provisions pour ravitailler un tour complet du Royaume et assez de changes pour quatre écuyères de plus. Sophie ne put empêcher un demi-sourire de fleurir sur ses lèvres. Elle huma le parfum familier de l'herboriste imprégnant le lin des chemises. Sa colère s'atténua. Puis ses doigts fureteurs tombèrent sur la lettre. Glissé entre une tunique et une veste, plié en deux et rédigé dans son habituelle écriture en pattes de mouche, patientait un message de Frêne. Sophie décacheta la missive et, tout en repoussant les coups de bec attentionnés de Joran, prit connaissance de son contenu.

Petite,

Nous ne nous sommes pas quittées en très bons termes, mais je n'ai ni la place ni le temps de m'excuser et de m'expliquer ici. Il y a plus urgent.

Je t'écris depuis le dos de Kadek, car nous sommes en fuite. Les Sabès ont pris Ousterre, ou du moins ce qu'il en reste. Nos troupes sont en déroute. Aucune cavalière n'est venue ni de Soufeu ni d'Estari, il était impossible de résister aux phalanges des Comtés-Unis.

Je ne connais pas les intentions de Perle, mais je t'en conjure, petite, méfie-toi d'elle comme de la peste.

Arrivée à Zinia je réquisitionnerai une novice pour seller et préparer Joran et je l'enverrai ensuite vers toi, équipé pour ton départ. Vole directement pour Nordeau et restes-y jusqu'à ce que nous sachions de quoi il retourne. Je t'y rejoindrai.

Fais attention à toi.

F.

« Ah ! Dame Pendragon ! »

La Matriarche de Soufeu s'avançait dans la cour à grands pas, son éternel sourire artificiel plaqué sur le visage.

« Je vois qu'Adisa vous a trouvée. J'ai pensé que vous apprécieriez d'être immédiatement prévenue de l'arrivée de votre dragon. Que lisez-vous là ? »

Sophie froissa la lettre entre ses doigts.

« Matriarche. »

Son regard trouva celui de Perle.

« Où sont vos guerrières ? »

Un soupir qui tenait autant de la résignation que du soulagement échappa à la grande cavalière. Elle croisa les bras, darda sur l'écuyère ses yeux emplis de pitié.

« Il vous aura finalement fallu une aide extérieure pour tout comprendre. J'en attendais plus de la porteuse de Lunde, mais pas moins de l'élève d'Éliane. »

Elle secoua la tête avec fatalité, comme si elle avait eu devant elle une novice illettrée.

« Mes troupes, Pendragon, stationnent en ce moment à la frontière nord des terres de Soufeu. Elles ne sont pas intervenues dans la bataille – ou devrais-je dire, le massacre – qui vient de se dérouler à l'ouest, car nous reprenons en ce jour notre indépendance. Il fut un temps où les Matriarches des cavalières et les Maréchales des frontières, ainsi que chaque Pair de ce Royaume pouvaient gouverner à loisir leurs domaines, puis les Reines sont venues et après elles des Princesses et des Condottieres. Aujourd'hui, les états du sud retrouvent leur autonomie et bénéficient de la grâce des Sabès.

– Je ne comprends pas. »

Un nœud vicieux s'était refermé sur les entrailles de Sophie. Si les soldats de Soufeu n'avaient jamais rejoint Ousterre et que ceux d'Estari occupaient Zinia, alors aucun renfort n'était jamais venu au secours de l'ouest et du nord. Alors sous l'assaut continu des Buprestes et des Lachnidés, Pèn, Brigandine et Éliane avaient péri. La Matriarche de Soufeu venait d'avouer lui avoir volé les derniers vestiges de sa vie.

« Toutes ces cavalières, bredouilla-t-elle. Tous ces villageois, ces novices. Tout l'ouest. Vous avez tout laissé brûler. »

À l'accablement succéda une onde de chagrin qui ébranla tout son corps et à cette douleur succéda la colère. Le brasier de sa rage enfla dans sa poitrine. Elle fit un pas vers la Matriarche.

« Sachez, Perle de Soufeu, que je n'ai jamais souhaité la mort de personne. Il faut une première fois à tout. »

Elle dégaina Lunde, referma ses doigts furieux autour de la garde fatiguée, se précipita sur la cavalière. Perle ne broncha pas. Avant que Sophie ait pu combler la distance qui les séparait, elle l'interpella.

« Que croyez-vous faire, Pendragon ? »

Les mots chargés de fiel traversèrent le crâne de Sophie comme le marteau frappe l'enclume. Elle s'arrêta net, sonnée. La Matriarche passa la langue sur ses lèvres sèches, déglutit péniblement et, arrachant chaque phrase aux tréfonds de sa gorge, reprit la parole.

« Ne faites pas la sotte, jeune fille. Vous n'allez pas me tuer. »

L'immense langueur qui assommait si souvent Sophie en présence de Perle s'abattit sur ses épaules. Ses muscles se délièrent d'eux-mêmes, ses bras s'abaissèrent jusqu'à ce que la pointe de Lunde repose contre le sol. La fatigue submergea ses pensées, son affliction, sa colère et elle se sentit tituber, alors que Perle continuait de l'admonester comme une enfant désobéissante.

« Rangez cette arme, venez avec moi. Il n'y a aucun besoin de nous affronter. Vous devez être épuisée par ces nouvelles si terribles, allez donc vous reposer un instant aux forges, vous y serez en paix avec votre chagrin. »

Le bon sens de ses propositions fit son chemin à travers le maelström d'émotions contraires agitant Sophie. Il vainquit sans effort son désespoir, sa tristesse. Puis il buta contre le feu exalté de sa colère. La Matriarche dut sentir la résistance de sa cible, car elle s'empressa de renouveler ses conseils, de répéter encore et encore les mêmes offres de repos. L'écuyère raffermit sa prise sur Lunde. La lame bientôt restaurée pulsait entre ses doigts, exsudait une assurance sauvage et antique, une ire de son cru, héritée de dix siècles d'oubli et de sommeil. L'épée des Reines, elle aussi, refusait de plier. Sophie retrouva le contrôle de son corps ; les muscles qui s'étaient assoupis, s'éveillèrent, les bras qui avaient faibli, s'endurcirent. Mais l'occasion d'occire Perle de Soufeu avait passé. Les premières cavalières s'étaient approchées dès l'arrivée de Joran, d'autres les avaient rejointes. Elles encerclaient désormais l'écuyère de Nordeau, leurs armes à la main, fidèles avant tout à leur Matriarche et non pas à l'épée ou au fourreau de Maude. Sophie rengaina Lunde. Il ne servait à rien de chercher à combattre autant de soldates bien plus expérimentées qu'elle ne le serait jamais. Son salut ne pourrait venir que d'une feinte, ou d'une distraction. Elle pouvait enfourcher Joran et s'échapper par les cieux, partir immédiatement pour Ousterre. Entre ses doigts, Lunde protesta. Tant que son travail de restauration ne serait pas achevé, tant que l'épée n'aurait pas retrouvé son lustre d'antan, elle ne pouvait quitter les forges de Soufeu. Elle se tourna vers Joran. Un regard suffit au dragon pour se mettre en mouvement. Il étendit sa grosse tête, entrouvrit son bec acéré et souffla aux visages des cavalières du sud tout le feu que son gosier contenait. Sophie n'attendit pas que les guerrières se remettent, elle plongea au cœur du brasier. Les flammes de Joran l'entourèrent de leur barrière bienveillante et protégèrent sa course jusqu'aux escaliers les plus proches sans mordre son épiderme, sans s'attaquer à sa chair. Elle déboula à travers la citadelle de toute la vitesse dont étaient capables ses jambes. Derrière elle, les grondements furieux du dragon couvrirent le hurlement de rage de Perle.

Sophie ne s'attarda pas pour s'assurer du sort de Joran. La mort d'un dragon était un tabou trop grand pour que les habitantes de Soufeu se risquent à menacer sa vie. Celle de l'écuyère, en revanche, ne bénéficiait pas d'autant de considération. Elle redoubla d'efforts. La cavalcade de ses poursuivantes se rapprochait d'instant en instant, mais, devant elle, le dédale de couloirs de la citadelle restait heureusement dépourvu de tout obstacle. Un corridor ouvert sur l'océan, une coursive étroite et elle déboucha soudain devant la vieille porte de bois vermoulu derrière laquelle se cachaient les forges. Elle batailla avec sa chemise, s'empara de la clef autour de son cou, la laissa tomber au sol. Les cris et la course des cavalières se refermaient sur elle. Elle ramassa la clef, fit jouer la serrure. Une main saisit ses cheveux alors qu'elle ouvrait le battant. Sophie frappa à l'aveugle, par-dessus son épaule, là où elle imaginait trouver le nez de son assaillante. Un craquement satisfaisant, un jet de sang sur ses doigts et elle était libre. Elle se glissa dans les forges, referma la porte à la force de son épaule, malgré la charge en règle que menaient les guerrières de Perle de l'autre côté et verrouilla à nouveau l'huis vétuste. Pendant un instant, elle put reprendre son souffle, le front appuyé contre le bois. Puis un coup sourd ébranla tout le battant, la forçant à reculer. Les cavalières n'avaient visiblement pas l'intention de patienter sagement devant une porte close. Il n'y avait pas un instant à perdre. Sophie renversa en travers du passage les meubles les plus proches et rejoignit le fourneau infernal de la forge, sans passer son tablier. D'un geste, elle dégaina Lunde et plongea la lame entre les braises rougeoyantes. Immédiatement, les ondes bienfaisantes émanant de l'épée enlacèrent de nouveau son avant-bras, protégeant sa peau de la chaleur insupportable de la forge. L'arme reprit son chant. Sophie ferma les yeux, tâcha, autant que possible, de faire fi des imprécations et des heurts secouant le battant.

On tambourinait contre la porte de la forge. Le vieux chambranle et les étagères qu'elle avait fait tomber en travers du chemin vibraient sous les assauts du poing de la Matriarche.

« Ouvrez la porte, Pendragon. Personne ici ne veut vous faire de mal. »

Même étouffée par les murs de basalte, la voix de Perle conservait toute la force de son commandement. Sophie serra plus fort la garde de Lunde entre ses doigts, jusqu'à imprimer les motifs du métal dans la chair de sa paume. Encore quelques minutes de fournaise brûlante, encore quelques instants de braises et de flammes. Ensuite elle arracherait la lame à la forge et elle-même à Soufeu. Si Perle n'entreprenait pas de démonter la porte entre-temps.

« Pendragon ! Ne nous forcez pas à recourir à la violence ! »

Les échos péremptoires tambourinèrent contre son crâne, s'immiscèrent entre ses pensées, vinrent caresser sa résolution de leurs inflexions tentatrices. Ils butèrent contre la volonté de Lunde. Sophie secoua la tête. Tant qu'elle aurait l'épée à la main, la voix de Commandement de Perle n'aurait aucun effet. Un filet de sueur ruissela entre ses omoplates, le long de sa colonne vertébrale et sous la taille de son pantalon, ajoutant à la moiteur générale de sa tenue. Le délicat bouquet brodé à la racine de ses reins lui collait à la peau et lui irritait le derme à chaque mouvement, deuxième rappel à la réalité face aux ordres de la Matriarche.

Elle avait laissé veste et tunique avant de venir travailler et il ne lui restait plus que la chemise sur son dos et sa cape cirée, pendue au clou qu'elle n'avait plus quittée depuis son premier jour à la forge. Baldré restait un poids rassurant à sa hanche, attendant sagement d'accueillir à nouveau Lunde en son sein.

Les braises rougeoyaient au creux du foyer où elles entouraient l'épée millénaire. Le métal brûlant bourdonnait toujours plus fort. Après plusieurs semaines d'efforts, la lame sacrée des Reines retrouverait bientôt son compagnon de toujours. Et, par la suite, les champs de bataille.

« Pendragon ! »

Perle s'égosillait de l'autre côté de la porte. Avait-elle enfin accepté que sa voix de Commandement ne fonctionnât plus avec l'écuyère forgeronne ? Elle semblait s'être résignée à hurler des ordres aux habitantes de Soufeu qui faisaient trembler la barricade de Sophie sous leurs assauts.

Encore une poignée de seconde dans la fournaise salutaire.

Les étagères grincèrent contre le sol de pierre tandis que la porte jouait d'un centimètre sur ses gonds.

Sophie posa aussi sa main libre sur la garde.

On poussa, tira, s'arcbouta contre le battant. Un deuxième centimètre céda.

Elle ne quittait plus Lunde des yeux, comme si sa volonté pouvait donner aux braises l'impulsion finale, les derniers degrés nécessaires à la renaissance de la lame de Maude.

« J'aurais aimé que tout ceci se passe autrement… »

Perle avait cessé de s'époumoner.

« Je ne veux que votre bien, et celui du Royaume. »

Lentement, la porte tourna sur ses gonds.

Sophie saisit l'une des petites pelles adossées au fourneau, préleva une poignée de braises et les jeta au milieu de sa barricade improvisée.

Le bois sec prit instantanément. Les flammes s'élevèrent brusquement jusqu'au plafond au moment même où les cavalières de Soufeu et leur Matriarche finissaient d'écarter porte et étagères de leur chemin. L'incendie s'empara de la forge, grignota les établis de bois, les manches des marteaux, la poussière du sol. Perle et ses femmes reculèrent. Le brasier épargnait Sophie. Debout au milieu des flammes, elle ne s'intéressait qu'à Lunde, enfin revenue de son si long sommeil. Sans un regard pour celle qui avait tenté de devenir sa geôlière, elle retira l'épée des braises incandescentes, tourna le dos à la forge, s'avança jusqu'au bord de la terrasse et fit un dernier pas en avant.

Le vent siffla à ses oreilles pendant une brève et interminable seconde. Puis l'océan l'engloutit. Le ressac sans merci l'entraîna à travers ses remous et ses reflux, s'empara de son corps qu'il ballotta à sa guise. Le fond et la surface s'entremêlèrent autour de Sophie. Le peu de repères qu'elle avait cru pouvoir conserver s'évanouit au milieu du nuage de condensation qui s'échappait de Lunde. Une myriade de bulles jaillissait toujours de la lame encore incandescente, une vapeur épaisse absorbée immédiatement par l'océan, entourant l'écuyère d'un manteau trouble. La lame refroidissait subitement sous la caresse glacée des vagues et Sophie craignit un instant que l'eau salée ne vienne à bout de l'arme millénaire. Elle n'eut pas le temps de s'inquiéter plus avant, des courants contraires l'emportèrent le long de la côte, loin d'Ousterre et de ses cavalières.

La plage se refusa à Sophie. Plusieurs fois l'océan l'approcha des étendues de sable noir, à portée de main d'un répit nécessaire, pour immanquablement l'emporter de nouveau vers le large. Elle but encore la tasse. L'eau salée envahit sa bouche, sa gorge, ses bronches, étouffa son souffle dans sa poitrine. Sa vision se brouilla. D'une main elle luttait contre les courants, cherchait par tous les moyens à atteindre la rive, de l'autre elle empoignait Lunde. Sa tête creva la surface. Elle aspira goulûment une bouffée d'air mâtinée d'embrun et la houle la happa en son sein. Longtemps elle tenta d'imposer sa volonté à la mer déchaînée, de lui opposer sa colère, mais il n'y avait aucune rage au cœur de sa poitrine, aucun brasier virulent pour lui porter secours. Rien n'arrêtait les vagues et leur remous incessant. Ce n'était pas un duel d'identité, comme ceux qu'elle avait relevés face aux gardiens de pierre ; seule existait l'immense et écrasante présence d'une âme bien plus ancienne et bien plus riche que la sienne, contre qui elle ne pouvait lutter. Les baïnes sournoises dérobèrent le salut du sable sous ses pieds, sans se priver pourtant de lui racler le cuir sur les bas-fonds. Puis le vieux souffle intemporel, pris de miséricorde, abandonna sur la rive son corps malmené par la marée.

Dans son rêve, Olivia la chercheuse la regarde, comme parfois Pèn la regarde, comme souvent Frêne la regarde. Olivia la regarde comme si une ombre immense camouflait ses traits, comme si un voile s'opposait à une appréhension totale de son visage.

Dans son rêve, elle en a assez de ce regard. Elle veut combler la distance qui la sépare d'Olivia et chasser de ses yeux ocre le doute et la pitié. Mais la chercheuse ne se laisse pas approcher. À chaque pas qu'elle fait, Olivia recule d'autant. Elle cherche à courir. Elle pousse tant et plus sur ses mollets et ses cuisses, refuse de se laisser distancer. Un poids immense étouffe ses velléités de poursuite. Un engourdissement généralisé paralyse ses jambes, ses hanches et puis son corps tout entier. Elle s'affaisse. Olivia disparaît. Une eau salée envahit ses narines.

Un sursaut de panique secoua Sophie et la ramena de force à la conscience. L'océan revenant d'une marée plus basse pourléchait sa silhouette échouée sur le rivage, son visage enfoncé dans le sable. Les sangles de Baldré avaient souffert de leur bain forcé et s'étaient détendues, au point de s'emberlificoter autour de ses jambes, bien qu'elle crût dans un premier temps que la mer le lui avait arraché. Entre les doigts ankylosés de sa main gauche, elle tenait toujours Lunde. Libérée de son enveloppe de crasse et d'oubli, l'épée lui parut soudain bien plus digne de la main de Maude qu'elle ne l'avait semblé auparavant. Ni le temps ni l'océan n'avaient réussi à altérer la finesse du travail des forgerons légendaires qui lui avaient donné vie. Les sortilèges de Myrddin n'avaient pas failli.

Un bruissement familier, plus haut sur la plage, annonça l'arrivée de Joran. Le dragon s'avança à pas mesurés vers le corps de Sophie, approcha sa tête de la sienne, mordilla son oreille du bout de son bec. Avec les dernières forces qui lui restaient, l'écuyère passa les bras autour de la massive encolure et se laissa traîner à l'écart de l'océan. Elle dormit contre le flanc ardent de Joran, protégée par son aile étendue, Lunde et Baldré soigneusement déposés à ses pieds. À l'aube, elle revêtit une tenue sèche, se força à avaler une tranche de pain, accrocha le baudrier et l'épée à sa taille. Il n'y avait plus de temps à perdre. Elle se hissa sur le dos de Joran et ils prirent leur envol.

Quatre jours plus tard, Zinia se découpait à l'horizon.

CHAPITRE 18 : LES RUINES

« Les terres occidentales de la péninsule des Confins connurent, au début de notre siècle, de nombreux bouleversements et maintes transformations, qui renversèrent, en cinq décennies, plus que ce que les quatre cents années précédentes avaient pu ébranler. Fikri n'en vit, malheureusement, que les prémisses, et l'on regrette que son analyse acérée des sociétés des Sabès et de leur voisin n'ait pu se poursuivre sur les années suivantes.
Cela, est une autre histoire. »
Commentaires sur les « Mémoires d'un messager »
d'Adhémar Logos Fikri Altharin par Olivia Flane.

Un soleil insolent brillait sur la capitale et les camps de réfugiés qui s'étalaient à ses pieds. La voûte immense du ciel recouvrait d'une robe trop claire, trop bleue, la consternation, la peur et le chagrin de la foule désolée errant dans les rues. Frêne se hâtait entre les silhouettes hagardes. Elle avait laissé Kadek à l'écart de Zinia, avec les autres dragons survivants à la bataille, près du campement des cavalières de Nordeau et d'Ousterre. Ou du moins ce qu'il en restait. Elle y avait aussi abandonné son manteau-tissé, il l'aurait immédiatement trahie. Vêtue d'une cape plus neutre et dissimulée sous sa collection d'écharpes, elle avait désormais bien plus de chance de se faufiler jusqu'aux palais sans être vue des cavalières d'Estari.

Les guerrières de l'est occupaient la ville. À chaque entrée, sur chaque place, entre les différents quartiers, leurs manteaux noués à la taille, elles patrouillaient sans relâche, montaient une garde suspicieuse et attentive. Frêne contourna un homme agenouillé au milieu de la rue. Les bras levés vers le ciel, il semblait figé en pleine imprécation.

Deux annonciatrices s'approchèrent, leurs lances pointées vers la poitrine du malheureux, lui ordonnant de se lever. L'herboriste se réfugia dans une ruelle adjacente. Elle doutait que de simples cavalières soient en mesure de la reconnaître, mais elle ne pouvait prendre aucun risque. Trop de choses dépendaient de sa mission. Trop de poids reposait sur ses épaules. Elle poursuivit son chemin, appliquée à ne pas attirer l'attention de quiconque, remonta les uns après les autres les quartiers, du plus pauvre au plus noble, de la capitale et parvint à proximité des palais. Le Sérénissime bruissait encore de son activité administrative, recevant et transmettant des messages et des ordonnances. Pourtant, ce n'était plus le Prince et son administration qui s'affairaient là-haut. Ainsi que l'avait appris Frêne, Iffan avait fait placer Roland et ses plus proches collaborateurs aux arrêts dès son arrivée à Zinia, ce qu'elle ne se serait jamais permis du vivant d'Éliane. C'était la vieille Tieranne qui gérait désormais l'Intendance du Royaume.

Une escouade survola la rue que l'herboriste traversait et elle se rencogna au plus vite dans le seuil d'une maison. Les ombres des dragons défilèrent sur les pavés, avant de disparaître par-dessus les toits et Frêne dut prendre quelques instants pour recouvrer son calme. Jamais auparavant n'avait-elle eu peur d'une autre cavalière. Lorsque les battements de son cœur eurent retrouvé un rythme plus tranquille, que la panique ne menaça plus d'envahir tout son être, elle reprit sa route. Contournant largement le Sérénissime et la Caserne, elle s'aventura dans les petites venelles, à peine des passages praticables, qui entouraient les murs du jardin d'été. Les ombres des bâtiments l'accueillaient en leur sein, mêlaient les teintes sombres de sa cape et de ses écharpes au demi-jour de leurs replis. Elle longea sur quelques mètres l'enceinte derrière laquelle se cachaient les jardins avant d'atteindre une petite porte de bois clair donnant sur l'intérieur, encore vernie et entretenue avec soin, mais que les femmes d'Estari avaient oubliée dans leur prise des palais. Exactement comme l'escomptait l'herboriste. Elle se mit au travail sur la serrure, usant de ses crochets et entraîneurs, des outils d'intrigante qu'elle n'avait pas excavés des fontes de sa selle depuis plus de trente ans. Après quelques essais infructueux, la serrure joua avec un cliquetis satisfaisant et Frêne se faufila dans le parc.

La traversée des palais s'annonçait autrement plus difficile que celle de la ville. Une garnison entière de cavalières gardait ses couloirs, ses allées, ses cours ; annonciatrices, intrigantes et bâtisseuses allaient et venaient de boudoirs en salons, de bureaux en coursives. Frêne considéra ses options. Elle n'avait aucun indice quant à l'endroit où se trouvaient les femmes qu'elle cherchait, pas plus qu'elle n'était certaine qu'elles acceptent de l'écouter. Pourtant, là était sa seule chance de rédemption. Après quelques instants de réflexion, elle entreprit de se faufiler à travers les jardins d'été, bien moins surveillés que les quatre tours, jusqu'à ceux d'hiver, ce qui lui permettrait d'atteindre le palais des Reines sans trop d'embûches. Malgré la précarité de sa situation, malgré les voix des sentinelles passant à proximité, Frêne s'autorisa un sourire. On n'arrêtait pas une herboriste au jardin. Elle alla à la rencontre des arbres et des buissons du palais, se glissa au cœur de la flore luxuriante. Les feuilles, les tiges, les branches s'écartaient en silence sur son passage, la recevaient parmi elles comme l'une des leurs. Elle emprunta des sentiers qui n'appartenaient qu'aux petites créatures vivant entre les racines et l'humus, là où aucun jardinier n'avait jamais mis les pieds, là où aucune cavalière ne la débusquerait. Elle toucha au bout du jardin estival. Un étroit escalier ouvrait une percée dans le mur séparant les deux parcs, elle le gravit prestement, aussi vite que ses douleurs et courbatures le lui permettaient.

Les jardins d'hiver en travaux furent moins avenants. Leurs conifères épars, leurs assemblages de galets gris, les cuves de granit, emplies de terreaux, qui accueillaient des graminées, des mousses, des joncs, ne lui offraient que des cachettes relatives. Les ouvriers les avaient désertés et l'herboriste se retrouva moins exposée qu'elle ne le craignait, bien qu'elle dût plusieurs fois bondir derrière un arbuste pour éviter la garde distraite affectée aux jardins. Elle finit par parvenir aux abords du Palais des Reines. Une douzaine de cavalières en armure stationnaient devant la grand-porte, Frêne les contourna et alla s'embusquer dans un angle de la tour et du mur d'enceinte, sous une fenêtre donnant sur la Haute Halle. À travers la vitre encore claire du Congrès, elle pouvait apercevoir deux silhouettes familières. Un soupir de soulagement lui échappa. Son escapade touchait au but. Elle mit à nouveau à profit ses talents un peu rouillés de crocheteuse et entrouvrit la fenêtre, juste de quoi discerner la teneur de leur conversation.

« C'est de la folie ! s'exclamait l'Intendante de Nordeau, en arpentant en tous sens l'estrade de cyprès toujours en place. Occuper la capitale, retenir tes troupes à la veille de la bataille. Mais à quoi pensais-tu ! »

Face à Berhane, drapée dans une dignité que Frêne ne lui avait jamais vue, la Matriarche d'Estari haussa un sourcil moqueur.

« Voilà pourquoi je n'ai jamais pu te faire confiance, rétorqua Iffan. Tu n'as jamais su sacrifier à la cause, jamais su tout abandonner pour la raison d'État. N'est-ce pas ce que nous avons toujours voulu ? Plus de Condottiere, le Prince emprisonné, le contrôle sur Zinia, tout ce dont nous rêvions.

– Le contrôle sur Zinia ? Iffan, les Sabès sont à nos portes ! Nous venons de perdre la moitié de notre armée ! »

Un rictus sauvage déforma le visage de la Matriarche.

« Figure-toi, Berhane, que je ne l'ignore pas. Mais qu'aurais-je dû faire ? Envoyer mes sœurs se faire massacrer pour flatter l'égo d'Éliane de Nordeau ? La confirmer dans sa toute puissante position de Condottiere ? »

Berhane fronça le nez.

« La confirmer ? »

Elle semblait plus abasourdie qu'en colère.

« Tu as voté pour elle ! Tu l'as soutenue dans sa candidature ! La première, tu t'es avancée vers elle le jour du Congrès »

La grimace d'Iffan se fit plus dure encore.

« J'ai d'abord essayé de la faire assassiner, mais elle a massacré mes femmes sans même une égratignure. »

Elle leva les yeux au ciel devant l'expression épouvantée de Berhane.

« Il fallait bien l'arrêter ! Elle était l'amante de Roland, adorée de ses cavalières, la plus grande menace pour notre République. Et maintenant, elle n'est plus un danger pour personne. Ne me dis pas que cela te chagrine ?

– Oui, Iffan, cela me chagrine, répondit l'Intendante. Quelle différence entre notre République et le Royaume, voire même, avec les Comtés-Unis, si nous assassinons, trahissons, conquérons comme la première Pair venue ? Si nous commettons plus d'atrocités que les Condottieres et les Princesses réunies ? Personne n'aime la liberté à la pointe d'une épée. Tu me l'as dit toi-même il y a quinze ans. »

À ces mots, la Matriarche d'Estari s'apaisa quelque peu. Elle dégrafa son manteau-tissé, le déposa sur les gradins de pin et s'assit lourdement.

« Je sais tout cela, Berhane. Tourner mes cavalières contre leurs sœurs ne m'enchante guère, imposer aux paysannes des autres citadelles et des autres marches un système qu'elles n'ont pas choisi non plus. J'espère que nous pourrons leur faire entendre raison. Une première série d'élections, comme celles que nous avons tenues sur les terres d'Estari, devrait offrir à chacune la possibilité de s'exprimer et apaiser certaines tensions. »

L'Intendante ne paraissait pas convaincue.

Berhane s'assit aux côtés d'Iffan. Elles restèrent silencieuses un moment et Frêne ébauchait une tentative de se faire reconnaître lorsque Berhane reprit la parole. Sa figure s'était rembrunie, une douleur contenue habitait ses traits sans vouloir les lâcher.

« Que comptes-tu faire de Sophie ? »

La Matriarche dévisagea longuement l'Intendante, la lueur inquiétante, qui habitait son regard au début de leur échange, de retour dans l'éclat farouche de ses yeux.

« Si elle revient de Soufeu, comme tu supposes qu'elle le fera puisque son dragon a disparu, je la recevrai. Et ensuite, seulement, déciderai-je.

– Que lui feras-tu ?

– Je ne sais pas. Je ne l'ai pas encore vue. »

Frêne allait se décider à trahir sa cachette, à s'exprimer enfin, quand une cavalière affolée se rua soudain à l'intérieur de la Haute Halle. Berhane et Iffan se levèrent précipitamment. La nouvelle venue trébucha jusqu'à sa Matriarche et se pencha à son oreille pour lui murmurer urgemment un message que l'herboriste n'entendit pas. Iffan écouta patiemment sa cavalière, ses lèvres s'étirant en une moue dubitative. Elle finit par hocher la tête et congédia la messagère, avant de se tourner vers l'Intendante.

« Il semblerait que Myrddin soit de retour plus tôt que prévu. Et une sentinelle aurait aperçu un dragon argenté se dirigeant vers Zinia. Nous allons avoir du pain sur la planche. »

Frêne jura dans ses écharpes. N'y avait-il donc aucun moyen de préserver Sophie ? Râlant et pestant en silence, l'herboriste s'extirpa de son repaire. Il était encore temps d'agir.

Dans son rêve elle marche le long d'un chemin de forêt, sans début ni fin. Il vient juste de pleuvoir, l'air est chargé d'un brouillard tendre, les feuilles mortes craquent sous ses pieds.

Dans son rêve, Sophie marche à ses côtés. Elle porte un manteau-tissé de cavalière, bleu sombre comme l'est parfois la nuit l'été, constellé d'une myriade de petits points jaunes qui sont autant d'abeilles, qui sont autant d'étoiles. Elles avancent main dans la main. Le bois bruisse de vie tout autour d'elles, des cerfs effarouchés traversent le chemin d'un seul bond et disparaissent dans les fourrés, à leur passage des oiseaux s'envolent.

Dans son rêve, elle souhaite voir Berhane et soudain la massive silhouette de l'Intendante se découpe à l'avant du sentier. Elle se précipite entre les bras adipeux, enfouit son visage dans les replis généreux de son cou, presse sa poitrine menue contre ce torse accueillant. Berhane l'enlace à l'étouffer, la protège de toute son immense carrure, la dissimule au monde.

Elle pourrait marcher, dans son rêve, jusqu'à la fin de toutes choses.

La souffrance ramena Pènderyn à la conscience. Comme depuis tous ces jours dont elle avait perdu le compte, la douleur s'arqua à travers son corps, tendit les muscles et les tendons, força les os dans des postures anormales. Ses poumons se crispèrent autour de ses bronches. Elle resta ainsi, immobilisée par la mise à nu de ses nerfs jusqu'à ce que la crise passe et qu'une bouffée d'air trouve son chemin jusqu'à sa poitrine, libérant un filet de tension emprisonnée. Quelqu'un, à son chevet, murmurait des paroles rassurantes à son oreille. On apaisait sa peau agonie de fièvre à l'aide d'un linge humide et froid. Pèn agita les lèvres, sans qu'aucun mot ne franchisse ses lèvres desséchées, mais on la comprit et une tasse d'eau mêlée de miel fut portée à sa bouche. Elle ne tenta pas d'ouvrir les yeux. Il n'y avait plus rien, sous ses paupières, pour détailler la tente de malade où elle se trouvait alitée. Les râles des mourantes, les plaintes des blessées, le chuchotis apaisant des infirmières se couplaient aux relents immondes des plaies pourries, à l'haleine surie des trépassées, l'infection des déjections. Elle inspirait autant que possible par la bouche pour s'épargner la puanteur de ses voisines de chambrée. Il lui semblait alors que les remugles nauséabonds venaient tapisser sa cavité buccale, son palais, sa langue, ses gencives. Respirer lui était douloureux. Chacune de ses inspirations s'accompagnait d'un sifflement pénible que suivait un gargouillis inquiétant. Quelque chose s'était ouvert à l'intérieur de sa poitrine. Quelque chose s'épanchait entre ses côtes, emplissait son corps de liquide, étouffait ses organes sous des humeurs nocives. Bientôt, elle mourrait.

« Où est-elle ? »

Le timbre de voix familier la tira un instant de sa torpeur. Elle chercha à se redresser, lutta contre ceux qui tentaient de la retenir, s'affaissa à nouveau contre le matelas. Une main amie trouva la sienne. Elle s'agrippa à Sophie du peu de force qu'elle conservait.

« Pèn… »

Même sans les voir, elle devinait les larmes que son amie ne savait retenir. Si elle-même avait pu pleurer, si elle avait su exsuder tout autre liquide que la lymphe et le sang, peut-être aurait-elle allégé la pression qui lentement l'étranglait.

« Ne pleure pas… »

Le désert de sa gorge et de sa bouche tarissait ses paroles. Elle sentit un souffle sur sa peau à vif, alors que l'écuyère se rapprochait d'elle. Avec difficulté, serrant les dents contre le supplice de ce simple mouvement, elle se tourna vers Sophie. Un hoquet d'horreur échappa à la jeune femme. Pèn comprenait aisément pourquoi, bien qu'elle ne soit en mesure de voir ni son visage ni celui de Sophie. Ni rien d'autre, vraiment. Un sourire amer étira sa lippe brûlée.

« Ne pleure pas, reprit-elle. »

Et sa voix lui sembla plus solide. Ainsi, la Dame lui faisait don d'un ultime souffle en ce dernier des jours de son existence. Elle devait en faire bon usage.

« Dis-moi, as-tu retrouvé l'épée ? »

L'écuyère confirma d'un gémissement assourdi de sanglots.

« Bien. C'est très bien. »

Elle prit difficilement une ridicule inspiration.

« Maintenant, écoute-moi Sophie. Je vais mourir et voilà ce que tu dois faire. Répands d'abord mes cendres sous le couvert des arbres, ainsi mon âme la première trouvera-t-elle le chemin de la Forêt. Je serai là pour mes sœurs qui bien vite me suivront, je serai là pour celles qui comme moi périront. Je serai là lors des batailles à venir. Je serai là pour les victoires et les défaites. Je serai là pour toi, lorsque tes jours toucheront à leur fin, Sophie de Nordeau. Et si j'attends nos retrouvailles avec impatience, je prie, pourtant, qu'elles n'arrivent pas trop tôt.

– Non… »

Pèn pressa faiblement sa main avec la sienne.

« Si, Sophie. Je vais mourir, ne nous leurrons pas. Mais je peux encore être utile à mon ordre, alors il faut que tu fasses cela pour moi.

– Et Berhane ? Et moi ? Je ne veux pas vivre dans un monde dont tu ne fais pas partie. »

Malgré toute sa volonté, Pènderyn ne réussit pas à sourire de nouveau. Elle balbutiait, marmottait ses mots, alors que le présent de la Dame s'estompait.

« Berhane et moi nous sommes déjà dit au revoir et tout ce que l'on pourrait ajouter, nous nous le sommes déjà maintes fois répété en soupir, en caresse, en étreinte. »

Elle décela le rougissement de Sophie dans l'altération de sa respiration et regretta d'autant plus de ne pouvoir pleurer.

« Dame, que tu vas me manquer. »

Un borborygme pitoyable traversa sa poitrine, s'arracha à sa bouche aride. Une crampe transperça ses poumons. Elle s'arcbouta au-dessus du lit, enfonça ses ongles dans la paume de Sophie. Elle entendit à peine les exclamations paniquées de son amie, étouffées derrière un voile de douleur. Quelque chose se fendit au fond de son corps et lui serra le cœur. Et puis…

Sophie n'eut pas la possibilité d'assister à la crémation de Pèn. Un groupe de cavalières d'Estari, menées par Iffan, avait envahi le campement des blessées et des mourantes, demandant à la voir, sans qu'elle puisse s'y dérober. Elle serra une dernière fois dans ses bras le corps martyrisé de Pèn, embrassa son front, caressa ses cheveux embrouillés de nœuds et de sang. Elle se glissa sous le rabat de la tente juste avant l'arrivée de la Matriarche d'Estari et s'éloigna à grands pas alors qu'on ordonnait de la faire chercher et de la conduire immédiatement à la tour des Reines. Le cantonnement s'agita soudain sous l'impulsion d'Iffan et de ses cavalières. Sophie se dissimula autant que possible sous sa capuche et un voile dérobé à une corde à linge, emprunta les allées les moins usitées, se cacha auprès d'alitées trop affaiblies pour remarquer sa présence. Lentement, elle s'approcha de la cité. Alors qu'elle passait enfin les limites du camp et pensait pouvoir se faufiler dans les ruelles de la ville basse, elle croisa la route de deux sentinelles. La paire de cavalières furetait entre les abris des blessées les plus légères, jetait un œil derrière les couches sommaires, soulevait des tentures. Elles contournèrent une charrette chargée de corps s'éloignant vers les bûchers funéraires. Sophie s'efforça de ne pas y chercher Pènderyn, ou Brigandine dont elle n'avait pas de nouvelles. Déjà les deux guerrières étaient sur elle et l'écuyère se figea. Elles la dépassèrent sans un regard, poursuivirent leur chemin sans la voir.

« Dame Pendragon, vous n'avez rien à faire ici. »

Myrddin se saisit du coude de Sophie, la pressa contre son flanc et, la soutenant à demi, la portant à demi, l'entraîna à sa suite à travers la capitale.

« Je vous ai cherchée partout. Vous auriez dû me rejoindre au Palais immédiatement, pas vous attarder dans ce mouroir à ciel ouvert.

– Pènderyn, elle est. Vous pourriez. Et Bri, balbutia Sophie. »

Le mage secoua la tête.

« Je n'aurais rien pu faire pour votre amie, ma dame. Certains destins sont hors de portée de mes compétences. Quant à l'écuyère d'Ousterre, ne vous inquiétez pas. Contrairement à sa Maîtresse, elle a survécu à la bataille et est en attente d'une promotion. »

Ils croisèrent un groupe de cavalières descendant la rue au pas de course. Les guerrières les ignorèrent royalement.

« Un petit sortilège de mon cru, répondit Myrddin à la question muette de Sophie. »

Ils remontèrent ainsi la basse et la haute ville, recouverts d'un voile de discrétion, invisibles aux yeux des autres passants.

En l'absence d'Iffan et de ses cavalières, la tour des Reines n'était plus habitée que par les fantômes du Congrès. Myrddin assit Sophie à un gradin de pin puis alla de nouveau agiter les mains devant l'immense porte d'entrée, jusqu'à ce que les battants monumentaux se ferment d'eux-mêmes et qu'ils se retrouvent isolés du reste de la capitale. Sophie perçut à peine le retour du mage à ses côtés. Un grand vide s'était ouvert en travers de sa poitrine, une plaine désolée et sinistre, où elle errait sans but, abasourdie de fatalité. Les larmes avaient séché sur ses joues et les tremblements relâchés leur emprise sur ses jambes. Elle suivit, silencieusement et sans protestation, Myrddin dans les étages, submergée par la stupeur, étonnée que la vie puisse couper ainsi les fils d'une existence à laquelle elle tenait tant. Le magicien la conduisit jusqu'à une grande chambre poussiéreuse, inoccupée depuis trop longtemps pour conserver ne serait-ce que le souvenir de sa majesté. Derrière une succession de fenêtre aux montants d'or patiné s'ouvrait une terrasse plus raisonnable, aux dalles de calcaire jaunâtre qui se mouchetaient de taches plus sombres sous la pluie nouvelle. Par-dessus le parapet, on pouvait deviner les deux jardins des palais et le bosquet sacré de pins bleus.

« Nous ne serons pas dérangés ici. »

Myrddin s'affairait autour d'elle, expédiait ses étincelles à travers la pièce où elles chassaient la pellicule de saleté, emportaient les taches de moisissure, rafraîchissaient la literie. Lorsque le lit eut retrouvé un aspect décent, le mage y fit asseoir Sophie, l'adossa confortablement aux coussins, plaça sur ses jambes une couverture ancienne, raccommodée par ses soins.

« Ne vous inquiétez de rien, ma dame, je vais m'occuper de tout à présent. Parons d'abord au plus pressé, où avez-vous caché Joran ? Il peut nous rejoindre ici, sa présence devrait vous apaiser. »

Sophie déglutit difficilement, s'étouffa en partie avec sa salive. Entre deux quintes de toux, elle réussit à signifier au mage que le dragon avait simplement rejoint ses pairs en leur volière creusée dans la falaise. Myrddin acquiesça avec empressement et, après s'être assuré que la jeune femme était bien installée, se mit en route sans attendre.

Sophie l'écouta descendre quatre à quatre les escaliers de la tour, jusqu'à ce que l'écho de ses pas soit englouti par la pierre. Le zèle du magicien l'arrangeait bien, la soulageait du fardeau insupportable de prendre la moindre décision. Elle aurait voulu se laisser aller au sommeil, oublier dans cet indolent abandon sa peine et son chagrin. Elle n'y parvint pas. Derrière ses paupières closes se pressait, encore et encore, l'image de Pèn agonisante, sa souffrance indicible, le rictus final de son visage dans ses derniers instants. Un trouble inquiet agitait ses membres. Elle quitta le lit, s'approcha des fenêtres. Derrière ses yeux, la pression de la fatigue ne cessait de s'intensifier. Un arc aigu de crispation se tendait au cœur de son être, reliant douloureusement ses paupières, sa gorge, sa poitrine. Plus que tout, elle aurait voulu être à Nordeau. Elle aurait voulu voir les sommets brumeux des montagnes, l'orage s'abattre sans fin sur les murs familiers de la citadelle. Elle aurait voulu arpenter les couloirs de pierre froide et la tiède margelle des bains. Elle aurait voulu s'en retourner chez elle. Dans le secret de son âme, elle construisit une petite forteresse miniature. Elle érigea les tours, les toits, la falaise. Elle maçonna les remparts, les créneaux et la volière, où sommeillent les dragons. Elle ordonna sagement les arbres sacrés du verger séculaire. Elle donna forme à la bicoque maladroite de Frêne, à son épais capharnaüm, au parfum d'herbe et de bois qui imprégnait la pièce. Elle aurait voulu s'y réfugier de nouveau. Reprendre sa place entre les lourds herbiers et la balance de cuivre.

Elle pressa sa manche contre l'humidité grandissante de son nez.

Sa petite maquette intérieure s'effondra alors qu'une nouvelle fois l'étau se refermait autour d'elle. Il lui sembla que même revenue à Nordeau, même au milieu de toutes celles qui donnaient ordre et constance à sa vie, jamais elle ne retrouverait l'équilibre qui avait été le sien. Que, s'écoulant par les pores de son âme, toute chaleur l'avait désormais désertée. Elle aurait voulu retourner bien plus loin que la citadelle du Nord. Elle aurait voulu être aspirée par la terre. Elle aurait voulu unir son être à l'humus des sous-bois, rejoindre les racines qui s'entremêlent dans l'obscurité salutaire. Rejoindre le grand tout des arbres et disparaître de la surface du monde.

« Existe-t-il un seul véritable lieu de quiétude ? murmura Sophie. Peut-on encore, au milieu de tant de tempêtes, s'accorder au rythme de la vie ? »

Bannie par Myrddin, la silhouette silencieuse d'Acquilon ne lui apportait plus aucun secours.

« Dis-moi, Matriarche, que dois-je faire pour me retrouver ? »

Depuis une éternité déjà, le fantôme avait abandonné ses pensées. Au-dehors, la pluie tambourinait toujours contre les murs de la tour des Reines. Par la fenêtre, Sophie pouvait voir les arbres du bosquet sacré se plier et se tordre sous les assauts du vent. Elle n'avait pas vu les pins bleus de la capitale, lors de cette première visite aux côtés de Frêne, alors qu'elle découvrait les jardins d'été. Peut-être en aurait-elle l'occasion avant que les Sabès ne ravagent tout. Que resterait-il des quatre tours-palais ? Que resterait-il de Nordeau ? Tout le Royaume connaîtrait-il le destin d'Ousterre-sur-ciel ?

Elle se détourna des fenêtres. Jusqu'au retour de Myrddin, elle arpenta la pièce, sortit plusieurs fois sur le balcon pour retourner à l'intérieur aussitôt. Il lui tardait que le magicien revînt tout autant qu'elle redoutait son retour. Cette chambre où il l'avait guidée, n'était-elle pas celle de Maude ? Ce lit où il l'avait assise, n'appartenait-il pas à la Reine ? Elle posa une main sur la garde de Lunde. Il n'y avait rien eu de réginal à ses actions, rien de royal dans ses objectifs. Elle s'était pliée à la volonté d'Acquilon, de Frêne, d'Éliane, en avait perdu Pèn et probablement Brigandine. Et désormais elle obéissait à Myrddin. Un fond de colère s'éveilla au fond de sa poitrine. Sous le vide immense que creusait la mort de Pèn, sous l'abattement implacable, une fracture apparut. Rien ne la retenait, puisque rien ne pouvait lui rendre son amie. Elle pouvait partir, laisser Lunde et Baldré derrière elle, accomplir les derniers rites que lui avait demandés Pènderyn, convaincre Brigandine de l'accompagner. Elles iraient à l'est, là où il n'y avait pas la guerre, voir ce que la vie leur réservait de l'autre côté des montagnes, vers les plaines interminables et les cités états qui les gouvernaient. Elle s'attela à cette nouvelle tâche, détournant de son chagrin chaque once d'énergie qu'elle possédait encore. Elle ouvrit chaque placard, chaque coffre, chaque bahut, excava des étagères tous les objets que la magie de Myrddin avait restaurés. Elle ne s'attarda pas sur leurs histoires, leur passé, à peine sur leur utilité. Elle ne cherchait pas à être efficace, uniquement à occuper tout son être. Elle rassembla quelques vêtements de rechange, un bloc de savon, un coupe-papier pouvant faire usage de couteau, ainsi que de quoi laisser un message à Berhane, car sûrement l'Intendante s'inquiéterait-elle de son sort. Elle fourra le tout dans une taie d'oreiller qu'elle posa près de la porte. La douleur menaça de la submerger de nouveau. Alors, sans réfléchir, sans s'arrêter sur la signification de son acte, elle s'attaqua à Baldré. Elle défit les attaches, dénoua les sangles, ôta de sa taille le poids qui l'encombrait depuis si longtemps. Le matelas s'affaissa sous le poids du fourreau et de l'épée.

Un froissement de plumes annonça l'arrivée de Joran sur la terrasse. Sophie s'arracha aux reliques, leur tourna le dos, se précipita aux côtés du dragon pour enfouir son visage dans le creux de son épaule, se cacher sous son aile. À son grand regret, Myrddin les rejoignit aussitôt.

« Tout va bien, ma dame ? Vous avez laissé Lunde à l'intérieur. »

Pour la première fois, elle pouvait déceler l'hypocrisie dans sa voix, l'artificialité de ses déclarations. Il n'était qu'illusion, exactement comme ses tours de passe-passe et ses étincelles. En réponse à la colère de Sophie, l'échine de Joran se hérissa.

« Ma Reine ? »

Question purement protocolaire. Une lueur dangereuse traversa le regard du mage, un tremblement agita sa lèvre supérieure. Il lisait clairement le revirement de la jeune femme, l'ire de son dragon. On ne pouvait mentir à Myrddin de braise et de feu.

« Que signifie tout ceci Pendragon ? demanda-t-il de sa voix mielleuse.

– Je voudrais descendre, répondit Sophie aussi fermement qu'elle le put. Je veux assister à la crémation de Pèn. Je veux voir Bri et trouver Éliane.

– Ce n'est pas raisonnable. »

Le mage s'approcha à pas mesurés.

« La jeune Pènderyn peut être dans n'importe lequel des bûchers communs érigés autour de Zinia, la, désormais, Matriarche Brigandine est probablement accaparée par ses nouveaux devoirs. Quant à votre Maîtresse, comment vous annoncer cela ? J'ai peur qu'elle n'ait pas survécu à la prise d'Ousterre. »

Le gouffre sous Sophie s'élargit encore. La mort d'Éliane n'était pas une surprise, tant d'autres avaient péri. L'écuyère se rencogna contre Joran, jusqu'à sentir ses pattes contre ses bottes, les plumes de son poitrail s'auréolant autour de sa tête. Il lui fallut toute la maîtrise d'elle-même dont elle était capable pour ne pas se mettre en selle immédiatement et fuir, le plus vite et le plus loin possible. Myrddin s'avança encore, une main tendue vers elle.

« Allez-vous-en, souffla Sophie. Laissez-moi. Je veux… J'ai besoin d'être seule. »

Le magicien s'arrêta. Son visage avenant, si jeune malgré son âge, se tordit, se froissa autour d'un ricanement à peine contenu.

« Tu les aurais vus mourir sans sourciller, les autres. Tu les aurais enterrés sans verser la moindre larme. Ils auraient pourri sous terre au milieu du charnier, privée de crémation décente. Les vers les auraient rongés. Lentement ils auraient fini par revenir à la Forêt, même si pour cela leurs âmes avaient erré encore et encore entre les troncs, sans jamais trouver le repos. Tu sais tout cela, je ne te ferai pas l'affront de t'exposer nos voies. Tu sais tout cela et pourtant tes yeux seraient restés secs. Pas une larme pour eux, si Pèn avait vécu. Pas un instant de chagrin si, maintenant encore, elle respirait.

– Arrête.

– N'ai-je pas raison, Pendragon ?

– Ce n'est pas mon nom ! »

Sophie avait hurlé et Myrddin grimaça.

« Je me dois d'insister, ma dame. Il vous faut abandonner cette folie dont vous vous êtes convaincue. Le Royaume a besoin de vous, il a besoin de sa Reine. »

Un rictus narquois assombrit le visage de l'écuyère. L'amitié qu'elle avait un jour eue pour le mage s'évapora en un souffle.

« Je ne suis la Reine de personne. Trouvez quelqu'un d'autre pour jouer à la poupée avec vous, magicien. J'en ai plus qu'assez d'être une vulgaire copie de votre épouse. »

Les mains de Myrddin s'agitèrent. Une nuée d'étincelles vint couronner sa figure déformée de colère, s'étendit comme un halo tout autour de ses épaules, vint caparaçonner sa poitrine. Avec un bourdonnement rageur, l'essaim darda son attention d'insectes furieux sur Sophie. Le vent forcit autour d'eux, noya totalement les bruits de la capitale, secoua les vitres sales, hurla en écho la colère du magicien contre les murs de la tour.

« Sache que je ne joue pas, Sophie. Je ne joue jamais. »

Il s'avança et l'obscurité lui emboîta le pas. Les ombres suivirent Myrddin comme une traîne puis le devancèrent et encerclèrent l'écuyère.

« J'en ai assez moi aussi, *ma dame*, de supporter vos changements d'humeur. J'en ai assez, *ma Reine*, de vous voir chaque jour et de ne pas la voir *elle*. »

Sa suite de ténèbres se refermait sur Sophie, les vrilles opaques s'enroulaient autour de ses chevilles, de ses mollets. Par réflexe, elle voulut refermer ses poings autour de Baldré et Lunde, chercher dans leur poids familier la protection et le secours qu'elle y avait trouvés à Soufeu. En vain. Ils ne pendaient plus à sa taille.

« Tu as bien raison, poursuivit Myrddin. Il est temps d'arrêter les enfantillages. »

Les légions d'étincelles déchaînées quittèrent son orbite et plongèrent sur l'écuyère. De ses mains, de ses bras, elle voulut ériger un bouclier devant l'assaut des braises, disparaître derrière ses paumes, ses coudes. Les billes incandescentes traversèrent ses vêtements comme du beurre et vinrent consteller sa peau de cratères brûlants. Le tir nourri força même Joran à reculer, tandis qu'elles visaient son bec, ses yeux. Sophie n'avait aucune prise sur ce feu-là. Comme l'incendie industriel qui avaient consumé les armées du Royaume, là-bas à l'ouest, où la terre n'était plus que ruines, les flammes de Myrddin échappaient à ses intentions de cavalière et apposaient leurs marques cuisantes sur ses bras, sur son crâne, le long de ses cuisses. Elle étouffa un cri de douleur, manqua de tomber à genoux. En deux pas, le mage était sur elle.

« La Dame te garde, Sophie de Nordeau. »

D'une main, il lui emprisonna le cou et de l'autre invoqua une grosse escarbille, presque une braise rougeoyante, qu'il pressa contre le sternum de l'écuyère.

« Malgré tout, je te souhaite un paisible repos, à l'ombre de la forêt des âmes. »

Sophie rua tant et plus, planta ses ongles dans le bras du magicien, griffa de longues estafilades sanglantes à travers sa peau, roua ses jambes de coups de pieds. Rien n'y fit. Joran voulut s'approcher, défendre sa cavalière, mais Myrddin leva les yeux vers lui et le dragon se figea.

« Restez où vous êtes, messire, j'ai promis à votre Maîtresse de ne pas vous faire de mal. »

Joran renâcla, frappa le sol de ses ergots aiguisés, resta à sa place.

« Oh, pas toi, précisa le mage devant le regard affolé de Sophie, sa véritable Maîtresse, qui nous a malencontreusement quittés à notre sortie du Ravin. Elle seule pourrait encore s'opposer à mes plans, mais en son absence, j'ai toute licence pour t'imposer une nouvelle marque. »

L'étincelle dans sa main s'accrocha à la poitrine de l'écuyère et il put agiter à loisir ses doigts en direction de Joran. Sur le bec du dragon, juste sous la narine, apparut une marque, dont la forme familière frappa Sophie presque physiquement. Elle cessa de se débattre contre l'emprise de Myrddin.

« Qu'y-a-t-il de plus beau que le lien indéfectible entre une cavalière et son dragon ? Il me permet, en apposant cette marque sur Joran, de l'apposer sur toi. C'est pourquoi Acquilon a pu me donner accès à sa monture. Il avait, de toute façon, bu comme elle le breuvage de marquage pendant trente ans. Tout ne se combine-t-il pas parfaitement ? »

Avec un grand sourire, du plat de la main, il assena une claque sur la poitrine de Sophie, là où se trouvait l'étincelle. La lueur pénétra sous ses côtes. Il n'y eut aucune douleur insurmontable, aucun brasier envahissant son âme. Avec guère plus qu'un soupir, elle sombra.

Dans son rêve, Olivia la chercheuse l'attend patiemment. Assise en tailleur au pied de l'un des pins bleus, les yeux clos, elle semble méditer profondément.

Dans son rêve, pourtant, lorsqu'elle s'avance, Olivia ouvre immédiatement les yeux.

« Salut, cavalière. Ça fait longtemps qu'on ne s'était pas vues.

– Je suis encore écuyère. »

Olivia sourit, un sourire honnête qui dit le plaisir de la revoir et un peu de contrition, aussi. La chercheuse se lève et la rejoint, les tresses de ses cheveux toujours parsemées de perles de verre. Elle est bien soulagée de la voir, cette femme qui n'attend rien d'elle.

« Il me semble qu'après tout ce que tu as vécu ces derniers mois, sans parler de ces dernières années, tu mérites amplement le titre.

– Et si je n'en veux pas ? demande-t-elle d'une toute petite voix. »

En réponse à son trouble, les pins s'agitent au-dessus de leurs têtes sous une brise qui ne descend jamais des houppiers.

« Je ne sais pas si je veux devenir cavalière. Je ne sais pas si je veux retourner à Nordeau. Pourquoi ne pourrais-je pas quitter le Royaume et fuir, fuir toujours plus loin. »

Elle regarde la forêt autour d'elle, la découvre soudain. Les troncs qui se suivent et toujours se ressemblent, le tapis de mousse et d'aiguilles, une source, au loin, qui glougloute et les flaques de fleurs mauves tout autour des racines. Elle reconnaît les lieux, comprend où elle se trouve.

« Oh. Mais peut-être que je n'ai plus à fuir, finalement. Alors, nous sommes en fait dans la forêt des âmes. Myrddin m'a tuée ? Vous êtes la Dame ? »

Le rire d'Olivia la fait sursauter. La chercheuse se tient les côtes tant son hilarité la secoue et les pins bleus frémissent au son de ses éclats de joie amusée.

« Moi ? La Dame ? » demanda Olivia en essuyant une larme. « Merci du compliment, Sophie, mais je n'ai pas cette prétention-là. Quant à la forêt où nous nous trouvons, je l'ai toujours connue sous le nom de forêt des Lymphes et elle possède maints pouvoirs. On y croise parfois les âmes de personnes disparues, ceci dit, mais je n'ai jamais réussi à en faire le tour et je crois bien qu'elle n'y a pas de fin à ses bois. De là à affirmer qu'elle serait le territoire de la Dame, je suppose qu'il n'y a qu'un pas. »

La chercheuse s'arrête devant l'un des pins, lève la tête vers ses branches chargées d'aiguilles.

« Quant à toi. »

Olivia hésite, dévisage longuement Sophie avant de reprendre la parole.

« J'ai beaucoup réfléchi à ta voie, cavalière, et surtout s'il était en mon pouvoir ou de mon droit d'intervenir dans la trame de ta destinée. J'ai choisi de rester à l'écart, mais je ne saurais dire si tu dois me blâmer ou m'en féliciter. Tout ce que je sais, c'est que tu n'es pas morte, non. Ton corps vit encore dans le monde de l'éveil occupé par l'âme de Maude, que Myrddin préserve depuis tout ce temps. Je pense qu'il est temps pour toi de reprendre les rênes. De couper court aux tentatives de contrôle, d'où qu'elles viennent. »

La chercheuse fronce les sourcils, semble douter de sa formulation puis reprend son discours.

« Je ne suis pas la mieux placée pour t'aiguiller, car toi seule peux trouver le bon chemin. Cependant, il est parfois utile de faire un morceau de route en agréable compagnie, alors voici mon intervention, voici mon interférence. »

Olivia s'écarte sur le côté et révèle, comme si elle s'était toujours trouvée là, la figure souriante de Pènderyn.

Un souffle immense la secoue de part en part. Une bourrasque de soulagement qui l'ébranle jusqu'aux fondements de son âme. Pendant un instant, elle croit que la simple vue de son amie suffira à la libérer, à sectionner les derniers liens la retenant à son corps occupé par Maude.

« Salut Sophie. »

Il n'y a plus, chez la cavalière, aucune trace de ses blessures. Ses joues ont retrouvé leur rose, son sourire sa joie, ses yeux leurs lumières, elle se tient droite et fière dans la forêt des âmes.

« Je croyais t'avoir dit de ne pas me retrouver trop vite. »

Les larmes brouillent sa vision, la forêt disparaît. Puis tout est envahi par l'odeur de Pèn, la douceur de sa peau, la soie de ses cheveux. Elles glissent au sol, sans relâcher leur étreinte, s'allongent sur la mousse humide. Le nez enfoui entre les boucles blondes de son amie, elle oublie, pour un temps, les conditions de leurs retrouvailles.

Elle ouvrit les yeux difficilement, comme si elle en avait, depuis longtemps, perdu l'habitude. De même, ses poumons aspirèrent avidement une bouffée d'air au parfum de pluie et de fumée. Le ciel se dévoila au-dessus d'elle, sa voûte immense alourdie de nuées orageuses. Une goutte s'écrasa sur son front, dégringola entre ses deux yeux, le long de sa joue. Sa peau se hérissa, ses poils suivirent, elle s'éveilla totalement.

Avec un sursaut, Maude se redressa.

« Doucement, mon aimée, doucement. Il va te falloir quelques instants pour retrouver tes repères. »

Elle trouva Myrddin du regard. Le mage la dévorait des yeux, une inquiétude mêlée de soulagement animant ses traits. Il n'avait pas changé, depuis la dernière fois qu'elle l'avait vu, bien que la date exacte lui échappât encore. Du bout des doigts, elle caressa le velours de sa peau, passa la main dans son cou, l'attira à elle. Leurs fronts se rencontrèrent, puis leurs lèvres et le mage et sa Reine achevèrent de se retrouver.

Après quelques minutes à reprendre son souffle, Maude laissa Myrddin la hisser sur ses pieds et ils firent quelques pas ensemble autour du balcon. Zinia s'étendait sous eux. Les quatre cours bouillonnaient d'activité, les silhouettes colorées de centaines de cavalières allaient et venaient entre les différentes tours. Un frisson de panique parcourut Myrddin. Ils n'avaient plus beaucoup de temps devant eux, avant que les femmes d'Ousterre ne trouvent leur cachette. À l'extérieur des murs de la capitale flambaient une dizaine de bûchers funéraires, l'âcre parfum des morts empuantissant l'atmosphère. Mais Maude ne s'intéressait pas aux incinérations, pas plus qu'aux guerrières qui fourmillaient plus bas, son regard s'était posé sur les cimes secouées de vent des pins bleus. Puis elle se tourna vers les deux jardins des palais, côte à côte, séparés par un simple mur et pourtant si différents l'un de l'autre.

« Sais-tu Myrddin, dit-elle. Je n'ai jamais trouvé tant de beauté que cela aux jardins d'été du palais. »

De la paume, elle effleura le parapet de grès.

« Ni à ceux d'hiver, d'ailleurs. Trop organisés, trop sages. Alignés ainsi dignement le long d'allées trop droites et de rigoles trop prévisibles. Une bien pâle imitation de ce que peut accomplir la Forêt. Un reflet pathétique dans un miroir terni. Non, j'ai toujours préféré ce petit jardin dont j'ai le souvenir. Je dis jardin, mais potager conviendrait mieux, voire presque pépinière. On y trouvait autant de légumes crasseux, de racines amères, de plants rabougris que de précieux simples, des herbes pour guérir, d'épices rares. Aucun ornement, non, si ce n'est quelques œillets sanguins pour éloigner les parasites. »

Elle contourna le magicien pour mieux voir le jardin estival.

« Je me demande s'il s'y trouve encore.

– De quel jardin s'agit-il, ma Reine ? »

La chemise d'écuyère de Maude frôla la peau nue du magicien lorsqu'elle se pencha en avant.

« Celui de la Ferté, si la mémoire ne me fait pas défaut. »

Le visage de Myrddin s'affaissa et son sourire énamouré se cailla comme lait au soleil.

« Maude… Il n'existe aucun jardin de ce type à la Ferté-Pluvieuse. »

La Reine le dévisagea avec perplexité. Une angoisse fugace traversa son beau visage.

« Pourtant… Je m'en souviens parfaitement.

– Ce n'est rien, sûrement un rêve qui t'aura marquée. »

Elle réfléchit un instant à ses paroles, il lui semblait n'avoir fait que rêver ces derniers temps, puis sourit, se rangeant à son avis.

« Tu as certainement raison.

– Il a certainement tort, oui ! Ce jardin ne vient ni d'un rêve ni d'un cauchemar. Il est bien réel, je peux te l'assurer, car c'est le mien ! »

Maude et Myrddin se retournèrent d'un bon. Debout à côté de Joran, Lunde à la main, se dressait la frêle silhouette de Frêne, ses multiples écharpes balayées en tous sens par le vent. Un éclair de reconnaissance traversa le regard de la Reine avant que le mage ne s'interpose.

« Que viens-tu faire là, herboriste ? »

Frêne lui décocha sa plus belle grimace.

« Je viens réparer les torts que j'ai causés. »

Elle brandit Lunde. Myrddin voulut s'avancer. Maude le retint par le bras.

La lame de Frêne heurta le sol avec un grand bruit de ferraille et la tête de Joran roula à terre.

La bouche de Myrddin s'ouvrit sur un terrible hurlement silencieux. Il s'arracha aux mains de Maude, s'élança vers l'herboriste, trébucha. L'épais sang du dragon se déversait en flots bouillonnants entre les dalles, maculant le balcon de sa teinte écarlate, saturant l'atmosphère de son parfum d'acier. Myrddin, vociférant des injures à l'adresse de Frêne, tentait tant bien que mal de trouver un appui dans ce torrent vermeil. Sa longue tunique s'imprégna de rouge, son écharpe glissa de ses épaules et partit à la dérive, portée par les écoulements de sang. Maude contempla l'étoffe indigo entraînée par le courant, puis la mort de Joran la rattrapa. Elle tomba à genoux. Le fil central de la tapisserie de sa vie venait d'être rompu. Il sauta brusquement entre les mains de la Tisseuse, échappa à sa minutie, bouleversa soudain les motifs établis. Et tout l'ouvrage s'effondra du cadre. Les flots incarnats l'atteignirent enfin, enroulant autour de ses genoux submergés l'écharpe de Myrddin. Elle bascula en arrière. Dans les bras du magicien. Il avait fait demi-tour, renoncé à saisir Frêne par le col pour mieux la secouer et l'agonir d'injures. Immobile, hébétée, frappée de plein fouet par le tabou, l'herboriste gisait contre le corps déjà tiède de Joran.

Le regard de Maude trouva celui de Myrddin.

« Mon aimé… »

Sa voix lui parut presque sourde, comme étouffée par un voile déposé sur sa bouche.

« Mon aimé, il ne faut pas pleurer. »

Myrddin pleurait déjà.

« Maude…

– Tu ne voudrais pas que ma dernière image de toi soit cette frimousse toute fripée ? »

Le visage du magicien se contracta douloureusement. Maude tenta de lui caresser la joue, mais très vite sa main trop lourde retomba contre sa poitrine.

« Mon beau mage de feu, mon étincelle de vie surgie d'un ouragan. Comme tu m'as manqué et comme je suis heureuse de t'avoir retrouvé. »

Le souffle lui manquait. La marque sur le bec de Joran commençait à s'effacer : bientôt son emprise sur le monde s'étiolerait totalement, elle perdrait pied avec la réalité et elle connaîtrait alors, enfin, la véritable paix. Elle sourit à Myrddin.

« Il ne faut pas pleurer, mon aimé, car rien ne saurait m'attendre qui ne soit plus cruel que cette vie-là. J'aurai fini par faner, à force, et tu n'aurais plus reconnu en moi qu'une coquille évidée, sans rire pour alléger ton cœur, sans soupir pour réchauffer tes nuits. Les conques abandonnées sur la plage par la mer ne bruissent plus que du souvenir des vagues. Qu'aurais-tu fait d'un tel brimborion ? Non, mon aimé, mieux vaut que d'un souffle ma flamme s'épuise, plutôt qu'elle ne perdure, vacillante, au bout de ce corps de brindilles. Car ce n'est pas mon corps, n'est-ce pas ? Je n'y suis qu'invitée et pas même bienvenue. Mon aimé, nous avons tant vécu ensemble, ne laisse pas le chagrin brouiller cet au revoir. Oui, nous ne nous disons qu'au revoir, Myrddin aux yeux de feu, car nous nous reverrons à la fin de toutes choses. Lorsque tu arpenteras à nouveau la Forêt des âmes, je serai là, à t'attendre. Sèche tes larmes, magicien de braises et de brasiers, et offre-moi plutôt, en guise de souvenir, l'un de tes plus beaux sourires. »

Les lèvres de Myrddin s'agitèrent vainement autour d'une vilaine grimace et Maude laissa échapper un dernier rire. Déjà le sol semblait se dérober sous elle.

« Voilà que se terminent les jours de la Reine Maude. »

De ses dernières forces, elle cueillit une larme tremblotante sur le menton du magicien.

« C'est bien mieux ainsi. À bientôt, mon beau, je patienterai sous les frondaisons de la Forêt des âmes, j'attendrai ton retour. »

Ses lèvres craquelées se refermèrent, sa tête dodelina de côté et elle ferma les yeux avec pour dernier paysage les nuages qui s'enroulaient autour du toit crénelé de la tour des Reines.

Elle sombre à travers la terre. Elle voit le balcon qui s'ouvre sous son corps inanimé et l'aspire en son sein. Elle voit Myrddin effondré sous le poids de son chagrin. Elle tombe longtemps à travers l'épaisseur du monde. Si longtemps que les minutes se muent en heures, qui se muent en jours. Elle pénètre la couche d'humus entre les deux Forêts.

Racines, insectes et mycéliums s'écartent sur son passage, les vers détournent leurs galeries et elle descend lentement vers la Forêt des âmes.

Lorsqu'elle ouvre les yeux, cette fois sans difficulté, il y a bien du monde, à l'ombre des pins. Elle est sur le chemin de deux jeunes femmes en grande discussion, suivie, de loin, par une silhouette plus floue qui se confond presque avec la pénombre des bois. Elle croise le regard de l'une d'elles et toutes deux se figent. Le souvenir de son propre visage remonte à trop loin pour que Maude le visualise parfaitement, mais il lui semble, vaguement, comme à travers un voile de brume, qu'elle reconnaît, chez l'écuyère face à elle, ses propres traits. Elles possèdent la même amande des yeux, le même ovale de figure, la même raideur de cheveux noirs. Mais surtout, elles portent toutes les deux les mêmes vêtements et Maude comprend.

« Bonjour. »

Les jeunes femmes la regardent en silence, puis échangent un sourire de connivence.

« Salut, répond Sophie. Sache qu'il n'y a ni jour ni nuit dans la forêt des Lymphes. Ne t'inquiète pas, Pèn aura tout le temps qu'il faudra pour tout t'expliquer et te faire visiter. Mais avant cela, nous avons beaucoup à nous dire. »

Elle prend la main de Maude dans la sienne et elles s'assoient toutes les trois sous le couvert des pins.

CHAPITRE 19 : SOPHIE

« Je compte pour premier des jours de Sophie Pendragon, celui où tous les fils d'ombre qui la manipulaient se retrouvèrent coupés par la main même qui, la première, les avaient tissés. »
Les Jours de Sophie Pendragon par Rosaline Ulysienne
Mandé Ayrelle, maîtresse annonciatrice,
Matriarche, dite Brigandine

Elle se redresse difficilement, dérapant plusieurs fois dans le sang encore frais de Joran. Lorsqu'enfin elle se tient debout, le tableau autour d'elle la frappe tout autant qu'elle l'avait imaginé. Il lui faut plusieurs respirations appliquées et chuchotis paniqués, pour retrouver son calme et sa détermination. Myrddin pleure encore contre le parapet, couvert de sang, les épaules secouées de sanglots. Ses écharpes et sa tunique ont pris la teinte écarlate du reste du balcon. Sophie l'ignore, il ne remarque même pas qu'elle s'éloigne. Elle court jusqu'à Frêne, le cœur serré d'appréhension, une boule déjà obstruant sa gorge. L'herboriste est exactement dans l'état prévu. Elle s'étouffe lentement avec sa salive, un filet blanchâtre macule son menton : elle a tué un dragon, alors la mort l'a saisie. Sophie se penche sur sa Maîtresse, entoure son visage de ses mains. La vieille femme s'agite un instant, puis la reconnaît et, malgré le poing de la Dame qui déjà se referme sur sa poitrine, sourit à son élève. Il y a encore de la colère assoupie sous les côtes de Sophie, mais en ce jour d'entre tous les jours, elle ne cherche pas à l'éveiller. Elle tient l'herboriste agonisante contre elle, jusqu'à ce que son dernier souffle s'échappe de ses lèvres, puis elle l'allonge sur les dalles du sol, arrange son chignon, ses châles, recouvre son corps de son manteau-tissé.

Du cadavre de Joran, elle n'a osé prendre toute la mesure. Pourtant, il lui faut désormais l'affronter. L'imposant dragon semble bien chétif. Ses ailes gisent de guingois, son cou privé de chef forme un angle malsain, ses quatre pattes disparaissent sous sa panse gonflée. Sa tête a roulé au loin et sa langue pend hors de son bec. Sophie caresse avec regret une épaule glacée, la noble bête ne méritait pas ce destin. Elle fait ses adieux à son dragon puis elle tourne enfin le dos au balcon macabre et rejoint la chambre.

Personne n'a encore réussi à briser le sortilège de Myrddin, mais Sophie sait que ce n'est qu'une question de minutes avant que les cavalières d'Estari ne prennent d'assaut la tour des Reines par les airs. Lunde et Baldré n'ont pas bougé, ils reposent toujours sur le lit. Des émotions contraires freinent un instant l'ardeur de Sophie. Elle n'est pas convaincue de vouloir à nouveau porter à sa taille ces reliques d'un autre temps, d'une autre femme. Alors elle commence par quitter ses vêtements empoissés de sang et passer la tenue de rechange qu'elle a, il lui semble plusieurs années, fourrée dans une taie d'oreiller. Les affaires de Maude lui vont parfaitement sans qu'elle se sente, pour la première fois, une copie factice. C'est un choix qu'elle fait aujourd'hui. Son choix. Elle jette ses culottes, tunique et veste souillées dans un coin de la chambre et conserve la chemise brodée. Elle a bien l'intention de revoir un jour Brigandine d'Ousterre, en attendant, il lui faudra de quoi se souvenir. Vêtue de propre, elle ne peut plus repousser l'échéance. Elle noue ses cheveux noirs, déjà traversés par une mèche grise, la première de celles qui finiront par envahir le reste de sa chevelure, suite à la perte de Joran. Puis, enfin, elle reprend en main le baudrier sacré et l'attache à sa taille, fixe les courroies, les cordons. Lunde n'est ni rassurante ni inquiétante à son côté, juste un outil, une épée.

Une dernière inspiration. Elle épingle une couverture en travers de ses épaules, se saisit du baluchon improvisé. Il n'y a plus de temps à perdre, une longue route vers l'est l'attend. Son pas se fait léger alors qu'elle dévale les escaliers de la tour des Reines et elle se surprend même à fredonner un refrain composé, en d'autres temps, par Pèn :

Sur la route de l'Est, bordée de mimosas,
Sur la route de l'Est, je voudrais avancer.
Traverser les montagnes et aller au-delà,
Jusqu'aux rives lointaines de la mer effrénée,
Où la houle folle me couronne d'écume
Et l'océan joueur m'embrasse de ses embruns.
Je partirai, je pense, sans amertume,
Car j'ai sur moi le souvenir de ton parfum.
Je poursuis vers l'Est sur la route de pierres,
Laissant derrière moi le chant des cavalières.

Achevé d'imprimer par Smilkov ,
en novembre 2021.
Imprimé en Bulgarie